ILLUMINATION

LA CLÉ DE LUMIÈRE

Illumination

Tracy Clark

Traduit de l'anglais par
Patrick Moisan (CPRL)

ADA
éditions

Copyright © 2015 Tracy Clark
Titre original anglais : Illuminate
Copyright © 2017 Éditions AdA Inc. pour la traduction française
Cette publication est publiée avec l'accord d'Entangled Publishing, LLC.
Tous droits réservés. Aucune partie de ce livre ne peut être reproduite sous quelque forme que ce soit sans la permission écrite de l'éditeur, sauf dans le cas d'une critique littéraire.

Éditeur : François Doucet
Traduction : Sophie Beaume (CPRL)
Révision linguistique : Féminin pluriel
Correction d'épreuves : Nancy Coulombe, Féminin pluriel
Conception de la couverture : Mathieu C. Dandurand
Photo de la couverture : © Thinkstock
Mise en pages : Sébastien Michaud
ISBN papier 978-2-89767-817-3
ISBN PDF numérique 978-2-89767-818-0
ISBN ePub 978-2-89767-819-7
Première impression : 2017
Dépôt légal : 2017
Bibliothèque et Archives nationales du Québec
Bibliothèque et Archives du Canada

Éditions AdA Inc.
1385, boul. Lionel-Boulet
Varennes (Québec) J3X 1P7 Canada,
Téléphone : 450-929-0296
Télécopieur : 450-929-0220
www.ada-inc.com
info@ada-inc.com

Diffusion
Canada :   Éditions AdA Inc.
France :   D.G. Diffusion
           Z.I. des Bogues
           31750 Escalquens — France
           Téléphone : 05.61.00.09.99
Suisse :   Transat — 23.42.77.40
Belgique : D.G. Diffusion — 05.61.00.09.99

Imprimé au Canada

Québec

Crédit d'impôt livres   Gestion SODEC
Participation de la SODEC.
Nous reconnaissons l'aide financière du gouvernement du Canada par l'entremise du Fonds du livre du Canada (FLC) pour nos activités d'édition.
Gouvernement du Québec — Programme de crédit d'impôt pour l'édition de livres — Gestion SODEC.

Catalogage avant publication de Bibliothèque et Archives nationales du Québec et Bibliothèque et Archives Canada

Clark, Tracy

    [Illuminate. Français]
    Illumination
    (La clé de lumière ; 3)
    Traduction de : Illuminate.
    Pour les jeunes de 13 ans et plus.
    ISBN 978-2-89767-817-3

    I. Beaume, Sophie, 1968- . II. Titre. III. Titre : Illuminate. Français. IV. Collection : Clark, Tracy. Clé de lumière ; 3.

À ma mère. Je serai toujours tienne.
Tu seras toujours mienne.

1
Cora

Les clés du paradis.
Cette phrase s'ancrait profondément dans ma tête. Je caressai la clé d'argent sur ma poitrine tandis que Finn nous conduisait, Giovanni et moi, à *Brú na Bóinne*… Newgrange. La clé pendait beaucoup plus lourdement à mon cou depuis que j'avais découvert que ma grand-mère l'avait volée sur une statue de Saint-Pierre, au Vatican. Quel était le lien entre cette clé dans ma main et le fait qu'elle provenait de la main d'un saint de l'un des plus importants sites sacrés du monde ? Ma clé ne pouvait pas être littéralement la clé du paradis ! Au point où nous en étions, je n'aurais pas été surprise d'apprendre que le portail menant au paradis se trouvait dans un Costco. Dans le journal de ma mère, j'avais lu que les Scintillas représentaient la clé du paradis. Était-ce vrai ?

La mort était la seule porte qui menait à la vérité.

Mes parents avaient tous les deux traversé cette porte. Et Mari aussi.

Parce que des Arrazis s'étaient nourris de mon aura à plusieurs reprises, je savais ce qu'ils avaient ressenti en mourant. J'avais appris que les blessures de l'âme n'étaient pas comme celles du corps, chaudes et collantes. Non. Les blessures de l'âme sont glaciales.

J'étais prête à parier que ce n'était pas ce que je ressentirais en mourant. Je m'imaginais une mort naturelle, comme un nuage de vapeur s'élevant d'une baignoire, languissante et ambitieuse, étirant ses ailes vers le haut. Une mort paisible.

Mon père et ma mère avaient tous les deux subi une mort glaciale. Je mourrais probablement comme eux. Je connaissais très bien la blessure glaciale et chaque fois que je la ressentais, j'avais l'impression que des lames de glace s'enfonçaient dans ma poitrine pour m'ouvrir et extirper mon aura argentée de mon corps.

La douleur martelait mes tempes et mes muscles étaient si tendus que je me sentais exsangue, engourdie. Mon âme était en colère. Mon corps était exténué. Je savais qu'il me faudrait gravir les marches de ma lassitude pour découvrir la vérité et utiliser cette vérité pour arrêter le massacre des Scintillas et des humains innocents. Mon cercle se rétrécissait. Il me restait si peu d'amis.

Les deux garçons qui m'accompagnaient dans la voiture avaient mon amour, mais l'amour que je leur portais s'amenuisait, se retirait lentement comme les vagues qui avaient emmené mon cœur en haute mer.

L'un d'eux était un menteur. L'un d'eux était un tueur.

La voiture s'arrêta devant le Centre des visiteurs et Finn descendit pour y entrer acheter des billets. Nous étions terriblement près de la tombe où, quelques heures plus tôt, nous avions laissé Clancy Mulcarr étendu à terre, inconscient, près du corps sans vie d'Ultana Lennon. Son plan pour sacrifier « la vierge, la mère et la sorcière » dans la tombe ancienne avait échoué. Clancy nous avait enlevées, ma mère et moi. Puis, quand nous avions tenté de nous enfuir des installations du docteur M., Clancy avait essayé de nous tuer, de même que ma grand-mère, mais Ultana Lennon, à la tête de l'organisation Xepa, était arrivée pour arracher le prix des mains de Clancy. La mort d'Ultana, de sa propre main, était à la fois une surprise et un soulagement. Un ennemi en moins. Mais je n'avais pas tué Clancy quand j'en avais eu l'occasion, une erreur qui me hantait déjà. Une partie de moi était convaincue que Clancy portait l'âme de mon père en lui. Je n'arrivais pas à me défaire de cette idée. Et je voulais seulement que tout soit terminé, qu'il n'y ait plus de morts. Parce que je n'avais pas soif de sang, Clancy était toujours vivant et beaucoup trop près de nous. Je devais maintenant faire abstraction de cette réalité, enfouir ce détail dans un coin sombre de ma mémoire pour me concentrer sur ce que j'étais venue faire.

Billet en main, nous entrâmes dans les ruines anciennes et gravîmes en courant le sentier menant à la tombe mégalithique. Nous grimpâmes ensuite à tour de rôle l'échelle surmontant l'énorme pierre devant l'entrée de la tombe. Finn et Giovanni restaient près de moi. Ensemble, nous pénétrâmes dans le monument sombre et frais pour regarder l'immense pierre portant les marques qui semblaient indiquer l'existence d'un lien entre les Arrazis et les Scintillas.

Je tendis une main tremblante pour toucher la spirale à trois branches. La pierre pourrait-elle me révéler la vérité ?

L'énergie qui émanait de la spirale était palpable, forte. Je pus la sentir au bout de mes doigts avant même de toucher la pierre. Je posai la paume sur les gravures et fermai les yeux en attendant que mon esprit s'engouffre dans un tourbillon de souvenirs. Mais il ne se passa rien. Aucune tempête de visions n'assaillit mon esprit. Je restai obstinément ancrée dans le présent, où toutes mes questions s'empilaient comme des briques sur ma tête. Il y avait bien de l'énergie emmagasinée dans la pierre, mais elle se comportait comme un disque rayé. J'avais l'impression de tendre la main dans un tourbillon de bruit blanc, un signal résiduel indistinct. Tant de mains avaient touché cette pierre au fil des années que je ne pouvais rien en tirer, à part une image floue de spirales lumineuses époustouflantes.

Dans un mouvement de frustration, je posai le front contre les rainures gravées dans la pierre froide. Ce satané monument m'attirait depuis mon enfance et maintenant, il me raillait en gardant jalousement ses secrets.

Ultana Lennon avait convaincu Clancy que les spirales représentaient la vierge, la mère et la sorcière, et qu'en tuant ma mère, ma grand-mère et moi, il deviendrait immortel. Elle s'était jouée de lui. Ultana s'était servie de cette fausse trinité pour attraper les quelques Scintillas encore en vie et les tuer. Elle avait utilisé Clancy pour nous trouver et elle avait fini par tuer une précieuse Scintilla. Ma mère.

Je fixais la trinité de spirales entrelacées. Mon esprit cherchait un lien, cherchait à comprendre un mystère qui perdurait depuis avant l'arrivée du Christ. Des milliers d'années avant sa naissance.

— Une fausse trinité... soufflai-je après un moment de réflexion.

— Quoi ? demanda Finn.

Je pouvais entrapercevoir son tatouage de spirale à trois branches à la base de son cou, où son pouls battait rapidement. Quand j'avais vu le tatouage de Finn pour la première fois, à l'hôpital de Santa Cruz, je m'étais alors rappelé que la véritable signification de la spirale à trois branches était inconnue et que des peuples aux croyances diverses s'étaient approprié le symbole pour l'adapter à leur philosophie.

— Personne ne sait ce que ce symbole signifie vraiment, avançai-je, mais certains croient à tort qu'il représente la Sainte Trinité. Et pourtant, la trinité n'est pas une idée originale, mais plutôt l'évolution de plusieurs idées provenant de nombreux systèmes de croyances, dont certaines sont plus anciennes que le christianisme, chuchotai-je en repensant aux notes de ma mère dans son journal. Si Ultana disait la vérité quand elle a affirmé que nous serons pourchassés tant qu'un dieu reposera sur cet autel, je comprends mieux les souvenirs que j'ai soutirés de la clé. Pourquoi la spirale se retrouverait-elle dans toutes les images religieuses contenues dans la clé s'il n'y avait pas un lien les unissant ? Pourquoi ma grand-mère aurait-elle volé la clé du Vatican pour commencer ?

J'étais de plus en plus excitée à mesure que je rassemblais les pièces du casse-tête.

— Les symboles religieux, la persécution et la mort de ceux qui ont osé adopter des croyances différentes... Voilà des actes effectués par la religion dominante au fil des siècles.

— Ces actes ne sont pas ceux d'une seule religion, corrigea Giovanni. Nombreux sont ceux qui ont tué et qui tuent encore au nom de leur dieu. Je comprends mal pourquoi Dieu pourrait vouloir d'un royaume peuplé de voyous meurtriers, mais ce n'est pas ma faute, je réfléchis logiquement, ajouta-t-il d'un ton cynique.

D'un geste de l'avant-bras, Finn essuya ses lèvres encore ensanglantées à cause de Dun, qui l'avait battu après qu'il eut avoué avoir tué Mari, bien qu'il ait expliqué l'avoir tuée par pitié. Je déglutis péniblement. La réalité formait une boule de sel dans ma gorge et dans mon cœur. C'était assez difficile de reconnaître que mon premier amour était un Arrazi, mais la pensée qu'il ait joué un rôle dans la mort de ma cousine m'était insupportable.

— D'après Ultana, dit Finn, une organisation religieuse, possiblement le Vatican, puisque c'est d'où provient ta clé, a ciblé les Scintillas et fait appel aux Arrazis pour les éradiquer. Mais pourquoi ?

— Voilà la question, dis-je. Quelle vérité peut les effrayer au point de pousser le Vatican à agir contre ses propres commandements pour la cacher ?

Giovanni s'adossa contre la pierre en croisant les bras.

— Je ne comprends toujours pas le rôle des spirales dans cette histoire...

— C'est une trinité. Trois... L'Église a emprunté de nombreux symboles préexistants pour se les approprier.

Finn posa une main sur le tatouage de spirales sur sa poitrine.

— Je suis catholique. Je suis né et j'ai été élevé ainsi, mais je sais que de nombreux symboles de l'Église ne sont que des adaptations de symboles païens antérieurs à sa création. C'est une tactique de conversion brillante, en fait. Il suffit de prendre un symbole en lequel le peuple croit déjà, puis de le modifier pour se l'approprier. C'est ainsi qu'on vole les croyances, dit-il en me lançant un regard perçant. C'est ainsi qu'on attire des adeptes.

— D'accord, dis-je. Cela confirme que je suis sur la bonne voie.

— Si Ultana a vraiment dit la vérité, dit Finn en haussant les sourcils d'un air sceptique. Elle l'a peut-être déformée. Tu pourrais très bien perdre ton temps en te rendant en Italie.

J'ignorai son commentaire. Finn et Giovanni avaient déjà tenté de me convaincre de ne pas y aller. J'avais perdu mon père, ma mère et ma meilleure amie. Je ne me souciais plus des suppositions.

— Finn, garde un œil sur les Arrazis ici, afin que nous puissions mieux comprendre à quoi nous nous mesurons. Giovanni, tu dois accompagner ma grand-mère au Chili. Veille sur elle et sur Claire pour moi... Je vais découvrir si nous sommes sur la bonne piste et, si c'est le cas, pourquoi nos ennemis cherchent à enterrer la clé du paradis.

Nous émergeâmes de la fraîcheur de la tombe dans la clarté du matin en clignant des yeux. En plissant les yeux, je regardai un groupe de silhouettes droit devant nous qui nous barraient la route pour quitter les ruines. Terrifiée, je reconnus l'énergie des personnes qui se trouvaient là et je serrai les bras de Finn et celui de Giovanni.

Ma vision se précisa et les Arrazis prirent forme. Avant de pouvoir dire un mot ou de bouger, leur énergie acérée s'enfonça en moi comme des lames froides. Je fis un pas en arrière. Quel accueil glacial !

Le gravier crissa sous mes pas quand je m'arrêtai brusquement pour regarder les Arrazis qui nous empêchaient de quitter Newgrange. Je grimaçai, prête à sentir la hache s'abattre sur moi.

Giovanni et Finn tendirent un bras devant moi pour me protéger. Une vague de peur pure envahit mes mains quand je serrai le bras de chaque garçon. Leur terreur me tenaillait. Je m'efforçai de respirer. Sous une épaisse couche de peur, je pouvais sentir la haine bouillonner. Je m'avançai en tremblant. Sous l'effet de la rage et de la fatigue, je me sentais presque invincible, comme si je ne me souciais plus de mourir. J'en avais assez de courir, assez de vivre dans la peur, assez de perdre ceux que j'aimais.

— La dernière fois que je vous ai vu, vous vous baviez dessus sur le sol d'une tombe, dis-je à Clancy. Mon plus grand regret, c'est de ne pas vous avoir tué.

— Je t'avais dit que c'était risqué, grommela Finn à côté de moi.

— Je cours un risque en me levant le matin, rétorquai-je.

— Je n'aurai pas ce regret, petite. Croyais-tu vraiment que je ne saurais pas où tu étais ? me demanda Clancy en s'avançant, souriant, comme si nous étions de vieux amis. Nous n'en avons pas déjà parlé, petit animal ?

— « Petit animal » ? cracha Giovanni en tirant sur son bras et en s'interposant devant moi. Cora ne sera plus jamais vôtre. Plus jamais.

— Arrête, chuchotai-je à l'intention de Giovanni en lui prenant l'épaule. Tu oublies la *geis* que Lorcan t'a jetée. Si tu me sauves la vie, tu meurs. Est-ce si difficile de respecter ce règlement ?

Il tourna suffisamment la tête pour que je puisse voir la courbe noble de son nez et son regard bleu déterminé.

— Oui, c'est difficile, cracha-t-il.

Son énergie de Scintilla grésilla si puissamment dans ma paume que je dus lutter contre l'envie de retirer ma main. Je tâchai de le calmer, comme il l'avait fait pour moi tant de fois auparavant, mais j'étais trop triste, trop en colère pour produire des sentiments positifs.

Je n'avais plus rien à donner.

L'épaule de Giovanni se tendit quand je serrai plus fort en murmurant :

— Tu ne peux pas te permettre de penser ainsi. Quelqu'un d'autre dépend de toi maintenant.

Giovanni devait maintenant penser à s'occuper de sa fille Claire, dont il venait d'apprendre l'existence, plutôt que de chercher à me protéger. Je comprenais très bien. Ce devait être difficile d'accepter d'apprendre à dix-huit ans que les expériences du docteur M. avaient donné naissance à un enfant dont il était le père. Se retrouver père en l'espace de quelques secondes. Il y avait de quoi perdre ses repères. Il cligna lentement des yeux en hochant imperceptiblement la tête. Il comprenait.

Une série de chocs sourds éclata autour de nous, comme si on avait frappé à plusieurs reprises dans le gravier avec un marteau. Des cris retentirent au moment où des passants pointaient un groupe de touristes étendus les uns sur les autres.

— Arrêtez ! m'écriai-je.

Ces innocents n'avaient rien à voir avec notre altercation et n'auraient pas cru ce qui se passait si nous leur avions expliqué. Consterné, Clancy fronça ses épais sourcils blancs en regardant la pile de cadavres et je compris alors que je n'avais pas vu l'aura des Arrazis s'enfoncer dans celle de ces personnes pour les tuer. Et pourtant, elles étaient mortes... Que s'était-il passé ? Je croyais que les Arrazis étaient responsables de ces morts. Mon père avait-il raison ? Y avait-il un phénomène qui expliquait ces morts soudaines ? Étais-je l'antidote à ce phénomène, comme il l'avait suggéré ? J'étais toujours convaincue du contraire, mais ces morts semblaient avoir un lien avec nous, avec cette horrible guerre entre deux types d'humains. Je n'arrivais tout simplement pas à comprendre ce lien.

Il n'y avait pas grand-monde dans le parc, qui venait d'ouvrir, mais tous les touristes étaient maintenant rassemblés autour des cadavres. Certains prenaient des photos ou des vidéos avec leur téléphone. Je ne devais pas être encore aperçue et filmée sur les lieux d'un autre incident du genre. Je voulais détourner la tête, mais je n'osais pas détacher mon regard des Arrazis, qui n'avaient pas arrêté de nous regarder un seul instant.

Clancy esquissa un grand sourire. Avant même que j'aie le temps de deviner ce qui l'amusait tant, il leva un doigt et les Arrazis projetèrent tous leur aura sur les touristes toujours vivants pour absorber leurs couleurs. D'énormes tourbillons de couleur s'élevèrent des touristes pour être absorbés dans l'aura des Arrazis.

Les gens moururent, vidés de leur énergie vitale, en courant et en se serrant les uns contre les autres, à la recherche d'un certain réconfort. Les gens tombaient comme des fleurs séchées. Et nous ne pouvions rien faire pour les sauver.

Le tonnerre retentit au moment où l'aura des Arrazis explosait dans une boule de lumière blanche, puis un éclair zébra le ciel. Le nuage d'énergie blanche pure entourait les Arrazis en projetant ses tentacules de vapeurs mortelles vers nous.

2
Finn

— Assez ! hurlai-je dans la pluie qui avait soudainement commencé à tomber pour nous tremper en quelques secondes.

Je m'avançai devant Giovanni et Cora. En me dressant pour protéger les Scintillas, je me demandais si je pouvais également les sauver de ces meurtriers, plus sauvages que ce dont je croyais les Arrazis capables. Ils venaient d'attaquer et de tuer plusieurs personnes en même temps, très facilement.

Ma propre faim d'Arrazi me secoua quand je regardai les corps étendus autour de nous. La honte planta ses ongles sales dans mon dos.

Je tendis la main dans mon dos pour agripper le manche de la dague d'Ultana, cachée sous mon t-shirt trempé. Je pointai la lame vers mon oncle Clancy et deux autres Arrazis que je ne reconnaissais pas, un homme et une femme. Ils étaient également accompagnés par deux hommes ordinaires, des non Arrazis. J'étais étonné de constater à quel point la vue de nouveaux visages pouvait attiser ma peur. Au moins, avec mon oncle, je savais à quoi m'attendre : la traîtrise sadique, pure et simple.

— Que vas-tu faire avec ce jouet, mon garçon ? railla Clancy.

Il savait sûrement qu'il ne pouvait pas s'en prendre à mon énergie sans être projeté en arrière. Un Arrazi ne pouvait pas attaquer un autre Arrazi. Mais le couteau... le couteau n'avait pas à respecter ces règles. J'aurais aimé que Cora ait une arme. D'après l'expression sur son visage et le froid mordant de son aura, que je pouvais sentir passer sur moi comme une brise, j'étais persuadé qu'elle étriperait Clancy comme un poisson visqueux.

— Que vas-tu faire, mon oncle ? M'attaquer ? Essayer de me tuer ? Je ne doute pas que tu le ferais. Rien n'est plus important à tes yeux que le pouvoir de posséder ces Scintillas, n'est-ce pas ? Même si cela signifie que tu dois risquer ta propre famille pour y parvenir. Je jure sur ma vie, dis-je en pointant chaque Arrazi à tour de rôle avec la dague, que je vous tuerai si vous osez ne serait-ce que souffler bizarrement dans leur direction. Je ne me consacre plus qu'à la moralité et à la vérité désormais. Ce que les Arrazis font est mal.

Clancy s'avança en pointant un gros doigt vers moi.

— Petit traître ignare et déloyal ! Ton dévouement à sauver les Scintillas du cours naturel des choses est aussi fort que mon dévouement à les voir morts. Ta famille est Arrazi.

— Je crois que je l'aimais plus quand il tentait seulement de nous garder prisonniers, dit Cora derrière moi.

— Abandonne et finissons-en. Ce que tu vois ici, dit Clancy en montrant les autres Arrazis, qui ressemblaient à des tigres prêts à bondir sur leur proie, ne représente qu'une fraction d'une armée qui a pour seul but la destruction définitive des Scintillas.

— Et au profit de qui, Monsieur l'avide ? hurla Giovanni.

Je ne pus voir l'attaque, mais je sentis le vent froid de l'énergie de mon oncle passer près de moi. Giovanni poussa un grognement et s'effondra sur moi. Cora cria.

Ce cri de détresse fut le signal que j'attendais et je bondis sur Clancy, qui écarquilla les yeux en voyant la lame plonger vers lui. Je ne pouvais pas tous les attaquer en même temps et je savais qu'ils tueraient Cora et Giovanni avant même que j'aie le temps d'abattre la dague. Mais j'avais une idée...

Je passai devant mon oncle, qui tourna sur lui-même pour me suivre des yeux, interrompant momentanément son attaque. Je regardai par-dessus mon épaule et vis Cora aidant Giovanni, qui avait posé un genou à terre et une main sur sa poitrine, à se relever. Je lançai mon énergie vers mon oncle. Dès qu'elle toucha son corps, je fus projeté en arrière, vers la femme Arrazi et l'une des brutes de service de mon oncle, l'homme non Arrazi avec le bec-de-lièvre, chauffeur d'Ultana et laquais de mon oncle, que nous avions drogué et laissé dans la tombe. La vague d'énergie nous projeta tous les trois par terre.

Je frappai la femme sur la tempe d'un coup de poignée de dague, l'envoyant dans les vapes, puis j'absorbai l'aura de l'homme jusqu'à ce qu'il s'évanouisse. L'autre homme ordinaire que nous avions laissé dans la tombe plus tôt se jeta sur moi pour m'arracher la dague. J'absorbai son âme jusqu'à ce que la fusion de son aura avec la mienne me donne le tournis. La mort de l'homme me revigora. Clancy me regarda brièvement en plissant les yeux avant de se retourner pour tuer Cora et Giovanni. Ses boucles noires tombèrent sur son visage quand elle se pencha en avant en portant une main à son cœur. Sa bouche formait un « O » délicat pendant que son souffle et sa vie quittaient son corps.

Je n'avais pas le choix.

Je me relevai d'un bond et partis au pas de course. En un instant, j'arrivai près de mon oncle et plongeai la dague dans son dos, l'empêchant de continuer d'absorber l'aura de Cora, qui poussa un petit cri en levant des yeux écarquillés quand elle vit mon oncle s'effondrer, la dague plantée dans le dos.

Le monde avait momentanément cessé de tourner. Tout avait ralenti et je pouvais seulement entendre le battement de mon cœur, voir le regard à la fois reconnaissant et accusateur dans les yeux verts de Cora, un regard qui semblait dire « merci, mais ça ne rachète pas la mort de Mari ».

Cora aida un Giovanni affaibli à se relever et ensemble, ils contournèrent le dôme de la tombe tant bien que mal. Le dernier Arrazi leur courut après. J'extirpai la dague ensanglantée du dos de Clancy pour la lancer vers l'homme. Elle le frappa, mais au mauvais endroit et pas aussi fort que je l'aurais souhaité. Elle se ficha grossièrement dans son jarret et il se tordit pour l'extraire.

Il ignora la dague et aspira l'aura de Cora si fort qu'elle tomba à la renverse. Elle chuta lourdement en se tordant de douleur. J'accourus pour me jeter sur le large dos de l'homme. Il agita ses gros bras et m'effleura la joue. Je serrai mon bras autour de son cou, mais il était beaucoup plus fort que moi.

Il tendit les bras au-dessus de sa tête pour me projeter par-dessus ses épaules. L'impact me coupa le souffle pendant que l'homme me serrait le cou.

Puis, il poussa un petit cri strident en lâchant mon cou et en regardant par-dessus son épaule. Cora le regardait, la bouche pincée en une mince ligne. Elle avait visiblement extirpé la lame de sa jambe. En serrant le manche à deux mains, elle bondit en avant comme une escrimeuse pour plonger la dague dans le flanc de l'homme, qui s'effondra à côté de moi en envoyant des gerbes de gravier partout autour. Je me relevai d'un bond.

Cora frissonna, mais ce n'était pas à cause de la pluie froide qui recouvrait sa peau ; c'était sous l'effet du choc et de l'adrénaline. Elle venait de tuer un homme pour me sauver la vie. Elle porta une main à sa bouche. Elle n'arrivait plus à parler et secouait la tête, le visage couvert de larmes et de gouttes de pluie. Je n'avais jamais vu quelqu'un d'aussi torturé qu'elle.

Instinctivement, je tendis les bras pour l'attirer à moi. Je la serrai contre ma poitrine. Je fus soudainement bombardé des images de nos étreintes en Californie. Quand je l'avais transportée, après qu'elle eut perdu connaissance dans le café. Quand je l'avais serrée dans mes bras, pendant qu'elle pleurait, appuyée sur le mur du centre récréatif, quand elle avait appris que sa mère ne l'avait pas abandonnée, mais qu'elle avait disparu depuis plus de dix ans. Chaque souvenir d'elle contre moi lorsque nous nous embrassions...

Des bruits de pas s'approchant se firent entendre et nous sursautâmes. Par-dessus l'épaule de Cora, j'aperçus Lorcan Lennon, l'idiot de fils d'Ultana, qui s'approchait de nous en plissant les yeux, comme s'il essayait de comprendre ce qu'il voyait. Que faisait-il ici ? Clancy lui avait-il annoncé la mort de sa mère ?

D'un geste, je repoussai Cora.

— Sauve-toi ! Prends ma voiture pour aller à la maison. Mes parents veilleront sur toi jusqu'à mon retour.

— Finn, dit-elle en tirant sur mon t-shirt. Viens avec moi.

Tandis que Lorcan approchait, j'entendis et je sentis Cora s'éloigner. De l'endroit où il se tenait, Lorcan aurait très bien pu l'attaquer, mais étrangement, il n'en fit rien. Pourquoi ? Je me penchai pour reprendre la dague.

— N'y pense même pas, lui lançai-je en guise d'avertissement.

Il leva les mains en signe de paix en reprenant son souffle, sans faire le moindre geste ni même regarder dans la direction de Cora.

— Pourquoi es-tu ici ? Tu n'as rien à faire là, lui dis-je.

— Saoirse a entendu dire qu'il se passerait quelque chose de gros...

Sa voix mourut et il regarda les piles de cadavres autour de nous.

Oui, il s'était effectivement passé quelque chose de terriblement grave ici.

Lorcan examina l'homme mort à ses pieds, puis son front se plissa.

— C'est la dague de ma mère. Comment diable as-tu réussi à l'avoir ?

3
Giovanni

La pluie ruisselait des boucles noires de Cora. En position de combat, elle ressembla, l'espace d'un instant, à une guerrière d'un autre monde, étincelante et féroce. L'Arrazi avait reçu la mort qu'il méritait. Son aura s'éteignit comme une ampoule brisée.

Je pus enfin respirer de nouveau.

— Allons chez Finn, souffla-t-elle en me prenant par la main.

Nous nous frayâmes un chemin parmi les cadavres, aussi sombres et immobiles que les pierres qu'ils étaient venus voir.

L'aura argentée de Cora se serra contre son corps en projetant des pointes acérées dans toutes les directions. Elle avait érigé ses défenses. Elle était chargée à bloc d'adrénaline. Elle avait combattu. Tout cela me semblait être le résultat d'une progression inévitable. Après qu'elle eut laissé Clancy drogué et vivant dans la tombe, j'avais fini par croire qu'elle ne tuerait jamais. Pourtant, elle avait enfoncé la lame si fort dans le flanc de l'homme Arrazi qu'on aurait cru qu'elle voulait y plonger la main pour en extirper une côte en guise de trophée.

Je serrai sa main plus fort tandis que nous prenions la fuite.

— Nous devons laisser tous ces *stronzi*[1] d'Arrazis derrière nous. Il est hors de question que tu ailles en Italie seule. Cette attaque le prouve bien. Nous serons plus en sécurité ensemble.

C'était difficile pour nous de courir ; nos jambes étaient aussi lourdes que si nous avions essayé d'avancer dans la vase. Je tentai de transmettre un peu de ma force à Cora, mais après avoir été attaqué, j'étais aussi vidé qu'elle. Elle me lança un regard d'avertissement perçant dès qu'elle sentit ce que je voulais faire. Ses yeux verts étaient remplis de peur et d'un autre sentiment que je n'avais jamais vu auparavant dans son regard : l'éclat d'une impulsion meurtrière. Je me sentis soudain mal à l'aise.

— Ne fais pas ça. Garde tes forces, souffla-t-elle. Nous sommes tous les deux affaiblis.

— Je peux t'aider. Je ne suis pas complètement démuni, mentis-je nonchalamment.

Je ne m'étais pas senti démuni depuis de nombreuses années. Et pourtant, c'était exactement ce que je ressentais.

Je m'étais senti démuni en voyant Cora se faire brutalement attaquer, sans pouvoir rien faire pour l'aider, parce que Lorcan m'avait lancé une *geis*, qui m'empêchait de lui sauver la vie. Une malédiction des plus cruelles à m'infliger, compte tenu du fait que tous mes instincts me poussaient à défendre la fille de la même espèce particulière que moi. En

---
1. N.d.T.: Expression italienne signifiant « trou du cul ».

fait, elle était beaucoup plus que cela. Elle faisait maintenant partie de moi.

Chaque pas que nous faisions nous rapprochait de la voiture et mon espoir de vivre un jour de plus grandissait. De combattre un jour de plus. D'aimer... un jour.

Nous montâmes dans la voiture de Finn et je mis le contact.

— Devons-nous vraiment l'attendre? demandai-je en embrayant et en soulevant mon pied de la pédale de frein.

Cora observa Finn et Lorcan discuter à travers la clôture.

— Je ne sais pas, répondit-elle d'une voix aussi faible qu'une brise distante. Je ne sais pas...

Puis, elle leva les yeux vers une caméra de surveillance installée sur la clôture.

« Il vaudrait mieux que nous partions. Allons chez Finn. Il est sur son territoire. Il retrouvera son chemin, du moins, je l'espère.

Je me mordis l'intérieur de la joue. Mes espoirs ne concernaient pas les Arrazis ni Finn Doyle.

Dun faisait les cent pas sur les marches avant du manoir de Finn comme un cheval sauvage, sa longue crinière noire collée contre le corps. Il était complètement trempé et il s'en souciait aussi peu que nous. Il serra Cora très fort dans ses bras. Mon estomac se noua. Je n'avais jamais pu compter sur des amis comme lui.

— Mami Tulke a déjà acheté les billets d'avion, annonça Dun. Mon espagnol n'est pas très *bueno*, mais elle n'arrête pas de marmonner des histoires à propos de clés et de trésors et je crois qu'elle s'inquiétait tellement pour toi qu'elle a complètement perdu la tête. Est-ce que ça va ? Où est Finn ?

— Il va venir, répondit Cora en se mordillant la lèvre inférieure.

— Où est Claire ? demandai-je à Dun.

Le petit visage de Claire, une version plus ronde et plus douce de celui de ma mère, apparut dans mon esprit. Claire avait été la seule chose qui m'avait empêché de suivre Cora quand elle s'était jetée sur l'homme pour l'attaquer. Nous ne cherchions pas à savoir qui était prêt à mourir pour Cora. Et je n'étais pas prêt à choisir la mort pour laisser derrière une petite fille, ma petite fille, seule. Comme à son habitude, Cora avait fait preuve d'altruisme en me le rappelant. Comment pouvais-je être un bon père, quand j'étais devenu orphelin si jeune que je ne savais pas ce qu'un père devait faire ?

— Claire est dans la bibliothèque des Doyle et lit des livres qui me dépassent complètement, répondit Dun. Elle est très intelligente, mec.

Même si seulement une partie de mon ADN était responsable de cette intelligence, je ressentis une vague de fierté monter en moi. Je me demandais qui pouvait être la mère biologique de Claire. À quelle espèce elle appartenait... Claire était le fruit des expériences du docteur M. et elle n'était visiblement pas une Scintilla à part entière. J'avais tout de suite remarqué que son aura était différente. Une aura vaste, qui prenait de l'expansion, comme une explosion au ralenti. Les gens se méfiaient d'elle parce qu'ils pouvaient sentir son énergie exploser.

Je savais également par expérience que son esprit pouvait être tout aussi intimidant. La plupart des gens étaient confinés à une seule perspective et craignaient ceux qui pouvaient explorer les confins de l'esprit. Cora croyait que j'avais principalement réussi à survivre grâce à mon énergie de Scintilla et cela avait été partiellement vrai, mais la plupart du temps, j'avais réussi à manipuler les gens par la force de mon intellect. Les gens étaient faciles à manipuler.

Je ressentis un pincement de culpabilité au sujet de mes transactions avec le docteur M. Je n'avais pas été honnête avec Cora au sujet de l'argent qu'il me versait pour trouver d'autres Scintillas et les lui amener. Et pourtant, je n'étais pas un chasseur de têtes. Le docteur M. ne me payait pas pour chaque Scintilla que je lui amenais, contrairement aux accusations de Cora. L'entreprise du docteur M. me soutenait financièrement, sous les auspices de ma recherche pour d'autres personnes comme moi. Le docteur M. n'avait pas eu besoin de savoir que je le faisais déjà du mieux que je le pouvais, sans être payé et avec des moyens financiers limités.

Toute ma vie, j'avais cherché un éclat argenté.

J'avais accepté son offre parce que je voulais désespérément trouver d'autres personnes comme moi et parce que j'avais besoin d'argent. Je croyais alors aider les miens. Il me l'avait promis, mais j'avais fait courir un grand risque à Cora et aux autres. Rien ne laissait deviner que le docteur M. était dérangé quand j'avais conclu un marché avec lui, plusieurs années auparavant. Comment aurais-je pu savoir que les Arrazis étaient mêlés aux activités de son entreprise et à ses recherches, par l'intermédiaire de la société Xepa ? Même le docteur M. ne semblait pas le savoir. Et maintenant, je savais que j'avais été trompé et le prix à payer était trop grand. J'avais perdu la confiance et peut-être même l'amour de Cora, que j'avais durement gagnés.

J'observais Cora, cette nouvelle guerrière, trempée par la pluie et épuisée par les combats, en me demandant si elle pourrait un jour me pardonner. Et si elle ne me pardonnait pas, je me demandais si moi, je pourrais un jour me le pardonner.

4
Cora

— Que faisais-tu ? demandai-je à Dun en remarquant que ses chaussures et le bas de son jean étaient couverts de boue.

La boue et le regard que me lança Dun furent suffisants pour que je comprenne.

— Mais tu n'as pas… dis-je avec peine.

Ils n'auraient pas osé enterrer ma mère sans moi ?

— Non, non. Il pleuvait si fort que le trou se remplissait plus vite que je n'arrivais à creuser. Quel temps bizarre.

Nous levâmes tous les trois les yeux au ciel. L'arrivée soudaine de la pluie torrentielle au moment où nous luttions contre les Arrazis était effectivement étrange. Et maintenant, le ciel ressemblait à une plaque d'ardoise, comme tant d'autres jours en Irlande, mais il ne pleuvait plus.

— On aurait dit que nous avions apporté la pluie, suggéra Giovanni.

— Hmmm… marmonnai-je en repensant à la théorie de mon père selon laquelle la fréquence des désastres naturels augmentait à cause d'un déséquilibre des énergies dans le monde.

Je bâillai. J'étais exténuée, mais mon désir d'envoyer ma mère à son dernier repos aux côtés de mon père était trop grand. Je savais que je ne pourrais pas me reposer tant que ce ne serait pas accompli. Et plus tôt nous l'aurions fait, plus tôt je pourrais quitter l'Irlande pour l'Italie.

Sans me soucier de savoir si les autres me suivaient, je traversai la cour en direction de l'endroit où le corps de ma mère était étendu par terre. On avait déposé un drap en tissu écossais rouge et vert orné de minces rayures dorées, mais il était tellement trempé que je pouvais clairement voir son profil sous le tissu. Je m'agenouillai près d'elle pour retirer le drap de son visage. Je laissai doucement glisser mes doigts sur son nez, jusqu'à sa bouche. Accablée par le chagrin, j'embrassai mes doigts, que je déposai doucement sur ses lèvres entrouvertes.

Nombreux avaient été les moments où j'aurais voulu pleurer, où je ressentais le besoin de pleurer, mais maintenant, je n'y arrivais pas. Le ressentiment se mit à couler dans mes veines tandis que je levais les yeux de son corps pour regarder le trou à moitié creusé. Les Arrazis avaient fait de moi une orpheline. La société Xepa conspirait pour exterminer ma race. Si Ultana avait dit vrai, une conspiration se tramait dans les coulisses de l'église la plus puissante au monde dans le but de nous ensevelir avec la vérité.

L'enterrement… j'avais toujours trouvé étrange la coutume consistant à mettre les corps en terre. Je m'imaginais la terre ronde, dont une couche entière remplie de squelettes. Un dépotoir pour les morts. Je n'avais jamais compris cette pratique. Durant la courte période où j'avais connu ma mère, elle m'avait semblé être heureuse quand elle avait les mains dans la terre. L'idée de l'enterrer me paraissait appropriée, pour l'ancrer dans la terre. Elle et mon père pourraient ensuite servir d'engrais pour d'autres fleurs et être toujours ensemble.

Si je fixais assez longtemps du regard l'eau au fond du trou, je pouvais m'imaginer qu'il était sans fond et que ma mère pourrait descendre jusqu'au centre de la Terre et s'éloigner sur une rivière de lave rouge. Était-ce vraiment mieux d'être incinéré et dispersé aux quatre vents ? D'une façon ou d'une autre, les formes perdent leur forme et se transmutent en autre chose.

Jamais rien ne m'avait semblé aussi injuste que de voir l'étincelle d'une Scintilla volée, puis son corps enfoncé dans la terre, comme de la cendre sous la botte d'un Arrazi. Nous, Scintillas, étions des donneurs de lumière. Il devait y avoir une raison pour expliquer notre existence. Une rage renouvelée monta en moi. C'était totalement injuste. Non seulement ma mère avait été assassinée, mais sa raison d'être était à la fois inconnue et crainte. Les plus puissants l'avaient tuée.

Je serrai les poings dans la boue. Les Arrazis connaîtraient la peur. Leurs actions m'avaient insufflé de sombres motivations. Je voulais connaître ma raison d'être et faire trembler les puissants de peur en laissant éclater au grand jour la vérité.

Déterminée, je me relevai pour prendre la pelle et sauter dans le trou où je m'enfonçai jusqu'aux genoux. Je me mis à creuser, creuser jusqu'à ce que mes épaules me fassent mal et que mes mains soient écorchées.

Je creusai jusqu'à ce que je réussisse enfin à pleurer.

L'accent irlandais de Finn descendit au fond du trou.

— Allons, mon cœur, laisse-moi faire, dit-il en m'enlevant doucement la pelle.

Je voulus l'en empêcher, mais j'avais à peine assez de force pour rester debout et certainement plus assez pour soulever une pelletée de plus. Finn fit claquer sa langue en posant son regard sur moi.

— J'ai essayé de faire comme toi. Je n'ai pas réussi à enterrer mon chagrin ni ma colère. J'ai dû apprendre à en tirer profit. Je suppose que c'est ce que tu cherches à faire en te rendant en Italie ?

Je hochai la tête. Finn semblait savoir instinctivement ce que je ressentais. Autrefois, j'avais aimé cet aspect de lui. Maintenant, l'absurdité de ce trait m'agaçait. Je passai mon avant-bras sur mes yeux pour essuyer mes larmes.

— Tu as dit que tu avais trouvé quelque chose qui pourrait m'intéresser chez Ultana. J'aimerais le voir avant de partir.

— Bien sûr, dit-il en serrant les dents. Je vais t'aider à… finir… ajouta-t-il en regardant brièvement ma mère avant de baisser les yeux sur la pelle.

Ses bras et ses jambes se mirent en mouvement à l'unisson. Évidemment, il avait déjà creusé un trou, pour mon père.

— Dois-je aller chercher les autres ? me demanda-t-il quand il eut fini de creuser.

Le trou était prêt.

— Seulement ma grand-mère.

Finn m'adressa un regard inquisiteur.

— La vierge et la sorcière enterreront la mère, dis-je.

Je ne pouvais pas l'expliquer, mais cela me semblait être la bonne chose à faire. Notre cercle était maintenant brisé, mais en enterrant ensemble ma mère, ma grand-mère et moi pourrions peut-être tisser des liens plus serrés. Si on oubliait l'idée folle de Clancy de nous sacrifier toutes les trois, j'avais le sentiment qu'il y avait effectivement quelque chose de sacré dans le triplé féminin que nous avions formé ensemble.

— Nous étions sa famille, ajoutai-je comme si ces quelques mots avaient pu expliquer les raisons profondément personnelles et inexplicables pour lesquelles je voulais l'enterrer à ma manière.

Je descendis dans la tombe et Finn hocha la tête. Nous glissâmes nos bras sous le corps de ma mère pour la soulever et la faire descendre dans le sol qui l'attendait déjà. La boue s'ouvrit pour lui faire place et l'accepter. Elle appartenait maintenant à la terre.

Finn se pencha sur ma mère.

— *Ta sé in ait na fhirinne anois.*

Il avait déjà prononcé ces mots, quand il avait constaté la mort de mon père. Son regard triste tacheté d'or croisa le mien.

— Elle est maintenant dans un lieu de vérité.

Je vis un mouvement dans sa main quand il se releva. Il me tendit un bout du tissu qui recouvrait le corps de ma mère.

— C'est le tartan de la famille Doyle, expliqua-t-il.

Je lui tendis la main et Finn attacha le bout de tissu autour de mon poignet, celui qui portait la marque de la lune de ma mère.

La cérémonie de mariage traditionnelle, voilà tout ce que je pus voir dans le geste de Finn quand il attacha le bout de tartan à mon poignet. La cérémonie de mariage de mes parents. Ma cérémonie de mariage avec Finn, dans une réalité parallèle. Une réalité où nous aurions eu la chance de nous aimer au lieu de vivre comme des ennemis naturels. Une réalité où il n'aurait pas tué ma cousine. Je repris ma main et grimpai hors du trou.

— Mami Tulke, dis-je en déglutissant pour me ressaisir.

Sans dire un mot, Finn me laissa seule pour aller chercher ma grand-mère.

Comme dans un rêve éveillé qui me tiraillait, je ressentais l'envie de m'étendre à côté de ma mère et de m'enterrer. Je voulais me reposer, mais je n'étais peut-être pas encore prête au repos éternel. J'aurais voulu que ma vie soit différente. Je voulais être en paix, mais c'était aussi futile que de vouloir avoir des ailes.

Quelques instants plus tard, Mami Tulke traversa la pelouse entourée de sa robe de style rustique qui flottait autour de ses jambes. Elle me lança un regard acéré de sous ses paupières ridées avant de me rejoindre dans le trou. Son agilité me surprit au point de me soutirer un sourire. Sans peur devant la mort, elle s'accroupit pour soulever le drap qui couvrait le visage de ma mère. Les cheveux noirs de ma mère flottaient dans la flaque d'eau comme des roseaux dans un marécage. On aurait dit qu'elle émergeait de la terre comme une nouvelle fleur, pas qu'on venait de l'y enterrer.

Mami Tulke me prit par la main et me força à m'agenouiller en face d'elle, de l'autre côté du corps de ma mère. Je me penchai pour poser mon front sur ma mère, comme elle l'avait fait pour me transmettre les souvenirs de notre vie ensemble. Je me redressai en tressaillant et en portant une main à mon front, me rappelant soudain que ses souvenirs m'avaient marquée, mais que j'ignorais quelle marque je portais au front.

— Qu'y a-t-il sur mon front ? Quelle marque a-t-elle laissée sur moi ?

Ma grand-mère fit glisser doucement un doigt au-dessus de mon nez.

— On dirait un symbole celtique. Je ne connais pas sa signification, mais il est adorable, *mija*. Demande au garçon. Il saura peut-être.

Elle tendit une main parcheminée au-dessus du centre de la poitrine de ma mère et se mit à tracer trois cercles dans l'air, de plus en plus gros. Une spirale d'énergie argentée s'éleva du cœur de ma mère.

— Que fais-tu ? lui demandai-je, sincèrement curieuse de connaître la nature du rituel qu'elle accomplissait.

— Je cherche à créer un lien avec l'énergie résiduelle dans son chakra du cœur pour la libérer, répondit Mami Tulke en envoyant la spirale d'énergie étincelante vers le ciel.

L'énergie nous retomba dessus, comme une pluie d'argent. L'énergie provenant du cœur de ma mère m'enveloppa d'une fine couche d'amour qui pénétra ma peau pour s'infiltrer dans mon cœur. Je posai un baiser sur mes doigts avant de toucher la marque qu'elle avait laissée sur mon front. Ce fut l'unique rituel qui me vint à l'esprit. Je grimpai hors de la tombe.

Je ne pouvais plus affronter qui que ce soit ni quoi que ce soit.

Je m'éloignai de la tombe de ma mère en titubant, hébétée. On m'aurait dit qu'il suffisait d'agiter une baguette magique pour me faire apparaître en Italie, au Chili ou même au Kansas, avec Toto, que je m'en serais moquée. Si je ne dormais pas tout de suite, je ne survivrais pas une minute de plus. J'étais totalement vidée. Mes paupières tressaillaient continuellement. J'étais complètement engourdie des épaules jusqu'aux pieds et mon corps entier était endolori parce que j'avais trop creusé. Chacune de mes inspirations se transformait en bâillement. Chacune de mes expirations était un soupir de chagrin.

Je me rendis à la tour où j'avais dormi, quand j'étais une invitée au manoir des Doyle. C'était mon îlot de certitude au cœur de la tempête d'incertitude. De belles images me vinrent en tête, comme lorsque j'avais appris que Finn avait l'habitude de venir dans la tour pour apprendre la guitare. C'était dans la tour que Finn m'avait appelée *críona* pour la première fois. Mon cœur. Puis, un souvenir troublant, la nuit où la mère de Finn était venue pour absorber mon aura durant mon sommeil et obtenir son sortilège, qui lui permettait de voir le plus grand secret au cœur des gens.

Je secouai la tête pour chasser ces souvenirs. La tour était isolée et je la réclamai.

Le sommeil me réclama.

Je me réveillai au son de la douce musique du chant des vagues et des mouettes. Je me tournai et me dressai sur mes genoux pour regarder par la fenêtre. Je le regrettai immédiatement. La tombe de ma mère ressemblait à une blessure ouverte dans la pelouse verte. Je connaissais maintenant si bien le pincement qui me serrait le cœur que je me demandais si je pourrais un jour cesser de ressentir cette douleur et me sentir à nouveau libre comme le vent.

Je pris une douche, m'habillai, puis je descendis l'escalier en spirale pour aller retrouver les autres.

Si nous n'avions pas traversé des épreuves terribles, les sons qui remplissaient la maison auraient été suffisants pour me remonter le moral. Le bavardage de Claire dans la cuisine, qui posait une question après l'autre à la mère de Finn. Dun et Giovanni qui discutaient à propos de tribus, particulièrement l'appartenance de Dun à la tribu des Apaches. Giovanni méditait sur le fait que les Amérindiens avaient subi un génocide semblable à celui qui visait les Scintillas. Il avait raison, évidemment, d'un guerrier à un autre.

— Bien dormi ?

Finn me fit sursauter. Je me retournai en levant instinctivement une main pour le repousser, en me réprimandant mentalement de ne pas l'avoir senti approcher. J'aurais senti n'importe quel autre Arrazi approcher à plus d'un kilomètre. Mais Finn, lui, réussissait à pénétrer mes défenses. Je ne l'avais jamais considéré comme un ennemi et après tout ce qu'il avait fait, je ne comprenais pas pourquoi. J'aurais dû le détester.

— J'ai dormi comme un loir, répondis-je honnêtement. J'ai du mal à le reconnaître, mais j'ai fermé les yeux au coucher du soleil pour les ouvrir seulement à l'aube. Et pourtant, j'ai l'impression qu'il ne s'est écoulé que cinq minutes entre les deux.

— Ça m'arrive parfois de m'endormir pour ensuite me réveiller et avoir l'impression que je viens à peine de me coucher.

Un silence gêné de quelques secondes tomba, puis je remarquai ce qu'il y avait derrière lui.

— *La scintillante armée des cieux*, dis-je en pointant le tableau, toujours surprise de savoir que c'était le titre de l'œuvre de Gustave Doré représentant une scène du *Paradis*, de Dante. C'est le nom de ce tableau. Griffin m'a menacée en prononçant des vers de Dante, quand j'étais à l'hôpital. Ultana a dit que Dante a été tué parce qu'il cherchait à propager la vérité. Je sais que ce n'est pas une coïncidence. Dis-moi pourquoi ce tableau se trouve ici.

— Ce n'est pas une coïncidence, dit Finn. Ma mère m'a dit que la croyance veut que Dante ait connu la vérité à propos des Arrazis et des Scintillas et qu'il ait tenté de la répandre dans le monde. Je ne crois pas que la plupart des gens aient réussi à lire entre les lignes de son œuvre.

— Quand on ne sait pas déjà la vérité, c'est facile de comprendre comment la majorité peut avoir cru que l'œuvre de Dante n'était rien de plus qu'une allégorie sur le paradis et l'enfer, dis-je en levant les yeux vers le tableau.

C'était étrange de me tenir là, à côté de Finn, comme Dante et Béatrice, les yeux levés vers la spirale d'anges s'élevant dans le ciel.

— Peut-être que son message ne s'adressait pas à toute l'humanité, mais seulement à nous, suggérai-je, encouragée par cette nouvelle idée.

Quel message Dante pouvait-il avoir tenté de transmettre précisément aux deux espèces humaines surnaturelles ?

Sans détourner les yeux du tableau, je pus sentir le regard de Finn se poser sur moi.

— Génial, murmura-t-il. Je pense que tu aimeras ce que je vais te montrer.

— Je crois également qu'il existe un lien entre Dante et Michel-Ange, ajoutai-je, ce à quoi Finn haussa les sourcils en signe de surprise, comme s'il venait de comprendre quelque chose. C'est en partie pour cette raison que je veux me rendre en Italie.

Une expression d'excitation et d'impatience apparut sur le visage de Finn, qui sortit son téléphone de sa poche pour me montrer une photo d'un dessin jauni par le temps représentant le portrait d'une femme.

— C'est Ultana ? lui demandai-je, incertaine de comprendre en quoi cet étrange portrait d'elle pouvait être important.

Finn hocha la tête pour signifier que j'avais vu juste.

— Je crois que c'est bien elle, compte tenu de sa longévité anormale.

Il passa à une autre photo sur son téléphone, celle d'un bout de papier de forme triangulaire dans sa main.

— J'ai trouvé ce bout de papier dans son bureau, glissé dans un exemplaire de *La Divine Comédie*. Tu vois, il correspond parfaitement au coin déchiré du dessin ?

— L'emblème de Michel-Ange, murmurai-je en observant les trois cercles qu'il utilisait comme une signature. Et le griffonnage en italien, que dit-il ?

— Ça veut dire « nous avons tous nos illusions et nos mystères ».

— Comme c'est vrai ! dis-je en espérant avoir quelque chose de plus concret pour poursuivre mes recherches.

Pourtant, le fait que la note de Michel-Ange provenait d'un livre de Dante trouvé dans le bureau d'Ultana était déjà révélateur. Une preuve des liens dont je soupçonnais l'existence.

J'étais mal à l'aise de voir à quel point nous agissions de manière amicale, pas parce que cela me semblait forcé, mais plutôt parce que j'avais l'impression d'être… déloyale… envers Mari. Je le frappai dans un geste de colère.

— Si tu me tuais, dis-je en ignorant le regard inquiet dans ses yeux cuivrés, tu pourrais t'approprier mon pouvoir et tu n'aurais plus jamais besoin de tuer.

Je fis un signe en direction de la cuisine, d'où l'on entendait la voix de Giovanni et celle de Mami Tulke.

— Si toi ou tes parents tuiez les trois Scintillas en même temps, vous pourriez prendre nos pouvoirs et peut-être même vivre à jamais.

Finn passa dans ses cheveux noirs une main encore tachée après avoir manié la pelle qui avait servi à creuser la tombe humide de ma mère, à côté de celle de mon père. Je me demandai soudain s'il avait réussi à dormir et je maudis mes inquiétudes. Mon cœur se serra.

— Pourquoi ne l'as-tu pas fait, Finn ? Pourquoi est-ce que tu ne me tues pas maintenant ?

Je prononçai ces mots d'un souffle, comme un vent chaud de colère que je n'arrivais pas à contrôler.

L'aura trouble de Finn se contracta comme si je l'avais frappé. Son regard fut plus insistant, son hésitation plus longue qu'à l'habitude. Il déglutit avec difficulté.

— Parce que je ne veux pas vivre une telle vie éternellement.

— Mais, pourtant, Mari…

Mon barrage menaçait de céder.

— Comment as-tu pu ? lui demandai-je d'une voix étranglée, incapable de croire qu'il avait volé son esprit, incapable de croire qu'il n'avait pas eu d'autre choix.

— Déteste-moi, Cora. Fais-le. Je peux sentir ton aura remplie de colère. Déteste-moi, si c'est ce qu'il faut pour assurer ta sécurité. Je mérite chaque parcelle de ton mépris. Si tu insistes pour aller tuer tes dragons seule, je resterai ici pour déterrer les secrets d'Ultana, les secrets de la société Xepa. Les gens apprendront bientôt qu'Ultana est morte, j'en suis certain, et je suppose que d'autres Arrazis continueront d'exécuter les ordres qu'elle a transmis. Je ferai tout en mon pouvoir pour les arrêter. D'ici là, ce n'est pas fini.

Épuisée, je m'effondrai.

— Est-ce que nous verrons un jour la fin de cette histoire ?

Finn ne répondit pas. Nous connaissions tous les deux l'issue la plus probable pour les quelques Scintillas encore vivants.

— Après tout ce qui s'est passé, tu crois que les Arrazis te feront confiance ? Comment peux-tu espérer découvrir leurs secrets de l'extérieur ? lui demandai-je.

— Tous les témoins sont morts.

— Et Lorcan… ?

— Il est arrivé trop tard pour savoir exactement ce qui s'est passé, mais je sais que je devrai le surveiller.

— De quoi avez-vous parlé, pendant que nous prenions la fuite ?

— Il voulait savoir où j'avais eu la dague de sa mère. Je lui ai dit qu'elle me l'avait offerte après… Après que j'ai tué Mari. Ce qui est faux, ajouta-t-il rapidement.

Un éclair d'obscurité traversa son regard. Je m'en voulais d'être déchirée entre la pitié et le dégoût que j'éprouvais pour lui.

— Je ne savais pas quoi lui dire d'autre, si ce n'est que je suis amoureux d'une Scintilla et que je te défendais. Il ne semblait pas savoir ce qui était arrivé à sa mère. En fait, il m'a dit qu'il ne savait pas encore comment il lui expliquerait ce qu'il avait vu. Je pense qu'il ignorait dans quoi il s'était lancé. Pourtant, je crois que quelqu'un avait tenté de communiquer avec Ultana, car Saoirse avait informé Lorcan de ce qui se passait aux ruines. Je doute que Lorcan ait compris la portée de ce qui s'était passé. En fait, je doute que Lorcan comprenne quoi que ce soit.

» Peut-être aurai-je le temps de poursuivre mes recherches au sujet de sa mère et de ses contacts, continua Finn en fouillant dans sa poche pour en sortir une petite bourse et une enveloppe. Voilà ce que je voulais te montrer. J'ai trouvé ces objets dans un cœur en bois dans le bureau d'Ultana.

— Attends, fis-je en l'interrompant. Un cœur en bois ? Celui qu'on a volé à la cathédrale Christ Church ?

J'avais vu ce cœur dans les souvenirs du mariage de mes parents.

Finn parut surpris quand je lui posai la question, mais il hocha la tête.

— Bien sûr… je savais que j'avais déjà vu ce cœur, au bulletin télévisé, il y a de cela trois ou quatre ans. Tu viens de me le rappeler.

— C'était une voleuse, tu sais ? C'est ce que représentait la marque sur son visage. Donc, elle a volé le cœur en bois de la cathédrale Christ Church et ces objets étaient à l'intérieur ? lui demandai-je en prenant la pochette et l'enveloppe.

— Oui. Tu vas voir, c'est fascinant.

La délicate feuille de papier usée par le temps qui se trouvait dans l'enveloppe certifiait que la pochette contenait les cendres de Dante Alighieri.

Je levai les yeux pour croiser le regard de Finn, qui me fit un petit signe de tête.

— Ce n'est pas la seule pochette, murmura-t-il. J'ai fait une recherche en ligne. À l'origine, il y avait six pochettes semblables. Quatre d'entre elles ont disparu. L'une d'elles a fini au sénat italien en 1987 et une autre, dans la bibliothèque centrale de Florence, où elle est conservée avec la collection de manuscrits rares. Les autres manquent toujours.

— Dante était un Scintilla. C'est évident que quelqu'un était au courant, dis-je en sentant soudain un lien se former entre moi et cet homme qui avait vécu des centaines d'années avant moi.

Je plongeai un doigt dans l'ouverture de la pochette pour l'ouvrir. Je trouvai une petite pile de poussière grise au fond. Une énergie palpable s'éleva de la poudre. Ma main se mit à trembler tandis que je me demandais si je devais la toucher. Mon corps était devenu un mur profané par des graffitis des échos d'énergie de mémoires oubliées. Je ne retrouverais plus jamais mon ancienne apparence. Je ne serais plus jamais la même.

Je pris une grande inspiration pour trouver mon courage, touchai la dune miniature du bout du doigt, et fus projetée dans le passé.

Une chambre sombre illuminée par des bougies. Une heure sombre pour l'homme faible étendu dans le lit, dont j'habitais le regard pour voir une ombre approcher du coin de la chambre. Au début, l'homme n'avait pas peur ; il était plutôt intrigué par la femme qui l'approchait. Elle se pencha sur lui en souriant. Il était malade. Il crut qu'on l'avait envoyée pour le réconforter, surtout après avoir entendu ses premiers mots.

— On m'a envoyée, dit-elle. Pour…

— Pour voler, marmonna l'homme, qui pouvait maintenant voir, à la lueur de la bougie, la marque du voleur gravée sur le visage de la femme. Vous ne pouviez pas attendre ma mort, cracha-t-il. Je le serai bientôt, pourtant.

Ultana, beaucoup plus jeune, lui sourit aimablement, mais son regard était dur.

— Oui, mon cher, vous mourrez, mais j'ai besoin de vous vivant, parce que la seule chose que je suis venue vous voler… est votre âme.

Ultana Lennon projeta son énergie d'Arrazi dans le corps du grand poète et arracha son aura, jusqu'à ce que la dernière perle d'énergie pénètre en elle.

5
Finn

Je n'avais jamais vu Cora observer son sortilège auparavant.

Elle plongea les doigts dans la pochette pourpre et ses longs cils battirent délicatement, puis elle ferma les yeux. Elle inclina légèrement la tête en arrière et ses spirales de cheveux noirs glissèrent de ses épaules. Elle inspira profondément en entrouvrant la bouche et je ne pus m'empêcher de constater qu'elle prenait la même expression quand j'étais sur le point de l'embrasser. Je serrai les mains pour résister à l'envie de prendre son visage.

J'aurais aimé voir par ses yeux, non seulement pour vivre la magie d'être aspiré dans le passé des objets, mais aussi pour voir la belle lumière qui entourait les gens. La pièce dans les installations du docteur M. m'avait permis de vivre un moment extraordinaire, de voir un aperçu de l'âme argentée d'une Scintilla. Ce moment m'avait ému. Je crois que même Lorcan, qui était avec moi à ce moment, avait été troublé.

Cora ouvrit les yeux en poussant un petit cri de surprise.

— Ultana n'a pas menti. Elle a effectivement assassiné Dante. Elle lui a dit qu'on l'avait envoyée pour voler son âme.

— Qui l'avait envoyée ?

— C'est la question que je me pose.

Dès qu'elle prononça ces paroles, une marque noire représentant trois cercles interreliés apparut sur la peau de Cora, comme s'ils avaient été enfouis sous sa chair couleur crème, attendant le bon moment pour surgir. Cora fronça les sourcils en portant une main à l'endroit où la marque était apparue, sous sa mâchoire, comme si elle avait été piquée.

— Non ! souffla-t-elle en cachant la nouvelle marque qui grandissait sous mes yeux. Encore sur le visage ? C'est nul !

Je retirai doucement sa main pour mieux voir la marque qui sinuait sur la peau de son cou, près de l'endroit où battait son pouls.

Cora retira sa main de la mienne.

— Tu peux me dire ce que signifie le symbole sur mon front ? me demanda-t-elle en l'effleurant.

— Ce symbole peut être interprété de deux façons, répondis-je en examinant le petit symbole celtique au milieu de son front. Il peut représenter la mère et la fille, mais on dit qu'il peut également signifier un nouveau départ.

— J'aimerais bien, oui.

— Cela ne change rien, dis-je en suivant le tracé du symbole du bout du doigt. Tu es belle. Tu le seras toujours.

Cora repoussa ma main en me lançant un regard noir. Je lui fis des excuses en bredouillant.

— Tu ne m'as pas demandé ce que représentait ta nouvelle marque, dis-je. Elle est identique à la marque de Michel-Ange sur le bout de papier dans la photo.

— Le *giri tondi* ? demanda-t-elle, visiblement étonnée. J'ai touché les cendres de Dante et c'est l'emblème de Michel-Ange qui apparaît sur ma peau ? Étrange. Michel-Ange et Dante croyaient tous les deux que le cercle était une métaphore de Dieu. Même séparés par des centaines d'années, Dante et Michel-Ange étaient liés et… ils étaient fascinés par le nombre trois, ajouta-t-elle en plissant mystérieusement les yeux.

— Ils ont été enterrés au même endroit, d'ailleurs, lui dis-je en me rappelant ce détail dès que je l'entendis prononcer le mot « trois ». À la basilique de Santa Croce, à Florence.

Je l'avais appris quand j'avais parlé de Dante avec ma mère. Cora écarquilla les yeux et je soupirai. Cette information n'allait certainement pas m'aider à l'empêcher de se rendre en Italie.

— Galilée est enterré là-bas, lui aussi. On a coupé trois doigts à son cadavre.

Cora inclina la tête dans un geste adorable, comme si le poids de sa curiosité se manifestait uniquement du côté droit de sa tête.

— C'est une blague ?
— Il n'y a rien de drôle là-dedans.

L'ombre d'un sourire dansa sur les lèvres de Cora avant de disparaître aussitôt.

— Tu sais que j'ai raison de me rendre en Italie.

Je n'eus pas le temps de répondre et d'après le regard que me lançait Cora, cela n'aurait de toute façon pas été nécessaire. Ma mère ouvrit soudainement la porte de la cuisine et nous vit dans le couloir.

— Ah, te voilà ! me dit-elle. Pourquoi essaies-tu de m'éviter…

Surpris, je regardai en direction de ma mère, qui croisa mon regard. Elle s'appuya sur le mur pour rester debout. Son visage prit les couleurs du chagrin et du dégoût quand elle vit mon plus grand secret. Son sortilège était carrément terrifiant.

« Oh, Jésus-Marie-Joseph… Mon… Mon frère est mort. »

— Maintenant, tu le sais, dis-je, sentant soudainement la honte me recouvrir comme une pellicule poisseuse.

J'évitais ma mère depuis que nous étions revenus de Newgrange, la veille. Je ne voulais pas discuter du tourbillon de sentiments qui m'habitait. J'avais l'intention de m'asseoir avec elle pour lui parler de Clancy quand nous serions seuls.

— On dirait que j'ai un talent pour tuer des gens aimés.

Cora s'éclaircit la gorge.

— Je dois quitter l'Irlande, dit-elle pour changer de sujet. J'ai besoin d'un passeport.

La voix de Cora mourut et je vis alors une larme descendre sur sa joue. Elle l'essuya d'un geste brusque, colérique. Je sentis la culpabilité me couper en deux.

— J'irai chez Clancy, dit ma mère d'une voix tremblante en prononçant le nom de son frère.

Pourtant, je la connaissais suffisamment bien pour savoir qu'elle était passée en mode de gestion de crise. Elle remonterait ses manches et ferait le nécessaire.

— Il est possible que les affaires de Cora y soient toujours et qu'il les ait gardées après l'avoir enlevée.

Elle remarqua la nouvelle marque dans le cou de Cora, mais elle ne posa pas de questions.

— Merci, Ina. Pouvez-vous également chercher les affaires de ma grand-mère ? Clancy l'avait enlevée, elle aussi. Seigneur, j'espère que nos passeports y sont.

— J'ai le mien et celui de Claire, dit Giovanni en émergeant de la cuisine avec la petite fille, qui nous regarda de ses yeux étranges.

C'était difficile de ne pas être déstabilisé par une personne dont les yeux contenaient trois iris.

— Nous avons également le passeport de Dun. Nous l'avons pris dans la fourgonnette du docteur M. en prenant la fuite.

Giovanni remarqua alors la nouvelle marque sur la peau de Cora et la caressa du bout des doigts. Je serrai les dents.

— Le sceau de Michel-Ange ? Comment est-ce possible ? Pourquoi ? lui demanda-t-il.

— Finn a trouvé des pochettes contenant les cendres provenant du tombeau de Dante, expliqua Cora. Elles étaient cachées dans la maison d'Ultana. Elle a tué Dante. Je l'ai vu.

Ma mère eut un petit rire méprisant.

— C'est impossible.

Des éclairs de colère jaillirent des yeux de Cora.

— Je sais ce que j'ai vu, dit-elle d'une voix plus assurée que jamais. Une Arrazi a tué un Scintilla, il n'y a là rien de nouveau, ajouta-t-elle d'un ton acide, dévastateur. Cependant, j'ai bien appris quelque chose de nouveau. Quelqu'un l'avait envoyée pour le tuer, parce qu'il tentait de révéler la vérité.

— Ultana pourrait-elle avoir connu cette vérité ? m'interrogeai-je à haute voix.

— Si elle la connaissait, répondit Cora, est-ce que ses enfants la connaissent eux aussi ?

Je compris à son expression qu'elle me confiait cette mission.

— On dirait que Finn a reçu ses ordres, lança Giovanni en me donnant une claque sur l'épaule.

— Je sais ce que j'ai à faire, mec, rétorquai-je en serrant les dents.

Ma mère croisa les bras en examinant le groupe de fugitifs qu'elle hébergeait chez elle.

— Pour le moment, je crains que vous deviez surtout vous préoccuper de prendre la fuite.

6
Giovanni

J'avais été un orphelin errant partout en Europe pendant la majeure partie de ma vie et les difficultés que j'avais dû endurer étaient dérisoires par rapport à celle consistant à faire dormir un enfant qui ne voulait pas.

Claire s'ennuyait du docteur M. et de ses installations. C'était la seule famille qu'elle avait eue. Elle était trop intelligente et trop âgée pour que je tente de lui cacher la vérité sur les circonstances de notre fuite. Elle avait vu les cadavres et le sang partout pendant que je la sortais de là. J'avais fait de mon mieux pour lui expliquer notre situation avec suffisamment de franchise pour qu'elle comprenne que la fuite était notre seule option. Je lui avais également dit que j'étais son père biologique. C'est à ce moment que j'avais compris la différence entre intelligence factuelle et intelligence émotionnelle. Claire s'était mise à pleurer comme toute petite fille de son âge.

Je comprenais son désir de revoir sa « famille » plus qu'elle ne le croyait, puisque j'avais perdu la mienne quand j'avais à peine quelques années de plus que ses cinq ans. Pourtant, ma compassion ne l'aidait pas à soulager sa douleur. C'était ma première leçon à titre de parent. Ma fille devait vivre ses expériences et ses douleurs. Je ne pouvais pas le lui épargner.

Personne ne pouvait s'en sortir indemne.

Ses boucles blondes s'étendaient sur l'oreiller et elle dormait avec les poings fermés, d'une façon qui me fit penser à Cora. Je m'assis sur le bord du lit pour observer l'étrange aura de Claire. C'était l'aura la plus volatile que j'avais eu l'occasion d'observer. Elle changeait de couleur, de forme et de texture. Elle semblait repousser l'air autour d'elle, cherchant à occuper tout l'espace dans la pièce. En de rares occasions, j'avais l'impression d'apercevoir l'éclat argenté de l'aura Scintilla, mais je prenais sans doute mes désirs pour des réalités. Ou peut-être pas. Je ne lui souhaitais pas de vivre une vie de pourchassée.

L'aura de Claire se referma sur elle, comme les pétales d'une fleur multicolore, quand elle plongea dans un sommeil profond. Je me jurai alors de faire tout en mon pouvoir pour lui offrir un monde où elle n'aurait jamais à fuir, à se cacher ou à craindre les Arrazis meurtriers. Ce monde, je le souhaitais également à Cora. Pendant un bref instant, je me laissai aller à m'imaginer quelle pourrait être notre vie, si nous pouvions un jour vivre tous ensemble, comme une famille.

Quand je fus certain que Claire était bien endormie, je sortis de la chambre sur la pointe des pieds pour aller rejoindre Cora. Ina était revenue avec le passeport de Cora et celui de Mami Tulke, et le voyage avait été organisé à la hâte. Cora nous dirait au revoir au matin, avant que nous partions pour l'aéroport, mais je devais la voir maintenant. Lui dire au revoir en privé.

Mes jambes et mon cœur s'alourdissaient à chaque marche de l'escalier en spirale que je gravissais. J'étais déchiré entre l'idée de protéger ma petite fille et la femme que j'aimais. Je me demandais si je pouvais mieux servir Claire et les autres en accompagnant Cora en Italie. La vie de tous dépendait peut-être de ce que nous pourrions trouver dans mon pays natal et la vie de Cora dépendait peut-être de sa capacité à accepter que je l'accompagne.

Je redressai mes épaules avant de frapper sur la vieille porte de bois blanchi.

Cora répondit immédiatement. Je ne pus déchiffrer son regard fuyant quand j'entrai dans la chambre. J'espérais que ce n'était pas un signe de déception.

— Hé, fit-elle en s'appuyant sur le bord de la porte. Que veux-tu ?

— Une grande question.

— Il n'y a que ça, des grandes questions, non ? dit-elle.

Sa répartie nous fit sourire tous les deux, mais nous savions que ce n'était qu'une diversion.

Je passai devant elle pour entrer dans la chambre. Un sac à dos était posé sur son lit, comme un ballon dégonflé. Elle possédait si peu de choses. Pour la première fois, je songeai à ce que nous avions perdu de notre vie précédente. « Les pourchassés n'ont pas de maison », avait-elle dit à sa mère, le jour où nous nous étions enfuis de la grange sur la propriété de Finn, celle où Clancy avait tué le père de Cora. C'est à ce moment que j'avais senti le lien qui nous unissait se renforcer.

À ce moment précis, Cora était devenue ma maison.

Je sentais qu'elle restait immobile dans mon dos, qu'elle avait érigé ses défenses dans son aura et qu'elle était épuisée. Je pouvais voir sa fatigue s'élever au-dessus d'elle, comme des vapeurs.

— Tu es la seule à voir ce dont j'ai besoin, dis-je sans me retourner.

Je savais que si je la regardais, je bousillerais mes chances en tentant de la prendre dans mes bras et d'enfouir mon visage dans ses boucles brunes.

— Je ne peux pas te donner ce que tu veux, dit-elle d'une voix neutre.

Ce n'est qu'à ce moment, quand je sus à quel peloton d'exécution je faisais face, que je trouvai le courage de me retourner.

— Le pardon ? La confiance ? L'amour ?

Chaque mot que je prononçais tombait à plat, sans la troubler. Elle se protégeait ; son aura était comme un bouclier impénétrable.

— Je dois t'accompagner en Italie, dis-je, plus certain que jamais de ce que je devais faire. Je dois être avec toi. Je dois m'assurer de ta sécurité.

Cora Sandoval m'avait redonné mon humanité. Je me demandais si elle le savait. C'était tout un exploit, compte tenu des années que j'avais passées à survivre seul, à ne faire confiance à personne et à m'occuper uniquement de moi-même. Et maintenant, je ne désirais qu'une chose : veiller sur elle.

— Nous savons tous les deux que tu ne peux pas me protéger, dit-elle en s'avançant et en levant son visage en forme de cœur pour me regarder. Je veux te pardonner... te faire confiance...

Mon cœur se serra. Elle n'avait pas parlé d'amour.

— Je vais tenter de le faire. Je te demande de faire quelque chose pour moi, dit-elle en prenant ma main et en serrant mes doigts, envoyant des ondes de choc dans mes bras, mon corps, mon cœur. Je t'en prie, accompagne Mami Tulke au Chili. C'est la seule famille qu'il me reste. La seule pensée de la laisser seule là-bas, sans défense... Il est possible que nous soyons les derniers Scintillas vivants et j'ai peur qu'ils viennent la chercher. J'ai besoin que tu veilles sur elle. Peux-tu le faire pour moi ?

— Mais, tu...

Cora tendit les doigts vers ma bouche et je me rappelle que la première fois où nous nous étions vus, j'avais fait exactement le même geste pour l'obliger à se taire, tandis que son aura était secouée par des spasmes d'excitation nerveuse. J'avais aimé observer sa réaction alors, et j'étais persuadé qu'elle observait mes réactions à l'instant. Ses pupilles se dilatèrent quand je tendis la main pour caresser doucement son cou, juste sous le symbole du *giri tondi*. Elle était folle si elle croyait que notre réaction à l'autre n'était que le fruit de notre condition de Scintilla.

— Je t'en prie, dit-elle.

Je répondis par un baiser, désireux de croire que c'était ce qu'elle voulait.

7
Cora

Pourquoi fallait-il que la brûlure des feux de la colère et celle des feux de la passion soient identiques ?

La passion et la colère me consumèrent au moment où Giovanni m'embrassa. J'étais en colère contre moi-même pour ne pas l'avoir repoussé plus rapidement.

— C'est sans importance maintenant, parvins-je à articuler entre deux souffles en le repoussant, comme si ces mots suffisaient à calmer la douleur que je pouvais lire dans ses yeux bleus.

Je ne parvins qu'à le blesser davantage.

Je voulais que ce soit important. Si ce genre de choses avait eu de l'importance, ma vie m'aurait appartenu et j'aurais été normale. Je me serais souciée du prochain livre à lire, j'aurais observé mes fesses dans le miroir pour savoir si mon jean m'allait bien. Je me serais demandé quelle université fréquenter l'année prochaine. J'aurais sauté sur l'occasion de vivre un peu de romance et sur le « problème » de devoir choisir le garçon que j'aimais.

Je secouai la tête.

— C'est sans importance, Gio. Ni mes sentiments confus ni mon amour blessé pour vous deux n'a d'importance, dis-je en remarquant au passage son regard affligé quand je prononçai les mots « vous deux ». Rien de tout cela n'a d'importance. La seule chose qui compte à mes yeux, c'est de découvrir la vérité qui nous libérera tous.

— Quand tu l'auras découverte, peut-être seras-tu libre de m'aimer, dit-il d'une voix pleine d'espoir.

— Peut-être ne serai-je jamais libre d'aimer.

Une ombre traversa le visage de Giovanni et je craignis qu'elle n'annonce une dispute, mais il baissa les yeux.

— Finn arrive, annonça-t-il.

Quelques secondes plus tard, on frappa à la porte.

Finn et Giovanni échangèrent un regard et Giovanni se pencha pour dire quelques mots à l'oreille de Finn. Je me retournai en faisant semblant de m'occuper de préparer mes bagages. Leurs olympiades de l'amour ne me concernaient plus. Plus rien n'a d'importance, me répétai-je. Ni la sensation de brûlure que le baiser de Giovanni avait laissée sur mes lèvres ni le fait que l'arrivée soudaine de Finn me dérangeait.

— Pourquoi es-tu venu ici ? demandai-je en entendant la porte se fermer.

Comme personne ne répondait, je regardai par-dessus mon épaule et constatai que j'étais seule. Même cela n'importait pas.

— Tu ne viens pas.

Dun serra les dents en gonflant les narines.

— Était-ce vraiment nécessaire d'en parler ? fis-je en sachant que ce que j'étais sur le point de dire ferait de la peine à mon meilleur ami, tout en sachant également que je devais le dire pour le protéger. Si Mari et toi n'étiez pas venus en Irlande, elle serait toujours en vie. Crois-tu vraiment que je pourrais le supporter s'il t'arrivait quelque chose ?

Une larme qui aurait pu engloutir le monde entier glissa sur sa joue hâlée.

— Si j'avais accompagné Mari et Teruko, ce jour-là, elle serait peut-être encore vivante.

J'admirais sa bravoure devant un ennemi Arrazi.

— Et s'il t'arrivait quelque chose en Italie, crois-tu que je pourrai supporter l'idée de savoir que j'aurais pu empêcher ta mort ? Tu agis comme une petite môme égocentrique. Il ne s'agit plus d'aller bousiller une petite fête. Nous sommes en guerre. Et tu crois que je vais simplement retourner à Santa Cruz pour aller surfer sur les vagues et manger des hot dogs sur la promenade en faisant la cour aux filles tout en oubliant que ma meilleure amie mène une guerre à l'autre bout du monde ? Je fais partie de cette guerre, maintenant.

— Tu ne devrais pas faire partie de...

Dun frappa le mur du poing, laissant sa marque dans le placoplâtre et faisant pencher un tableau encadré représentant une poire.

— J'en fais sacrément partie !

Son accès de colère nous secoua tous, nous laissant muets. Jamais Dun n'avait élevé la voix avec moi.

— Je sais que tu veux me protéger, dis-je en me glissant à l'intérieur de son aura rouge et trouble pour passer mes bras autour de sa taille. Malheureusement, je crois que personne sur cette terre ne peut vraiment m'aider.

Mami Tulke entra dans la pièce entourée de son aura argentée ponctuée d'éclairs signalant son impatience.

— Cora, je dois te parler avant de partir, dit-elle.

Ma chambre s'était transformée en carrefour giratoire des au revoir.

Dun nous laissa en m'adressant un regard de défi silencieux, un regard que j'avais déjà vu, généralement quand Mari lui donnait des ordres et qu'il refusait d'obéir. Il lui faudrait accepter ma décision. Heureusement, nous manquions de temps pour en discuter. Mon vol pour Florence partait deux heures après celui dans lequel ma grand-mère, Giovanni et Claire partiraient pour l'Amérique du Sud. Finn et son père avaient longuement discuté en se demandant si je pourrais franchir les mesures de sécurité de l'aéroport et considéré la possibilité que je prenne le bateau pour la France, puis que je me rende en Italie à pied. On aurait dit deux contrebandiers qui discutaient de moi comme d'un cargo.

Ma grand-mère me prit par la main et m'obligea à m'asseoir à côté d'elle sur le lit.

— Je comprends ce que tu veux faire et je sais que tu as hérité du caractère de ta mère et que je ne peux pas t'arrêter, dit-elle en tapotant ma main pour me consoler et en me regardant de ses yeux noirs, de la même couleur que ceux de mon père. Ton enfance est terminée.

En l'entendant m'annoncer cette vérité avec autant d'assurance, j'eus l'impression qu'une guillotine venait de s'abattre sur ma jeunesse.

— Je prierai Dieu tous les jours pour que tu me reviennes saine et sauve, *mija*.

— Crois-tu en Dieu ? lui demandai-je, soudain curieuse. Je veux dire, après tout ce qui s'est passé...

Le regard de Mami Tulke se teinta de douceur et de tristesse.

— Je ne comprends pas la raison d'être des Scintillas, pas plus que je ne comprends la raison d'être des mouches. Il est possible que les mouches existent seulement pour nous embêter, dit-elle, tandis que son visage plissé comme une vieille pomme s'illuminait d'un sourire. Il est possible que les mouches ne soient rien d'autre qu'une des nombreuses manifestations de la vie que je ne puisse comprendre. Mais je crois que les Scintillas sont des créatures divines et que nous avons un but divin. Je crois que nos ennemis connaissent ce but et tentent de nous empêcher de l'atteindre.

— Nous ne sommes peut-être rien de plus que des mouches pour eux.

— Les gens ne paient pas des sommes faramineuses pour des mouches.

Nous nous examinâmes. Je mémorisai chacune de ses rides et chacun de ses grains de beauté, chacune des taches et nuances de couleur dans ses yeux. Je mémorisai le visage de ma famille, celle que je risquais de ne plus revoir.

Je voulais lui poser des tas de questions et c'était peut-être ma dernière chance de les poser.

— Mon père disait que tu m'avais protégée pendant la majeure partie de ma vie grâce à ton sortilège. Quel est ce sortilège ?

— Il agit comme une sorte de champ de force, expliqua-t-elle. Je peux envelopper une personne d'un bouclier que les talents surnaturels ne peuvent percer.

Pour la énième fois, je m'émerveillai de constater à quel point le surnaturel était devenu commun dans ma vie.

— Et pourquoi ce bouclier a-t-il cessé de me protéger ? lui demandai-je.

Mami Tulke soupira.

— J'aimerais le savoir. Ton père croyait que ce pouvait être à cause de la maladie qui cause tant de morts, parce qu'il avait constaté la présence de la même anomalie dans tes cellules sanguines.

Et pourtant, je n'étais pas morte. Je n'arrivais toujours pas à l'expliquer.

— Nous avons également cru que c'était à cause de cette fièvre qui t'avait envoyée à l'hôpital.

Elle me surprit en tirant une cigarette roulée à la main et en la fichant entre ses lèvres arides.

— Que veux-tu dire, comme si le lien avait été rompu ?

— Je ne peux plus te protéger. Tu devras te débrouiller seule, dit-elle en haussant les épaules et en soufflant un nuage de fumée ocrée.

Je compris soudain de qui Mari avait hérité sa franchise. Elle me manquait tant que j'avais l'impression qu'un trou se creusait en moi. Je sentais également une vive affection pour Mami Tulke grandir en moi. J'aurais aimé qu'elle sache à quel point je voulais m'enfuir avec elle au Chili et m'y cacher pour toujours.

Elle souffla un autre nuage de fumée vers la fenêtre.

— Écoute, j'ai suivi les indices et mon instinct, et cela m'a menée à chercher les clés du paradis à l'endroit où j'avais le plus de chances de les trouver : à la basilique Saint-Pierre. C'est là que j'ai trouvé la clé qui pend maintenant à ton cou, dit-elle en me regardant dans les yeux, le menton tremblant. Tu dois suivre ton instinct. Utilise ton don. Tu détiens

peut-être la clé de notre salut, dit-elle en soulevant mon menton. Le salut du monde entier.
— Rien de très important...
— Hé, tu peux réussir. J'ai un bon pressentiment, ma petite.

8
Finn

Cora s'arma de courage en disant au revoir à sa grand-mère, à Claire et à Giovanni, près du contrôle de sécurité de l'aéroport. Je pouvais le deviner, à ses épaules raides, à son menton anormalement haut. Elle tentait de les convaincre qu'elle était assez prête, assez forte pour partir seule et qu'elle avait raison de le faire.

Ou peut-être tentait-elle de se convaincre elle-même.

Giovanni nous regarda en passant au contrôle avec Claire. Je me sentis mieux respirer en son absence et j'aurais aimé pouvoir passer plusieurs jours seul en compagnie de Cora. En fait, j'aurais aimé passer toute ma vie seul avec elle, au lieu d'un peu moins d'une heure.

Cora lançait régulièrement des regards inquiets aux gardes de sécurité, qui étaient anormalement nombreux. On parlait continuellement de la « tragédie » de Newgrange à la télé, mais cette histoire jouait en sa faveur. Les autorités avaient donné aux citoyens trois jours pour quitter l'Irlande. Malheureusement, cela signifiait que la vidéo de Cora prise à l'aéroport à son arrivée en Irlande avait recommencé à circuler. Nous étions tous à cran, car nous craignions qu'elle soit reconnue et arrêtée.

— Tu n'es pas obligé de rester avec moi, dit-elle en croisant mon regard pendant une fraction de seconde avant de détourner les yeux en fronçant les sourcils.

— Tu sais très bien pourquoi je reste, rétorquai-je. Nous savons tous les deux que je peux t'aider en cas de danger. Je peux te protéger.

Nous étions assis ensemble dans le coin le plus tranquille que nous avions pu trouver. Nous étions dos aux fenêtres de l'aéroport et nous pouvions voir tous ceux qui s'approchaient. Je jetai un bref coup d'œil en direction de ma mère, quelques mètres plus loin, qui faisait semblant de lire un magazine. Nous étions sur le pied de guerre. Prêts.

— Tu veux dire que tu pourrais tuer pour m'aider, dit Cora en regardant ses pieds. Je t'ai déjà vu tuer une fois, ça me suffit.

Chaque fois qu'elle en parlait, elle devait s'imaginer que c'était ainsi que ça s'était passé avec sa cousine. Pourtant, tout avait été très différent avec Mari. Il y avait eu quelque chose de... sacré. Sa mort aurait été beaucoup plus brutale avec Ultana. Pourtant, cela ne dissipait pas la culpabilité qui pesait sur mes épaules. Le meurtre de Mari avait été le geste le plus terrible et le plus miséricordieux que j'avais effectué de toute ma vie.

— Et qui me protégera de toi ? lança-t-elle comme une pique.

— Tu ne m'as pas demandé pourquoi j'étais venu te voir, hier soir, dis-je pour changer de sujet.

Cora s'appuya sur ses genoux et je la regardai du coin de l'œil. De côté, ses lèvres étaient pleines, comme si elle faisait la moue, mais je remarquai qu'elle les mordillait de l'intérieur, comme si elle taisait ce qu'elle voulait dire, probablement qu'elle ne voulait pas savoir pourquoi j'étais allé la voir ni pourquoi j'étais parti si brusquement.

J'avais à peine fait un pas dans sa chambre que Giovanni s'était penché vers moi. « Tu nous as vus ensemble. Elle devrait être avec quelqu'un comme elle, une personne de son espèce. Arrête de lui déchirer le cœur », m'avait-il chuchoté à l'oreille.

Je détestais ce con.

Entre deux rappels à l'interphone pour les voyageurs, au cœur du remue-ménage des gens paniqués qui cherchaient à fuir l'Irlande, je tendis une main ouverte à Cora, dans laquelle je tenais ma bague préférée. C'était une réplique d'une bague trouvée sur un soldat romain qui avait été enterré au Danemark. Mon père me l'avait rapportée d'une visite dans un musée Viking. Ces satanés Vikings, qui croyaient que tout leur appartenait. La bague était en argent et représentait un serpent à deux têtes qui s'enroulait trois fois autour du doigt. Elle était juste assez large pour recouvrir la marque de vignes sur le doigt de Cora, celle que les autorités recherchaient.

Cora me regarda comme si je venais de la demander en mariage, en me lançant un regard méprisant.

— C'est pour couvrir ton doigt, dis-je rapidement, profondément blessé. Je sais que les jours où nous rêvions d'échanger nos vœux sont révolus.

Un voile de chagrin tomba sur son visage pour le couvrir comme une fenêtre. Elle prit l'anneau et le fit tourner entre ses doigts.

— Merci, dit-elle en le glissant sur son doigt pour recouvrir la marque de feuilles de vigne noires.

C'est alors que je remarquai le symbole sur ce que je croyais n'être qu'un simple anneau d'or, sur son autre main.

— D'où sort cette bague ? fis-je, en me demandant si Giovanni lui avait lui aussi donné une bague.

— Elle appartenait à Ultana. Ma mère l'avait enfouie dans son jardin, derrière la petite maison, après avoir tranché la main d'Ultana durant un combat.

— Ça alors ! C'est ainsi qu'elle a perdu sa main ? Et pourquoi la portes-tu ?

— C'est le symbole de la société Xepa, répondit-elle en levant la main pour me permettre de voir le symbole gravé dans l'or : deux triangles se touchant au sommet.

Je savais qu'il me faudrait rapidement m'informer au sujet de ce symbole. Saoirse pouvait peut-être éclairer ma lanterne.

Cora jeta un coup d'œil à l'horloge au mur et je sentis que le temps s'apprêtait à me l'arracher.

— Avant que tu partes, je dois te dire quelque chose, dis-je en m'abreuvant de son visage, de sa peau, des marques qu'elle portait avec dignité et qui la rendaient encore plus belle à mes yeux. Tu te rappelles que j'ai dit que je pouvais sentir ta présence, dans la forêt de séquoias, en Californie ? C'était vrai, mais je ne savais pas que c'était ton aura que je sentais. Je croyais que c'était ce qu'on ressentait quand on tombait amoureux. J'avais senti mon cœur se gonfler, mon esprit se dilater, pour te faire plus de place dans mes pensées. Pour accueillir ton esprit fort et timide, ta beauté…

Ma bouche s'assécha soudain, mais je poursuivis. Si c'était là ma dernière chance de lui dire ce que je ressentais, peut-être pouvais-je amener une petite partie de son cœur carbonisé à comprendre que je lui disais la vérité.

— Je me sentais léger, comme un ballon à peine attaché au sol. J'avais l'impression que tu tenais la corde qui me retenait.

Elle ne répondit pas, mais je vis son menton trembler légèrement et elle leva brièvement ses yeux verts, avant de détourner trop vite le regard.

— Cora, tu ne te demandes jamais pourquoi ? lui demandai-je avec l'impression d'être un crétin pleurnichard, sans pouvoir m'empêcher de lui poser la question. Pourquoi deux personnes censées être des ennemis mortels se sont-elles retrouvées si rapidement et intimement liées l'une à l'autre ?

Elle ouvrit la bouche pour répondre, mais j'étais certain qu'elle était sur le point de me servir la même réponse qu'avant : que j'étais seulement attiré vers elle à cause de son aura de Scintilla et que ce que je ressentais n'était pas de l'amour.

Si c'était ce qui m'attendait, je préférais mourir sur-le-champ plutôt que de l'entendre.

— Je vais te répéter ce que j'ai dit à Giovanni hier soir, répondit-elle d'un ton neutre. C'est sans importance maintenant. Avec un peu de chance, nous aurons toute la vie pour nous interroger sur la raison de cet amour, mais pour le moment, je dois répondre à des questions plus pressantes.

Elle consulta sa montre avant de me regarder dans les yeux. Son regard exprimait tant de choses : une grande vulnérabilité, de la colère, du regret... et derrière tout cela, les braises du feu chaotique de l'amour. Je le vis flotter comme un drapeau hissé à son cœur.

— Mais, pour répondre à ta question, oui, je me suis posé la même question, dit-elle enfin.

Elle se leva pour partir et mon téléphone vibra à cet instant.

— Zut, murmurai-je en le sortant de ma poche.

C'était un texto de Saoirse : *Où es-tu ?*

Je l'ignorai pour me concentrer sur mes adieux à Cora. Un jour, elle s'était accrochée à moi, elle m'avait entouré de ses jambes pour me serrer contre elle en murmurant un douloureux au revoir entre ses baisers. Cet au revoir avait été beau et plein de vérité, semblable à une fleur épanouie. Tandis que cet au revoir-ci me faisait penser à une fleur aux pétales fanés, avec mon unique baiser déposé soigneusement sur sa joue mouillée. Et pourtant, tandis que je la regardais s'éloigner, peut-être pour la dernière fois, je n'eus pas un seul instant l'impression que nous nous étions vraiment dit au revoir.

9
Giovanni

Claire tira sur ma main pour me sortir de l'avion et m'emmener sur la passerelle. J'avais l'impression d'être tiré par un tigre que l'on n'avait jamais laissé aller librement. Le vol avait été long et étouffant. Claire était prête à passer à l'action et elle s'attendait à ce que nous le soyons aussi. Mami Tulke traînait la patte derrière nous. Je bâillai. Les enfants demandaient beaucoup d'énergie.

Elle ressemblait à une petite bête sauvage, avec ses cheveux ondulés emmêlés comme des mauvaises herbes. Que savais-je de l'entretien des cheveux de fille ? Que savais-je de ce qu'il fallait faire pour s'occuper d'un enfant ? Un souvenir me revint en tête : mon père brossant les cheveux de ma mère, qui était assise par terre devant sa chaise, pour lui réchauffer les pieds, disait-elle en plaisantant, mais je savais que c'était parce qu'elle fermait les yeux pendant qu'il brossait ses cheveux blonds. Je ressentis un pincement au cœur en pensant à mes parents. Un sentiment à la fois inconnu et importun, parce que je ne laissais jamais ce genre de souvenirs remonter à la surface. Je lançai un regard trouble à Claire.

Nous avions atterri à La Serena, au Chili, après un vol de quatre-vingt-dix minutes en provenance de Santiago. Je ne savais pas vraiment à quoi m'attendre, mais je n'étais pas préparé à voir la voiture de luxe qui nous attendait à l'extérieur de l'aéroport.

— J'ai demandé l'aide d'une personne en qui j'ai confiance, expliqua Mami Tulke. On m'a enlevée à l'aéroport de Dublin, quand je suis venue chercher Cora. C'est de cette façon que le *cabrón* a réussi à m'avoir.

— Et comment Clancy a-t-il découvert que vous vous rendiez à Dublin ?

— Je sais maintenant que c'est lui qui m'avait téléphoné pour m'annoncer la mort de mon fils. Il m'a alors dit que Cora lui avait demandé de m'appeler. Il avait envoyé une voiture pour me prendre à l'aéroport et, bien évidemment, elle m'a emmenée directement à lui. Plus tard, il m'a révélé qu'il avait appris mon existence dans le journal de Gráinne.

Elle termina par un chapelet de jurons en espagnol, où elle se maudissait principalement d'avoir été aussi *estúpida*.

Un jeune homme vêtu d'un pantalon en lin et d'un feutre mou salua Mami Tulke en prenant ses bagages, tandis qu'un vieil homme à la peau burinée, qui aurait été plus à sa place sur un cheval qu'au volant de la berline noire, suçotait un cure-dents en nous examinant, Claire et moi, avec une curiosité à peine voilée, surtout Claire. J'étais habitué à être considéré comme un étranger et dévisagé, mais je sentis mon instinct protecteur s'enflammer comme un volcan en éruption quand je vis que l'homme tentait de cacher sa stupéfaction dès qu'il remarqua les yeux de Claire.

Au lieu de se contracter timidement contre son corps en présence d'étrangers, comme la plupart des enfants, l'aura de Claire s'étendait comme un appendice pour caresser l'aura des autres. Ces personnes pouvaient le sentir et, dans certains cas, leur aura se contractait en réaction à cette approche. Le comportement de Claire s'apparentait à une transgression énergétique et sociale des autres, que j'attribuais à son existence très recluse dans les installations du docteur M.

À environ cent kilomètres à l'est de La Serena, nous entrâmes dans la vallée de l'Elqui, une étroite ceinture qui traversait le Chili et au fond de laquelle le fleuve Elqui coulait des Andes pour se déverser dans le Pacifique. Les vignobles où étaient produits le pisco et le vin cernaient le pied des montagnes arides comme une jupe verte.

— J'aime l'impression que me laisse cet endroit, annonça Claire.

— On dit que ce lieu est le centre magnétique de la terre, dit Mami Tulke, ce qui expliquait les vagues d'énergie que je ressentais autour de moi et qui saturaient l'air. Cette vallée est connue pour son énergie. Absorbe-la, Giovanni. Tu te sentiras ici chez toi, je te le promets, ajouta-t-elle avec une certaine espièglerie, ce qui me poussa à me demander ce qu'elle ne me disait pas.

J'étais persuadé qu'il devait exister dans le monde des endroits pires que cette vallée baignée de soleil pour se cacher et élever ma famille, mais je ressentais un profond désir inassouvi de parcourir le monde pour mener notre lutte. Cora était quelque part, menant la lutte à sa façon, toujours aussi entêtée, tandis qu'ici, je me sentais comme un lâche, caché dans un village d'Amérique du Sud reculé, hors de portée des Arrazis et des Scintillas.

— Cora m'a dit que ses parents s'étaient connus ici, dis-je en me souvenant de son récit du contenu du journal de sa mère. Pourquoi Gráinne était-elle venue jusqu'ici ?

Mami Tulke réfléchit longuement pour rassembler ses souvenirs, si bien que je m'en voulus de lui avoir posé la question.

— La spirale à trois branches l'avait amenée à étendre ses recherches sur d'anciennes spirales précolombiennes. Et naturellement, ces spirales l'ont menée dans divers endroits importants partout dans le monde. Le corps de la terre est couvert de cicatrices qui prouvent la présence de ces spirales.

Mami Tulke s'interrompit un moment et je me demandai si nous pensions tous les deux aux preuves qui marquent maintenant son corps.

J'avais un jour tendrement embrassé ces marques...

— Grace... Gráinne est venue chez moi, elle cherchait un endroit pour se protéger de l'orage, raconta Mami Tulke en souriant tristement. Dès l'instant où elle m'a vue, elle s'est mise à pleurer. Elle n'avait jamais vu un autre être à l'aura argentée dans sa vie.

— Et vous n'étiez pas aussi surprise qu'elle ?

— Non, répondit Mami Tulke en esquissant un sourire mystérieux.

La voiture s'arrêta devant une maison en pisé de la couleur de l'argile dotée d'un portique recouvert d'un toit soutenu par des poutres en bois peintes de la couleur rouge orangé d'une grenade pas encore mûre. Les tuiles courbes s'empilaient sur le toit comme les écailles sur la carapace d'une tortue. La maison était modeste, mais bien entretenue, avec des couleurs aussi vives que les écharpes et les jupes que portait Mami Tulke. Sa maison était remplie de souvenirs. On nous montra deux chambres, l'une en face de l'autre, au bout du couloir.

— *Mis montañas*, souffla Mami Tulke en se laissant tomber dans un fauteuil en cuir usé.

Elle soupira. Ses montagnes. Sa maison. Comme ce devait être extraordinaire que d'être marqué par un endroit au point de pouvoir l'appeler sa maison.

Claire, qui m'avait pourtant paru encore pleine d'énergie en descendant de l'avion, s'affaissa soudainement comme une fleur asséchée. Je la mis au lit et sortis pour discuter avec Mami Tulke, mais elle ronflait bruyamment dans son fauteuil, les mains croisées sur son ventre rond. Je la recouvris d'une couverture avant d'aller m'étendre sur mon lit pour écouter les criquets et m'émerveiller de la beauté de la lune incroyablement lumineuse qui éclairait ma chambre de son éclat bleuté. Je me demandai si Cora pouvait l'observer elle aussi.

— Je dois faire quelque chose, dis-je à Mami Tulke. Nos ennemis les Arrazis sont partout et je veux les trouver avant qu'ils nous trouvent. Je ne veux plus fuir. Je veux combattre.

Je m'étais réveillé après un sommeil troublé, hanté par des rêves de Cora, certain qu'elle avait besoin de moi. Le regret formait une boule acide dans mon estomac.

— Tu as l'impression d'être le gardien responsable d'une enfant et d'une vieille femme, me dit Mami Tulke en saupoudrant de tabac un mince papier à cigarette entre ses doigts.

— Je crois que je devrais être avec Cora.

— L'amour n'est qu'une des nombreuses guerres que tu mènes, dit-elle en léchant le papier à cigarette avant d'en tordre les extrémités. Je ne suis pas certaine que tu pourras gagner l'une de ces guerres si tu t'entêtes à lutter.

— Vous me suggérez donc de rester ici à ne rien faire dans les montagnes ? Les Arrazis ont tué votre fils et votre belle-fille. Ils tueront votre petite-fille ensuite.

À ces mots, la boule acide prit de l'ampleur dans mon ventre. Mon accès de colère me valut un regard féroce et pendant un instant, j'aperçus l'ombre d'une version plus âgée de Cora.

— Tu supposes que je ne fais rien, dit Mami Tulke, qui ne semblait pas croire nécessaire de m'expliquer ce qu'elle faisait exactement.

Elle gratta une allumette sur la table à côté d'elle pour allumer sa cigarette maison.

— Suis-moi, m'ordonna-t-elle en soufflant un nuage de fumée avant de se lever brusquement.

Nous laissâmes Claire avec la gouvernante, Yolanda, pour monter dans une vieille voiturette de golf et descendre vers le bassin vert de la vallée. Des maisons parsemaient la vallée à intervalles irréguliers entre les vignobles de pisco et les fermes. Bientôt, un groupe de minuscules dômes géodésiques et quelques bâtiments modernes apparurent. On aurait dit un village extra-terrestre.

— Où allons-nous ? lui demandai-je.

— Faire de l'exercice.

— Quoi ?

Je sentis l'exaspération monter en moi. Je n'avais pas l'intention de me rendre dans un club sportif. J'avais accepté de veiller sur la grand-mère de Cora, mais j'avais l'impression que chaque instant que je passais loin de Cora, à m'occuper de choses qui n'importaient pas, était inutile.

— Quel genre d'exercice ? lui demandai-je enfin, prêt à capituler uniquement parce que je savais qu'il me faudrait être en forme pour m'attaquer aux Arrazis.

— Le qi gong.

Je retins un grognement et nous poursuivîmes notre route en silence, jusqu'à ce qu'elle arrête la voiturette au sommet d'une pente. J'offris mon aide à Mami Tulke pour descendre de la voiturette et elle accepta sans dire un mot. D'un doigt, elle pointa l'endroit où traverser le vignoble qui suivait la route.

Étrangement, mon cœur s'accéléra pendant que nous descendions sur l'étroit sentier. Cet endroit était vraiment rempli d'énergie énigmatique. Puis, lorsque nous traversâmes un bosquet, je compris pourquoi. Là, dans une luxuriante clairière, se trouvait une soixantaine de personnes, qui se tenaient à égale distance les unes des autres. Des bras, ils traçaient simultanément les mêmes gestes élégants de qi gong dans l'air. Je restai là, bouche bée, sans rien dire.

Au-dessus et autour de ces dizaines de personnes s'élevaient des nuages étincelant de couleur platine.

Mami Tulke fit un geste en direction du groupe.

— Et voici comment je mène ma lutte, dit-elle doucement. Je cache ces personnes. Je les garde vivantes.

Elle regarda les Scintillas en souriant. C'était un véritable héritage, une lignée pour assurer la survie de notre espèce. Mami Tulke se voyait comme la salvatrice de notre race et c'était le cas. Je devais le reconnaître, elle l'était.

— Je crois que l'énergie de cet endroit masque celle des Scintillas, comme une forme de camouflage aurique.

Je clignai des yeux en tâchant de reprendre mon souffle. Ses paroles me faisaient revivre les pires souvenirs de mon enfance. Même si c'était par des moyens naturels et à beaucoup plus grande échelle, Mami Tulke cachait ces Scintillas de la même façon que mes parents m'avaient caché dans l'armoire remplie d'appareils électroniques, quand les Arrazis étaient venus les chercher. Mes parents avaient ainsi voulu que je me cache physiquement, mais ils avaient également espéré masquer mon aura.

Mami Tulke évalua son royaume Scintilla du regard avec une expression de fierté peinte sur le visage. Elle avait raison d'être fière. C'était un miracle de voir autant de Scintillas vivant au même endroit, mais quand je regardais ces gens, je voyais autre chose que Mami Tulke... Je voyais la puissance du nombre, une armée de Scintillas en gestation.

10
Cora

— Je m'appelle Joe et je travaille pour le magot. Si vous ne pouvez pas payer, vous pouvez m'oublier. Pas de blé, bonne journée. Si j'ai le pied pesant, c'est pour vous conduire en moins de deux. Parce que les taxis trop lents ne font pas long feu.

De tous les chauffeurs de taxi en Italie, je devais tomber sur celui qui venait d'Inde et qui se croyait rappeur. Le trajet dans les rues de Rome fut suffisant pour me convertir à la marche pour le reste de ma vie. Les mobylettes se battaient pour prendre la meilleure place à chacun des feux de circulation et dès qu'un feu passait au vert, tout le monde partait comme si on venait de donner le signal du départ d'une course. La préservation de la vie et des membres ne faisait visiblement pas partie du menu des Italiens.

Étrangement, c'était tout ce qui figurait sur le mien.

Les deux jours que je passai à la *Basilica di Santa Croce*, à Florence, pour voir la tombe de Dante, de Michel-Ange et de Galilée, avaient été intéressants, mais j'avais quitté Florence avec la curieuse impression que je ne trouverais peut-être jamais les réponses à mes questions, comme si ces réponses se trouvaient au fond d'une tasse de thé que je n'arrivais pas à vider, des réponses que je pouvais entrevoir au fond du liquide trouble.

Ce n'était pas une coïncidence si Dante et Michel-Ange étaient enterrés ensemble. Je ne croyais pas non plus que c'en soit une que l'on ait coupé trois doigts à la main de Galilée. Et ce n'était certainement pas un hasard si des images d'anneaux triples entrecroisés étaient gravées sur sa tombe, bien en évidence, comme la marque du monogramme de Michel-Ange qui marquait maintenant ma peau.

J'avais été surprise de trouver l'étoile de David au pinacle de la façade de l'église catholique. J'avais toujours associé ce symbole au judaïsme. En voyant tous ces triangles, des images de Clancy et d'Ultana me revinrent en tête, accompagnées d'émotions si violentes que j'en eus la nausée. En fait, j'avais maintenant continuellement la nausée. La peur avait fini par creuser mes entrailles et je me sentais vide, comme une citrouille dont on aurait vidé l'intérieur.

J'avais caressé les murs partout dans l'église, à la recherche de souvenirs, comme une personne myope à la recherche de ses lunettes. L'édifice et les monuments étaient chargés de souvenirs, mais aucun de ces souvenirs n'illuminait la vérité, aucun n'avait marqué mon corps. Heureusement, parce que les visiteurs avaient commencé à regarder avec insistance mon front, mon cou et mes mains. J'avais envie de déchirer ma chemise pour leur montrer le couteau que j'avais dans le dos.

Pour la première fois de ma vie, je songeai à la possibilité de me maquiller. Le produit qu'on appelait « dissimulateur » me semblait être exactement le genre de produit que je cherchais. De fait, une vieille femme sur la *piazza* me demanda si mon « tatouage » représentait les anneaux borroméens. Elle m'approcha gentiment en m'expliquant qu'ils représentaient la « force dans l'unité ». En repensant à ce qu'elle m'avait dit, le sentiment d'être exposée aux yeux de tous me quitta un peu. *La force dans l'unité*?

Dante, Michel-Ange, le nombre trois... Mon incapacité à comprendre la signification de ces coïncidences récurrentes me frustrait.

Mon incapacité à parler l'italien était également source de frustration. Plus d'une fois, j'aurais souhaité que Giovanni soit avec moi pour jouer le rôle d'interprète et m'aider. Et pour être franche, dans mes moments de tranquillité, j'aurais aimé qu'il soit simplement avec moi. Il me manquait. Son assurance, son intensité, ses... caresses. Seigneur, ses caresses. Une lutte faisait rage en moi : j'étais déchirée entre mes sentiments pour Giovanni et pour Finn et devais me répéter constamment ce que je leur avais dit, que c'était sans importance.

Mon cœur, qui savait que ce n'était que des foutaises, se serra pour me punir. Je pensais ne jamais les revoir. « Jamais », le mot qui avait découpé mes choix en lambeaux. Je n'avais plus le choix maintenant, je devais continuer d'avancer.

En général, je jouais la fille qui venait de terminer le lycée et qui prenait une année sabbatique pour parcourir l'Europe avec son sac à dos avant de commencer l'université. Je constatai rapidement qu'en parlant aux touristes, enfin, en leur parlant et en leur transmettant de l'énergie positive, comme Giovanni me l'avait montré, j'obtenais facilement des résultats : indications, aide et information.

J'avais été sceptique quand Giovanni m'avait montré ce qu'il pouvait faire avec son énergie de Scintilla, en m'expliquant que les gens étaient prêts à faire presque n'importe quoi pour avoir ce qu'ils voulaient le plus : le bonheur. Ce n'était pas dans ma nature de manipuler ainsi les gens, mais à ma grande surprise, je découvris à quel point c'était facile pour moi.

Grâce à mon nouveau talent, j'eus un échange très favorable avec un historien de l'art, qui avait remarqué la marque dans mon cou, tandis que nous observions les cercles gravés sur la tombe, et qui m'avait demandé si mon tatouage représentait le *giri tondi*. J'étais certaine qu'il m'avait prise pour une sorte de groupie fanatique de Michel-Ange. Il m'avait trouvé une place dans une visite organisée du Vatican avec son ami, un certain professeur Piero Salamone, l'un des plus grands experts du Vatican sur l'art, et plus particulièrement l'œuvre de Michel-Ange. Cette visite serait certainement plus fructueuse que si je continuais d'errer seule dans la maison du pape en espérant tomber par hasard sur un indice ou sur une grosse porte que la clé qui pendait à mon cou pouvait justement ouvrir. Je devais retrouver Piero Salamone le deuxième jour de ma visite de Rome.

Ina et Fergus m'avaient gracieusement donné de l'argent, beaucoup d'argent, ainsi qu'un nouveau téléphone cellulaire, et m'avaient réservé une chambre à Rome. J'avais les mains moites chaque fois que j'ouvrais la porte de ma chambre d'hôtel, parce que je craignais que les Arrazis fassent surveiller la famille de Finn et qu'ils aient pu remonter la piste laissée par leur carte de crédit jusqu'à ma chambre. Je savais que j'étais paranoïaque, mais plus d'une fois durant mon voyage en Italie, j'eus le sentiment fugace d'être suivie. Je n'aperçus pas d'aura blanche, mais je savais que je ne pourrais sentir l'arrivée d'un Arrazi qui n'avait pas récemment tué quelqu'un que lorsqu'il serait trop près de moi, assez pour me tuer.

Joe, le chauffeur de taxi, faisait maintenant du *beatboxing*. Ou peut-être était-ce une vilaine toux. Je lui demandai de me déposer à la Cité du Vatican, où je dus traverser une mer d'auras ondulantes et colorées, dans un brouhaha de diverses langues, pour me rendre à ma première destination : la place Saint-Pierre.

Je déambulai sur la place Saint-Pierre, toujours habitée par l'étrange impression d'être observée. Je tâchai de rester calme, de refouler la paranoïa qui montait en moi, de réprimer le frisson qui montait dans mon dos comme une araignée. J'étais entourée de milliers de personnes. Qui d'autre qu'un Scintilla pouvait me remarquer dans cette foule ?

L'argent était devenu aussi rare que durant les premiers jours où j'avais commencé à voir les auras, à l'époque où je me demandais pourquoi mon aura était si différente de celle des autres. Dans ces moments de solitude, Giovanni me manquait et j'aurais aimé avoir quelqu'un d'autre comme moi à mes côtés. Je ne pouvais m'empêcher de me demander s'il avait raison, en disant que les Scintillas étaient destinés à être ensemble. Était-ce notre destinée ?

Et pourquoi avais-je eu l'impression d'être liée au destin dès la première fois que j'avais vu Finn ?

C'est sans importance.

Plus je m'approchais de l'imposante statue de saint Pierre, plus le souffle me manquait. Je ne savais pas à quoi je m'attendais, peut-être à découvrir que la main de la statue serait toujours disparue, que l'Église aurait laissé le gardien des clés planté là, avec un moignon comme celui d'Ultana Lennon?

Je découvris plutôt que saint Pierre me pointait d'un long doigt de marbre, comme pour m'accuser. « La voilà. Voilà celle qui a volé la clé que je cachais. » Instinctivement, je touchai la clé que ma grand-mère lui avait volée pour m'assurer qu'elle était bien cachée sous ma chemise.

Je restai longtemps au soleil, plantée sur les pavés gris, à fixer du regard l'imposante statue sous tous ses angles. Saint Pierre avait caché son secret dans sa main, juste au-dessus de la tête d'adorateurs catholiques provenant de partout dans le monde. Quelqu'un devait bien savoir que ses fameuses clés dissimulaient un secret. Quelqu'un devait bien savoir pourquoi.

Désireuse d'obtenir une réponse de la statue de pierre aux cheveux bouclés, je posai la même question encore et encore. Quels étaient ses secrets?

Après une soirée inondée de lumière ambrée passée à marcher dans le brouhaha de Rome, devant les fontaines et édifices usés par le temps, à manger des pâtes dégoulinantes de sauce, puis une tarte glacée au *limone* en retournant à l'hôtel, je me réveillai devant une autre journée ensoleillée à Rome. Je devais rejoindre *signore* Salamone dans la basilique Saint-Pierre, pour amorcer notre visite à *La Pietà*, la célèbre sculpture de Michel-Ange.

J'étais arrivée un peu plus tôt et je me retrouvai à fixer béatement du regard la statue incroyablement vivante de la

Vierge Marie qui tenait son fils mort sur ses genoux. La reproduction était si criante de vérité qu'on aurait dit que l'artiste avait figé la scène dans la pierre pour toute l'éternité d'un coup de baguette magique. J'étais hypnotisée.

L'angoisse me pesait tant que j'éprouvais de la difficulté à respirer. Devant tant de souffrance, je sentis une vague de pitié monter en moi. J'avais vu mes deux parents mourir aux mains indifférentes d'étrangers. Je serrai les poings fermement. Je n'arrivais pas à rester imperturbable comme Marie dans l'interprétation de Michel-Ange, même si, d'une main, paume ouverte vers le ciel, elle semblait demander « pourquoi ? ». Je m'étais demandé pourquoi l'artiste avait choisi de la représenter ainsi. Michel-Ange croyait peut-être que c'était indigne de Marie de ressentir de la colère.

Je n'étais pas aussi bonne qu'elle.

— C'est la seule œuvre que l'artiste ait signée de son vivant, fit une voix derrière moi qui m'obligea à me retourner.

Je vis un homme au visage aimable qui me tendait la main pendant que j'évaluais son aura.

— Vous êtes mademoiselle Sandoval, j'espère ?

— Oui, répondis-je, effrayée de lui serrer la main, mais ne souhaitant pas l'offenser.

J'avais l'impression que mes mains étaient des armes qui pouvaient se tourner contre moi. L'homme baissa la main pendant que j'hésitais.

— Où est sa signature ? lui demandai-je en espérant voir le monogramme circulaire de mes propres yeux.

Au lieu de pointer la base de la sculpture, où je me serais attendue à trouver la modeste marque de l'artiste, Piero pointa directement la Vierge Marie.

— Vous voyez, sur la sangle de sa cape ? dit-il en montrant la poitrine de Mari, où une écharpe montait de sa taille, pour passer entre ses seins, puis sur son épaule gauche.

Quelques lettres majuscules étaient gravées sur l'écharpe.

— Ça ne ressemble pas à son nom, dis-je en tentant de déchiffrer la gravure.

Je m'avançai pour examiner les lettres de plus près. C'était une version latine de son nom. Je remarquai alors que certaines lettres étaient étrangement plus petites que les autres et formaient un cercle. Trois cercles, en fait.

Mon cœur bondit dans ma poitrine quand je déchiffrai les lettres une par une.

Tous mes poils se dressèrent sur mes bras. Excitée, je vis des épines jaillir de mon aura autour de mon corps. La seule œuvre que l'artiste ait jamais signée, il l'avait signée avec tant d'audace que c'en était presque de l'arrogance. Il avait gravé son nom sur une écharpe, telle une bannière, et dans cette signature, il avait placé trois lettres de façon à ce qu'elles forment trois cercles. Et ces lettres formaient le mot dérivé du latin pour « trois ».

Je pensais immédiatement à Dante et à la structure de *La Divine Comédie*, qui reposait fortement sur le nombre trois : trois actes, trente-trois strophes, chacune comptant trente-trois vers en tierce rime.

— Émouvant, n'est-ce pas ?

Je pus à peine balbutier mon accord. J'étais complètement émue, abasourdie. Je m'efforçai de retrouver mon calme pendant que nous nous éloignions de *La Pietà* pour traverser une longue pièce étroite en direction d'un autel, derrière lequel la célèbre fresque de Michel-Ange, *Le Jugement dernier*, recouvrait entièrement le mur.

La fresque me surprit par son immensité, sa violence et son côté sinistre. Piero m'expliqua qu'à l'origine, Michel-Ange avait peint les personnages nus, mais que l'Église avait trouvé le chef-d'œuvre obscène et avait exigé sa modification. Il m'aurait fallu des semaines pour déchiffrer seule les nombreux messages cachés dans la fresque, mais en quelques minutes, Piero me fit découvrir de nombreux détails, comme s'il avait connu l'artiste personnellement.

Piero me montra ensuite l'autoportrait de Michel-Ange, sur la peau écorchée de saint Barthélémy, et le visage de Dante Alighieri (ça alors!), que le peintre avait reproduits dans sa fresque, avec des personnages de l'*Enfer*, de Dante, en référence directe à son œuvre, *La Divine Comédie*.

C'était peu dire que j'étais émue. J'étais tellement stupéfaite que je devais maintenant me rappeler de fermer la bouche.

Je remarquai alors l'aura peinte autour de Jésus et de sa mère, de même que le geste étrangement familier de Marie, qui croisait les bras sur sa poitrine pour se protéger, comme je l'avais fait pour la première fois à l'hôpital et tant de fois après.

Saint Pierre, un grand gaillard à la gauche du Christ, semblait offrir une clé d'or et une clé d'argent au Christ. «Suis ton instinct», m'avait dit ma grand-mère. Je posai donc la seule question qui me préoccupait vraiment :

— Dites-moi, *signore*, le symbolisme des clés me fascine vraiment. Y a-t-il quelque chose de spécial à dire au sujet des clés dans cette fresque? Ou dans n'importe quelle autre œuvre du Vatican?

Piero me lança un regard interrogateur avant de répondre.

— Les clés sont très importantes dans l'art chrétien. Il y a, comme vous l'avez remarqué, des clés dans les mains de saint Pierre. Ce sont les clés du royaume du paradis, que Jésus lui a remises. Cependant, rares sont ceux qui remarquent les autres clés représentées dans *Le Jugement dernier*...

Il regarda vers le plafond et je l'imitai, puis il me tendit de petites jumelles pour que je puisse mieux voir.

— Regardez à droite, l'homme suspendu à l'envers au-dessus des feux de l'enfer.

Il me fallut un moment pour trouver l'homme dont il parlait, mais je finis par le trouver, puisqu'il était effectivement à l'envers, comme Piero l'avait décrit. Des anges poussaient l'énorme homme nu vers l'enfer.

— Je le vois, dis-je en remarquant un détail. Il tient des clés. Deux clés et une petite bourse.

— Oui, dit Piero. Certains affirment que la bourse contient de l'or et que l'homme est censé représenter un ecclésiastique envoyé en enfer pour son avarice, parce qu'il a été corrompu. D'autres disent encore que la bourse contient autre chose, mais nous ignorons de quoi il s'agit. Seul l'artiste le savait.

— Les cendres de Dante ? m'interrogeai-je à voix basse, car c'était ce à quoi la bourse me faisait penser.

— Je vous demande pardon ? fit Piero en posant soudain une main sur mon épaule, mais je m'éloignai. Seigneur, mais vous savez comment impressionner un vieux professeur d'art, Mademoiselle Sandoval. Bien peu de gens connaissent l'existence des pochettes contenant les restes de Dante.

Je pouvais très bien avoir raison, mais je pouvais aussi me tromper et la bourse de la fresque pouvait contenir de l'or. Michel-Ange adorait Dante et la personne qui avait ordonné sa mort aurait mérité l'enfer à ses yeux. Michel-Ange était-il au courant pour la mort de Dante ? Mais comment aurait-il pu le savoir ? Chose certaine, que la bourse ait contenu de l'or ou des cendres, le personnage représentait une condamnation d'un ecclésiastique. Les deux clés le validaient.

Si le *Paradis*, de Dante, était un message adressé aux Scintillas, seul un autre Scintilla pouvait le reconnaître. Se pouvait-il que Michelangelo di Lodovico Buonarroti Simoni, comme son cher Dante, ait utilisé son art pour envoyer un message aux siens ? Je jetai un dernier coup d'œil à la fresque et mon cœur s'emballa.

L'une des clés que tenait l'homme condamné à être poussé en enfer ressemblait étonnamment à celle que je portais au cou.

11
Finn

Saoirse m'envoya deux autres textos pour me demander où j'étais et j'ignorais ce qu'elle savait de ce qui s'était produit à Newgrange. Si Lorcan ne savait rien du sort de sa mère, peut-être que Saoirse l'ignorait elle aussi. Si Saoirse ou Lorcan avaient su que j'étais présent au moment où leur mère était morte, j'étais persuadé qu'on m'aurait envoyé des textos très différents du *Où es-tu ?* de Saoirse, complètement inoffensif.

Je lui répondis : *Suis occupé avec ma mère.*
Je dois te voir, répliqua-t-elle.
Est-ce que ça va ?
Tu m'as fait attendre tout ce temps ! La dernière fois que j'ai eu de tes nouvelles, tu devais aider ton ex-petite amie et tu voulais que j'empêche Lorcan de voir ma mère. Que s'est-il passé ?

Je poussai un soupir. Saoirse ne savait rien, du moins pour l'instant. J'hésitai à lui répondre, mais je savais très bien que pour garder la confiance de Saoirse, la nouvelle des combats contre les Arrazis devait lui venir de moi et non de son frère. Ce n'était qu'une question de temps avant que Lorcan lui apprenne ce qu'il avait découvert. Je voulais annoncer moi-même à Saoirse que j'avais tué mon oncle et lui expliquer pourquoi je l'avais fait.

Cependant, j'avais l'intention d'omettre de lui annoncer la mort de sa mère. Je voulais surtout éviter d'attirer plus d'ennuis à Cora. Qu'arriverait-il si Saoirse et son frère, Lorcan, décidaient de blâmer Cora et les Scintillas pour la mort de leur mère ? Cora avait déjà assez d'ennemis à ses trousses. Elle n'avait pas besoin qu'ils s'ajoutent à la liste.

Un membre de ma famille est mort. J'ai besoin d'une amie. Je peux passer te voir plus tard ?

Une fois que Cora eut passé le contrôle de sécurité, elle m'envoya un texto pour m'annoncer qu'elle était arrivée à l'embarquement. Ma mère et moi retournâmes à la voiture en parlant de nos inquiétudes et des scénarios possibles en chuchotant. Je me demandais comment Clancy avait réussi à sortir de la tombe où nous l'avions enfermé. Quelqu'un l'avait aidé ? Les Arrazis avaient-ils trouvé Ultana ?

— Je devrais retourner voir la tombe, pour voir si Clancy y a laissé le corps d'Ultana, annonçai-je à ma mère. Je devrais peut-être l'enfermer ?

— Ne sois pas ridicule. Tu ne peux plus t'approcher de cet endroit. Newgrange est fermé à cause des morts et toute la région est sur un pied d'alerte. La mort d'Ultana est un soulagement, si tu veux mon avis. Toute cette folie s'arrêtera peut-être enfin. Tu n'as pas besoin de te mêler à cette histoire.

— J'y suis déjà mêlé. Lorcan m'a vu à Newgrange, dis-je en déglutissant. Il m'a vu avec la dague de sa mère. Si on retrouve le corps de sa mère, il apprendra qu'elle a été transpercée par une lame.

— Prions pour qu'il soit trop stupide pour faire le lien.

— Je n'ai pas tué Ultana, maman.

— Et tu penses qu'on croira qu'elle s'est elle-même embrochée ? Qui serait assez fou pour se tuer de cette manière ?

— Une personne qui se croyait immortelle.

— Pourquoi diable Lorcan Lennon accepterait-il de te protéger, alors que la rumeur veut que Clancy a été tué à coups de dague ? Quand le corps d'Ultana sera trouvé, tous les idiots d'Arrazis à des kilomètres à la ronde supposeront que tu les as tués tous les deux.

Je déglutis bruyamment. Lorcan m'avait trouvé, seul Arrazi toujours vivant au milieu d'un océan de cadavres. On nous avait attaqués. J'avais riposté pour défendre les Scintillas.

— Je ne peux pas m'empêcher d'aimer celle que j'aime, mec, avais-je dit à Lorcan pour lui expliquer mon geste désespéré. Et je suis tombé amoureux d'une Scintilla. Clancy a tenté de la garder pour lui quand il a appris que ta mère voulait ces Scintillas. Il avait trahi ses ordres.

Lorcan m'avait regardé avec un mélange de stupéfaction et de confusion.

— Et toi, tu ne trahissais pas ses ordres ? m'avait-il demandé.

— Je ne reçois d'ordres de personne.

J'avais défendu mon amour, je nous avais tous défendus contre mon oncle impitoyable. Je priais pour que Lorcan ne cherche pas à en savoir plus. Je devais rester dans le cercle fermé de la famille Lennon. J'étais persuadé que Saoirse et Lorcan étaient au courant de ce que les Arrazis cherchaient à accomplir. J'espérais que la famille Lennon s'était transformée en navire sans gouvernail depuis qu'Ultana n'était plus à la barre.

— Je vais chez les Lennon, annonçai-je à ma mère.
— Attends que la poussière retombe, Finn. Tu ne sais pas quelles seront les répercussions des récents événements. Avec un peu de chance, la mission qu'elle cherchait à accomplir mourra avec elle.

Malgré les avertissements de ma mère, je ne pouvais pas attendre que les choses se calment. Si Ultana ne donnait plus d'instructions aux Arrazis, que se passerait-il ensuite ? Abandonneraient-ils leur mission, qui consistait à chasser et à tuer les Scintillas ?

Si les instructions d'Ultana lui provenaient d'un ordre religieux, qui donnait ces instructions et quel était l'appât ? L'ordre religieux se contenterait-il de trouver un autre Arrazi pour prendre la place d'Ultana ? Mon cœur se serra. Je savais qu'ils étaient nombreux à souhaiter remplacer Ultana pour devenir l'Arrazi le plus puissant du monde. Le fait que nous étions une espèce particulière du genre humain n'avait aucune importance ; le pouvoir attirait tous les humains. Et une espèce humaine dotée de pouvoirs surnaturels était encore plus redoutable.

Je me demandais pourquoi les Arrazis acceptaient d'obéir aux ordres qu'on leur donnait.

Quand j'arrivai chez les Lennon, Saoirse ouvrit brusquement la porte et se jeta à mon cou, puis elle me lâcha soudainement en rougissant.

— Seigneur, qu'est-ce qui m'arrive ? On dirait que je suis incapable de retenir mes pulsions quand tu es là, Finn. Pardonne-moi. Tu m'as fait peur, avec ton coup de téléphone. Que s'est-il passé, pour l'amour du ciel ?

Je lui répondis par un petit sourire forcé.

— Tout le monde est à la maison ? lui demandai-je d'un ton désinvolte, pour cacher le bloc de glace qui me tenaillait l'intérieur, tandis que nous passions devant la collection d'armes anciennes d'Ultana suspendues au mur.

L'une de ces armes était maintenant cachée dans notre cuisine, sur une tablette surélevée.

— Nous sommes seuls, répondit Saoirse en me conduisant vers la cuisine. Je n'ai pas eu de nouvelles de ma mère depuis deux jours. C'est bien à son habitude, ajouta-t-elle en sortant une boîte de biscuits de l'armoire et un morceau de fromage du réfrigérateur pour les poser sur le comptoir de marbre blanc. C'est étrange, deux autres Arrazis sont venus ici pour me demander où elle était.

Je pris Saoirse par le bras.

— Je suppose qu'ils voulaient lui parler à propos de ce qui s'est passé à Newgrange, dis-je en prenant un ton sérieux. Tu en as entendu parler, non ? Lorcan m'a dit que tu savais qu'il s'y était passé quelque chose. Je crois que tu ne voudras plus être associée à moi quand je t'aurai raconté ce qui s'est passé.

Saoirse écouta mon récit en fronçant ses sourcils roux. Je lui racontai la bataille de Newgrange, ou du moins, je lui en dis suffisamment pour qu'elle sache que je m'étais retrouvé dans une situation sans issue contre mon oncle.

— Mais, dis-moi, comment as-tu su qu'il se tramait quelque chose à Newgrange ? lui demandai-je.

— C'est Clancy. Il m'a appelée, il cherchait ma mère. Quand je lui ai dit qu'elle n'était pas ici, il m'a demandé de lui transmettre un message. Elle devait le rejoindre là-bas.

Son explication me surprit. Pourquoi Clancy aurait-il tenté de communiquer avec Ultana alors qu'il savait parfaitement qu'elle était morte ? Peut-être voulait-il savoir si ses enfants l'avaient appris...

— Quand t'a-t-il téléphoné ?

— Je ne me rappelle pas exactement, répondit Saoirse en grignotant un petit biscuit sec. Pourquoi ?

— Tu m'as déjà raconté que ta mère avait dit à Clancy qu'elle tenait absolument à trouver trois Scintillas. Eh bien, il avait lui aussi l'intention de trouver trois Scintillas et il cherchait à les capturer avant ta mère. C'est pour cela que je ne comprends pas pourquoi il a voulu appeler ta mère. Il ne voulait certainement pas qu'elle sache qu'il avait trois Scintillas...

Je ne comprenais pas.

Si Clancy avait simplement voulu découvrir si Saoirse et Lorcan savaient ce qui était arrivé à leur mère, pourquoi avait-il révélé à Saoirse qu'il se rendait à Newgrange ? Peut-être avait-il cherché à se hisser au poste de chef des Arrazis en se servant des enfants d'Ultana ?

— Les Arrazis nous ont encerclés à *Brú na Bóinne*. Je devais aider les Scintillas. Je devais me dresser contre eux pour...

— Pour elle, fit Saoirse avec un regard entendu.

Je hochai la tête.

— J'aimerais savoir où elle est maintenant, j'aimerais savoir si elle est en sécurité.

Je baissai la tête pour ajouter un effet théâtral, mais je disais vrai. Je n'arrêtais pas de penser à Cora et j'étais désespéré de savoir si elle était en sécurité.

— L'autre garçon Scintilla est avec Cora et peut veiller sur elle, non ? me demanda Saoirse en me serrant le bras et en m'adressant un regard plein de sympathie. Laisse-la aller, Finn. Tu ne vois pas ? Vous ne pourrez jamais être ensemble. Tu as fait tout ce que tu pouvais, tu les as aidés à s'échapper.

Je retirai mon bras. Mes tempes battaient au rythme sourd de ma colère.

— Rien n'est évident quand le monde entier essaie de te dire qui tu as le droit d'aimer.

— Finn, personne ne cherche à te porter préjudice. C'est biologique. Nous sommes génétiquement conçus pour tuer les êtres argentés. Cora sait qu'elle ne sera jamais vraiment en sécurité avec toi.

Ses paroles me coupèrent le souffle, comme un coup de pied à l'estomac. Un écho des paroles de Cora, à l'aéroport.

— Et pourtant, elle pourrait être en sécurité avec moi. Mon oncle a réussi à garder une Scintilla en captivité à l'insu de tout le monde, y compris ta mère, ajoutai-je durement, dans l'espoir de mettre sa duplicité en évidence. Il ne l'a pas tuée. Pendant douze années, il l'a gardée enfermée sans la tuer. Je crois qu'il existe une explication au sujet de notre existence. Pourquoi sommes-nous faits ainsi ? Si seulement nous pouvions le découvrir.

— Tu es un romantique, me dit Saoirse avec une note de condescendance dans la voix. C'est charmant, mais que serais-tu prêt à sacrifier pour l'amour ?

« Je serais prêt à tout sacrifier », pensai-je.

— Ton frère va sûrement annoncer à ta mère que j'ai tué un Arrazi, dis-je en m'efforçant de soutenir le regard de Saoirse pour donner plus d'aplomb à mon mensonge. Dès qu'elle le saura, je doute qu'elle soit prête à me garder dans son cercle.

— Tu veux rire ? fit Saoirse en riant. Tu ne te débarrasseras jamais de ma mère.

J'avais pitié d'elle, pour sa perte et son ignorance.

La sonnette se fit entendre et je sursautai nerveusement.

— C'est une blague ? dit-elle.

Je restai dans la cuisine pendant que Saoirse allait ouvrir, mais je fis de mon mieux pour écouter la voix de l'inconnu dans le vestibule. J'étais heureux d'avoir battu cet étranger et d'être arrivé avant lui chez Saoirse.

— Le monde entier parlait des morts mystérieuses de Newgrange, dit l'homme dans son accent du sud de l'Irlande, mais les Arrazis ne parlent que des Arrazis retrouvés morts parmi ces gens. Les Arrazis savent très bien que c'est plus facile que jamais d'absorber un peu d'énergie ici et là, depuis que les gens tombent subitement raides morts. En fait, je suis persuadé que ce sont des Arrazis qui sont responsables des morts de Newgrange. Mais qui a tué les Arrazis qui ont été retrouvés morts ? Tout le monde est terrifié à l'idée que ta mère ait pu être mêlée à ces meurtres, étant donné qu'elle avait menacé tous les Arrazis. Et si ce n'était pas ta mère, qui peut être responsable ?

— Vous êtes venu ici pour accuser sa mère ? lui demandai-je en entrant dans le vestibule et en passant un bras autour de la mince taille de Saoirse.

— Non, non, répondit l'homme en m'examinant de pied en cap en plissant les yeux. Je suis venu voir si Ultana Lennon savait ce qui s'était passé, pour faire taire les rumeurs.

Je sentis Saoirse se raidir.

— Vous êtes venu me voir pour répandre ces rumeurs. Vous devriez plutôt vous inquiéter de la réaction de ma mère à ces rumeurs. Elle a dû s'absenter pour des raisons professionnelles et ces rumeurs qui courent au sujet de son implication possible avec ces morts sont insultantes. Il est possible que les Arrazis soient aussi vulnérables à la maladie que tous ces gens qui meurent dans le monde. Vous devriez plutôt parler de ce problème.

Saoirse lui ferma la porte au nez.

— Tu te trompes, Saoirse, lui dis-je. Les Arrazis n'ont pas été vulnérables à la maladie. Je l'ai vu de mes propres yeux. Les gens ont commencé à tomber comme des mouches avant même que les Arrazis se mettent à absorber l'énergie de ceux qui étaient restés debout.

J'omis de lui parler d'un détail étrange... Je me rappelais avoir eu l'impression que la bataille à l'extérieur du monument avait envoyé une onde de choc qui avait causé ces morts, d'une façon ou d'une autre.

Saoirse s'appuya contre moi.

— Je ne connais pas la réponse, mais je voulais qu'il s'en aille.

— Tu l'as traité comme une enseignante traite un élève, lui dis-je. J'aime que tu me surprennes, parfois.

— J'espère que ma mère rentrera bientôt, dit-elle en pinçant les lèvres. Elle les remettra tous à leur place.

Cruellement, j'aurais voulu m'esclaffer. Ultana s'était elle-même remise à la place qui lui revenait.

— Et quelle est leur place ? lui demandai-je.

— Sous terre, s'ils continuent de s'en prendre à nous, répondit-elle sans me regarder, le regard résolument fixé dehors, de l'autre côté de la fenêtre.

12
Giovanni

— D'où sont-ils arrivés ? demandai-je à Mami Tulke tandis que nous marchions dans ce que je considérais maintenant comme une communauté, une sorte d'enclave Scintilla utopique qu'elle appelait le *Rancho Estrella*. Le « ranch des étoiles ».

Nous passâmes devant un jardin communautaire où les Scintillas cultivaient leurs propres fruits et légumes, dont des papayes qu'ils vendaient dans les marchés de la région. Il y avait des étables pour les chèvres, des enclos pour les poules et les coqs, ainsi qu'une cuisine où les Scintillas devaient préparer les repas à tour de rôle. Les artisans faisaient de l'argent en vendant des poteries, des tuiles, des tableaux ou encore les produits du vignoble de pisco.

— Ils sont arrivés de partout, répondit-elle. Ce sont des rescapés du monde entier, qui ont échoué ici comme des particules d'argent dans un ruisseau.

— Et comment savent-ils qu'ils peuvent venir ici ?

— La plupart se sentent attirés vers l'énergie de cet endroit, comme un aimant attire le métal. Je crois que c'était la même chose pour la mère de Cora. Sa quête pour trouver des spirales l'avait menée aux pétroglyphes de la civilisation d'*El Molle*, dans la *Valle de Encato*, mais elle a rapidement trouvé le chemin menant à ma porte. Il y en a d'autres qui nous trouvent autrement, poursuivit-elle en s'appuyant sur un mur ombragé, ce qui me fit me rendre compte de son âge avancé. Grâce à un réseau clandestin et au bouche-à-oreille. Internet nous a beaucoup aidés, mais je crois qu'il pourrait également nous attirer des problèmes. Si les Arrazis nous trouvaient ici, ils pourraient tuer les derniers Scintillas d'un seul coup.

— Et comment vous cachez-vous, alors que vous n'êtes même pas certaine de connaître l'identité de vos ennemis ?

— Je suis persuadée que l'un de nos ennemis est associé à la plus puissante religion du monde, dit-elle. Mais ces ennemis ne sont pas nos véritables ennemis.

L'assurance de sa voix me surprit. J'arrêtai d'observer les Scintillas autour de moi et les regards curieux qu'ils me lançaient en passant.

— Qui est notre véritable ennemi ? Et si vous le savez, pourquoi Cora est-elle seule en Italie ?

Mami Tulke m'adressa son sourire qui me donnait l'étrange impression d'être ignorant ou stupide.

— Notre véritable ennemi est partout, Giovanni. Pas seulement en Italie. Le véritable ennemi des Scintillas, c'est la peur.

Je secouai la tête.

— Les Arrazis veulent nous tuer parce qu'ils nous craignent ?

— Évidemment qu'ils nous craignent. Ils ont peur de nous comme si nous étions des insectes qu'ils croient devoir éliminer. La peur est la force la plus destructrice au monde. Elle érode le lien qui nous unit tous. Les humains peuvent apprendre de ceux qui sont différents, mais la peur les pousse à se détourner de nous, comme si nous n'étions pas à leur image.

— À leur image ? Mais les Scintillas sont très différents des humains. Autrement, ils n'auraient pas peur de nous.

— Chaque personne, aussi différente soit-elle, n'est qu'un reflet de soi-même. Face à l'autre, on doit se demander qui on veut être.

— Je ne veux pas regarder l'autre, je veux...

J'étais sur le point de dire « le tuer », mais je vis deux Scintillas, un couple, pointer dans ma direction. Ils s'approchèrent de nous en joignant les mains. Ils étaient visiblement amicaux et leur visage était ouvert, tout comme leur aura argentée. La jeune femme était méfiante et je pouvais voir son aura s'accrocher à celle de son compagnon, à la recherche de réconfort.

Mami Tulke me présenta à Will, un Américain du Texas, qui, d'après ce que j'avais compris, était un type complètement différent des Américains, de même que sa femme, Maya. Ils étaient tout en contraste, lui avec sa peau blanche et luisante couverte de grains de beauté, elle avec sa peau noire lustrée, mais ils étaient identiques sur le point qui comptait le plus : l'aura étincelante qui entourait leur corps. Je vis ma propre aura se répandre en effervescence sous l'effet de l'excitation de voir d'autres gens comme moi. Maya sourit en remarquant que mon aura trahissait mon désir de tisser des liens avec eux. C'était embarrassant. J'eus l'impression d'être un petit garçon de dix ans.

Will me serra chaleureusement la main et Maya en fit autant.

— Bienvenue au paradis, le nouveau, me dit Will en souriant.

— C'est bien que tu sois ici. En fait, c'est un soulagement. Il se passe beaucoup de temps entre l'arrivée de nouveaux venus et nous finissons toujours par croire que notre race s'est éteinte, m'expliqua Maya, d'un accent du sud des États-Unis, mais différent de celui de Will.

Son accent coulait comme un gâteau au rhum ou une pêche dans du sirop. Elle confirma mes suppositions en me disant qu'elle venait de l'Arkansas. Maya s'était retrouvée en Amérique du Sud pour mener des recherches sur les spirales, d'abord à Nazca, au Pérou, puis à Tiwanaku, en Bolivie. Elle avait rencontré Will sur les collines d'une mystérieuse civilisation et je dus reconnaître que son histoire me faisait penser à celle de Newgrange.

Quand j'interrogeai Maya au sujet de ses recherches sur les spirales, elle me présenta sa théorie, selon laquelle les spirales du monde entier étaient connectées et servaient à transmettre un message clair au sujet d'êtres célestes venus d'ailleurs pour aider l'humanité. Je pouvais voir que Will n'était pas complètement convaincu, d'après sa façon de me lancer des regards en haussant les sourcils.

— Nous avons notre part de fanatiques d'extraterrestres, dit-il, ce qui lui valut un regard noir de la part de Maya.

Pour permettre à Mami Tulke de se protéger de la chaleur en ce lourd après-midi, nous allâmes discuter sur une terrasse à l'extérieur de l'édifice où avaient lieu les repas et les réunions. Nous nous assîmes ensemble à une table à pique-nique en bois pour poursuivre la conversation.

Maya s'animait en parlant et ses mains ondulaient autant que son aura argentée.

— Partout sur terre, les spirales jouent un rôle particulièrement important. On les retrouve dans les plantes, dans les phénomènes météorologiques et même dans notre corps. La spirale est le symbole le plus ancien connu et des peuples du monde entier l'utilisaient à une époque où il leur était impossible de communiquer entre eux. La spirale est partout, des confins de l'univers jusque sur notre planète. Ces spirales sont des indices et nous devrons découvrir ce qu'ils peuvent nous révéler, parce que je crois, comme plusieurs autres ici, dit-elle en lançant un regard dur à son compagnon, que les spirales sont directement liées aux Scintillas.

— Et que penses-tu des Arrazis ? Crois-tu qu'il existe un lien entre les Arrazis et les spirales ? lui demandai-je.

Will plissa les yeux de dégoût en entendant ce mot, ce qui me plut.

— Je ne vois pas comment il pourrait y avoir un lien, dit-il. Ces créatures sont complètement différentes. Ces parasites sont tout le contraire de nous.

— Toute chose a son contraire, mon chéri, dit Maya d'un ton posé. Je ne crois pas que nous puissions vraiment le savoir. Ce serait plutôt arrogant de notre part de supposer que ces signaux s'adressent uniquement à nous, non ? Ce message pourrait très bien s'adresser à l'ensemble de la race humaine, dont nous faisons tous partie.

Will la regarda en inclinant la tête et je compris qu'ils avaient déjà eu cette discussion de nombreuses fois et qu'ils avaient accepté amicalement de reconnaître que la discussion était dans l'impasse.

Quand Maya se porta volontaire pour reconduire une Mami Tulke affaiblie chez elle, je ne perdis pas un instant pour expliquer à Will la gravité de la situation dans laquelle les Scintillas se trouvaient partout dans le monde.

— Ils nous pourchassent, dis-je en levant une main quand Will me lança un regard qui semblait dire qu'il le savait parfaitement. Ils nous pourchassent comme des animaux, méthodiquement, sous les ordres de quelqu'un. Leur seul but est de nous éradiquer. S'ils réussissent, il ne restera plus un seul Scintilla vivant sur terre.

Je ne croyais pas qu'il était possible pour une personne aussi pâle que Will de blêmir davantage, mais son visage se draina complètement de son peu de couleur.

— Tu en es certain ?

— Tout à fait.

Je lui parlai d'Ultana Lennon et de sa société secrète, Xepa, ainsi que de sa quête pour nous trouver et nous tuer tous.

— Elle est morte, mais selon un Arrazi qui semble compatir avec la cause des Scintillas, elle a fait appel à de nombreux Arrazis pour l'aider, expliquai-je, reconnaissant envers Finn pour son aide, bien malgré moi. Je ne connaissais pas votre existence avant que Mami Tulke m'emmène ici. Les Arrazis ne savent rien de tous les Scintillas qui se cachent ici.

— Nous ne nous contentons pas de nous cacher. Nous sommes chez nous ici maintenant, dans cette communauté. Les Arrazis ne doivent pas apprendre l'existence de ce lieu, sinon des dizaines de Scintillas n'auront plus d'endroit où aller, expliqua Will d'une voix empreinte de désespoir, le regard effrayé.

— Ils finiront par nous trouver, dis-je. Ils ont déjà enlevé Mami Tulke. Elle était enfermée tout ce temps. Elle a eu de la chance de réussir à s'échapper.

— Merde.

— La société Xepa est puissante et son pouvoir lui est accordé par une personne encore plus puissante. Nous tentons de découvrir qui est cette personne. Qui que ce soit, cette personne veut éliminer tous les Scintillas. Elle sait que Mami Tulke vit dans la vallée de l'Elqui. Je dirais que les jours paisibles de cette communauté sont comptés. Tout le monde devrait se préparer.

Will se leva brusquement.

— Excuse-moi. Je dois réfléchir à tout cela. N'en parle à personne d'autre pour le moment. Je ne voudrais pas causer la panique. Je ne veux pas inquiéter Maya.

— Je… Je suis désolé, Will, dis-je en me levant pour poser une main sur son épaule. Je sais que je suis porteur de mauvaises nouvelles, mais je crois qu'il vaudrait mieux que nous soyons tous prêts, plutôt que de nous enfoncer la tête dans le sable en espérant que les Arrazis ne nous trouvent pas. La guerre approche et si nous voulons survivre, nous devrons lutter.

13
Cora

Le sol de la chapelle Sixtine était fait d'une mosaïque élaborée et je ne pus m'empêcher de remarquer les nombreux triangles et spirales qui s'y cachaient.

Piero Salamone m'étudiait en parlant.

— Vous m'intriguez, Cora. Peu de gens de votre âge s'intéressent d'aussi près aux détails de l'œuvre de Michel-Ange. Vous semblez déjà connaître sa fascination pour Dante. Puis-je vous demander ce qui alimente votre intérêt ?

— Les messages cachés dans l'art m'intriguent, répondis-je en sachant que c'était à la fois une réponse et une question, espérant que Piero puisse expliquer les messages cachés au Vatican. Enfin, je sais que tous les artistes ont leurs propres intentions et qu'ils cherchent toujours un moyen de diffuser leurs opinions, ajoutai-je quand il me lança un regard inquisiteur.

Je pointai la représentation de Minos, le dieu des enfers aux oreilles d'âne, affublé du visage de l'un des critiques de l'artiste. Minos était également peint avec un serpent mordant son pénis. Piero m'avait parlé de l'histoire de ce personnage de la fresque.

— Michel-Ange avait manifestement des intentions rebelles en peignant ce personnage, dis-je.

— En effet, dit Piero en riant. Vous devez être très intriguée par les messages secrets pour couvrir votre corps de ces symboles. Si je puis me permettre, pourquoi avez-vous choisi de marquer de façon permanente votre corps de trois cercles ? Ce tatouage était-il censé représenter les anneaux borroméens, ou était-ce plutôt le *giri tondi* de Michel-Ange ? Que signifie ce symbole pour vous ?

— C'est très personnel, répondis-je en résistant à l'envie de couvrir la marque d'une main, tout en me disant que j'aurais dû acheter du maquillage avant de venir. Je pense comme Michel-Ange, que la contemplation des trois cercles…

— Élève l'esprit vers les cieux, fit une voix de baryton derrière moi.

Je me retournai. Je ne connaissais pas assez le catholicisme pour savoir s'il s'agissait d'un cardinal, d'un évêque ou même d'un chevalier rouge de la Grande Église de je-ne-sais-quoi, mais l'homme portait une robe rouge et semblait tout droit sorti d'une autre époque. Son aura n'avait pas la redoutable couleur blanche et je ne sentis pas l'énergie Arrazi émaner de lui. Son aura était chargée de pourpre, couleur qui, d'après mon expérience, pouvait signaler un sentiment de supériorité, et les pourtours de son aura étaient teintés de noir, comme si elle avait été brûlée. J'avais déjà vu des auras noires et je savais que cette couleur pouvait indiquer la maladie ou une colère contenue, ou encore des intentions malhonnêtes et des mensonges. Je n'étais pas encore assez expérimentée pour le savoir avec certitude, mais j'en savais assez pour être sur mes gardes.

Sous sa barrette, ses cheveux blancs étaient coupés de près autour de ses oreilles. Il fit un pas en avant et j'examinai les plis de sa robe rouge, qui me rappelait quelque chose. Mon esprit s'affairait à trouver quoi.

L'homme salua chaleureusement Piero.

— *Buongiorno, Professore* Salamone. Qui est cette jeune femme ?

L'aura de Piero se troubla et prit une teinte bleutée, la couleur de la nervosité. L'homme en robe était clairement important.

— Voici Cora Sandoval, votre Éminence. Cora, j'ai l'honneur de vous présenter son Éminence le cardinal Báthory. Cora est une jeune étudiante en art qui a pris une année sabbatique avant d'entreprendre ses études.

— Et je suis en quête de la vérité, lançai-je en m'efforçant de sourire, mais mes joues figèrent.

Les deux hommes me jetèrent un regard curieux.

— Enfin, je veux dire que je crois que les grandes vérités se révèlent souvent dans l'art des grands maîtres, ajoutai-je avec un petit rire gêné.

— Si votre quête de vérité vous a menée dans la maison du Seigneur, vous êtes sur la bonne voie. Des pèlerins viennent des quatre coins du monde dans la cité du Vatican parce qu'ils savent que la vérité se trouve ici.

Le cardinal Báthory livra son discours avec un ton si hautain que j'eus envie de lui répondre, simplement pour le mettre au défi. Ah, les gens et leur soi-disant « vérité ». J'avais l'impression que le mot « vérité » était le mot le plus subjectif au monde.

— C'est exactement pour cette raison que je suis ici, dis-je en me retenant de lancer un regard noir au cardinal.

Je me demandais pourquoi un représentant officiel de son rang nous avait approchés, de tous les visiteurs présents. J'espérais désespérément qu'il était simplement venu parler à Piero Salamone et qu'il n'avait pas été attiré à nous par des moyens extrasensoriels.

— Peut-être pourriez-vous m'aider, dis-je en adressant un sourire aussi aimable que possible aux deux hommes, tout en craignant d'avoir déjà attiré la mauvaise sorte d'attention.

Le monde autour de moi était devenu un labyrinthe de pièges dans lequel je m'engageais tête baissée.

— J'ai lu sur Internet qu'il y a de cela quelques années, un vol outrageux a eu lieu ici. La main de saint Pierre a été volée. D'après vous, pourquoi volerait-on une telle chose ?

Le cardinal parut offensé.

— Quelle logique peut-on appliquer aux actions des fous et des fanatiques ? Il n'y a aucune raison possible, tout comme il n'y en a aucune pour expliquer qu'un homme en plein délire s'attaque à *La Pieta*, de Michel-Ange, pour profaner ce chef-d'œuvre inestimable.

— Mais, insistai-je, pourquoi, de tout ce qu'on aurait pu voler, a-t-on choisi de voler la main de saint Pierre ?

Je savais que je m'avançais sur une pente glissante. J'étais poussée par la colère et le désespoir. Je devais poser la question. Son aura pouvait peut-être me révéler plus que sa réponse. Je lui posai l'une des deux questions qui me pressaient le plus.

— J'ai lu quelque part sur Internet que la main de saint Pierre cachait peut-être quelque chose.

Un éclair de consternation traversa le regard du cardinal et son aura prit la teinte rouge trouble de la colère.

— Internet n'est certainement pas une source d'information fiable.

Sa réponse me fit penser à celle que mon père m'avait donnée, quand je faisais des recherches au sujet de mon aura argentée.

— C'est pour cette raison que je vous pose la question. Comme vous l'avez dit, la vérité se trouve ici.

— Je n'ai jamais entendu ce détail mentionné dans les enquêtes menées après le vol, répondit le cardinal dans un nuage de fumée noire qui exposait son mensonge.

Je retins mon sourire.

— Mon enfant, poursuivit le cardinal, saint Pierre tient dans ses mains les clés du royaume du paradis, qui lui ont été données par notre Seigneur et sauveur Jésus Christ. Il est plus probable que le voleur cherchait simplement la notoriété.

— Et comment est-ce possible de jouir de cette notoriété si l'identité du voleur est inconnue ?

Le cardinal esquissa un sourire forcé, comme si un marionnettiste avait tiré sur des cordes fixées de chaque côté de sa bouche. Il m'évalua du regard.

— Vous supposez que le Vatican ne connaît pas l'identité du voleur.

Mon cœur se serra et descendit près de mon estomac qui se nouait.

— Vraiment ? fis-je d'un souffle en tâchant d'avoir l'air plus impressionnée qu'effrayée. Vous savez qui a volé la main de saint Pierre ?

Le cardinal Báthory baissa le menton pour me lancer un autre de ses ignobles sourires sans joie, mais il ne confirma ni n'infirma. Il fit tourner distraitement la bague à sa main droite. Son mouvement fit soudainement jaillir un de mes souvenirs. C'était un homme vêtu exactement comme lui qui avait donné la bague de Xepa à Ultana Lennon. J'avais aperçu un éclair de tissu rouge dans la vision qui m'était venue pendant que je luttais avec elle dans la tombe, quand ses souvenirs m'avaient assaillie. J'avais alors cru par erreur qu'il s'agissait d'une jupe.

— Il ne faut jamais sous-estimer la portée de la sainte Église, ma chère, dit-il.

— Je ne la sous-estime pas, soufflai-je en refoulant mon envie de reculer quand j'aperçus le symbole triangulaire sur l'anneau qu'il fit tourner sur la courbe de son gros doigt avant de le remettre en place.

14
Finn

Je laissai Saoirse le cœur léger de soulagement, puis le poids du sort s'abattit sur moi en secouant ma cage thoracique comme un oiseau prisonnier se jetant contre ses barreaux. Elle ne m'avait pas condamné pour avoir tué mon oncle en protégeant les Scintillas, mais l'éclair de malveillance que j'avais aperçu dans son regard et les mots durs qu'elle avait eus pour l'homme qui était venu à la porte m'avaient troublé. Je redoutais le moment où Saoirse et Lorcan apprendraient que leur mère ne reviendrait pas. Si on trouvait un jour son corps, on remarquerait immédiatement la blessure causée par la dague. Lorcan supposerait alors que j'avais tué sa mère, puisqu'il m'avait aperçu avec la dague ensanglantée à la main à Newgrange.

J'avais le sentiment d'être un moins que rien. Je savais ce qui était arrivé à Ultana, mais Saoirse n'en savait rien. Pourtant, je devais éviter qu'ils blâment Cora ou qu'ils me chassent de leur cercle. J'embrassai Saoirse sur la joue, pour lui faire secrètement mes excuses, puis je retournai chez moi en espérant que si Ultana avait dit vrai en affirmant qu'il n'y avait personne au-dessus d'elle dans la hiérarchie de Xepa, s'il plaisait à Dieu, sa quête mourrait avec elle.

En repensant à tout ce qui était arrivé à Newgrange et dans la tombe où Ultana était morte, je me souvins de ce que Saoirse m'avait révélé la première fois que je l'avais vue. Selon ses dires, Newgrange avait été une base pour les races dotées de pouvoirs surnaturels. Mon oncle avait tenté de sacrifier trois Scintillas précisément à cet endroit. Il devait y avoir une raison. Les chambres à l'intérieur des monuments mégalithiques avaient-elles toujours servi à sacrifier des Scintillas ? Plus que jamais, je voulais connaître l'histoire méconnue de cet endroit.

Je me tenais torse nu devant le miroir pour examiner mon tatouage, une réplique exacte de la spirale à trois branches, dont le tracé était composé d'étoiles. La véritable signification de ce symbole était-elle perdue à jamais ? Foutaises. Je refusais de le croire. Cora croyait qu'elle pourrait trouver un message enfoui dans les pierres. Elle avait failli mourir en tentant de l'extraire.

Sur Internet, je pus trouver de nombreux articles sur les spirales dans l'art ancien, particulièrement en Irlande et dans le reste du Royaume-Uni, de même qu'en Amérique du Sud. Je cherchai tout ce qui pouvait révéler un lien entre les spirales et la religion, n'importe quoi pour confirmer ou réfuter les allégations d'Ultana. À vrai dire, j'étais prêt à tout faire pour démentir ce qu'elle avait affirmé et obliger Cora à abandonner son voyage en solitaire. Même morte, je craignais qu'Ultana ait réussi à duper Cora et à l'amener à se jeter dans la gueule du loup.

Un site m'emmena sur la page de l'un des plus grands trésors nationaux d'Irlande, le *Livre de Kells*, un ancien manuscrit conservé dans la bibliothèque du Trinity College. Les illustrations du livre étaient généreusement embellies de spirales et de triskèles, et surtout celles de la page du *chrisme*, qui se traduisaient par : « C'est ainsi que le Christ est né. » La plus vieille représentation occidentale de la Vierge Marie se trouvait également dans le *Livre de Kells*. J'examinai longuement la tunique de la Vierge, qui était ornée de dizaines de points en groupes de trois formant des motifs triangulaires qui apparaissaient à mes yeux larmoyants comme des spirales à trois branches.

— Voilà le problème avec tes recherches, commenta ma mère plus tard, quand je descendis pour le dîner et lui montrai des impressions des deux folios du *Livre de Kells*. Tu cherches des liens entre des choses qui n'ont aucun rapport entre elles. Sérieusement, des points ? Tu vas gaspiller ta vie à chercher la solution à ce casse-tête impossible.

Son regard s'assombrit et elle sembla penser à autre chose pendant un moment.

J'étais de plus en plus contrarié. Je serrai les dents.

— Pourquoi ne veux-tu pas que je résolve cette énigme ? Pourquoi ne m'as-tu pas dit que nous venions tous de Newgrange ?

Ma mère me regarda avec incrédulité.

— Seigneur, Finn, je ne t'ai rien dit parce que nous ne savons pas avec certitude. Pourquoi te remplirais-je la tête de superstitions ?

— Mais tu m'as toujours dit que la spirale à trois branches était importante dans notre famille.

Ma mère soupira longuement en posant bruyamment sa cuillère dans son bol de soupe.

— Je soupçonne que ce ne soit pas vraiment le cas. Et en quoi le fait de savoir d'où nous venons aidera Cora ? On dirait que tu te préoccupes uniquement des Scintillas. Mon petit frère nous a traînés dans une guerre, dit-elle en faisant le signe de croix, et maintenant, tu veux que nous y restions ?

— Donc, si je comprends bien, tu préférerais que tous les Scintillas soient tués ?

— Je préférerais…

La voix de ma mère mourut et elle baissa les yeux.

— Je préférerais que tu oublies Cora Sandoval et que tu passes à autre chose avant d'être tué en tentant de lui sauver la vie.

— Je ne peux pas l'oublier.

Ma mère poussa un soupir.

— Je sais. Mais je t'ai déjà perdu une fois, Finn. Je ne veux pas revivre ça. Une mère ne devrait jamais avoir à vivre cette expérience…

Ses mains se mirent à trembler et elle les posa sur ses genoux.

Un silence gêné s'installa, puis j'osai enfin poser une autre question.

— Saoirse m'a dit que sa mère voulait m'intégrer à son cercle rapproché parce que je provenais de l'une des plus anciennes familles d'Arrazis, particulièrement de ton côté. Pourquoi était-ce important pour Ultana ?

— Je me suis dit que c'était une espèce de conception archaïque des lignées. Ultana Lennon se considérait comme supérieure aux autres, même parmi les Arrazis. À ma connaissance, la seule chose qui rend notre famille spéciale, c'est qu'il n'y a jamais eu d'union entre deux personnes qui n'étaient pas de sang Arrazi pur.

Que cherchait Ultana ? La pureté du sang ou autre chose ?

— Ultana est morte en emportant ses secrets, dis-je. C'était une voleuse. La marque sur son visage lui a été infligée il y a des centaines d'années. La marque du voleur. Elle avait volé les cendres de la tombe de Dante qui se trouvaient dans le cœur en bois de la cathédrale Christ Church. Cœur qu'elle avait aussi volé, d'ailleurs. Il était là, dans son bureau ! Elle conservait des souvenirs de ses victimes, dis-je en me rappelant l'avoir vue couper une mèche de cheveux de l'amie de Mari, Teruko, et ajouter une pièce provenant de sa poche à ses assiettes de collecte de la dîme.

Si ces assiettes avaient contenu une pièce pour chacune de ses victimes, Ultana avait été une meurtrière très prolifique au cours des siècles.

— Je suis heureux que cette salope minable soit enfin morte, ajoutai-je.

Ma mère me lança un regard noir pour m'avertir de surveiller mon langage, mais je m'en moquais.

— Elle avait peut-être plus d'un but en tête, dis-je. Elle voulait peut-être que je me rapproche de sa fille, comme tu le dis, mais je me demande si elle cherchait autre chose.

Mes paroles eurent un curieux effet sur ma mère. Elle me fixa du regard et je pus voir qu'elle réfléchissait en plissant le front.

— Sais-tu ce qu'elle pouvait chercher ? lui demandai-je en espérant que mon sortilège la force à expliquer son étrange réaction.

— Oui. Suis-moi, répondit-elle en se levant brusquement.

Nous quittâmes la salle à manger pour nous rendre dans le couloir menant à la bibliothèque. Je croyais qu'elle m'y emmenait, peut-être pour me montrer un livre, mais elle s'arrêta devant le tableau *La scintillante armée des cieux*.

Étonnamment, ma mère tendit le bras pour ouvrir le tableau comme une porte. Derrière se trouvait un petit panneau dans le mur qu'elle fit glisser vers le bas pour révéler un pavé numérique.

— Trois, vingt-six, sept, annonça-t-elle à haute voix en composant le code.

L'écran du panneau s'illumina en vert. J'entendis un déclic, puis une section entière du mur glissa, créant une ouverture de la taille d'une porte.

— Jésus-Marie-Joseph !

Ma mère me jeta un regard las en ouvrant la porte.

— Terminés les secrets, me dit-elle. L'existence de cette voûte et son contenu est transmise à l'aîné de la famille Mulcarr depuis des générations. Même mon frère en ignorait l'existence. Tu en aurais été informé à ma mort, mais je te donne maintenant accès à tous les trésors de l'histoire de notre famille que je possède. Si tu peux y trouver quelque chose qui pourra t'aider à trouver des réponses ou même la paix, dit-elle en posant une main sur ma joue assez longtemps pour réchauffer mon cœur, le regard empreint de tristesse, je te les confie.

Le petit cri de surprise que poussa ma mère quand je la serrai dans mes bras m'attrista. Nous n'avions jamais été très portés sur les démonstrations de nos sentiments, mais ce geste de confiance de sa part était immense. J'avais toujours senti la rigidité de son côté protecteur, le voile de mystère qui l'entourait, des comportements qui nous avaient empêchés d'être très proches l'un de l'autre. Je savais qu'elle avait dû faire des efforts colossaux pour relâcher son emprise et avoir enfin foi en moi, et je l'aimais plus que jamais pour cette marque de confiance.

Elle appuya sur un interrupteur pour illuminer un court corridor menant à une vieille porte en bois. La porte s'ouvrit en grinçant et nous entrâmes dans une petite pièce de la taille de la penderie de mes parents. Un large bureau rectangulaire meublait l'une des extrémités de la pièce. Les murs de chaque côté étaient garnis de classeurs larges et profonds, le genre de classeurs où les artistes et architectes pouvaient conserver de larges documents sans les plier.

— Nous sommes sous l'escalier ?

C'était ridicule de penser que je ne m'étais jamais demandé ce qui pouvait se trouver sous le large escalier de la maison.

— Génial. Et tu passes beaucoup de temps ici ? demandai-je à ma mère en traçant un triangle dans l'épaisse couche de poussière qui recouvrait l'une des armoires en bois.

On aurait dit que personne n'était entré dans cette pièce depuis des années. Je m'imaginai soudainement les longues heures que je passerais bientôt dans cette pièce humide.

— Après la mort de mon père, j'y ai passé beaucoup de temps, pour fouiller dans les classeurs, répondit-elle en ouvrant un tiroir pour soulever le coin d'une pile de vieux documents, dans un nuage de poussière qui s'éleva dans la lumière. Mais il y a tant de choses ici, tant d'histoire, des centaines d'années d'histoire. Quand on ne cherche pas une réponse en particulier, c'est difficile de tirer quelque chose de concret de ces documents.

» Si cette pièce recelait des renseignements qui pouvaient nous être utiles, ne crois-tu pas qu'ils auraient été transmis à d'autres Arrazis ? Après ta naissance, nous avons été entraînés dans le tourbillon de la vie. J'ai fini par accepter ma nature et j'ai fermé la porte sur mon passé.

— Merci, merci d'avoir pris la décision de ne plus me tenir dans le secret, maman. Merci de me faire confiance.

Le regard étincelant de reconnaissance, elle posa une main sur mon cou pour m'attirer près d'elle.

— Oh, je t'aime, mon chéri. Mais il y a un autre secret, ajouta-t-elle en me repoussant pour me lancer un regard incisif. C'est aussi pour cette raison que je t'ai montré cette pièce. J'ai bien peur de devoir t'apprendre que la famille Mulcarr n'a pas été particulièrement riche en saints.

15
Giovanni

Je regagnai à pied la maison de Mami Tulke, en empruntant le chemin poussiéreux que nous avions pris dans sa voiturette de golf. En route, j'examinai la communauté de Scintillas qu'elle avait cachée dans la vallée de l'Elqui. Comme c'était étrange de découvrir que ces montagnes inhospitalières, chargées de cactus, de chèvres et de poussière, pouvaient abriter une communauté composée d'individus de la race humaine la plus rare.

En discutant avec Will, j'avais cru comprendre que les Scintillas étaient totalement inconscients de la menace qui planait sur eux. Clancy savait que la grand-mère de Cora était une Scintilla. Il l'avait sûrement dit à d'autres. Il était presque certain que des Arrazis finiraient à tout le moins par venir au Chili pour trouver d'autres membres de sa famille.

Et s'ils venaient jusqu'ici, ils trouveraient une mine de diamants.

Et ils les pulvériseraient tous.

La sueur coulait dans mon dos quand j'arrivai à la petite maison de Mami Tulke. Claire était dehors avec Yolanda et elles cueillaient des fraises dans un potager surélevé. Je ralentis le pas en apercevant ma fille, puis je portai une main à mon front pour me protéger du soleil et l'observer plus clairement. Je n'avais jamais vu une aura aussi animée que la sienne. On aurait dit qu'elle voulait peindre le ciel des couleurs de l'arc-en-ciel. Même dans les laboratoires du docteur M., quand nous pouvions observer son aura et en mesurer l'intensité, son aura n'était pas aussi puissante. C'était comme si en la libérant des installations du docteur M., son esprit s'était lui aussi senti libéré.

Je n'aimais pas voir la façon dont elle projetait son aura sur Yolanda comme des antennes. Je devais garder en tête que Claire n'était qu'une enfant et qu'elle avait très peu d'expérience dans le monde extérieur. C'était ma responsabilité de lui apprendre comment gérer son énergie. Et comment pouvais-je espérer lui expliquer cela, alors que je savais à peine comment lui démêler les cheveux ? Évidemment, j'en savais plus sur les auras que sur la toilette des enfants. Dès qu'elle me vit la regarder, Claire s'approcha de moi pour me tendre une grosse fraise rouge bien mûre.

— Nous sommes sorties pour écouter le bourdonnement et nous avons trouvé des fraises, m'expliqua-t-elle, la bouche tachée de rouge.

— Le bourdonnement ?

— Tu ne l'entends pas ? Yolanda dit qu'elle ne l'entend pas, elle non plus. Le bruit est plutôt fort, pourtant. C'est cet endroit, fit-elle en regardant les arbres et feuilles autour de nous.

Je tendis l'oreille, mais je n'entendis rien d'autre que les cris et bruits de la nature. Je supposai que c'était ce qu'elle entendait, mêlé au fracas métallique qui retentissait de temps à autre de la cuisine de Mami Tulke, probablement quelqu'un qui travaillait un peu trop fort. Je me rappelle soudain que ma mère faisait plus de bruit dans la cuisine quand elle était en colère.

— Tu as faim ? demandai-je à Claire au moment où elle avalait une autre fraise. Tu devrais aller manger, *topolina*. Et prendre un bain. Je n'arrive pas à me souvenir à quand remonte ton dernier bain. C'est mauvais signe, tu ne crois pas ?

Il me faudrait m'y habituer, mais je m'efforçais d'observer les rudiments de la parentalité. Enfin, ce matin, Mami Tulke avait bien dû me rappeler que les enfants devaient parfois se laver. Comme je n'avais jamais eu à me préoccuper des besoins des autres, j'étais fier de voir à quel point je m'adaptais rapidement. J'étais également fier de Claire, mais son histoire de bourdonnement fantôme m'inquiétait. Peut-être valait-il mieux aller consulter un médecin pour ses oreilles ? Je me savais capable de détecter les maladies dans l'aura des gens, qui se manifestaient par des zones sombres au-dessus des parties du corps touchées par la maladie. Pourtant, l'aura autour des oreilles de Claire me semblait normale.

— La crème Chantilly est prête, annonça Mami Tulke à Claire, depuis le cadre de la porte. Il te reste assez de fraises pour m'en apporter, ou les as-tu toutes mangées à mesure que tu les cueillais ?

Mami Tulke avait posé la question d'un ton enjoué, mais je remarquai une lueur de lassitude dans le regard qu'elle me lança quand nous entrâmes.

Après un repas de rôti de porc et de salade fraîche, puis un bol de baies et de crème fouettée qui avait le goût de l'été, Claire alla prendre un bain. Mami Tulke me barra la route en se plantant devant moi quand je voulus sortir de la cuisine.

— Will m'a appelé, dit-elle en posant les mains fermement sur ses hanches ceintes d'un tablier. Il a dit qu'il voulait me voir. Que c'était urgent. Dieu du ciel, Giovanni, que lui as-tu dit?

Je me sentis immédiatement sur la défensive.

— Mami Tulke, vous avez bien fait en cachant ces Scintillas ici, mais ils ont le droit de connaître la vérité, de prendre les mesures nécessaires pour se préparer avant l'arrivée des Arrazis.

— Nous devons être forts, pas nous laisser aller à la panique. Je te l'ai déjà dit, la peur est notre ennemie. La peur affaiblit tout le monde ici.

— L'ignorance affaiblit tout le monde ici.

Nous échangeâmes des regards noirs.

— Giovanni, si les gens devaient paniquer et se disperser aux quatre vents, ils se retrouveraient à découvert et sans défense. Ici, nous pouvons toujours compter sur la force du nombre.

— Nous serons toujours sans défense, peu importe combien nous serons. Nous n'avons aucun moyen de nous défendre contre les pouvoirs des Arrazis.

— Tu es jeune. Les jeunes sont toujours si impulsifs. Tes peurs te rendent nerveux et impétueux. Ne sois pas arrogant au point de croire que nous sommes sans défense.

L'aura de Mami Tulke me piqua autant que ses paroles.

Seigneur, qu'avaient toutes les femmes de cette famille?

Jeune. Impulsif. Sa condescendance m'irritait. J'avais perdu mes parents, j'avais été attaqué par les Arrazis et j'avais failli perdre la personne la plus importante au monde à mes yeux. Oui, j'avais peur, mais cette peur brûlait dans ma poitrine comme un tison ardent et elle continuerait de le faire jusqu'à ce que la menace qui planait sur nous soit éliminée.

— Et comment allez-vous vous défendre ? Avec des mouvements de qi gong ? Des énergies positives ? L'énergie positive n'a pas pu sauver Gráinne au moment opportun. Nous sommes en guerre ! Si j'ai peur, c'est parce que je comprends maintenant à quel ennemi nous nous mesurons.

Je pensai alors à Cora. Elle me manquait et je m'inquiétais pour elle, même si elle avait déjà téléphoné à Mami Tulke deux fois pour lui dire que tout allait bien. Je pensai à Claire, qui s'amusait dans son bain et qui méritait une vie de liberté, une vie où elle n'aurait pas à craindre de perdre ceux qu'elle aimait. Je pensais à l'étonnante communauté de Scintillas qui vivait au Chili, dont les habitants étaient peut-être les derniers représentants d'une race surnaturelle.

Je pensai même au père de Cora, Benito, à ce qu'il avait dit, la nuit où il avait été assassiné. Il avait alors parlé d'énergie, de morts mystérieuses et d'instabilité planétaire. Même le docteur M., qui n'avait pas toute sa tête, croyait que les innocents risquaient l'anéantissement si les Arrazis gagnaient.

Trop de choses dépendaient de la destruction des Arrazis.

Un étrange grondement se fit entendre à l'extérieur. Je pensai immédiatement qu'il s'agissait du tonnerre. Je sentis la terre bouger sous mes pieds et tout autour de moi se mit à trembler.

L'aura de Mami Tulke s'embrasa.

— *Terremoto* ! hurla-t-elle.

Un tremblement de terre.

L'adrénaline monta en moi. La maison tremblait comme si elle se trouvait dans un globe en verre secoué par un enfant insouciant. Entouré de bruits d'objets qui tombaient et de verre brisé, je me rendis tant bien que mal à la salle de bain. Claire s'agrippait au bord de la baignoire, le visage assombri par la peur. Je tentai de garder l'équilibre pour prendre une serviette sur un porte-serviettes et envelopper son petit corps en la sortant de l'eau. Le sol trembla de nouveau et je tombai à la renverse. Nous heurtâmes le mur. Claire enfouit son visage contre ma poitrine et je me blottis contre elle pour la protéger comme une armure, en entourant sa tête de mes bras. Nous attendîmes que la terre ait fini de trembler.

16
Cora

Le cardinal Báthory ne me donnait pas l'impression d'être un Arrazi, mais sa bague me confirmait qu'il était associé à une Arrazi impitoyable qui avait assassiné Dante Alighieri et dont la tâche était de pourchasser et de tuer tous les Scintillas.

Ce lien faisait du cardinal Báthory un ennemi.

Je dus faire preuve d'une grande volonté pour empêcher mes genoux de trembler.

Quand Ultana avait dit que tant qu'il y aurait un Dieu sur l'autel, je serais toujours pourchassée, parlait-elle de l'autel qui se dressait devant moi ? Avais-je enfin trouvé le sommet de la pyramide ? Qui était cet homme ? Travaillait-il seul, ou obéissait-il à quelqu'un d'autre, plus haut dans la hiérarchie ? J'avais envie de prendre la fuite. Mon instinct de conservation luttait pour contrer mon désir d'en finir une fois pour toutes. Je cherchais toujours des réponses à mes questions.

Mais, surtout, je ne savais toujours pas pourquoi.

Un homme bien vêtu s'approcha de notre groupe d'un pas rapide et chuchota quelques mots à l'oreille du cardinal.

— Informez-vous auprès de l'archevêque de La Serena, au Chili.

Le cardinal Báthory s'excusa avant de s'éloigner sans nous regarder, mais j'étais soudainement devenue anxieuse en entendant ces hommes parler du pays où habitait ma grand-mère.

— Qu'a dit cet homme ? Il a parlé du Chili, dis-je en constatant que j'avais agrippé Piero par le bras.

Le cardinal avait laissé entendre que l'Église connaissait l'identité du voleur de la main de saint Pierre. Avait-elle l'intention de tenter de retrouver ma grand-mère ? S'ils réussissaient, ils tomberaient alors sur les derniers Scintillas : Mami Tulke et Giovanni. Quand j'en aurais fini avec Piero, je devais absolument les appeler pour les avertir.

— Je suis désolé, je n'ai pas entendu, mais la question m'a paru urgente, non ? répondit Piero.

— Quel rôle joue cet homme ici ? lui demandai-je, complètement ignare de la hiérarchie de l'Église catholique romaine.

— Il travaille au sein de la Congrégation pour la doctrine de la foi, qui avait autrefois pour nom « Sacrée Congrégation de l'inquisition romaine et universelle ».

Les paroles de Piero eurent sur moi l'effet d'une douche froide et ma bouche devint soudainement sèche. Piero dut remarquer ma réaction et il esquissa un sourire en coin.

— L'inquisition ? Vous parlez de celle qui s'occupait de la chasse aux sorcières pour les brûler sur le bûcher ? Cette inquisition ?

— Oui, répondit-il. Ce mot me laissera toujours un arrière-goût dans la bouche. Pas étonnant que l'Église en ait changé le nom ! ajouta-t-il en riant. Enfin, j'ai aimé passer du temps avec vous, mais je dois bientôt partir. Je dois m'occuper d'une visite guidée dans une demi-heure. Vous avez d'autres questions pour moi ?

Je tâchai d'agir de façon décontractée, malgré le fait que j'avais toutes les raisons d'être agitée. Le cardinal et son anneau de Xepa, sa mention du Chili sur un ton inquiétant après notre conversation troublante, le fait qu'il était responsable d'une congrégation qui avait autrefois été responsable de la mort violente de tous ceux qu'elle considérait comme des hérétiques. Je pianotais nerveusement contre ma cuisse.

— Je vous remercie pour votre temps. J'ai appris beaucoup de choses.

J'étais sincère. J'étais maintenant certaine que Michel-Ange et Dante étaient semblables sur un point : ils avaient tous deux tenté de disséminer des messages dans leurs œuvres pour informer les gens au sujet du chiffre trois et de la corruption au sein de l'Église. Je savais également que l'homme qui dirigeait la congrégation qui était autrefois connue sous le nom d'Inquisition portait une bague de la société Xepa. Ma tête tournait à toute vitesse et je pouvais voir mon aura projeter des étincelles de frayeur tout autour de moi. Je devais sortir d'ici, appeler ma grand-mère et tout faire en mon pouvoir pour en savoir plus au sujet du cardinal Báthory.

Piero Salamone me salua de la tête avant de s'éloigner. Une autre question me vint subitement en tête et je courus sur les dalles ornées de spirales pour taper sur son épaule.

— Euh... j'ai bien une dernière question. Savez-vous si Michel-Ange a vécu ici, au Vatican ?

— Nombreux sont les spécialistes qui ont émis des hypothèses à ce sujet au fil des siècles. C'est étrange que vous me posiez cette question, car récemment, en 2007 pour être précis, une découverte importante a permis de démontrer que Michel-Ange avait effectivement habité dans la basilique Saint-Pierre pendant une période de sa vie.

— Oh ? fis-je. Quelle découverte ?

Je voulais voir la chambre de Michel-Ange, toucher ses souvenirs.

— Une entrée dans un grand livre, portant sur un reçu vieux de 450 ans, selon lequel Michel-Ange aurait fait couler une clé très dispendieuse pour un coffre dans sa chambre. Le document mentionnait 10 *scudis*, ce qui était une somme considérable à l'époque, pour une clé ouvrant un coffre dans la chambre de la basilique Saint-Pierre, où maître Michel-Ange se retirait.

L'aura de Piero s'embrasa sous l'effet de l'excitation que pouvait entraîner une telle découverte chez un passionné d'art. Ma propre aura réagit elle aussi, s'agitant nerveusement dès que Piero prononça le mot « clé ».

— Est-ce possible de visiter cette chambre ? L'Église possède-t-elle toujours cette clé ? lui demandai-je avec enthousiasme.

Je sentais mon sang bouillir sous l'effet d'une grande ferveur et même si je savais que je devais appeler Mami Tulke, je ne pouvais pas partir d'ici avant d'avoir pu explorer la chambre de Michel-Ange et toucher ses murs.

— Impossible, j'en ai bien peur, répondit Piero en réduisant mes espoirs à néant. On estime que pendant qu'il travaillait sur *Le Jugement dernier*, Michel-Ange vivait dans une petite pièce qui se trouvait dans l'aile du nom de *Fabricca*. Il était alors l'architecte en chef du pape de l'époque. Personne ne sait pourquoi il aurait commandé une clé aussi coûteuse. C'est étrange, car Michel-Ange était connu pour son avarice et il conservait un coffre en bois rempli d'or sous son lit. La clé devait d'ailleurs servir à ouvrir ce coffre. Si la pièce où vivait Michel-Ange ou la clé ont été retrouvées, cette découverte n'a jamais été rendue publique.

— Une clé d'une telle valeur devait servir à ouvrir un verrou protégeant un secret d'une aussi grande valeur, dis-je en saluant énergiquement Piero de la tête.

Le verrou m'intéressait beaucoup plus que la clé.

Celle qui pendait à mon cou devint soudain très lourde, comme si elle avait pesé une tonne. Chacun des battements de mon cœur semblait provenir de la clé. L'artiste rusé pouvait très bien avoir trouvé un moyen de cacher une clé dans la main de saint Pierre.

Piero interpréta sans doute mon attitude contemplative comme un signe qu'il était temps de partir, car il me serra la main en me disant au revoir, me laissant seule avec mes pensées.

Si je ne pouvais pas visiter la chambre de Michel-Ange, où pouvais-je aller pour trouver des indices expliquant la raison pour laquelle l'Église avait décidé d'inclure les Scintillas dans sa chasse aux sorcières ? Je ne pouvais pas aller interroger directement le cardinal Báthory pour lui demander s'il existait encore aujourd'hui une chasse aux sorcières et la raison de son existence. Pourtant, je me demandai soudain où se trouvait le bureau et s'il existait un moyen d'y entrer.

Je me rendis à l'extérieur pour appeler Mami Tulke, l'informer des derniers développements et lui dire que l'homme que je venais de rencontrer avait parlé de l'Amérique du Sud. Paranoïaque ou pas, je devais supposer que tout pouvait représenter une menace et je devais les informer.

Un escalier en rampe menait aux pavés de la place Saint-Pierre. J'observai l'aura des touristes à la recherche de couleurs particulières ou révélatrices d'un danger, mais je ne vis rien. Pourtant, j'avais l'impression d'être observée. À ma droite, saint Pierre veillait sur sa place. Je composai le numéro de Mami Tulke. La ligne était occupée. J'essayai de joindre Giovanni, mais je tombai directement sur sa messagerie vocale. Combien de cerceaux enflammés me faudrait-il traverser ?

Je me remis en marche pour m'approcher de l'obélisque qui se dressait devant moi. Des touristes prenaient des photos devant les fontaines à niveaux de chaque côté de l'obélisque. Certains étaient étendus par terre pour prendre des photos de l'obélisque en contre-plongée, tandis que d'autres allaient et venaient dans toutes les directions. Mon regard filait tout aussi rapidement à gauche et à droite. Un groupe d'élèves passa devant moi en deux files. Chaque enfant tenait la main d'un camarade et une bulle de couleurs entourait leurs mains jointes. C'était adorable de voir les auras extroverties de ces enfants qui n'avaient pas encore appris comment séparer leur énergie de celle des autres. Je me demandai soudainement si cet état des choses, où nous étions en communion complète avec les autres, pouvait être l'état naturel dans lequel les humains naissaient. Je me souvins de la conversation au sujet de la conscience unique que j'avais eue avec Giovanni, dans les installations du docteur M. Je pensai également à Finn, au sentiment d'union inexplicable entre nous.

Je continuai de marcher tout en composant et recomposant le numéro de ma grand-mère, de plus en plus inquiète chaque fois que j'entendais le signal de ligne occupée. Je scrutai la foule du regard en attendant quelques minutes avant de composer le numéro de Mami Tulke de nouveau. Encore une fois, l'étrange signal sonore de ligne occupée se fit entendre.

— Zut, dis-je en coupant la ligne.

De tous les moments où la ligne pouvait être occupée, il fallait absolument que ce soit maintenant...

Je me sentis encore une fois observée et je me tournai vers la chapelle Sixtine. Rien de particulier n'attira mon regard, sinon l'énorme statue de saint Pierre, avec ses clés dorées et son doigt pointé. Plus je regardais la statue de saint Pierre, plus je me mis à penser à l'étrangeté de sa posture. Il ne se contentait pas de tenir les clés sacrées du royaume du paradis. Il pointait également quelque chose du doigt. Et contrairement à ce à quoi on aurait pu s'attendre, il ne pointait pas vers le ciel, mais directement devant lui, comme s'il pointait quelque chose ici... un objet terrestre.

Je me retournai pour regarder dans la direction où pointait la statue, mais je ne vis rien d'autre qu'une longue rue qui partait du centre de l'ovale de la place Saint-Pierre. Sérieusement troublée par mon incapacité à communiquer avec ma grand-mère ou Giovanni, incertaine de ce que je devais faire, je laissai saint Pierre me montrer la voie.

La *Via della Concilazione* était une rue étonnamment droite et longue, mais je n'y remarquai rien de spécial, exception faite du grand nombre de touristes qui se promenaient, carte à la main et appareil photo au cou, qui allaient et venaient dans les deux sens. Il devait y avoir quelque attraction touristique sur la rue. Je me rendis assez loin pour ne plus voir la statue de saint Pierre, puis je fis demi-tour. Je suivis un groupe de quatre femmes âgées qui bavardaient en français et qui riaient continuellement de leurs blagues. Je compris rapidement ce qui attirait les foules. Sur un panneau, on pouvait lire « Castel Sant'Angelo ».

C'était effectivement un château, surmonté d'une statue d'ange, comme sur le dernier étage d'un gâteau. J'entendis l'une des femmes dire que le pont, le *Ponte Sant'Angelo*, qui enjambait le Tibre et qui menait hors de la ville, s'appelait autrefois le *Pons Sancti Petri*. Le pont de saint Pierre.

Intriguée, je payai les frais d'entrée, pris un dépliant et entrepris une visite du château, à la recherche de signes qui pouvaient me révéler la raison pour laquelle j'errais maintenant dans cet ancien château, une raison pour laquelle la statue de saint Pierre pouvait pointer vers cet endroit.

Divers détours me conduisirent dans de vieux corridors, jusqu'à l'atrium et un escalier en spirale. Je visitai des chambres aux murs ornés de fresques, la cour d'un théâtre avec une porte menant à la prison, puis j'appris que Galilée avait déjà subi un procès dans le château. Je fus fascinée de découvrir qu'un passage surélevé menait du *Castel Sant'Angelo* à la basilique Saint-Pierre. Je passai un moment dans un endroit du nom de « cour des anges », conçu par Michel-Ange, mais je n'y trouvai aucun indice. Frustrée, je quittai la cour pour me diriger vers la dernière partie du musée qu'il me restait à visiter, la salle du trésor et la librairie, où la plupart des archives secrètes et les trésors de la papauté étaient autrefois entreposés.

Je visitai d'abord la bibliothèque, qui se trouvait près de la salle du trésor. Je n'étais pas prête pour ce qui m'y attendait. La salle était de forme circulaire et ses murs étaient faits de panneaux de bois foncé. Une seule fenêtre se trouvait haut sur le mur, à ma gauche. Le plancher semblait fait de brique et formait un motif de spirale. Des candélabres en fer étaient disposés tout autour de la pièce. Mais j'eus le souffle coupé en apercevant quatre coffres qui occupaient la majeure partie de la pièce. L'un des coffres était énorme et faisait au moins deux mètres de haut. Devant ce coffre se trouvaient deux autres coffres plus petits, qui m'arrivaient à la taille et, tout devant, un plus petit, qui m'arrivait aux genoux.

Mon père aurait été au ciel en voyant ces coffres. J'eus un pincement au cœur en pensant à lui, en repensant à notre maison en Californie, remplie de sa collection de coffres. Ces souvenirs me frappèrent si fort que je dus me mordiller la lèvre pour m'empêcher de pleurer. Mon père avait caché la vérité à propos de ma mère dans l'un de ses coffres. C'était dans ce coffre que j'avais trouvé les lettres qu'elle lui avait envoyées et dont j'avais lu les feuilles de texte écrit de sa main en pleurant. J'avais alors pris conscience pour la première fois que ma mère ne nous avait pas abandonnés, qu'elle ne m'avait pas abandonnée. J'avais alors appris qu'elle m'aimait. Du bout des doigts, je caressai le symbole celtique qu'elle avait laissé sur mon front, puis je déposai un baiser sur mes doigts. C'était devenu ma façon de me souvenir d'elle.

Incapable de retenir mes larmes, je me mis à pleurer en silence en pensant à mes parents, en revoyant leurs derniers instants avant de mourir aux mains d'Arrazis impitoyables.

Mes larmes coulaient sur mes joues, dans mon cou, jusque sur la chaîne à laquelle pendait la clé.

Oh, seigneur, la clé ! Michel-Ange avait fait fabriquer une clé pour un coffre et je me tenais devant quatre coffres qui avaient appartenu à l'Église. Était-ce possible que l'un de ces coffres ait appartenu à Michel-Ange ?

Je fis un pas en avant, main tendue.

17
Finn

— Il y avait également des voleurs dans notre famille, m'expliqua ma mère en prenant deux paires de gants médicaux dans une boîte avant de m'en remettre une paire et d'enfiler l'autre.

Un contenant ressemblant à un petit réfrigérateur était posé sur un coffre et ma mère l'ouvrit en pianotant la même combinaison que celle qui avait servi à ouvrir la porte de la pièce où nous étions. Elle ouvrit le réfrigérateur et en sortit une grande boîte noire.

— Qu'est-ce que c'est ?

— Une boîte d'archivage à l'épreuve de l'acide. Le caisson extérieur permet de réguler la température interne afin de minimiser les dommages à l'artéfact.

— Quel artéfact ? lui demandai-je en réprimant un sourire, même si ma curiosité était piquée.

La salle tout entière avait stimulé mon enthousiasme. Ma mère souleva le couvercle de la boîte et... je ne pus m'empêcher de reculer d'un pas en portant une main à mon cœur.

— Non...
— Si, mon fils.
— Tu es consciente de l'importance de cet objet ?
— S'il ne s'agit pas de la couverture d'origine et des premières pages manquantes du *Livre de Kells*, il s'agit d'un faux. Un faux très convaincant.
— C'est le trésor national de l'Irlande, pour l'amour du ciel. Pourquoi ? Pourquoi l'avoir conservé ? Et tout d'abord, pourquoi un membre de notre famille l'a-t-il pris ? Je croyais que le livre avait été volé durant les raids de Kells.
— Je n'ai pas les réponses à tes questions. Je te montre ceci, tout ce qu'il y a dans cette pièce, dans l'espoir que tu puisses trouver les réponses qui t'apporteront la paix. Je ne sais pas comment cet objet a abouti dans notre famille. Tous les joyaux sont sur la couverture, à l'exception d'un seul, alors je doute que ce soit à cause de la valeur de ces pierres.
— Et pourquoi ne l'as-tu pas rendu aux autorités ?
— Que suggères-tu ? Que je l'abandonne dans un landau sur les marches du Trinity College, avec une note ? Seigneur, non. Je ne l'ai pas retourné pour une seule et bonne raison : je crois que le livre a été volé et que notre famille l'a conservé dans un but précis, et qu'il devrait rester dans notre famille jusqu'à ce que nous ayons découvert ce but.
— Des artéfacts volés... Sommes-nous vraiment différents d'Ultana Lennon ?

Ma mère était la reine des regards railleurs, mais celui qu'elle me lança à ce moment remportait facilement la palme.

— Non, pas vraiment, à cet égard du moins. Il y a un ordinateur également, ajouta-t-elle en pointant vers le bureau, au cas où tu voudrais faire quelques recherches en ligne. Je sais qu'il m'a été utile en plusieurs occasions. Prends ton temps pour examiner le livre, mais manipule-le avec grand soin et remets-le dans la boîte exactement comme il était quand nous l'avons sorti.

— D'accord, maman. Pendant que nous y sommes, tu pourrais aussi me donner une petite tape sur la tête et m'apporter ma bouteille comme un bambin ? J'aimerais bien que tu y ajoutes un peu de whisky, par contre, d'accord ? C'est l'eau de la vie, après tout.

Ma mère me regarda en haussant un sourcil.

— Consulte les caméras de sécurité avant de sortir, pour éviter que ton père ou Mary te voient sortir de la pièce.

Sans ajouter un mot de plus, ma mère me laissa seul dans cette voûte secrète de la famille Mulcarr. J'entrepris immédiatement mes recherches. Je commençai évidemment par le livre. J'avais lu quelque part que des pages volées du livre avaient été retrouvées dans le sol, mais que la couverture et quelques pages manquaient et n'avaient jamais été retrouvées. La couverture devant moi n'avait jamais été enterrée. Si elle l'avait été, on l'avait méticuleusement nettoyée. Elle était impeccable.

La couverture était rigide, assez lourde, peut-être faite d'une mince planche de bois. C'était probablement la chose la plus belle qu'il m'avait été donné de toucher, à part Cora. Dans mon désir de comprendre sa signification, son esthétique époustouflante me rendait presque fou.

La couverture était ornée de motifs complexes d'or en relief et une rangée de punaises servait à maintenir le métal en place sur les côtés du bois. Trois coins étaient décorés d'un superbe nœud celtique, chacun orné d'une pierre précieuse différente. Seule une pierre manquait dans l'un des coins. Toute la bordure était enluminée de triskèles en groupes de trois. Des émeraudes, des saphirs, des rubis et même de petites perles décoraient la couverture. Les pierreries étincelaient dans la lumière, comme si elles s'étaient languies de sa présence.

La plus grosse dorure se trouvait au centre de la couverture.

Une spirale à trois branches.

Chacune des branches de la spirale était décorée d'une grosse pierre précieuse en son centre. J'aurais tant aimé que Cora soit avec moi pour voir le livre. Pour le toucher. Je me demandai alors comment je pourrais le lui faire parvenir. Elle pouvait voir plus de choses avec ses mains que je ne le pouvais avec mes yeux.

Une chose était certaine : le symbole de la spirale était très ancien et très important. Je comprenais maintenant pourquoi il revêtait une si grande importance pour ma mère et notre famille. Cora et sa mère croyaient que ce symbole était un indice qui pouvait nous aider à comprendre notre passé commun. Plus que jamais, je croyais que c'était effectivement le cas.

Les spirales en groupes de trois, particulièrement sur un document comme le *Livre de Kells*, pouvaient représenter la trinité, mais je ne pouvais m'empêcher de penser que les spirales étaient utilisées bien avant que le contenu des livres saints ne soit décidé.

Je tournai délicatement la couverture.

L'inscription enluminée de la première page de vélin, la page titre, était en latin : *Nere Ponentus Tenebras Lucem*.

Je soulevai doucement cette page pour la tourner. L'illustration de la première page de texte était plus étonnante encore que la spirale à trois branches sur la couverture. Sur un fond aux riches teintes saturées de rouges et de bleus, un hexagramme occupait presque entièrement la page, composé d'un triangle doré orienté vers le haut et d'un autre triangle d'argent, orienté vers le bas.

Un tourbillon de questions tournait dans ma tête tandis que je tentais de faire des liens. J'avais vu ce symbole à plusieurs reprises dernièrement. Sur la pierre que mon père m'avait donnée à mon retour, après ma tentative de suicide sur mon bateau. Cette pierre était décorée du *shatkona*, un symbole indien ancien qui représentait l'union des contraires. Comme le feu et l'eau en alchimie, ou encore l'homme et la femme. Ce symbole représentait le *Sephira Tifaret*... La perfection. Et l'union divine.

C'était peut-être ignare de ma part, mais j'étais surpris de voir ce symbole dans le livre. Après avoir passé quelques minutes le regard perdu au loin, je fis rouler ma chaise jusqu'à l'ordinateur pour aller en ligne et me renseigner sur la nature de ce symbole, que j'avais toujours supposé être judaïque.

Je me trompais. L'hexagramme était l'un des symboles spirituels les plus universels de toute l'histoire. Des images de gravures provenant des civilisations les plus anciennes de Sumer montraient des groupes d'étoiles représentant selon toute vraisemblance des hexagrammes. Ce symbole était partout : dans des lieux saints japonais du cinquième siècle avant Jésus-Christ, tandis que des sites et artéfacts anciens provenaient de pays aussi variés que le Sri Lanka, l'Inde, la Grèce, l'Égypte, le Mexique, ou même de Rome. Ce symbole était partout à Rome, y compris dans la basilique

Saint-Pierre. Une photo aérienne montrait qu'une propriété du musée du Vatican, le *Castel Sant'Angelo*, était précisément de la forme d'une étoile à six branches.

Les francs-maçons avaient employé ce symbole, qui se retrouvait même dans le grand sceau des États-Unis. À ma grande surprise, j'appris que ce n'était qu'au XVIIe siècle que le symbole avait été adopté par le judaïsme, dans une incarnation relativement nouvelle d'un ancien symbole.

Dans les pages perdues du livre célèbre, l'hexagramme se tenait aux côtés de la spirale, deux des symboles les plus impérissables de l'humanité. Je devais découvrir ce qu'ils avaient en commun.

Aussi doucement que possible, je posai le manuscrit dans la boîte noire, que je remis dans le contenant contrôlé, non sans avoir d'abord fait une recherche pour déchiffrer l'inscription en latin sur la page titre.

L'inscription signifiait : « Tisser... ou transformer... l'obscurité en lumière ».

Je n'avais pas encore ouvert un seul tiroir des classeurs et pourtant, j'avais déjà l'impression d'avoir mis le doigt sur quelque chose d'important. Seulement, je n'arrivais pas à déterminer exactement sur quoi j'avais mis le doigt et c'était précisément ce qui me rendait fou.

— Cela fait maintenant plus de deux heures que tu es ici, m'annonça ma mère en posant un sandwich et un verre de whisky sur le bureau devant moi.

Je la regardai, surpris.

— Ton eau-de-vie, mon chéri, me lança-t-elle d'un ton humoristique qui ne lui ressemblait pas en haussant un sourcil.

Ses paroles alimentèrent mes réflexions. Je la remerciai et quittai momentanément la pièce pour aller chercher un bloc à dessin et un crayon. Ma tête était tellement pleine de renseignements hétéroclites que j'avais l'impression qu'elle était sur le point d'exploser. Je devais me vider la tête, faire des liens.

Je pris une feuille de papier pour y tracer des diagrammes de certaines de mes découvertes, tout en traçant frénétiquement des flèches entre les différents éléments pour tâcher de trouver des liens entre eux.

Quand j'eus terminé, je m'adossai dans la chaise pour fermer mes yeux fatigués. La fébrilité causée par mes découvertes était trop grande. Je tapais du pied comme avant un spectacle. Je venais peut-être de tomber sur le plus grand des secrets de famille, un indice vital pour comprendre le passé des Arrazis. Je devais trouver un moyen d'envoyer la couverture ornée de pierreries à Cora.

18
Giovanni

Le tremblement de terre avait été grave et destructeur.
À l'intérieur de la maison de Mami Tulke, le sol était jonché d'éclats de poteries brisées, de cadres face contre terre et de lampes. La Serena avait été durement touchée. Après avoir cherché des piles pour les insérer dans un vieux poste de radio que Mami Tulke dénicha au fond d'une armoire, la seule station de radio que nous pûmes trouver annonçait qu'une alerte au tsunami était en vigueur le long des côtes. De grosses pierres descendues des montagnes étaient éparpillées sur la route comme des pièces d'échec jetées par terre par un géant en colère. Personne n'avait réussi à trouver le sommeil après le premier tremblement de terre et nous avions passé la matinée à nettoyer les débris à l'intérieur de la maison entre les répliques.

Comme Benito Sandoval l'avait prédit, les désastres naturels se faisaient de plus en plus graves et fréquents.

Nous étions en route pour la communauté secrète de Mami Tulke déguisée en commune d'amateurs de Nouvel

Âge et Claire s'était assise sur mes genoux. Le matin était calme et le murmure de la rivière qui alimentait les fermes et les vignobles de la vallée était beaucoup plus audible qu'à l'habitude. Ma fille me lançait souvent des regards rassurants, les yeux remplis de questions. Depuis le tremblement de terre de la nuit précédente, une série de répliques avait continué de nous secouer et Claire n'avait pas voulu me quitter. Mami Tulke avait affirmé que les répliques pouvaient se poursuivre pendant quelques semaines après un tremblement de terre. Claire posa sa main ouverte dans la mienne, paume contre paume. La main de la fillette était si petite dans la mienne. Surpris, je me sentis gonfler d'amour. J'étais tristement surpris de constater que je pouvais avoir confiance de nouveau en quelqu'un, aimer de nouveau quelqu'un.

Cora avait ouvert ma coquille et Claire s'y était glissée après son départ.

Comme la voiturette de golf ne pouvait plus continuer en raison d'un arbre déraciné qui s'agrippait maintenant à la terre par ses deux extrémités, Mami Tulke la gara et posa un large chapeau sur sa tête, puis nous entreprîmes le reste du chemin à pied. J'espérais que la terre instable s'était suffisamment calmée pour que ce soit sûr d'être dehors avec Claire. Toujours aussi flegmatique, Mami Tulke expliquait qu'au Chili, les tremblements de terre étaient aussi communs que les buveurs de pisco, mais je compris à son regard que les tremblements de terre de cette ampleur n'étaient pas aussi fréquents qu'elle le prétendait.

J'étais mal à l'aise. Cela me paraissait étrange qu'au moment même où je réfléchissais aux théories du père de Cora au sujet des désastres naturels, l'un des plus importants tremblements de terre de l'histoire avait frappé le Chili. Les lignes téléphoniques étaient toujours coupées. Si Cora avait entendu parler de l'incident, elle devait être morte d'inquiétude. Peut-être que cela suffirait à la convaincre de revenir auprès de nous.

À mesure que nous approchions des maisons et autres bâtiments du « ranch », Claire devenait de plus en plus agitée. Elle secouait la tête d'une façon qui me faisait penser à une personne aveugle qui aurait tenté de percevoir les différentes fréquences sonores autour d'elle. Je ne savais pas quoi faire pour l'aider. Mami Tulke remarqua elle aussi les agissements de Claire et me dit qu'une personne au ranch, dont le sortilège lui permettait de guérir les autres, pouvait peut-être l'aider.

Une appétissante odeur de viande rôtie flottait sur le sentier et nous tourmenta jusqu'au village. La main de Claire était moite dans la mienne, mais à vrai dire, je n'aurais pas pu dire si c'était sa main ou la mienne. J'étais agité à l'idée de revoir Will. Il avait visiblement été secoué par notre conversation, suffisamment pour appeler Mami Tulke et s'en plaindre. Je ne regrettais toujours pas de lui avoir dit la vérité, mais je devais reconnaître qu'il valait mieux y aller progressivement dans certains cas.

Du sentier surélevé où nous étions, je vis qu'on avait tracé un grand labyrinthe de roches de la forme d'une spirale à trois branches sur le sol. Je pouvais y voir une silhouette solitaire s'y promener. Le sentier passa devant les terrains qui servaient à cultiver les fruits et les légumes, puis nous mena jusqu'au chemin de terre principal qui traversait le village. Devant chaque maison se trouvait une petite pile d'objets brisés et de déchets et je vis deux adolescents, des jumeaux, charger ces piles dans un chariot. À notre passage, ils levèrent les yeux pour nous regarder, puis ils se mirent à chuchoter entre eux en nous jetant des regards obliques.

Les gens s'étaient parlé.

C'était clair, d'après la façon que les habitants avaient de me regarder. Certains m'adressaient un petit signe de tête, d'autres, sur leurs gardes, me lançaient des regards effrayés. J'avais passé ma vie à lire l'expression des gens et leur aura. Juste en examinant leur aura, j'aurais facilement pu les diviser en deux groupes : ceux qui m'appuyaient et ceux qui étaient contre moi. Mami Tulke l'avait elle aussi remarqué. Je pouvais la voir me lancer de brefs coups d'œil sous son chapeau de paille.

Will s'avança d'un groupe de gens pour m'accueillir en ouvrant les bras, peut-être un peu trop tôt. Il sembla être resté planté là beaucoup trop longtemps. Nous nous serrâmes la main, puis il me donna une tape sur l'épaule.

— Giovanni.

— Will.

L'aura de Will s'étendit jusqu'à sa femme, Maya, qui s'avança elle aussi.

— Heureux de te revoir, dit-elle, beaucoup moins enthousiaste que la veille.

J'examinai son aura en clignant des yeux. J'ignorais pourquoi je ne l'avais pas remarqué avant. Je comprenais maintenant pourquoi Will l'entourait d'énergie protectrice et pourquoi il agissait de façon aussi craintive. Maya était enceinte.

— Félicitations à vous deux, dis-je.

Claire me lança un regard interrogatif.

— Ils vont avoir un bébé, lui expliquai-je. Will, Maya, je vous présente Claire, ma fille.

Claire s'avança en tendant une main vers le ventre de Maya, qui tressaillit en regardant Will, yeux écarquillés. Je vis Will retenir son envie de donner une claque sur la main de Claire.

Ils avaient peur d'elle.

Claire ne sembla pas le remarquer, mais son aura absorba leur peur d'une façon qui me donna la chair de poule.

— Claire, ma chérie, il faut demander la permission des gens avant de les toucher.

« Ou de toucher leur aura », pensai-je en me disant que cette leçon pouvait commencer dès maintenant.

Claire revint auprès de moi et Will s'éclaircit la gorge avant de demander comment Mami Tulke s'en sortait après le tremblement de terre. Apparemment, on comptait près de mille morts au Chili et les efforts pour retrouver les corps dans les décombres ne faisaient que commencer.

Will nous invita ensuite à nous asseoir avec eux dans le réfectoire. Mami Tulke nous présenta à la foule de Scintillas qui s'étaient rassemblés à l'intérieur. Je savais que c'était devenu normal pour eux, mais la vision de leurs auras de mercure remplissant la pièce me laissait pantois. Ils étaient beaux à voir. Ils étaient beaux à sentir. J'aurais aimé voir la méfiance dans leurs yeux s'estomper, parce que lorsque je les regardais, je ne voyais qu'une grande famille. Des gens que je voulais protéger. Sauver. Je m'efforçai d'étendre mon énergie devant ma poitrine pour leur manifester mon ouverture. Nous ne pouvions pas lutter ensemble si nous ne nous faisions pas confiance.

Un homme se leva en me pointant du doigt.

— Dis-nous ce que nous devons savoir. Nous sommes nombreux à nous cacher à cause de rumeurs d'attaques ou parce que nous avons perdu un être cher. Pourtant, nous vivons ici en paix depuis si longtemps que nous avons l'impression que la menace a disparu. Et vous venez d'arriver pour nous dire que nous courons un danger ?

J'ouvris la bouche pour répondre, mais à ma grande surprise, Mami Tulke répondit à ma place.

— Giovanni n'est pas porteur du danger.

— Vraiment ? Et la petite fille ? Pourquoi ses yeux sont-ils ainsi ? demanda une personne, sans se montrer. Est-elle dangereuse ?

« Mais qu'est-ce qu'ils ont tous ? », me demandai-je. Comment pouvaient-ils oser poser de telles questions devant elle ?

Mami Tulke posa une main sur la tête de Claire.

— Elle vit avec moi, dans ma maison. Elle a vécu des choses que vous ne pourriez pas comprendre. Ne la craignez pas. Faites preuve de compassion.

— Hé, fis-je en leur lançant un avertissement avant de serrer Claire contre moi.

Elle n'était pas comme les autres enfants et elle laissait leurs paroles couler comme de l'eau sur le dos d'un canard. Elle était trop intelligente pour se laisser intimider.

— Pourquoi ont-ils peur de moi ? me demanda-t-elle, prouvant par le fait même que je ne m'étais pas trompé à son sujet.

— Ils n'ont pas peur de toi, *bella*. Ils ont peur de tout ce qui pourrait changer leur mode de vie, répondis-je dans ses cheveux.

Mami Tulke posa les deux mains sur la table devant elle et observa un moment de silence troublant avant d'adresser de nouveau la parole au groupe.

— Giovanni n'a pas apporté la menace avec lui, répéta-t-elle. C'est moi qu'elle a suivi, expliqua-t-elle sous les regards confus de la foule. En fait, la menace suit tous les Scintillas. Vous ne seriez pas venus jusqu'ici pour vous cacher si la menace n'existait pas. Et j'estime avoir fait du bon travail si vous avez réussi à vivre heureux et sans crainte au cours des dernières années.

— Et maintenant, devrions-nous craindre cette menace ? lança Maya en examinant Mami Tulke de son regard sombre, une main posée sur son ventre qui n'avait pas encore commencé à gonfler.

J'étais inquiet pour elle, pour son enfant. Comme c'était bêtement optimiste de choisir de mettre au monde un autre Scintilla.

Mami Tulke mit longtemps à répondre. Elle ne voulait pas provoquer la peur, mais elle ne voulait pas les induire en erreur.

— Oui, répondis-je à sa place. Vous devriez avoir peur.

La grand-mère de Cora me lança un regard noir et je compris que ce n'était pas la réponse qu'elle voulait leur donner, mais le moment était bien choisi et la foule s'était rassemblée pour écouter.

— Vous faites confiance à Mami Tulke et vous avez raison d'avoir confiance en elle. Elle vous a cachés comme les pierres précieuses que vous êtes tous. Malheureusement, il existe des… chasseurs de pierres précieuses, dis-je en regardant Claire et en choisissant de modérer mon langage.

— Gio, est-ce que c'était une métaphore ? me demanda-t-elle en tirant sur ma chemise.

Je poussai un soupir. Il valait sans doute mieux qu'elle soit au courant.

— Les Arrazis arrivent. Ils arriveront bientôt. C'était sage de vous cacher ici, de vous couper du reste du monde, mais cette époque est révolue. Le temps est maintenant venu de combattre.

— Nous pouvons prendre la fuite ! s'écria une voix dans la foule. C'est une autre option !

Mami Tulke serra les poings sur la table. Elle avait raison. Certains choisiraient de prendre la fuite.

— Si vous choisissez de fuir, vous serez les premiers à tomber, dis-je. À vous de choisir comment vous voulez finir. Vous voulez une vie de peur, ou une vie de liberté ?

Des cris et des étincelles jaillirent partout dans le réfectoire. Claire se boucha les oreilles de ses mains. Mami Tulke la cala sur sa hanche épaisse comme un sac de pommes de terre, puis elle sortit pour s'éloigner dans la nuit chilienne qui tombait. Je la suivis. Qu'ils en discutent. Ils avaient besoin d'en parler. Le changement venait les frapper comme un tremblement de terre. Je tendis la main pour prendre Claire, mais Mami Tulke me fit signe de laisser tomber avant de poser Claire par terre.

— Je vais la ramener à la maison, dit-elle. Tu dois rester. Voilà la guerre que tu voulais. À toi de la mener, me dit-elle en battant de ses cils couleur noisette.

Je l'observai s'éloigner avec ma fille entre deux bâtiments, puis entre les arbres, au moment où le soleil laissait la vallée plongée dans l'ombre. Même dans la lumière du demi-jour, on pouvait déjà voir les étoiles ponctuer le ciel. Des gens de partout dans le monde m'avaient recommandé de venir observer les étoiles ici. La communauté tirait une bonne partie de ses revenus des touristes attirés par les observatoires, les voyages d'observation des étoiles et le « magnétisme » de l'endroit. Les étrangers ne pouvaient pas savoir à quel point il faisait bon vivre ici. Les étoiles étaient magnifiques, oui, mais la vallée de l'Elqui était magique grâce aux gens... Aux Scintillas.

Derrière moi, j'entendis le crissement de bottes sur le gravier. Will et Maya venaient vers moi. Maya avait les bras croisés et son aura était repliée sur elle-même.

— Mon mari et moi n'arrivons pas à nous entendre sur la méthode à adopter, dit-elle, mais je tenais à te remercier de nous avoir mis en garde. Nous sommes venus te voir parce que nous ne voulions pas que tu penses que nous te rejetons.

Will se mit à se balancer sur ses bottes de cowboy.

— Je veux simplement protéger ma femme et notre enfant. Je ne veux pas vivre toujours en fuite et je ne veux pas vivre dans la peur. Merde, je ne sais pas quoi faire.

Il semblait sur la défensive. Il me lança un regard plein d'espoir, comme si je pouvais lui dire quelque chose pour le faire changer d'avis.

— Quand j'étais petit, des Arrazis sont venus chez moi et ont enlevé mes parents. Ma mère était enceinte, racontai-je, le cœur serré par l'émotion. Je... je ne les ai jamais revus.

Cora était la seule personne à qui j'avais raconté cette histoire. Je la racontais maintenant à cette femme, qui portait dans son ventre un autre précieux Scintilla, pour la convaincre que nous n'avions plus d'autres options.

Will regarda le visage de Maya se tordre en un masque horrifié tandis qu'elle écoutait mon histoire, puis il se tourna vers moi, inquiet.

— Que nous feront-ils ? Nous avons entendu les rumeurs… Des Scintillas vendus sur le marché, retenus prisonniers durant des années, tués, complètement vidés de leur aura.

— Les Arrazis ne cherchent plus à nous vendre ou à nous garder en captivité. On leur a ordonné de nous tuer tous, dis-je avant de me taire un moment pour les laisser assimiler l'information. Récemment, j'ai participé à une bataille avec des Arrazis, à Newgrange, continuai-je, tandis que Will et Maya échangeaient un regard. L'attaque des Arrazis est surnaturelle, rapide et mortelle. Les Arrazis peuvent absorber l'aura de plusieurs personnes en même temps et à une distance d'au moins dix mètres. Et je parle seulement du pouvoir des Arrazis qui n'ont pas acquis de sortilège.

Maya porta une main à sa bouche et tendit l'autre pour prendre la main de Will.

— Comment as-tu réussi à t'échapper ? me demanda-t-elle.

J'expliquai que c'était grâce à Cora et à Finn.

— J'avais été affaibli par une attaque et je ne pouvais rien faire, dis-je en déglutissant, la gorge nouée par la honte.

Je savais que cette fois, je pourrais me racheter pour mon échec. La malédiction qui m'avait été jetée m'empêchait de sauver Cora, mais je pouvais sauver ces gens.

— Nous n'aurions pas pu nous enfuir sans la dague, racontai-je en repensant aux événements que j'avais revus cent fois dans ma tête, quand nous avions réussi à nous enfuir de Newgrange, même si j'arrivais toujours à la même conclusion. Pour gagner contre les Arrazis, dis-je en terminant, nous avons besoin d'armes.

— C'est incroyable. Je suis contre, Will, dit-elle en se tournant vers lui pour lui prendre les mains. Tu sais que je suis contre.

Un grand groupe de Scintillas émergea du réfectoire et nous aperçut. J'avais maintenant un auditoire et je ne devais pas laisser passer cette occasion. Je voulais que tout le monde soit prêt. Quand Cora arriverait, elle saurait quel rôle vital j'avais joué, elle saurait tout ce que je faisais pour nous protéger, pour la protéger. Je refusais d'être encore une fois inutile.

— Avec tout le respect que je te dois, dis-je à haute voix pour attirer d'autres Scintillas, contre quoi es-tu, exactement ? Contre l'idée que nous nous défendions ? Contre l'idée de lutter contre ceux qui voudraient te voir étendue sans vie, ceux qui voudraient utiliser leurs pouvoirs pour terroriser le reste de l'humanité ?

— Hé... fit Will pour m'avertir de modérer mes propos, mais je n'allais pas me laisser démonter.

Le monde tombait en ruines autour de nous.

— Offrez-vous en sacrifice si c'est ce que vous voulez. Étendez-vous pour mourir à leurs pieds. Jouez les brebis sacrifiées, si ça vous donne l'impression d'être des saints. Les Arrazis viendront et vous n'aurez pas le choix. Vous devrez prendre une décision. Pour ma part, je serai prêt lorsqu'ils viendront. Je combattrai pour vous, si vous êtes trop peureux pour le faire vous-mêmes. Les Arrazis ne combattent pas loyalement et je crois que nous devrions en faire autant. Nous avons besoin d'armes. Si Dieu le veut, nous n'aurons pas à nous en servir, mais je sais que Dieu n'a pas sauvé mes parents. Je sais que Dieu n'a pas sauvé le fils de Mami Tulke, ni sa femme.

Des murmures et des cris s'élevèrent du groupe.

— C'est sérieux ? demanda une voix dans la foule.

— Cela ne me plaît pas d'être le porteur de ces nouvelles. J'ai passé toute ma vie à échapper discrètement aux regards et je m'estime chanceux d'avoir vécu aussi longtemps. À l'instant où je vous parle, certains d'entre nous cherchent des réponses à nos questions, mais je doute que ces réponses puissent arrêter les Arrazis. Si elles le pouvaient, ne croyez-vous pas que nous les connaîtrions déjà ? Je ne jugerai pas ceux qui espèrent résoudre le conflit pacifiquement, mais je peux seulement leur dire que je n'entretiens pas les mêmes espoirs qu'eux. Oui, c'est sérieux. C'est une question de vie ou de mort.

J'évaluai la foule du regard, jeunes et vieillards, et je sentis tout le poids de mon existence à cet instant même. Aucun doute ne m'habitait. J'avais choisi de lutter.

— Qui est avec moi ?

19
Cora

— *Perdono*, Mademoiselle, mais il est interdit de toucher ces objets historiques.

Je retirai ma main avant de me retourner pour faire face au garde du musée, qui se tenait dans l'embrasure de la porte. Il avait le visage le plus horizontal que j'avais vu de toute ma vie : des sourcils en ligne droite au-dessus de ses yeux en fente et une bouche pincée sans la moindre trace de sourire. Je me demandais même s'il avait déjà souri dans sa vie.

— Je suis désolée, je...

Comment pouvais-je m'expliquer ? Le besoin de toucher ces coffres avait été ma seule préoccupation quelques moments plus tôt. Ma paume fourmillait d'envie de les toucher. Je devais connaître les souvenirs de ces coffres. Je devais savoir si la clé pendue à mon cou ouvrait l'une de ces serrures. Je devais découvrir si j'avais eu raison de me fier à mon instinct, ou si je m'étais trompée sur toute la ligne. J'étais habitée d'un sentiment étrange, comme si on m'avait menée jusqu'ici. J'avais senti soudainement la présence de mon père. J'avais grandi entourée de coffres. Étrangement, j'avais le sentiment d'avoir été destinée à trouver ces coffres, dans cette pièce, à ce moment précis.

— Je vous en prie, Monsieur, le suppliai-je. Je veux simplement...

— Non.

Désespérée, je fis la seule chose qui me vint à l'esprit. Je transmis toute la lumière, toutes les énergies positives et tous les bons sentiments qui m'habitaient directement à l'homme. Cela avait suffi pour ramener Giovanni à la vie, après que Clancy et Griffin l'avaient battu. Cette bouffée de bonnes vibrations suffirait peut-être à donner envie à l'homme de m'autoriser à toucher les coffres.

L'homme haussa un sourcil d'une manière qui semblait impossible quelques instants auparavant. Sa bouche suivit. Mais les changements dans son aura étaient plus remarquables encore que les manifestations physiques de son changement d'attitude. Son aura prit de l'expansion en se gonflant en vagues dorées. Il sentait les bonnes vibrations que je lui envoyais, je pouvais le voir.

Je continuai.

Comme lorsque j'avais donné de l'énergie à Giovanni, je ne me sentis pas vidée en transmettant mon énergie à l'homme, contrairement à ce qui arrivait quand un Arrazi me volait mon aura. Étrange...

L'homme se détendit. Il baissa mollement les bras, puis il me regarda en souriant bêtement.

— Je ferai vite, dis-je pour vérifier si cela avait fonctionné.

— *Si*, faites vite, murmura-t-il.

Pendant un instant, j'eus l'impression d'être Obi-Wan Kenobi. Je courus jusqu'au premier coffre pour le toucher. Des souvenirs surgirent en moi, oui, mais comme avec la spirale à trois branches, je ne pus rien détecter de plus que les souvenirs des nombreuses mains qui avaient touché le coffre au fil des siècles. Je touchai le coffre suivant, puis l'autre, pour enfin poser la main sur l'énorme coffre de deux mètres au fond de la pièce. Je ne vis que des images fragmentaires du coffre qu'on déplaçait, de son contenu varié, un coup rapide et torride à l'intérieur du coffre.

La déception s'abattit lourdement sur moi, écrasant mes espoirs. Je continuai d'envoyer des rayons de lumière au garde, qui m'observait aimablement, curieux. Je lui souris. J'avais touché les coffres sans rien apprendre. Il restait maintenant à savoir si la clé que je possédais pouvait ouvrir l'un des verrous.

Je tirai sur la chaîne à mon cou, sortis la clé de sous ma chemise et retirai la chaîne. Je pouvais voir qu'il y avait déjà eu un mécanisme de verrouillage sur l'énorme coffre et qu'il avait été retiré. Il ne restait plus qu'un trou de la forme d'une clé, mais pas de mécanisme pour y insérer la clé. Rien à faire.

Je passai aux coffres de moyenne taille et d'un simple coup d'œil, je vis immédiatement que ma clé était trop petite pour leur serrure. Le troisième coffre n'était même pas muni d'un verrou. Il n'y avait à l'avant qu'un simple demi-cercle de métal, qui avait sans doute servi à installer un cadenas.

— Vous ne pensez tout de même pas que votre clé...

— Chut, lui lançai-je bêtement. Contentez-vous de vous sentir bien. Vous ne vous sentez pas heureux de me regarder faire ?

— À vrai dire, si, répondit-il aimablement.

Je me penchai sur le plus petit coffre et je compris rapidement que ma clé ne pourrait jamais s'engager dans le verrou. Je m'appuyai sur le coffre, les yeux embués de larmes. J'avais envie de lancer les coffres au loin, jusqu'au Colisée.

— Quelle perte de...

Juste sous mon menton, à l'arrière du coffre, je vis une encoche en forme de clé. Une entaille où l'on pouvait déposer une clé à plat sur la surface du coffre, comme une ornementation. J'examinai les contours de l'espace gravé dans le bois, puis ma clé. Je déposai ma clé dans l'entaille. Un craquement fendit l'air.

— Je dois vous demander de vous éloigner du coffre, dit l'homme sans conviction.

Je lui lançai un regard par-dessus mon épaule en souriant avant de lui envoyer une dernière dose d'énergie. Je tournai de nouveau mon attention vers le coffre et j'ouvris le panneau arrière, qui s'était inexplicablement écarté comme la page d'un livre.

Une araignée déguerpit hors du compartiment secret quand je l'ouvris pour regarder à l'intérieur. Je dus incliner la tête pour examiner le tableau jauni et craquelé fixé au bois du coffre.

Je fus immédiatement saisie.

Sous mes doigts se trouvait une reproduction exquise de la Madone et de Jésus. Un Jésus d'un jeune âge, plus tout à fait un enfant, pas encore un homme. Un adolescent comme... comme moi. Jésus et sa mère se regardaient tendrement. Je me mordillai la lèvre inférieure en prenant soudainement conscience du fait que je secouais involontairement la tête. C'était impossible...

Ce n'était pas la découverte du tableau caché ni l'expression de tendresse et d'amour entre une mère et son enfant, ni même la vision du Christ adolescent qui me touchait autant. C'était la foule peinte derrière eux, des gens au visage flou, mais tous entourés d'auras aux couleurs de l'arc-en-ciel. C'était le *giri tondi* qui ornait l'ourlet de la robe de Marie. C'étaient les hexagrammes, comme celui de la basilique de Santa Croce, où de grands hommes avaient été enterrés, qui se trouvaient dans les coins du tableau.

Mais surtout, c'étaient les auras lumineuses d'argent pur qui s'élevaient en spirale autour du corps et de la tête de Marie et Jésus et coulaient l'une vers l'autre, dans l'espace qui les séparait, telles une corde sacrée.

C'était une pièce du casse-tête.

Si je comprenais bien, c'était un message. Un message qui pouvait faire trembler le monde entier.

Jésus et sa mère étaient des Scintillas.

Un dessin d'une clé, ma clé, se trouvait dans le haut du tableau, au centre, accompagné d'une inscription, malheureusement en italien :

San Pietro è la chiave che registra le malefatte di coloro che hanno il coraggio di rivendicare il dominio sui regni al di là delle porte della Terra.

Il m'était impossible d'extraire le tableau du bois et même si j'avais réussi à convaincre le garde de me laisser toucher les coffres en lui donnant mon énergie, je doutais qu'il accepte de me laisser en faire plus. Déjà, il trépignait d'impatience derrière moi. Je pris une photo du tableau avec mon téléphone, je fermai le compartiment secret et je repris la clé dans l'encoche au moment même où il se penchait vers moi.

— Merci, lui dis-je sincèrement en le contournant pour sortir. Passez une très bonne journée !

Je quittai la salle du trésor et traversai le *Castel Sant'Angelo* d'un pas rapide en direction de la sortie la plus proche. Dès que je posai un pied sur les pavés à l'extérieur, je tentai d'appeler Giovanni pour lui montrer la photo et lui demander de traduire l'inscription, mais la ligne était toujours occupée. Je savais que Giovanni pouvait vérifier la signification des mots, mais qui pouvait établir l'authenticité du tableau ? Je courus jusqu'à la chapelle Sixtine. Je devais voir Piero Salamone immédiatement. Je devais lui montrer la photo et lui demander son avis. Et si le tableau était effectivement de la main de Michel-Ange ? Piero pourrait probablement me le confirmer. Et si c'était le cas, Michel-Ange s'était donné beaucoup de mal pour cacher son œuvre, allant même jusqu'à cacher la seule clé qui y donnait accès.

Arrivée à mi-chemin sur la *Via della Concilazione*, je peinais à respirer. Le grand dôme surplombant la chapelle Sixtine s'élevait devant moi comme un signal. Une seule pensée occupait mon esprit : Jésus pouvait-il vraiment avoir été un Scintilla ? Était-ce là cette vérité, le grand secret pour la préservation duquel les gens assassinaient ?

20
Finn

— Saoirse Lennon est arrivée.

Je me levai rapidement et quittai la pièce secrète pour suivre ma mère.

— Je lui ai demandé d'attendre dans la bibliothèque, me chuchota-t-elle en fermant la porte derrière nous et en remettant le tableau en place. Vous êtes rapidement devenus amis… ajouta-t-elle d'un ton aigre.

— N'oublie pas pourquoi j'ai commencé à m'intégrer au clan des Lennon, lui dis-je.

— Fais attention.

— Le pire élément du clan n'est plus, même si ses enfants ne le savent peut-être pas encore.

J'essuyai mes mains moites sur mon jean avant d'entrer dans la bibliothèque, la gorge nouée par le souvenir repoussant de l'instant où j'avais failli tuer Cora, souvenir qui m'assaillait chaque fois que j'entrais dans cette pièce. Saoirse était à genoux devant une rangée de livres qu'elle inclinait tour à tour pour les examiner avant de les remettre à leur place.

— Ma mère ne possède pas ce genre de livres, dit-elle en se levant brusquement quand elle m'entendit arriver. Elle croit que nous ne devrions pas nous préoccuper des raisonnements lacunaires des humains ordinaires à propos de l'énergie.

— Je ne suis pas du même avis que ta mère sur ce point, dis-je en déglutissant bruyamment.

C'était toujours difficile pour moi de parler d'Ultana au présent.

— Je n'ai toujours pas eu de ses nouvelles…

— Hum…

Elle fronça les sourcils en plissant son minuscule nez légèrement parsemé de taches de rousseur.

— Ai-je choisi un mauvais moment ?

— Non. Non, excuse-moi. C'est bon, dis-je en me disant que j'aurais préféré être encore dans la pièce secrète pour poursuivre mon enquête.

J'aurais tellement voulu en parler à Saoirse. Elle savait peut-être quelque chose qui aurait pu m'aider à rassembler les pièces du casse-tête, mais je ne pouvais pas lui faire entièrement confiance. Pas encore.

— Tu t'inquiètes pour ta mère, dis-je. C'est normal, compte tenu de tout ce qui se passe.

Elle se frotta la nuque avec lassitude.

— Je n'arrête pas de recevoir des visiteurs qui viennent voir si elle est à la maison. Ils veulent tous parler des morts de Newgrange. Mon idiot de frère pourrait leur en dire beaucoup plus que moi. Tout comme toi, d'ailleurs. Mais comme ma mère, mon frère n'est jamais à la maison. Les autres personnes qui étaient présentes à l'incident sont toutes mortes, malheureusement. Que suis-je censée dire aux Arrazis ? Je n'étais même pas là et ma mère a disparu. Et s'il lui était arrivé malheur ?

— Je suis certain qu'elle va bien, lui dis-je en espérant pour la millième fois qu'on ne retrouve jamais son corps. Et comme tu l'as toi-même dit, si elle partage ouvertement son opinion au sujet de sa nature d'Arrazi, elle n'est pas aussi transparente quand il est question des affaires. Elle est probablement occupée par quelque chose d'important, surtout depuis ce qui est arrivé. Lorcan et toi êtes assez âgés pour qu'elle vous laisse seuls jusqu'à son retour.

Saoirse pencha la tête comme si elle s'était mise à prier.

— J'ai un mauvais pressentiment.

Mon cœur battait si fort dans ma gorge que j'étais certain qu'elle avait remarqué ma nervosité. Je me détournai pour m'avancer à la fenêtre où Cora et moi nous étions tenus, un jour, pour regarder la pleine lune et parler de son auteur préféré, qu'elle révérait.

J'avais commencé à me rendre à cette fenêtre pour révérer la lune, en l'honneur de Cora. J'avais l'impression d'avoir conclu un pacte secret avec la lune.

— Tout le monde sait que ta mère veut la mort des Scintillas, jusqu'au dernier, dis-je. Elle l'a dit, durant le repas où j'ai fait ta connaissance.

Je me retournai pour regarder Saoirse dans les yeux en concentrant mon sortilège sur elle. Elle ne verrait plus jamais sa mère et je devais savoir si je pouvais la considérer comme une véritable alliée. Peut-être qu'ensemble, nous pouvions influer sur les Arrazis qui étaient autrefois sous les ordres de sa mère. Mes parents pouvaient également nous y aider.

— Désolé, mais je dois absolument te poser cette question… S'il est effectivement arrivé quelque chose, à quel camp ton frère et toi vous rallierez-vous ?

Son menton trembla.

— Pourquoi me poses-tu cette question ? fit Saoirse.

— Parce que… je crois que le moment est venu de choisir ton camp.

Elle ne détourna pas son regard bleu vert. Elle traversa la pièce et prit fermement ma main.

— Du côté du bien, Finn. Bien entendu. C'est déjà assez difficile de faire le nécessaire pour survivre. Les Arrazis n'ont pas besoin d'en faire un sport. Par contre, je ne peux pas parler au nom de mon imbécile de frère, répondit-elle en agitant la main. Il a toujours obéi à notre mère.

— Et pas toi ? lui demandai-je en me rappelant qu'elle avait toujours fait ce qu'Ultana lui avait demandé, comme lorsqu'elle avait tué Teruko sans broncher, et en repensant à la peur et la soumission que j'avais aperçues dans ses yeux chaque fois que sa mère la regardait.

Saoirse me donna un coup de coude.

— Hé, c'est cruel de ta part, dit-elle en me regardant avec appréhension.

— Excuse-moi.

Son sourire s'estompa et son regard s'assombrit.

— Oui, je le reconnais, ma mère est effrayante, dit-elle. Tu n'as pas idée à quel point. Pourtant, je suis en désaccord avec elle sur de nombreux points. Disons simplement que c'était plus simple pour moi de la laisser croire ce qu'elle voulait.

C'était difficile de m'imaginer qu'on ait pu réussir à faire croire quelque chose à Ultana. Toujours main dans la main, nous échangeâmes un regard.

— Je suis terriblement soulagé de t'entendre le dire. Malgré ce que j'ai vu à Newgrange, tout ce que j'ai été forcé de faire, y compris tuer mon oncle, je continue de chercher la vérité à propos des différentes espèces humaines, notre raison d'être.

— Et s'il n'y avait pas de raison ?

— On croirait entendre ma mère, dis-je.

Saoirse lâcha ma main pour me toucher la joue.

— Tu as bon cœur, Finn.

— Je veux simplement mettre un terme à cette histoire. Peux-tu m'aider à communiquer avec les Arrazis, à organiser une réunion ?

Saoirse eut un éclat de rire scandalisé.

— Quoi ? Tu veux usurper l'autorité de ma mère en son absence et organiser une réunion avec tous les Arrazis que nous connaissons ? Tu as perdu la tête, Finn. Ma mère me tuera.

Je regardai par la fenêtre en serrant les dents. Il me faudrait être patient et attendre que Saoirse et Lorcan finissent par comprendre que leur mère ne reviendrait pas. Ou peut-être…

— Et si ma propre famille organisait une réunion ?

— C'est facile. Tu serais immédiatement considéré comme un ennemi.

Je regardai Saoirse en inclinant la tête.

— Ce n'est pas moi qui décide, Finn. C'est ma mère. Elle et ceux qui sont assez puissants pour lui donner des ordres. Les gens au sommet de la hiérarchie menacent de tuer tous les Arrazis qui ne respectent pas les ordres et tu voudrais donner de nouveaux ordres ? Il ne suffit pas de vouloir mettre fin à cette histoire pour le pouvoir. Tu es impuissant, Finn, me dit-elle d'un ton presque suffisant.

La colère brûlait dans chacun de mes membres. Je me détournai pour ne pas que Saoirse voie l'intensité du feu qui rageait dans mon regard. J'avais besoin d'elle, de son appartenance à la famille Lennon, pour renverser la vapeur. Et si j'en étais incapable, pourquoi restais-je en Irlande ? J'aurais très bien pu être en route pour le Chili, avec la couverture perdue du *Livre de Kells*. En fait, je me demandais si ce n'était pas précisément ce que je devais faire. Il valait peut-être mieux me ranger du côté des Scintillas que d'essayer de faire changer d'avis leurs ennemis.

Saoirse posa une main dans mon dos.

— Est-ce que ça va ?
— Oui, ça va. Juste un peu préoccupé.
— Tu penses à elle.
— Évidemment.
— Tu sais où elle est ? Si elle va bien ?

Le téléphone de Saoirse sonna et elle alla le chercher dans son sac, à l'autre extrémité de la pièce. Pendant que je m'efforçais de trouver un moyen de mettre fin à sa visite, elle me fit sursauter en poussant un petit cri. Elle porta une main à son cœur, le visage tordu par une grimace affligée.

— Impossible, dit-elle au téléphone. Vous devez faire erreur. On a retrouvé ma mère, marmonna-t-elle en me regardant. Elle… elle est morte.

21
Giovanni

La terre trembla si fort sous nos pieds que je crus pendant un instant que les étoiles risquaient de tomber du ciel pour s'abattre sur nous comme des bombes. Une autre réplique.

Certains se dispersèrent, d'autres s'agrippèrent à la personne la plus proche en fermant les yeux. Will et moi nous jetâmes sur Maya, dans un mouvement instinctif pour protéger une mère et son enfant. Elle se blottit entre nous tandis que nous la protégions de nos bras, comme un bouclier humain. En serrant l'épaule de Will pour protéger Maya, qui se tenait tête courbée entre nous, je croisai le regard effrayé de Will, mais j'y vis également une lueur de gratitude. Il me fit un bref signe de tête. Un pacte silencieux conclu dans un moment de peur. Il se tiendrait à mes côtés.

Quand les secousses cessèrent et que nous eûmes vérifié que tout le monde était bien sain et sauf, Will et deux autres hommes me prirent à part. Un grand gaillard aux cheveux noirs du nom d'Ehsan se présenta. Ses mains étaient aussi rudes que sa voix, mais son regard était doux et son aura, posée.

— Tu n'auras pas à me convaincre, me dit-il. Je savais que ce jour viendrait. J'ai failli mourir quand un homme à l'aura blanche m'a attaqué, dans une mosquée de Kaboul. C'est grâce à une bombe qui a explosé tout près que j'ai pu m'enfuir. De nombreuses personnes ont péri dans l'explosion et pourtant, j'ai été épargné. Je ne comprendrai jamais...

L'autre homme, plus jeune et plus pâle, était aussi grand que moi, mais beaucoup plus nerveux. Son aura éclatante flottait contre son corps maigre. Il se frappa le torse d'un poing recouvert de tatouages.

— Je combattrai avec toi, dit-il. Ces gens sont ma famille. Je combattrai tous nos ennemis.

Il parlait d'un ton nasillard semblable à celui de Will, mais je pus détecter un accent hispanophone dans sa voix. Il s'appelait Adrian. Sa bravade me fit sourire et je lui étais reconnaissant, mais je ne pus m'empêcher de ressentir une certaine appréhension. Je n'aimais pas l'idée de voir son audace soudainement balayée par des gens impitoyables comme Clancy Mulcarr et Ultana Lennon. Avait-il la moindre idée de ce à quoi il se mesurait? Est-ce que quelqu'un ici, dans cette communauté, comprenait vraiment ce qui les attendait?

Will, Ehsan et Adrian me conduisirent dans l'une des tentes octogonales.

L'intérieur de la tente était très différent de ce que je m'étais imaginé. Les huttes étaient petites et me faisaient un peu trop penser à la caverne dans laquelle Gráinne avait été tuée. En voyant Ehsan fouiller dans un petit réfrigérateur posé à même le sol de la cuisine, je devinai que c'était sa tente. Deux chaises inclinées se trouvaient juste au-dessous d'une ouverture circulaire dans le toit de la tente, d'où on avait tiré le rabat. Émerveillé, je levai les yeux vers le ciel découvert pour observer les étoiles. Les chaises étaient couvertes d'éclats de verre provenant des étagères qui se trouvaient derrière.

— Tiens, dis-je à Eshan en me penchant pour prendre un cadre qui était tombé par terre.

C'était une photo d'un groupe de jeunes hommes au teint basané, qui avaient environ mon âge. Des hommes souriants vêtus de *shalwar kameez*. Ehsan frappa le cadre contre son jean pour faire tomber les éclats de verre restants par terre, puis il souffla sur la photo.

— C'était le bon vieux temps, dit-il en regardant tendrement la photo.

Dans l'éclairage de la tente, j'eus l'occasion de mieux examiner Adrian, qui était beaucoup trop nerveux pour me regarder dans les yeux. Il passait d'une fenêtre à l'autre, comme s'il avait cru que les Arrazis étaient dehors, cachés parmi les arbres, prêts à nous sauter dessus d'un instant à l'autre. Je sentis les poils se dresser sur mes bras.

— Tu étais membre d'un gang ? lui demandai-je en remarquant les nombreux tatouages dans son cou, sur ses bras et ses mains.

— Et alors ? me lança-t-il d'un air de défi en levant le menton.

— *Va bene*. Ça m'est égal, lui dis-je en souriant, et c'était vrai. Tu sauras certainement botter les fesses des Arrazis.

— Je sais combattre avec des couteaux et des pistolets, oui, mais c'est complètement différent de lutter contre un adversaire qui peut t'aspirer l'âme, mec.

Je vis son aura trembler dès qu'il évoqua ses souvenirs.

— Tu as déjà vu un Arrazi attaquer ?

— Ouais, je les ai déjà vus faire. J'ai commencé à voir l'aura des gens un soir, après avoir attaqué un mec qui nous avait volés, avec les autres types de ma bande, raconta-t-il en ricanant. J'ai d'abord cru que je délirais sous l'effet des drogues ou quelque chose du genre. Mais bon, les hallucinations n'ont jamais arrêté. Quelques mois plus tard, j'ai aperçu une fille en ville qui avait une aura argentée comme la mienne. Nous avons commencé à nous fréquenter.

Son regard se perdit au loin.

— Cette fille m'a présenté sa grand-mère, qui était elle aussi une Scintilla. Nous étions copains comme cochons, mais je devais dissimuler cette amitié aux autres mecs de ma bande. Disons que la fille et sa grand-mère n'avaient pas vraiment le même genre de fréquentations que moi. Un jour, nous étions allés ensemble à la foire, où la grand-mère de mon amie faisait une fortune avec sa tente de diseuse de bonne aventure. Deux femmes sont entrées dans sa tente, une mère et sa fille. Elles ont tué la grand-mère de mon amie, comme ça. Sans même la toucher. La chose la plus effrayante que j'avais vue de toute ma vie, mec.

— Et comment as-tu réussi à t'enfuir ? lui demanda Ehsan.

Adrian secoua les mains, comme s'il avait voulu les essuyer. Un tic nerveux, sans doute. Ce faisant, il dissipait son énergie et je me demandai s'il en était conscient. Cette manie expliquait peut-être pourquoi son aura était si contractée. Sans parler du fait qu'on pouvait deviner son insécurité.

— Mon amie et moi observions sa grand-mère de derrière un rideau. Quand j'ai vu mamie s'effondrer, quand l'aura de l'une des femmes a soudainement explosé dans un éclat de blanc, mon amie et moi avons pris la fuite, mais les deux femmes nous ont attaqués. J'ai étranglé la mère et sa fille a déguerpi, mais elle a eu le temps de tuer mon amie. Je lui ai lancé mon couteau, expliqua-t-il en posant la main sur le manche d'un couteau à sa ceinture. Elle a commis l'erreur de se retourner, ajouta-t-il, le regard étincelant de fierté. Je lui ai fiché mon couteau directement dans l'œil.

Nous restâmes quelques instants en silence, tous occupés à nous imaginer l'horreur de l'histoire que venait de nous raconter Adrian.

— Marron, ajouta-t-il tout à coup.

— Pardon?

— Elle avait les yeux marron. Bref, les flics m'ont arrêté, car ils croyaient que je les avais toutes tuées. On a lancé une chasse à l'homme. Je me suis enfui au Mexique et quelqu'un m'a ensuite aidé à me rendre jusqu'ici.

— Et comment connaissais-tu l'existence de cet endroit? lui demandai-je.

— Un type de Mexico, l'un d'entre nous, m'a raconté qu'il avait entendu dire qu'une vieille femme cachait des gens en Amérique du Sud. J'ai erré dans Santiago pendant près d'un an avant que quelqu'un me remarque.

— Tu veux dire qu'on remarque ton aura, précisa Ehsan.

— La ferme, Ehsan. Arrête de me corriger, lança Adrian. Chose certaine, ajouta-t-il à voix basse en prenant un ton de conspiration, je connais une femme à Santiago qui vend un tas de choses, et pas simplement des empanadas, si vous voyez ce que je veux dire.

— Des armes? Des armes à feu? lui demandai-je.

Pour la première fois depuis le début de notre conversation, le regard d'Adrian s'éclaira.

— Tout ce qu'il nous faut, mec.

Je serrai la main d'Ehsan, Adrian et Will, puis je me dirigeai vers la porte.

— Pouvons-nous aller la voir ? demandai-je.

Tous les autres hochèrent la tête, mais ce fut Adrian qui prit la parole.

— Les routes sont en mauvais état à cause des tremblements de terre. Attendons encore quelques jours, puis nous pourrons y aller, d'accord ?

— D'accord, dit Will en regardant sa montre. Je dois retourner voir Maya.

Dehors, j'inspirai profondément l'air pur. Will se mit en marche, mais je l'arrêtai.

— Je sais que Maya n'est pas d'accord avec l'idée de se battre. Qu'est-ce qui t'a convaincu de te joindre à moi ?

— J'ai compris que si ton premier réflexe avait été de protéger ma femme enceinte durant le tremblement de terre, ton intention devait être de nous protéger tous, répondit-il en bottant un caillou. Mon travail consiste à veiller sur elle et sur mon enfant, même si elle n'est pas d'accord avec mes méthodes. Mon père m'a appris à ne jamais reculer devant rien quand on cherche à faire le bien, et surtout pas face à l'opposition. Je crois que je dois suivre mon instinct. Et de toute façon, ajouta-t-il en souriant, depuis quand les femmes croient-elles que les hommes savent ce qu'ils font ?

— Merci, Will. Peut-être que d'autres suivront ton exemple.

— J'espère que Maya comprendra mon point de vue. Elle possède un sortilège meurtrier. Ma femme peut tuer d'un seul toucher.

J'ouvris la bouche pour lui poser des questions, mais Will m'interrompit.

— Ne lui en parle pas. C'est un sujet très sensible.

— Mais pourquoi ?

J'avais déjà commencé à établir des plans de bataille dans ma tête. Si seulement nous pouvions laisser Maya approcher suffisamment les Arrazis...

— Nous pourrions vraiment utiliser un pouvoir semblable contre les Arrazis, ajoutai-je.

Je me promis mentalement de dresser une liste des sortilèges de chacun des Scintillas de la communauté, excité à l'idée de découvrir que certains d'entre nous étaient des armes vivantes que nous pouvions utiliser dans notre guerre contre les Arrazis. J'avais bien utilisé mon sortilège, quand nous avions été attaqués dans la petite maison de Gráinne. Évidemment, c'était avant qu'on me jette cette satanée *geis*. Mes doigts me démangeaient, et j'aurais tant aimé utiliser mon sortilège pour projeter la tête de Lorcan Lennon contre la pierre la plus proche. Je devais maintenant le laisser venir à moi.

Will leva les yeux vers le ciel rempli d'étoiles, puis il me regarda de nouveau.

— Maya n'utilisera jamais son sortilège. Jamais. Adolescente, elle a accidentellement tué sa mère avec son sortilège.

22
Cora

Une fois de plus, je sentis une présence derrière moi en me rendant vers la basilique Saint-Pierre. Cette fois, j'entendis même des bruits de pas frapper les pavés en cadence avec mes propres pas. Je m'arrêtai brusquement pour me retourner.

— Ce n'est pas possible ! m'écriai-je en apercevant Dun qui me lançait un regard de chien battu qui se transforma rapidement en regard défiant.

— Je devais venir, dit-il en lançant les bras en l'air. J'ai essayé de garder mes distances pour veiller sur toi, mais tu cours partout comme une déchaînée. J'ai cru que tu étais poursuivie.

Il s'approcha de moi, juste assez pour que je puisse sentir l'aura que j'aurais pu reconnaître les yeux bandés.

— J'ai cru que tu étais en danger, ma chère.

— Mais je suis réellement en danger ! Tu devrais être en Californie, à des milliers de kilomètres de moi ! Tu devrais être en sécurité. Tu ne devrais pas être ici, avec moi. Je suis venue seule parce que je ne veux pas voir d'autres personnes que j'aime mourir. Tu ne comprends pas ? Tu n'as aucune idée de...

Dun me prit par les épaules pour me serrer très fort contre lui.

— Tais-toi, me dit-il.

J'inspirai son odeur, m'abandonnai dans son étreinte.

— D'accord, je me tais.

Après avoir pris le temps d'absorber l'amour, l'étonnement et le soulagement que me procurait la vision de mon meilleur ami, j'expliquai à Dun pourquoi je courais.

— Nous devons aller à la basilique Saint-Pierre. Il y a là un homme, un professeur, qui m'a fait visiter la basilique aujourd'hui. Je dois lui montrer une photo de quelque chose que je viens de trouver. Suis-moi !

Je tirai Dun par la main et ensemble, nous traversâmes la place Saint-Pierre en courant, jusqu'aux portes de la basilique.

— Et qu'as-tu trouvé pour être si pressée de le montrer à ton professeur ?

Nous continuions d'avancer d'un pas lourd sur le trottoir.

— J'ai découvert ce qu'ouvrait ma clé, répondis-je.

— Ah bon ?

— Oui. Je crois que Jésus était un Scintilla.

Dun fit un faux pas, mais il continua de courir.

— Merde alors, souffla-t-il.

— Je sais.

Une bande de pigeons s'envola à notre passage. Tous nos sens étaient en alerte. Je remarquais les moindres détails de ce qui nous entourait : les traînées nuageuses derrière le dôme de la basilique, les rires d'enfants, le ruissellement des fontaines, les conversations dans plusieurs langues différentes, les cris de panique.

Les cris de panique ?

— Qu'est-ce que… fit Dun en m'agrippant par le bras.

Je suivis son regard, en direction d'un groupe d'écoliers que j'avais aperçu plus tôt. Deux enfants s'étaient effondrés par terre dans un enchevêtrement de bras et de jambes. Ils se tenaient toujours par la main, mais leur aura était aussi terne que les statues majestueuses qui les observaient du sommet de leur colonnade.

Leur étincelle s'était éteinte.

Les adultes qui les accompagnaient s'étaient agenouillés pour tâter frénétiquement leur pouls en lançant des cris à gauche et à droite.

J'accourus vers le groupe. Horrifiée, je vis deux autres enfants s'affaisser, puis deux autres. Les professeurs accompagnateurs criaient pour qu'on appelle une ambulance, en précisant que le cœur des enfants avait cessé de battre. En voyant leurs camarades étendus sans vie, le regard vitreux, les autres enfants reculaient, terrifiés. Au lieu de s'avancer pour les aider, nombreux étaient ceux qui reculaient.

Les enfants s'étaient écroulés, raides morts.

— Non ! m'écriai-je.

Pas des enfants. Pas ces beaux enfants innocents. Je fouillai la foule du regard, à la recherche d'auras blanches, mais je ne vis rien. Ces morts n'étaient pas l'œuvre d'Arrazis.

La foule s'était transformée en une masse tourbillonnante d'où s'élevaient des cris horrifiés. Des gens se jetaient à genoux pour prier. Dun cria mon nom quand je m'éloignai pour traverser la place pavée et m'agenouiller près de l'enfant le plus proche.

C'était un garçon aux cheveux de jais bouclés comme ceux d'un chérubin, avec des cils aussi noirs que ses cheveux. Je touchai sa peau pâle sous ses yeux. Il avait une tache de rousseur sur la lèvre inférieure. Sur son manteau était fixée une étiquette sur laquelle était inscrit son nom, Caleb Matan.

— Caleb! m'écriai-je en glissant ma main sous sa nuque moite de sueur et en sentant ses boucles caresser mon poignet. Est-ce que ça va, mon cœur?

L'enfant ne répondit pas, pas plus que les autres enfants étendus autour de moi.

— Pourquoi? hurlai-je.

Toutes ces morts subites étaient tragiques, mais pourquoi ces enfants, ces êtres si beaux? Pourquoi? Mon âme était broyée par le poids de l'injustice.

Je me penchai sur Caleb, fixai son doux visage innocent, puis je m'affairai à le ranimer de la seule manière que je connaissais. Je lui transmis mon énergie. Je canalisai tout l'amour que j'avais pour mon père, ma mère, Mari, Dun, Finn et Giovanni pour le lui donner. Des visions panoramiques des beautés du monde défilèrent dans ma tête : des couchers de soleil, des montagnes, des gerbes de fleurs sauvages, des étendues et des cours d'eau. Je m'étais transportée ailleurs, comme si mon corps n'était qu'un vaisseau qui contenait toute l'immensité de l'univers, de mon amour que je déversais en lui.

Je sentis une boule de beauté, de reconnaissance, de gratitude, d'amour pur gonfler en moi. Une boule de lumière que je transmis au petit garçon dont je tenais la tête dans ma main. Je me sentais comme un puits sans fond d'énergie spirituelle pure, et j'aurais volontiers puisé jusqu'à la dernière goutte pour ce petit garçon, pour tous ces enfants.

Je sus alors sans l'ombre d'un doute… que j'étais prête à mourir pour eux.

Au moment où je m'apprêtais à pousser un cri de souffrance, Caleb ferma les yeux avant de les ouvrir de nouveau en battant des cils. Des yeux clairs d'un bleu profond. Il me regarda en souriant. J'eus le souffle coupé. Je me tournai vers la fillette dont la main était toujours serrée autour de celle de Caleb. Elle me faisait penser à un champ de fraises, avec ses cheveux roux, ses lèvres pleines et sa peau couleur crème. Elle s'appelait Thea.

— Je vous en prie, murmurai-je dans une prière intime en enveloppant Thea de lumière argentée. Faites que j'aie suffisamment de lumière à donner.

Je tentai alors de faire le contraire de ce que j'avais vu mes ennemis faire. Je donnai mon énergie à tous les enfants étendus autour de moi. Je les enveloppai dans un cocon de fils de lumière argentée, que je vis s'enrouler autour d'eux, s'introduire en eux. J'étais devenue une canalisatrice d'énergie divine et d'amour pur, le point central de mon désir de les sauver tous, de ne pas les laisser mourir.

Je ne devais pas laisser leur lumière s'éteindre. Pas sous ma surveillance.

Un par un, les enfants ouvrirent les yeux. Certains se mirent à pleurer en tendant une main vers leur enseignant. D'autres restèrent étendus, le regard calmement fixé sur le coucher de soleil, les yeux chargés d'émotion.

— *Miracolo*!

— Elle les a ramenés à la vie.

Dun apparut soudain à mes côtés et m'aida à me relever. J'eus vaguement conscience de lui résister. Mon esprit était tellement concentré sur les enfants que tout le reste avait disparu autour de moi. Mon instinct protecteur s'anima pour ces enfants quand Dun tira sur mon bras. Est-ce qu'ils s'en sortiraient ? En avais-je fait assez ?

— Cora, regarde, siffla Dun à mon oreille.

Abasourdie, je regardai autour de moi pour découvrir qu'une foule s'était rassemblée autour de nous. Certains nous dévisageaient, tandis que d'autres pointaient leur téléphone sur moi pour filmer, comme s'ils avaient assisté à un spectacle.

— Pourquoi me filment-ils ?

— Tu plaisantes ? me répondit Dun. Tu vas nous faire un autre tour ensuite ? Tu vas marcher sur l'eau ?

Un coup de sifflet et un tonnerre de bruits de pas retentirent. À travers la foule, j'aperçus des uniformes des gardes de sécurité de la cité du Vatican accourir. Les gardes étaient accompagnés du cardinal Báthory, dont la robe rouge flottait derrière lui. Son regard intense était posé sur moi. Pas sur les enfants ni sur la foule turbulente... sur moi.

Dun me prit par la main pour m'entraîner. Pourrions-nous leur échapper ? J'aurais dû me sentir faible, complètement vidée, mais pourtant, mes jambes avaient la force de cent chevaux. Nous courûmes en direction des portes aussi vite que possible, dans Dieu seul savait quelle direction.

— Où diable pouvons-nous aller ? demandai-je en prenant lentement conscience de l'ampleur des événements qui venaient de se produire.

Une terreur froide avait pris la place de l'euphorie qui m'avait habitée au moment où j'avais donné mon énergie aux enfants. C'était le plus beau geste que j'avais effectué de toute ma vie, mais aussi le plus stupide, du moins pour une fille en fuite qui tentait d'éviter d'attirer l'attention.

— Et moi qui croyais que l'histoire de la vidéo de sécurité de l'aéroport avait été un cauchemar, grommelai-je.

Un homme d'âge moyen nous rattrapa en courant.

— Hé. Hé. Excusez-moi, souffla-t-il, pantois. Je veux vous aider. Hé !

L'homme tendit une main, mais Dun s'interposa, prêt à combattre pour me protéger.

— Ma voiture est tout près, dit l'homme en pointant en direction du stationnement. J'ai vu ce qui s'est passé. Seigneur ! Vous avez besoin d'une voiture. Je vais vous tirer d'ici, je vous le promets. Je veux seulement vous parler.

— Hé mec, c'est gentil, mais non merci. Je ne crois pas que vous vouliez être mêlé à cette histoire complètement cinglée.

— À vrai dire, si. Je suis excellent dans les situations cinglées. En fait, on pourrait même dire que je suis expert en histoires complètement cinglées, insista-t-il en souriant.

Je regardai par-dessus le bras de Dun pour voir l'homme dont la voix me disait quelque chose. Je reconnus immédiatement l'homme aux cheveux hirsutes, avec son costume et sa cravate à motifs d'extra-terrestres caractéristique. Une énorme caméra pendait à son bras. Je l'avais vu assez souvent pour le reconnaître.

C'était Edmund Nustber, l'auteur prolifique de livres sur le nouvel âge et personnalité télé.

— C'est bon, dis-je à Dun. Je connais cet homme.

Et moi qui croyais que mon univers ne pouvait pas être plus surréaliste.

— Mon père avait l'habitude de regarder son émission à la télé, ajoutai-je bêtement, comme si cela avait pu constituer une raison de lui faire confiance.

La rue était en pleine commotion. Des sirènes hurlaient pour annoncer l'arrivée des véhicules, des gens couraient dans tous les sens, les yeux fixés sur moi.

Je repris mes sens.

— Oui, c'est bon, dis-je à Edmund. Partons.

Nous nous entassâmes dans la petite voiture d'Edmund Nustber. Les pneus de la voiture crissèrent avant de sortir du stationnement, puis le véhicule sauta par-dessus le trottoir avant d'atterrir dans la rue avec un choc bruyant qui nous projeta en avant. Nous nous éloignâmes et Edmund reprit enfin la maîtrise de la voiture.

— Dieu merci, les Italiens sont tous fous au volant. Nous passerons complètement inaperçus, dit Dun.

— Je n'arrive pas à croire ce que je viens de voir, fit Edmund en passant une main dans ses cheveux pour les remonter encore plus haut. C'était incroyable. Un vrai miracle.

Je regardai par la lunette arrière pour voir si nous étions suivis.

— C'était effectivement un miracle. Je n'arrive moi-même pas à y croire.

— Stupéfiant. J'ai tout filmé. Absolument tout.

Il était sans voix et son aura d'un jaune vif, qui révélait son esprit logique et curieux, se gonflait sous l'effet de son enthousiasme.

— Vous ne pouvez pas montrer cette vidéo. Je ne veux pas qu'on la voie, dis-je d'un ton insistant.

J'étais parfaitement consciente qu'en voyant la vidéo, les Arrazis qui me cherchaient pourraient savoir où je me trouvais.

Edmund Nustber me lança un regard étonné, l'air de vouloir me dire que c'était impensable.

— Désolé, ma chère, mais des centaines de personnes viennent de te voir ramener ces enfants à la vie, au beau milieu de la place Saint-Pierre, la porte d'entrée du Vatican. Tu seras une vedette dans le monde entier dans quelques heures. En fait, la vidéo est probablement déjà sur YouTube.

Il éclata d'un rire nourri d'adrénaline en frappant le volant.

— Oh, je n'arrive pas à y croire! lança-t-il avant de prendre un ton plus calme. Regardez bien, l'Église va tenter de s'en attribuer tout le mérite. Tu as clairement un don très spécial, dit-il en me jetant un regard sérieux.

J'éclatai spontanément de rire.

— Vous n'avez pas la moindre idée.

— Dis-moi. Dis-moi comment tu as fait. On aurait dit que tu étais en transe ou quelque chose comme ça. Tu as toujours eu des dons de guérisseuse?

— Écoutez, je pourrais vous raconter toute mon histoire, mais je doute que vous me croyiez. En fait, j'essaie moi-même de comprendre ce que je suis. Et honnêtement, vous seriez abasourdi d'apprendre ce que je suis.

— Un ange? Un extra-terrestre? Un être venu d'une autre dimension? me demanda Edmund en énumérant sa liste comme s'il avait lu une liste d'épicerie.

Je roulai des yeux.

— Enfin, dit-il en me regardant dans le rétroviseur. Tu viens tout juste de ramener des morts à la vie. Quoi que tu sois, je dirais que tu es maintenant une cible.

23
Finn

Malgré le fait que je connaissais les secrets de sa mère, j'éprouvais de la sympathie pour Saoirse, qui fondit en larmes en apprenant sa mort. La force de la compassion que j'éprouvais pour elle me surprit, et même si je doutais de sa véracité, je pris Saoirse dans mes bras pour serrer son corps tremblant contre moi. Je me sentais comme un criminel en la réconfortant, je me sentais mal de la duper ainsi, alors que j'en savais plus sur ce qui était arrivé à sa mère que jamais elle ne pourrait découvrir. C'était par pur hasard que j'avais été présent au moment de sa mort. Nous pourchassions Clancy, nous cherchions à sauver Cora. Comment aurais-je pu savoir qu'Ultana serait là ?

Pourtant, je savais que je devais rester auprès de Saoirse, pour l'aider à surmonter la mort de sa mère. Si je restais auprès d'elle dans un moment aussi important, en ferait-elle autant pour moi quand mon tour viendrait ?

— Qu'allons-nous faire, Finn ?

Quand elle disait « nous », elle parlait d'elle et de son frère, Lorcan, mais d'après ce que j'avais pu constater, Saoirse et son frère n'étaient pas très proches l'un de l'autre. Il était un peu plus vieux qu'elle. Tenterait-il immédiatement de prendre la place de sa mère pour régner sur son royaume perverti ? Je caressai Saoirse dans le dos, sentant peser sur moi le poids de sa tête posée sur mon épaule et le poids de mon plan à deux volets.

— Je suis là pour toi, dis-je. Tu n'es pas seule.

— Lorcan est avec... avec son corps, dit-elle en reniflant. Il veut savoir si j'irai au crématorium pour signer des documents et parler à l'avocat de la famille. Je ne comprends pas comment cela a pu arriver. Je croyais que ma mère ne mourrait jamais.

Quel commentaire étrange de sa part. Sauf si elle savait ce que j'avais appris, que sa mère affirmait être la « Déesse blanche », un être immortel.

— Tu dis que tu croyais que ta mère ne pourrait jamais mourir. C'était par incrédulité face aux événements, ou parce que... ?

— Tu veux savoir si je parlais littéralement ? Je suppose que je peux maintenant te le dire... C'est plus difficile de garder les secrets des morts. Ma mère ne pouvait pas mourir. Enfin, c'est ce qu'on m'avait dit. Je croyais que son sortilège lui donnait le pouvoir d'immortalité.

Je feignis un mouvement de recul, pour lui laisser croire que je pensais qu'elle me racontait des histoires.

— Du moins, c'est ce qu'elle m'avait dit, poursuivit-elle. Qui sait ? Ma mère sera à jamais un mystère pour moi.

Elle éclata en sanglots.

Un voile froid de frayeur s'abattit sur moi.

— Comment est-elle morte ? lui demandai-je.

La satanée dague était devenue pour moi gênante. Si Lorcan ne m'avait jamais vu avec l'arme dans la main, je n'aurais pas eu à m'en faire. J'étais tellement plongé dans mes réflexions que je ne remarquai pas que Saoirse avait levé la tête pour me regarder, perplexe.

— Qu'est-il arrivé à ta mère ? Ton frère te l'a dit ? lui demandai-je d'une voix calme, le regard plus soucieux que craintif.

— Non. Tu viendras avec moi, Finn ? répliqua-t-elle d'un souffle.

Merde. De toutes les choses qu'elle pouvait me demander…

— Oui. Si c'est ce que tu veux. Allons-y.

Ma mère entra brusquement dans la bibliothèque. Dès qu'elle me vit avec Saoirse dans les bras, en train d'essuyer les larmes sur ses joues, elle fronça les sourcils. D'après son expression inquiète et sa façon de tripoter la croix à son cou, je sus immédiatement qu'il était arrivé quelque chose de grave à mon père.

— Regarde, mon chéri, dit-elle en traversant la pièce pour allumer le téléviseur. On parle d'un événement incroyable au bulletin de nouvelles.

— Ça ne peut pas attendre ? dis-je. Saoirse vient elle aussi d'apprendre de graves nouvelles.

Un lourd silence s'abattit dans la bibliothèque tandis que je tentais de prendre un regard sérieux, mais le regard tout aussi sérieux de ma mère ne fléchit pas.

— Elle vient de perdre sa mère, annonçai-je.

Pendant un autre instant gêné, ma mère me regarda comme si j'étais idiot. Avait-elle entendu ce que je venais de dire ? Elle alluma le téléviseur sans prêter attention à mon annonce. Je commençais à me demander ce qui se passait. Elle laissa la télé beugler derrière nous avant de s'approcher, puis elle posa les mains sur les bras de Saoirse en la regardant dans les yeux.

— Je suis terriblement désolée.

Saoirse cligna des yeux en remerciant ma mère avant de détourner le regard.

Les publicités continuaient de tonitruer derrière nous et je me demandai alors quel secret ma mère pouvait avoir soutiré des yeux de Saoirse. La voix sensationnaliste du présentateur du bulletin remplit soudainement la bibliothèque et je l'entendis annoncer : « MIRACLE AU VATICAN ! »

Une après l'autre, quelques séquences vidéo défilèrent à l'écran. On vit d'abord des enfants qui tombaient raide morts sur les pavés de la place Saint-Pierre. Puis, des images de Cora, ma douce Cora, qui courait vers les enfants et s'agenouillait près d'eux, le visage tordu par ce qui ne pouvait être que de la douleur. Elle se penchait sur un petit garçon aux cheveux noirs vêtu d'un uniforme bleu. Son corps entier était une prière et même si personne ne pouvait le voir à l'écran, ni même en direct, je savais ce qu'on aurait pu voir, si nous en avions été capables : son aura argentée et lumineuse qu'elle versait dans le corps du petit garçon. Elle les arrachait tous des griffes de la mort.

— Finn ? fit la voix inquiète de Saoirse dans mon dos, mais j'étais occupé à regarder les autres postes, pour voir si on présentait d'autres versions de l'histoire, cherchant désespérément à découvrir où se trouvait Cora.

« Canular... miracle dans un endroit saint... signe de Dieu... Satan... sauveuse... »

Les équipes de bulletin de nouvelles se ruaient sur la place Saint-Pierre et cherchaient à prendre place au milieu des gens arrivés en masse, en santé ou malades, qui avaient rapidement afflué au Vatican. Des gens embrassaient le sol où Cora s'était agenouillée, d'autres psalmodiaient que c'était l'œuvre du diable.

Je grognai intérieurement. Cora avait besoin de l'anonymat pour rester en sécurité. Elle devait échapper au long bras des Arrazis et elle était subitement devenue la fille mystérieuse faiseuse de miracles la plus recherchée au monde.

— Nom de Dieu.

— C'est incroyable, dit Saoirse en s'approchant près de moi. Si c'est vrai, comment crois-tu qu'elle a pu…

Elle se tut un instant, bouche bée.

— Est-ce que c'est elle ? C'est ta Scintilla ?

— Nous devons y aller, dis-je en prenant Saoirse par la main pour la conduire jusqu'à sa voiture dans l'allée.

Je marmonnai quelques excuses à ma mère en disant que Saoirse était bouleversée par la mort de sa mère.

— Je crois qu'il vaudrait mieux que je conduise, compte tenu des circonstances, dis-je à Saoirse.

— Si tu veux, dit-elle en me tendant les clés, mais on dirait que tu viens toi aussi de perdre un être cher.

— Bien sûr que je viens de perdre un être cher, répondis-je en serrant les dents.

Nous nous rendîmes en silence jusqu'au crématoire. Je supposai que c'était celui que la famille Lennon utilisait pour disposer des corps de ses victimes. L'édifice était moderne, à l'exception d'une très vieille cheminée qui se dressait comme un doigt pointé vers le ciel. Elle devait servir à montrer la voie aux âmes des victimes, songeai-je. Je pensai alors à Teruko et à Mari et j'adressai une prière silencieuse à leur âme quand nous entrâmes dans le crématoire.

Le plancher et les murs étaient faits de marbre blanc poli, à l'exception d'un large mur de fenêtres qui donnaient sur un charmant bassin d'eau. À l'extrémité du hall d'entrée se trouvait un mur d'ébène et, devant, un bassin de pierre creuse qui ressemblait beaucoup aux bassins qui servaient à brûler les corps dans les tombes de Newgrange. Comme c'était approprié pour un tel endroit.

— Ta famille ne possède pas le crématorium, par hasard ?

Saoirse parut surprise par ma question.

— À vrai dire, si.

Je n'arrivais toujours pas à comprendre comment cette femme avait pu acquérir toutes ces choses. Je supposai qu'en ayant volé pendant des centaines d'années, elle avait fini par amasser un véritable trésor. Saoirse me conduisit dans le hall éclairé naturellement et vers une porte ornée d'une large sculpture circulaire représentant trois lapins dont les oreilles formaient un triangle. Et, au centre du triangle, il y avait le symbole de Xepa.

Nous entrâmes dans une pièce adjacente meublée d'un bureau et de luxueuses bergères, où je devinai que se réglaient les affaires de pompes funèbres. Les lumières étaient tamisées, comme si la clarté avait pu insulter les morts. Cela devait servir à créer une ambiance apaisante pour les personnes que le mort laissait derrière, mais l'éclairage me faisait plutôt penser à la mort, me rappelait que la lumière d'une personne s'était éteinte. C'était impossible pour moi de m'imaginer Ultana avec une âme émettant de la lumière. Sa vie anormalement longue s'était prolongée en éteignant d'innombrables lumières.

Il ne s'était passé que deux jours depuis que j'avais pris la vie d'un homme à Newgrange. Le crématorium me donnait la nausée, parce que je n'arrêtais pas de penser aux familles de mes victimes, qui venaient dans des endroits comme celui-ci pour dire adieu à ceux qu'elles aimaient.

Saoirse envoya un message texte à Lorcan pour lui annoncer que nous étions arrivés. Quelques instants plus tard, il entra dans la pièce. Il avait l'air léthargique et ses traits étaient tirés, comme s'il était exténué. Il serra sa sœur dans ses bras, ce qui me surprit. Évidemment, je n'avais pas de frère ou de sœur, alors je ne comprenais rien de leur relation complexe et tendue. Je savais que je n'aurais peut-être jamais l'occasion de visiter l'étrange pays inhospitalier qu'était l'amour compliqué entre un frère et une sœur. Je me disais justement que c'était bon de le voir faire preuve de douceur envers sa jeune sœur quand il posa son regard noir sur moi en la repoussant.

— Nous devons parler, me dit-il.

— Lorcan, je t'en prie. Ce n'est pas le moment. Est-ce que je peux la voir ? lui demanda Saoirse, perturbée.

Pour quelle autre raison que l'arme de sa mère pourrait-il vouloir me parler ? J'avais envie de reculer pour quitter cette pièce et me libérer enfin de la fange dans laquelle évoluait cette famille qui me donnait l'impression d'être encore plus immonde que je ne l'étais déjà du simple fait d'être un Arrazi.

Je voulais retrouver Cora et je commençais vaguement à soupçonner que mes efforts pour l'aider depuis l'Irlande étaient voués à l'échec. Comment pouvais-je espérer convaincre des dizaines d'Arrazis qui vivaient en Irlande, voire plus, d'abandonner l'exaltation et le pouvoir qu'on leur avait promis et d'ignorer les menaces de mort qui les guettaient s'ils n'obéissaient pas aux ordres ?

Je glissai les mains dans mes poches en regardant Lorcan droit dans les yeux.

— Je suis venu soutenir ta sœur dans cette épreuve. Nous pourrons parler plus tard.

Lorcan serra les dents, comme s'il mâchait des paroles qu'il préférait taire. Il parut arriver à une sorte de détermination frustrée et il me regarda en inclinant la tête.

— Je vais être direct avec toi, Doyle. On a retrouvé notre mère morte sur un terrain privé près de Newgrange. Elle avait une blessure à l'estomac, infligée par une assez grande lame. On l'a transpercée.

Saoirse poussa un cri de stupéfaction.

Je levai les mains en signe de reddition.

— Je sais où tu veux en venir. Tu m'as vu à Newgrange et j'avais la dague de ta mère. Serais-tu en train de me demander si je l'ai tuée ?

Saoirse me fixait du regard. Je pouvais sentir le poids de son regard, l'intensité de son aura.

— Oui, c'est précisément la question que je me pose.

— Je n'ai pas tué ta mère, répondis-je.

Et c'était vrai. Je pouvais l'affirmer sans réserve. J'aurais voulu leur crier qu'elle s'était suicidée, mais je préférais tenir ma langue.

— Sais-tu ce qui s'est passé ? Il y a quelque chose que tu ne m'as pas dit ? me demanda Saoirse.

Évidemment. Il y avait tant de détails que j'avais choisi de ne pas lui révéler, mais comment pouvais-je lui dire ce que je savais sans m'exposer ou nourrir leur haine pour Cora ? J'avais tout dit à propos de notre combat à Newgrange, y compris que j'avais tué mon oncle. En faisant semblant de ne rien savoir de ce qui était arrivé à sa mère pendant que Saoirse la pleurait, j'aurais perdu tout ce pour quoi je m'étais battu. Je secouai la tête en guise de réponse, mais une autre question me tracassait maintenant. Comment Ultana avait-elle appris où elle devait se rendre pour nous retrouver ? Je soupçonnais l'idiot d'humain, le chauffeur. C'était la seule personne qui semblait entretenir des liens à la fois avec Clancy et Ultana.

— Il fallait que je te le demande, dit Lorcan, le regard lourd de questions sans réponses.

— Et la police mène une enquête ? demandai-je. Ils ont déjà de quoi faire avec toutes ces histoires de morts inexpliquées, non ?

— Bien sûr que non, rétorqua brusquement Lorcan. Nous évitons de mêler la police aux enquêtes qui concernent les morts dont nous sommes responsables, alors nous ne la mêlons certainement pas à la mort de membres de notre famille. Les documents du médecin légiste indiquent qu'elle est morte de cause naturelle et qu'elle a été incinérée. Son avocate est déjà en route, elle vient ici.

Saoirse inclina la tête pour cacher son visage dans ses petites mains tremblantes.

— Je n'arrive pas à y croire. Est-ce que je peux la voir avant qu'elle ne soit incinérée ?

— C'est déjà fait, lui annonça Lorcan d'un ton froid.

Je compris parfaitement l'expression d'incrédulité qui traversa le visage de Saoirse.

— Comment as-tu pu ? lui demanda-t-elle d'un souffle.

— Nous avons eu de la chance que ce soit un Arrazi qui la retrouve. Si quelqu'un d'autre l'avait retrouvée, son corps aurait été envoyé dans une morgue où n'importe qui aurait pu l'examiner. Il fallait agir rapidement et tu le sais très bien.

— Tu veux que je te reconduise chez toi ? demandai-je à Saoirse, mais Lorcan refusa mon offre en disant que c'était une affaire privée et qu'ils avaient des détails à régler.

Son ton m'irrita, mais j'adressai un petit sourire de soutien à Saoirse, puis elle et son frère quittèrent la pièce par une porte. Je restai dans la pénombre, assis dans la bergère, et j'attendis.

Quelques instants plus tard, une femme vêtue d'un costume impeccable et qui avait toutes les allures d'une avocate entra dans la pièce, mallette à la main. Je projetai mon énergie vers elle pour sentir la nature de son aura et je sentis qu'elle en faisait autant, comme deux étrangers qui se frôlaient dans la rue. Nous échangeâmes un signe de tête, reconnaissant en silence que nous descendions de la même lignée. Elle entra par la porte où Lorcan et Saoirse avaient disparu, sans doute pour les faire signer des documents visant à officialiser le décès de sa cliente très riche, très puissante et très morte.

Content de pouvoir profiter de ce moment d'intimité, je consultai mes fils de nouvelles sur mon téléphone. Pour amplifier mon inquiétude, j'appris qu'un grave tremblement de terre et plusieurs reprises avaient secoué le Chili. Je pouvais seulement espérer que la grand-mère de Cora n'avait pas été touchée. Que se passait-il dans le monde ? Le temps était bizarre. Les catastrophes étaient devenues monnaie courante. J'avais l'impression que le monde s'écroulait autour de moi.

Les nouvelles concernant le tremblement de terre furent rapidement éclipsées par la tempête médiatique qui faisait rage au sujet du « miracle au Vatican ». Mon corps se transforma en bloc de glace. L'inquiétude et la peur se frayaient un chemin dans mes veines comme un élixir visqueux. Des observateurs avaient déjà associé les événements de l'aéroport de Dublin à ceux du Vatican. Une famille, les yeux en larmes, apparut à l'écran pour demander pourquoi Cora n'avait pas sauvé leur être cher, qui était mort à ses pieds à Dublin. J'eus envie de lancer mon téléphone contre le mur dès que j'entendis le mot « poursuites ». C'était ahurissant de voir à quel point les gens pouvaient n'être que de pauvres abrutis opportunistes.

Même ceux qui s'entassaient sur la place Saint-Pierre espéraient tirer avantage de leur proximité de l'endroit où avait eu lieu le miracle, comme si les retombées de l'événement pouvaient leur coller à la peau. Des chasseurs offraient leurs services pour « chasser » la nouvelle salvatrice. Partout dans le monde, les églises signalaient un nombre record de messes impromptues et de dons faits dans les quelques heures qui avaient suivi l'événement.

Le don de Cora pour sauver ces enfants avait été ce qui était arrivé de mieux aux vendeurs du temple.

Elle avait fait don de son âme et le monde en voulait encore.

Est-ce que l'Église, qu'Ultana avait mentionnée, et dont Cora avait piétiné les robes criardes, savait ce qu'était Cora ? J'espérais que personne ne l'avait compris. C'était ironique de voir que nous adressions tous nos prières à Dieu pour différentes raisons, comme si Dieu pouvait se soucier de quelle équipe gagnait un match de soccer ou de savoir qui obtenait un emploi, ou même de quelle espèce humaine réussissait à anéantir l'autre. Les humains s'entretuaient depuis qu'ils parlaient avec des grognements.

S'agissant de grognements, Lorcan entra brusquement dans la pièce, m'adressa à peine la parole en passant, puis il sortit. Sur son visage, je ne vis pas du chagrin, mais plutôt de la colère. Saoirse et la femme à la mallette le suivirent quelques minutes plus tard. La femme chuchota quelques mots à l'oreille de Saoirse avant de partir.

— Est-ce que ça va ? lui demandai-je en me levant. Lorcan semblait bouleversé.

— Il est bouleversé, mais pas pour les bonnes raisons. Je crois que c'est parce que notre mère a décidé de faire fi de la tradition et qu'il ne l'accepte pas, m'expliqua Saoirse en me lançant un drôle de regard, qui semblait indiquer que ce n'était pas nouveau. Ma mère m'a tout légué.

Tout.

Sans autres explications, Saoirse se dirigea vers la porte. J'avais tant de questions à lui poser, mais ç'aurait été indélicat et indiscret de ma part de les poser. Elle me laissa la reconduire chez elle, puis elle m'annonça que je pouvais garder sa voiture pour rentrer chez moi et que nous pourrions trouver un moyen de ramener sa voiture chez elle demain. À la radio, on ne parlait que des événements de Rome et je pouvais sentir le poids des questions qui me hantaient alourdir l'atmosphère dans la voiture.

— Merci d'être resté avec moi aujourd'hui, mon ami.

Elle se pencha dans la voiture pour m'embrasser sur la joue. Son corps effleura mon bras et sa bouche resta suspendue au-dessus de ma peau un instant.

— Je n'ai pas l'intention de faire les choses comme ma mère, murmura-t-elle à mon oreille, tandis que mon regard s'éclairait de mon désir de voir mon rêve de pouvoir compter sur une alliée Arrazi se réaliser. Nous entrons dans une nouvelle ère. J'espère que je réponds à la question que tu m'as posée plus tôt, Finn. N'oublie pas, le deux de coupes.

Elle parlait de la séance de tarot qu'elle m'avait offerte un jour et de la carte qui parlait de notre union.

— Je crois que cette carte parlait de nous, dit-elle en m'obligeant à la regarder. Je crois qu'elle représentait ce que nous vivons à l'instant.

24
Giovanni

Toute guerre devait commencer par une comptabilisation des actifs. Depuis que Will m'avait parlé du sortilège de Maya, qui pouvait tuer d'un simple toucher, je n'arrêtais pas d'y penser. Sans parler du fait que j'étais toujours inquiet pour Cora. Pour le moment, j'avais dressé une liste de tous les habitants du village et de leur sortilège. Gráinne avait parlé d'une personne douée de clairvoyance. Un don qui pouvait être très pratique. La femme dont avait parlé Gráinne dans son journal vivait-elle toujours ici, dix-sept ans après ? J'avais hâte de découvrir de quoi ces gens étaient capables.

Je me levai et posai les pieds par terre. Je m'attendais à sentir le linoléum froid, mais je trouvai plutôt une petite fille en boule étendue par terre. Claire s'était glissée dans ma chambre durant la nuit pour dormir par terre près de mon lit. Les secousses l'avaient rendue très nerveuse et plus d'une fois, elle m'avait demandé si nous pouvions retourner en

Irlande, « là où le sol ne tremblait pas et où l'air ne vibrait pas ».

Nous n'avions pas eu de nouvelles de Cora depuis quelques jours, ce qui nous rendait très inquiets, Mami Tulke et moi. Elle nous avait téléphoné en quittant Florence pour Rome. J'avais alors eu l'impression que son voyage avait été jusqu'alors très peu révélateur.

Mami Tulke servit le petit déjeuner de mauvaise humeur et elle m'adressa à peine la parole. Seule Claire parvenait à la faire sourire. Elle alternait entre un discours savant et des bavardages enfantins, en expliquant qu'elle voulait décorer sa chambre avec des « couleurs bohèmes » et des lumières étincelantes, comme celles qui éclairaient le jardin du docteur M.

Ce n'est qu'à ce moment que ses yeux bleus s'étaient éteints et que son aura s'était contractée sur son corps.

Une fois que j'eus convaincu Claire de sortir en lui promettant de lui apprendre le qi gong, qui était pour moi un moyen d'aider Claire à apprendre à contrôler son énergie, Claire, Mami Tulke et moi nous rendîmes au *Rancho Estrella*. Mami Tulke m'avait dit qu'elle devait s'occuper de quelques affaires pour le ranch et nous l'accompagnâmes jusqu'au « hall principal », qui n'était qu'un grand bâtiment meublé d'un bureau de réception et d'une salle d'attente. Il y avait une énorme cuve basse remplie d'eau dans laquelle flottaient des concombres et il y jouait une petite musique apaisante.

— Vas-y, dit Mami Tulke. Ils vont bientôt commencer.

Claire me devança en gambadant et ses boucles blondes bondissaient au soleil. Mami Tulke me recommanda de communiquer avec une femme du nom de Monica pour aider Claire à reprendre l'école. Je n'y avais même pas pensé, étant donné que je n'avais moi-même jamais fréquenté l'école traditionnelle. Je rougis, gêné qu'on doive m'expliquer ce qu'un parent devait faire de son enfant. Je me retrouvais maintenant responsable d'un petit humain sans la moindre idée de ce que je devais faire. J'étais déboussolé. J'avais l'impression de m'être fait avoir, en ayant un enfant sans l'avantage du sexe pour le concevoir. Ce n'était pas ainsi que les choses étaient censées se passer.

La grande intelligence de Claire signifiait cependant qu'elle pourrait sans doute apprendre avec des enfants beaucoup plus âgés qu'elle. Jusqu'à présent, je n'avais aperçu que deux adolescents jumeaux, mais Mami Tulke m'avait affirmé qu'il y avait une dizaine d'enfants Scintillas dans la communauté.

Il ne fallut que quelques regards obliques de la part d'un couple d'adultes près de la pelouse où les gens s'adonnaient aux arts martiaux pour comprendre que les enfants risquaient d'être durs avec Claire. Les enfants étaient brutaux. Tous les habitants de la communauté devaient en finir avec leurs subtils préjugés. Oui, Claire avait des yeux étranges… Non, elle ne savait pas comment contrôler son énergie… Pourtant, cela ne la rendait pas effrayante. Seulement différente.

Je dis à Claire d'aller s'exercer avec le groupe. J'avais l'intention de rester en arrière pour l'observer, curieux de voir si je pouvais constater des changements dans l'aura des gens qui pratiquaient cet art ancien. Leurs mouvements étaient lents, rythmés, et je devais reconnaître que plus le temps passait, plus les gens bougeaient à l'unisson, plus le champ d'énergie argentée qui les entourait grandissait, jusqu'à former une bulle d'énergie intense qui les entourait tous.

Claire était la seule entourée d'une aura arc-en-ciel. D'après ce que m'avait dit Mami Tulke, il n'existait qu'une seule différence fondamentale entre les Scintillas et les Arrazis : les Scintillas pouvaient voir les auras dès leur naissance, tandis que les Arrazis pouvaient seulement sentir l'aura des gens. Les Scintillas naissaient avec une aura argentée et leur sortilège se manifestait uniquement en vieillissant. Cora m'avait dit un jour qu'elle se souvenait d'avoir vu l'aura des gens quand elle était enfant. Comme Claire ne me disait jamais qu'elle voyait des couleurs autour des gens et que je pouvais seulement apercevoir de brefs éclats argentés dans la sienne, je supposais qu'il était peu probable qu'elle soit une Scintilla, malgré mes espoirs. C'était sans doute pour cette raison que le docteur M. avait affirmé que Claire, son «expérience», était son plus grand échec. Je me demandais ce qu'il avait tenté d'accomplir.

La bulle argentée qui entourait les gens devant moi se mit à onduler et me frappa de plein fouet à la poitrine. Mon aura s'embrasa, comme si on venait de la brancher. Les rares fois dans ma vie où je m'étais ouvert durant un spectacle, généralement du chant et toujours dans une foule, j'avais découvert que mes émotions devenaient si intenses que les larmes me venaient facilement aux yeux. Cela me rendait mal à l'aise au point où j'avais fini par arrêter d'assister à des concerts jusqu'à ce que j'apprenne enfin à mieux me contrôler et à ne pas laisser l'énergie de la foule m'affecter. Et l'énergie Scintilla qui m'entourait était un million de fois plus puissante. De l'amour pur.

Le groupe s'immobilisa et Claire s'affaissa soudainement dans l'herbe, comme si elle avait voulu faire un ange dans la neige. J'accourus vers elle, mon cœur porté par les bonnes énergies qui nous entouraient et la crainte qu'il se passât quelque chose de grave. Quand j'arrivai près d'elle, je vis qu'elle avait étendu les bras et qu'elle avait les yeux fermés, le visage levé vers le soleil et le nuage d'énergie.

— C'est si bon, dit-elle en soupirant.

— Je sais, mon cœur, dis-je en baissant les yeux vers elle. Je vais t'apprendre comment mieux sentir l'énergie qui t'entoure et contrôler la tienne.

J'avais pris un ton léger, comme s'il s'agissait d'un jeu amusant, mais je savais qu'il était essentiel qu'elle apprenne. Même les humains normaux pouvaient sentir les énergies. Claire le savait déjà, si bien qu'elle s'y baignait maintenant, en extase. L'effet de ces énergies pouvait uniquement être subtil ou inexistant pour ceux qui choisissaient de vivre leur vie de façon complètement détachée, comme un somnambule.

— Oui, s'il te plaît, couina Claire en se redressant pour s'asseoir. Pouvons-nous commencer maintenant ?

J'éclatai de rire et lui tendis la main pour l'aider à se relever.

— Je crois qu'il vaudrait mieux attendre que cette bulle de bonne énergie s'estompe pour commencer dans un environnement le plus normal possible, d'accord ? Comme un point de référence.

— D'accord, dit-elle avec une légère note de déception.

Je serrai sa main et nous marchâmes ensemble jusqu'à un banc à l'ombre du portique de la grande salle commune.

— Je parie que les gens à la cuisine aimeraient avoir de l'aide, dis-je à Claire. Tout le monde doit participer aux tâches ici.

— Et toi, comment participes-tu ? me demanda-t-elle.

— Je vais voir les gens pour leur demander s'ils possèdent des talents spéciaux.

— Comme toi, quand tu fais bouger les objets à distance ? m'interrogea-t-elle, son regard étrange soudainement illuminé.

— Exactement, répondis-je en soulevant doucement une feuille tombée par terre pour la déposer sur sa tête.

Claire gloussa et se leva pour se rendre à la cuisine en sautillant. Je pris mon calepin et mon stylo, prêt à dresser la liste des talents des gens qui vivaient au ranch. Je supposais que ce serait mal vu de passer de porte en porte, mais si je devais y recourir, je n'hésiterais pas. Tous les talents avaient une importance et si nous étions intelligents, nous pourrions établir un plan de défense qui pourrait tirer avantage du talent surnaturel de chacun des habitants de la communauté.

Après deux heures, j'avais réussi à dresser une bonne liste. Les sortilèges que l'on trouvait dans la communauté étaient aussi variés que la nationalité de ses habitants :

Maya : peut tuer d'un toucher
Ehsan : manipulation des ombres
Will : télékinésie
Sydney : peut prendre l'apparence d'une personne qu'elle connaît
Cooper : pouvoir élémentaire (eau)
Gavin : pouvoir élémentaire (feu)
Samantha : illusion télépathique
Sierra : métamorphose mimétique
Sage : télékinésie
Hannah : contrôle et métamorphose d'aura
Suey : expert informatique attitré, sortilège de télépathie

Dès que je constatai qu'il y avait plus de gens qui passaient devant moi sans s'arrêter que de gens qui s'approchaient, je me levai en glissant mon calepin dans ma poche.

— *Buon pomeriggio.*

Cette salutation dans ma langue maternelle fut suffisante pour m'interrompre. De toute façon, l'homme rondelet en bretelles était déjà assis et me regardait, l'air d'attendre quelque chose.

— *Come sta* ? lui demandai-je, mais il me fit signe de laisser tomber.

— Nous pouvons poursuivre en français. Quand on voyage autant que moi, on finit par apprendre plusieurs langues.

— Comment avez-vous su que j'étais italien ? lui demandai-je en prenant place devant lui.

La plupart des gens me prenaient pour un natif des pays nordiques, à cause de mon teint pâle, que je tenais de ma mère, qui était danoise. Pourtant, Cora avait affirmé que mon accent italien était assez prononcé.

— Allons donc, sais-tu combien nous sommes ? Le monde est petit pour des marginaux comme nous et tu ressembles beaucoup à ton père.

Rien n'aurait pu me préparer à son affirmation et je rougis immédiatement en l'entendant. Ma famille était pourtant comme une île déserte, une bombe qui avait explosé sans que personne ne le remarque.

— Vous... Vous avez connu mes parents ?

— *Si.* Je me suis souvent demandé ce qui leur était arrivé. Les rumeurs étaient horrifiantes et la vérité, probablement bien pire. Toi et tes parents avez été considérés comme morts pendant des années. Comment avez-vous réussi à vous échapper ? Et où sont tes parents ?

J'étais profondément confus. Abasourdi au point d'en être muet.

— Je... Ils... Ils ne m'ont pas enlevé. Mes parents m'ont caché. Je suis seul depuis.

Ma gorge était nouée par les larmes. Mon cœur se serrait à l'idée d'être assis devant quelqu'un qui avait vraiment connu ma famille. Je m'éclaircis la gorge en regardant partout autour, sauf dans son regard perçant.

— Extraordinaire, dit-il en hochant la tête, le regard étincelant d'un souvenir lointain. Tu savais que je les avais mis en garde ? Je suis voyant. Je leur ai dit que j'avais vu deux hommes et du blanc, une explosion de blanc, puis que je les avais vus étendus par terre.

— Oui, murmurai-je en voyant la scène dans ma tête, toujours aussi clairement.

Cora était la seule personne à qui j'avais raconté cette histoire, jusqu'à tout récemment, quand j'avais raconté une version abrégée à Will et Maya. Et pourtant, cet homme savait. Il avait averti mes parents. Il les avait avertis et pourtant, qu'avaient-ils fait ?

— Combien de temps ont-ils eu pour se préparer ? lui demandai-je.

L'homme s'adossa dans la chaise en posant les bras sur son gros ventre.

— Est-ce vraiment important, mon garçon ?

— Évidemment que c'est important ! Pourquoi ne se sont-ils pas préparés ?

J'avais mal à la main à force de frapper sur la table. Les passants s'arrêtaient pour me dévisager.

— Pourquoi n'ont-ils pas pris la fui...

Je me tus brusquement. Comment osais-je poser cette question, alors que je demandais précisément aux gens de cette communauté de ne pas fuir. L'homme esquissa un sourire en coin, et je sus qu'il se posait la même question. J'avais le sentiment d'avoir été berné.

L'homme se mordilla l'intérieur de la lèvre en m'étudiant avant de répondre.

— Je comprends pourquoi tu es si motivé à te préparer. Tu étais jeune, tu as été pris par surprise. Tu crois que tu aurais pu faire autrement, changer le cours des choses ?

Ma gorge se serra sous l'effet de l'émotion.

— Tu as donné un avertissement à tous ces gens et pourtant, tu n'as pas le don de clairvoyance. N'est-ce pas, mon garçon ? Tu vois la façon dont on t'ignore ? Dont on te rejette ? On ne peut pas forcer les gens à agir contre leur gré... dit-il d'un ton soudainement colérique. Je sais très bien ce que tu ressens.

Abasourdi, je tentai de me protéger contre les émotions qui m'assaillaient en me concentrant sur ma tâche.

— Donc, vous avez un don de clairvoyance ?

— Oui, mais parfois, les choses ne se déroulent pas exactement comme dans mes visions. Tu étais censé mourir et pourtant, tu es toujours vivant. Nombreux sont ceux qui mourront ici. Je le vois, dit-il en haussant un sourcil.

Claire arriva en courant et se jeta sur mes genoux. L'homme, dont je ne connaissais toujours pas le nom, la regarda en plissant les yeux. Sa poitrine se souleva et il poussa un long soupir. Son regard troublé me fit penser qu'il venait d'avoir une vision à l'instant.

— Vous pourriez vous tromper, dis-je d'un ton agressif.

— Tous les sortilèges ont un point faible. Tout peut arriver.

L'homme se leva, non sans effort, puis il fit quelques pas en s'éloignant avant de se retourner.

— Après tout, tu es toujours vivant, alors que tu devrais être mort.

25
Cora

— Je suis déjà une cible, dis-je à Edmund, qui donna un coup de volant pour prendre un autre virage en passant à quelques centimètres d'un lampadaire.

— S'ils envoient des hélicos, nous sommes cuits, annonça Dun, qui était assis derrière.

Ce commentaire eut le même effet sur Edmund et moi. Nous levâmes les yeux en même temps vers le ciel. Les traînées de nuages avaient passé du blanc au rose profond à mesure que le soleil se couchait. Personne d'entre nous ne savait où aller. Nous semblions avoir semé nos poursuivants, mais pour combien de temps ? Combien de pièges nous avaient été tendus ? J'avais l'impression d'être une géante semblable à Godzilla qui avançait d'un pas lourd, incapable de me cacher ou de me reposer parce que tout le monde m'observait. J'étais trop énorme pour me cacher. Plus je réfléchissais à la dernière heure, plus je savais qu'Edmund Nustber avait raison. Je devais disparaître complètement de la carte, parce que mon visage était devenu trop facilement reconnaissable.

J'allumai la radio pour écouter les nouvelles, mais je découvris rapidement que c'était difficile de trouver une station où les nouvelles étaient données en français.

— Tu peux consulter les nouvelles sur mon téléphone, suggéra Edmund en le sortant de sa poche. Je te parie un plein d'essence qu'on parle déjà de toi partout. La nouvelle de ton miracle vient sûrement de supplanter celle de l'énorme tremblement de terre au Chili.

— Quoi ? m'écriai-je. Un tremblement de terre ? C'est grave ? Où ça ?

Ça expliquait sans doute pourquoi je n'arrivais pas à avoir la ligne. J'essayai de nouveau d'appeler Mami Tulke, sans succès. J'étais tellement nerveuse que j'avais l'estomac à l'envers.

Edmund me lança un regard curieux.

— C'est arrivé près de Santiago, je crois. Beaucoup de dommages structurels et près de mille huit cents morts. Oui, c'est grave.

— Comment vais-je sortir d'ici ? me demandai-je en pensant au Chili et à tous ceux que j'aimais. Je devrais être avec eux, lançai-je à Dun en le regardant.

Edmund desserra sa cravate d'un geste brusque.

— J'ai quelques idées pour t'aider à te cacher, mais j'ai également des conditions.

— Hé, mec... lui lança Dun sur un ton d'avertissement.

— Écoutez, c'est mon travail. C'est ce que je fais pour vivre. Je chasse les événements surnaturels, puis je tâche de séparer le bon grain de l'ivraie, si on veut. Tu m'as reconnu, dit-il en me pointant, alors tu sais qui je suis. Il s'est

manifestement passé quelque chose de surnaturel plus tôt et tu m'as dit que je ne croirais pas ton histoire. Je suis prêt à t'écouter. Je connais des gens qui pourraient t'aider. Si nous faisons vite et si nous évitons d'attirer l'attention, je crois que je peux t'aider à sortir d'ici et à te cacher jusqu'à ce que tu sois prête.
— Prête à quoi ? lui demandai-je.

J'avais évidemment besoin d'aide, mais je n'étais pas certaine de comprendre ce qu'Edmund attendait de moi ni à quoi j'étais censée me préparer. Qui aurait pu être prêt pour ce qui m'était arrivé depuis que j'avais commencé à voir l'aura des gens ?

— Prête à dire la vérité, à m'expliquer ce que tu es. Me donner une entrevue exclusive.

Dun éclata de rire.

— Je ne sais pas si je dois vous considérer comme le pire des opportunistes ou...

— Votre nouveau meilleur ami ? rétorqua Edmund. Je sais sauter sur les occasions qui se présentent, c'est vrai. Cela ne fait pas de moi un salaud. Je me considère comme un chasseur de vérité et je ne crains pas ce qui a tendance à effrayer les gens. Je suppose que tu effraies certaines personnes, Cora Sandoval. Tu représentes une menace pour le système en place.

C'était logique. Pour quelle autre raison aurait-on voulu cibler les Scintillas, sinon parce qu'ils représentaient une menace ? Ma gorge se serra.

— Je suis suffisamment effrayante pour qu'on me pourchasse et qu'on cherche à me tuer, ainsi que tous ceux qui sont comme moi, dis-je à voix basse d'un ton révolté.

Edmund me regarda en écarquillant les yeux.

— Quoi ? Il existe d'autres personnes comme toi ?

Je soupirai.

— Nous sommes peu. Nous ne sommes peut-être plus que trois maintenant.

Je croisai le regard de Dun et je sus que nous pensions tous les deux à la mort de ma mère. Je tripotai le bout de tissu écossais que Finn avait attaché autour de mon poignet, quand nous avions enterré ma mère. Mon cœur se serra, pour ma mère et pour Finn.

— Je suppose que je devrais commencer par le commencement.

Edmund continua de rouler pendant que je racontais mon histoire. Il avait fait partie des nombreuses ressources que j'avais consultées pour en apprendre davantage sur l'énergie et les auras, et je savais que mon père ne regardait pas son émission simplement pour se divertir. Edmund savait peut-être quelque chose qui pouvait m'aider. Je scrutais la route et le ciel en parlant et Edmund m'écoutait attentivement en me jetant occasionnellement un regard incrédule.

— Pour un homme qui croit aux extra-terrestres et aux cercles dans les champs de blé, vous me semblez très surpris par mon récit.

— Je crois que c'est la plus importante conspiration jamais orchestrée de toute l'histoire, particulièrement en ce qui concerne Jésus. Je suis ravi de savoir que tu as pris une photo de l'œuvre secrète de Michel-Ange. D'après ce que tu me racontes, cette conspiration date de bien avant l'époque de Jésus. Certaines gravures anciennes remontent à des milliers d'années avant son temps. J'ai parlé de plusieurs de ces mystères dans mon émission. Si tu pouvais enfin répondre à certaines questions que l'humanité se pose depuis des millénaires, tu pourrais aider la civilisation tout entière à se réveiller et à voir la vérité sous un jour nouveau.

Edmund s'arrêta dans une station-service où il entra pendant que nous attendions dans la voiture. Nous étions garés juste devant le commerce et nous observions attentivement Edmund à l'intérieur, pour voir s'il utilisait son téléphone pour appeler ou envoyer des textos. Comment pouvais-je savoir s'il n'avait pas l'intention de me vendre au plus offrant ? Je croyais qu'il voulait effectivement écouter mon histoire, mais je n'arrêtais pas de penser à ce qu'il m'avait dit. Je ne voulais pas devenir une sorte de prophète pour amateurs de nouvel âge. J'avais du mal à croire qu'en révélant la vérité, on pourrait mettre un terme au carnage. J'avais plutôt l'impression que cette vérité servirait de justification à plus de violences.

— Tu crois qu'on peut lui faire confiance ? me demanda Dun en brisant le silence.

— Je crois que nous n'avons pas le choix, répondis-je en lui tendant la main par-dessus mon siège pour sentir sa prise rassurante. Mes alliés n'arrêtent pas de mourir et dans quelques heures à peine, le monde entier parlera de ce qui s'est passé au Vatican. Tout le monde voudra trouver la fille qui a ramené des enfants morts à la vie. Je ne peux pas me cacher, dis-je en me cachant la tête dans les mains pour me masser les tempes.

— Même si l'Église n'est pas derrière cette conspiration, elle a de nombreuses raisons d'avoir peur de toi, dit Edmund en remontant dans la voiture et en se greffant à la conversation. Je ne serais pas surpris d'apprendre que le Vatican serait heureux de te voir morte, ajouta-t-il.

Il avait apporté trois sacs remplis de nourriture et de boissons, qu'il déposa sur la banquette arrière. Dun fouilla dans les sacs et me tendit un sandwich.

— Et pourquoi dites-vous cela ? lui demandai-je.

La raison pour laquelle on me voulait morte m'échappait toujours. Grâce à la clé et aux indices que j'avais pu rassembler, je commençais à découvrir qui était derrière toutes ces manigances, mais les motifs du cardinal étaient toujours un mystère.

— Il suffit d'y réfléchir. L'Église ne voudrait jamais que la population apprenne que Jésus était un Scintilla et, pire encore, qu'il n'était pas le seul. Tu as dit que tu croyais avoir compris que sa mère était elle aussi une Scintilla. L'Église voulait certainement étouffer cette vérité, parce qu'elle signifie qu'il y a plus d'un sauveur parmi nous. Et si les sauveurs sont plus nombreux, quelle est la raison d'être des organisations religieuses ?

— Ces organisations pourraient tout perdre : influence, pouvoir, argent. Beaucoup d'argent, affirma Dun judicieusement.

Edmund semblait perdu dans ses pensées.

— « En vérité, je vous le dis, celui qui croit en moi fera aussi les œuvres que je fais. »

— Je me suis toujours interrogé sur la signification de ce verset, dit Dun. Je me demande combien d'imbéciles il a conduit à tenter de marcher sur les eaux.

Cette remarque de Dun m'arracha un sourire.

— Je me demande... L'Église n'essaie pas de tuer les Arrazis et pourtant, les Arrazis possèdent eux aussi des pouvoirs s'ils ont pris ceux d'un Scintilla. L'Église et les Arrazis travaillent visiblement main dans la main. Pourquoi ?

Pourquoi l'Église ne considère-t-elle pas les Arrazis comme une menace ? On dirait que les Arrazis ne se laissent menacer par personne.

— Il est possible qu'aucune menace ne plane sur les Arrazis, suggéra Edmund. Et si, au lieu de les soumettre par des coups de bâtons, l'Église contrôlait les Arrazis en faisant pendre une carotte au bout de leur nez ? Et si on leur avait promis quelque chose ?

Dun me tapota sur l'épaule pour me donner un sac de bonbons, comme tout bon meilleur ami se devait de faire.

— Moi, je dirais plutôt que l'Église s'est trouvé des hommes de main dotés de pouvoirs surnaturels, dit-il.

Je hochai la tête.

— Mais bien sûr ! L'Église utilise les Arrazis pour nous exterminer et ensuite… commençai-je, puis je me mordis la lèvre et m'exclamai : de quelles horreurs serait capable l'Église avec une armée d'Arrazis ?

Des actes horribles, pires encore que ceux dont j'avais été témoin dans les visions transmises par la clé. Voilà ce qui attendait l'humanité si les Arrazis pouvaient aller librement.

— Si cette histoire remonte aussi loin que tu le prétends, dit Edmund, ceux qui contrôlent le peuple ont toujours considéré les Scintillas comme une menace.

— Les images que j'ai soutirées de la clé étaient épouvantables : des gens brûlés sur le bûcher ou pendus, des mères avec leur bébé dans les bras, tuées et abandonnées. Des villages entièrement détruits.

Un silence s'abattit dans la voiture tandis que ces images nous hantaient.

— J'ai fait la connaissance d'un homme aujourd'hui, à la basilique Saint-Pierre. Le cardinal Báthory. Il entretient des liens avec la société Xepa, mais j'ignore s'il est simplement membre de la société secrète ou s'il est à sa tête. Ce qui est le plus intéressant, c'est qu'il travaille pour un office autrefois connu sous le nom d'Inquisition.

Je voulais m'informer au sujet de l'Inquisition depuis que le professeur Salamone m'en avait parlé. J'utilisai donc le téléphone d'Edmund pour faire une recherche. Je lus la page Wikipédia à voix haute :

— ... de nombreuses personnes des deux sexes, sans égard pour leur salut et en abandonnant leur foi catholique, se livrent à divers diables et, par leurs incantations, charmes et conjurations, ainsi que par d'autres abominables superstitions et sortilèges...

» Des sortilèges. C'est le nom qu'on donne à nos pouvoirs. C'est incroyable de penser que l'Église nous chassait au vu et au su de tous à l'époque.

— Et ils vous traitaient de sorcières, dit Dun. Manipulation habile de l'opinion publique.

Edmund s'anima soudainement. Il parlait en agitant une main, comme je l'avais vu faire à la télé, quand mon père regardait son émission. C'était étrange de le voir faire en personne.

— C'est ainsi qu'on discrédite ses ennemis. On appose une étiquette peu flatteuse à tout ce qui est différent. Il suffit de qualifier tous ceux dotés de pouvoirs extraordinaires de sorcière, d'hérétique ou de fou. Sauf, très étrangement d'ailleurs, un seul homme dans toute l'histoire, qui était clairement doué de pouvoirs surnaturels. Il est possible que la renommée de Jésus ait été telle que l'Église a été incapable de la contenir. Même dans mon domaine d'expertise, on a discrédité la communauté des amateurs de nouvel âge. On nous a ridiculisés, simplement parce que nous osons nous pencher sur les phénomènes extraordinaires de l'univers. Et dès qu'on pose des questions, l'on nous traite de fous ou l'on affirme que c'est péché. Tous les moyens sont bons pour empêcher la population de croire en autre chose que leur dogme. L'Inquisition avait même réussi à mettre la main sur Galilée, précisément parce qu'il avait remis en question la disposition de l'univers selon l'Église. Et pourtant, il avait raison !

— La tombe de Galilée est avec celle de Dante et celle de Michel-Ange, dis-je. C'est logique que l'Église ait voulu l'ajouter à sa liste, si l'organisation connaissait l'existence des Scintillas et des Arrazis. Et pourtant, Galilée a réussi à faire un doigt d'honneur à l'Église. Trois doigts, pour être exacte. Le nombre trois a joué un rôle important dans notre aventure, mais j'ignore toujours sa signification.

— « Le trois est un mystère venu de l'au-delà. Écoutez et la lumière jaillira », cita Edmund.

Je le regardai, bouche bée.

— Ma mère m'a déjà dit cela, un jour.

— C'est tiré des *Tablettes d'émeraude*, un texte rédigé entre le sixième et le huitième siècle. Les alchimistes, dont Newton, vénéraient le nombre trois. C'est un nombre mystique et pas seulement selon les *Tablettes d'émeraude*. Certains affirment que c'est un nombre parfait, sur lequel tous les autres reposent. Le nombre trois est censé représenter l'âme et symboliser l'acte de transcendance de la dualité.

— La dualité ?

— Oui. Je crois que nous entrons dans le jardin du bien et du mal. La déchéance d'Ève n'a pas été causée par la connaissance, mais plutôt parce qu'elle avait accepté l'idée de dualité. Ève a été déchue parce qu'elle croyait que ces perspectives étaient distinctes l'une de l'autre. La connaissance du bien et du mal est un exemple de dualité. L'humanité a oublié son unité.

Depuis que nous avions quitté Rome, Edmund parcourait les autoroutes sinueuses d'Italie, mais je n'avais pas la moindre idée de la direction dans laquelle nous allions, car le soleil s'était couché au moment où nous quittions Rome. Edmund regardait par les fenêtres et semblait chercher quelque chose. Il gara la voiture le long de la route dès qu'il aperçut une église de style gothique.

— Pourquoi s'arrête-t-on ici ? lui demandai-je, soudain anxieuse. Je ne crois pas que ce soit l'endroit le plus sûr...

— Je veux aller chercher une bible. Je reviens tout de suite, me dit Edmund.

Dun ouvrit la portière arrière.

— Oh non, Monsieur. Comment être certains que vous n'entrez pas pour communiquer avec le Vatican ? lui demanda-t-il.

Edmund se pencha en avant en poussant un soupir d'irritation.

— Si tu avais regardé mon émission, ou si tu avais lu un de mes livres, tu saurais que la religion organisée, et surtout le Vatican, ne voit pas vraiment les choses du même œil que moi. Tu peux venir avec moi, mais tu as été vu sur la scène de l'incident et tu es loin de passer inaperçu. Regarde-toi, avec ton style « Il danse avec les loups ». Personne ne doit vous voir. Ni toi ni elle. Évidemment, ce n'est que mon opinion, dit-il en inclinant la tête et en souriant, avant de me lancer les clés par la fenêtre. Tiens, garde les clés, si ça peut vous calmer. Je reviens.

Nous le regardâmes gravir les marches à toute vitesse et entrer dans l'église. Nous fixâmes les larges portes du regard en attendant qu'Edmund en sorte, ce qu'il fit quelques instants plus tard avec une bible à couverture rouge et aux pages à la tranche dorée à la main. Il me donna la bible avant de boucler sa ceinture.

— Quelques passages de la bible me tracassent, dit-il. Je voulais y jeter un œil, mais la couverture du réseau cellulaire est plutôt inégale. En plus, je voulais consulter certains évangiles non canoniques.

— Qu'avez-vous en tête ? lui demandai-je en repensant au jour où Giovanni m'avait montré un passage de la Bible, à la cathédrale Christ Church, qui parlait du corps physique et du corps spirituel. Mon ami Giovanni m'a fait lire un passage du livre d'Ézéchiel, expliquai-je en ressentant soudainement le désir qu'il soit présent avec nous. Le passage parlait de la lumière qui brille sur les vivants, éclatante comme un cristal étincelant au-dessus de nos têtes.

Edmund avait récité ce dernier passage en même temps que moi.

— Je connais ce passage, dit-il. Je le citais dans l'un de mes livres sur les auras. Parfois, la vérité est juste là, sous notre nez. Plus j'y pense, plus je crois qu'il existe certains passages de la Bible, et surtout ceux à propos de Jésus, qui appuient ta thèse.

— Vous avez déjà votre exclusivité mondiale en tête, n'est-ce pas ? lui demanda Dun en souriant. Avec des citations de la Bible et tout le reste.

— Aidez-moi à me rendre en sécurité chez ma grand-mère, au Chili, avançai-je, tentée de lui faire davantage confiance. Ensuite, nous pourrons parler. Je ferai votre entrevue. Il est grand temps que le monde entende ma vérité. Même si ce doit être la dernière chose que je fais.

— Je ferai tout en mon possible pour t'aider. J'espère que tu es endurcie, m'annonça Edmund en me donnant une tape sur le bras. Le monde adore exalter ses sauveurs avant de les abattre.

— Ou de les clouer sur une croix, ajouta Dun, toujours prêt à me remonter le moral.

— Ils finiront peut-être par m'avoir. En fait, c'est fort probable. C'est un miracle que je sois toujours vivante, dis-je d'un ton résolu. Mais ils ne m'auront pas sans que je leur livre une âpre lutte. Je vais décocher quelques traits vers mes ennemis. J'ai le droit d'exister. J'ai le droit d'être qui je suis sans vivre dans la peur. Mes ennemis ont raison d'avoir peur de moi. La vérité peut être acérée comme une lance.

26
Finn

À mon arrivée, mon père m'accueillit.
— À qui appartient cette voiture ? me demanda-t-il en ouvrant la porte pour regarder la voiture.
— C'est la voiture de Saoirse Lennon, répondis-je en levant les yeux vers le ciel rempli de nuages gris qui menaçaient d'éclater au-dessus de la Mercedes rutilante.
— J'ai appris la nouvelle, pour sa mère, dit-il en haussant un sourcil, laissant deviner son soulagement, comme s'il venait d'apprendre qu'il avait fallu tuer le chien du voisin parce qu'il avait la rage. Quelqu'un sait que tu étais présent quand elle est morte ?

Nous entrâmes dans la maison et je suivis mon père jusqu'à la cuisine.
— Je crois que Lorcan le sait et il a tenté de mettre cette idée dans la tête de sa sœur. J'espère que j'ai réussi à dissiper ses soupçons.
— Je suppose que tu es au courant de ce qui est arrivé à Rome. Je regarde les nouvelles depuis tout à l'heure.

— Oui, je sais.

Je m'affaissai sur une chaise à la table de la salle à manger. Mon père versa deux verres de whisky avant de m'en donner un.

— *Sláinte*, dit-il en portant le verre à ses lèvres pour le vider d'un trait.

C'était bon de le voir et de se sentir traité comme un adulte, comme un pair.

— C'est bon de te voir, papa, dis-je.

— *Uisce beatha*, dit-il en portant un toast.

L'eau de la vie.

— Je suppose qu'à l'origine, cette expression concernait l'eau à proprement parler ? lui demandai-je en portant le verre de liquide ambré à mes lèvres.

— Pourquoi pas ? répondit-il. Le monde est principalement composé d'eau, tout comme notre corps.

Je tapotai sur la table en suivant le rythme d'un air de guitare.

— Pour nous, le plus important, ce n'est pas l'eau. Ce sont les âmes.

Mon père baissa les yeux en pinçant les lèvres.

— Je vois ce que tu veux dire.

Le temps passait lentement, doucement, comme cela se produisait souvent en présence de mon père. Il était passé maître dans l'art des silences chaleureux. Ses silences me donnaient l'occasion d'énoncer des idées qui avaient besoin d'espace pour naître.

— J'ai peur pour elle.

Ma gorge se serra du simple fait de prononcer ces mots.

— Je comprends, dit-il. Ça change tout. Cela ne suffit pas de se demander pourquoi elle l'a fait. Son geste démontre très bien de quel genre de personne il s'agit.

— Oui, c'est vrai, dis-je en hochant la tête.

— Mais cette fille court maintenant un plus grand danger que jamais auparavant. Les gens seront prêts à se l'arracher et à la déchirer en lambeaux pour garder un souvenir d'elle.

Je poussai un grognement. Mary entra dans la salle à manger avec des assiettes. Le parfum de son délicieux ragoût de bœuf nous enveloppa. Je me souvins alors du soir où j'avais croisé Cora en Irlande, alors que je croyais ne plus jamais la revoir. Nous avions mangé un ragoût de bœuf avec mon oncle Clancy. Mon cœur se serra. Le salaud savait parfaitement ce qu'elle était depuis le début.

Incapable de continuer de manger, je repoussai mon assiette.

— Excusez-moi, Mary... Je...

Je sentis le poids du regard de mon père et celui de Mary dans mon dos en quittant la table pour aller me coucher.

⚜

Avant l'aube, j'étais de retour dans la salle secrète. Comme j'arrivais à peine à dormir, j'avais décidé d'entreprendre une nouvelle séance de recherches sur le tableau que j'avais tracé et laissé sur la table à l'arrivée de Saoirse, la veille. Les mots qu'elle m'avait chuchotés à l'oreille me tracassaient. À mi-chemin vers la maison, j'étais convaincu que Saoirse avait raison. Il était temps pour nous de nous allier et de faire les choses autrement. N'était-ce pas précisément ce qu'elle cherchait ? Elle jouait mon jeu.

Mais plus je m'éloignais de Saoirse, moins j'étais convaincu. J'étais certain d'avoir raison au sujet du deux de coupes et dès que mon père s'était mis à parler de « l'eau de la vie », mon assurance s'était profondément ancrée en moi. Cette carte était apparue pour moi parce qu'elle représentait vraiment la réconciliation de deux pôles opposés et plus j'y pensais, plus j'étais persuadé que l'« eau de la vie » était une métaphore. Une métaphore qui représentait quelque chose de beaucoup plus vital que l'eau. J'avais réussi à élaborer une théorie qu'il me serait sans doute impossible à prouver, mais j'avançais.

L'énergie de notre âme était l'eau de la vie.

À midi, j'étais plongé jusqu'au cou dans les archives familiales. L'histoire de ma famille était intéressante, oui, mais son histoire ne pouvait pas étancher ma soif si elle ne concernait pas notre nature. Je tombai sur un journal captivant d'une ancêtre du nom de Gillian Mulcarr, qui vivait dans les années 1880. Son journal était intitulé *Un compte rendu véridique et fidèle de Gillian Mulcarr*. Ma gorge se serra quand je lus le récit angoissé de sa transformation, des moments d'horreur qu'elle avait vécus lorsqu'elle avait compris ce qu'elle était, en affirmant que jamais Dieu ne pourrait lui pardonner. Au dos du journal se trouvaient quelques marques étranges qui, supposai-je, représentaient ses victimes.

Je glissai soigneusement les feuilles et le journal de Gillian dans le tiroir du classeur avant de le fermer avec la force de la frustration. Je serrai les poings sur le classeur de bois. Le visage de Cora brillait dans mon esprit. Mon seul salut résidait dans mon aptitude à l'aider. Je n'arrêtais pas de penser à elle.

Mon téléphone sonna. Un numéro inconnu s'affichait à l'écran.

— Oui ? répondis-je.

— Finn, c'est Cora.

Mon cœur s'emballa en une fraction de seconde.

— Cora, mon cœur ! Est-ce que ça va ? J'ai vu les nouvelles. Où diable es-tu...

— Je ne peux pas te dire où je suis. Je peux seulement te dire que j'essaie de... De... D'aller...

— Je sais.

Je comprenais pourquoi elle ne voulait pas parler. Encore maintenant, elle cherchait à protéger les autres. Seigneur, comme c'était bon d'entendre sa voix, d'apprendre qu'elle était en sécurité.

— J'irai te rejoindre, si tu as besoin de moi, dis-je malgré moi.

C'était vrai.

— Dun est avec moi.

Donc, il l'avait retrouvée. Tant mieux. Il était venu me voir pour me parler de son idée de la suivre secrètement et j'étais complètement d'accord avec son plan. En fait, je l'avais même financé.

— Génial, dis-je. Je suis content de savoir que tu n'es pas seule.

— Je voulais simplement que tu saches que je vais bien. Et j'ai une faveur à te demander... Essaie de communiquer avec Mami Tulke et Giovanni pour moi, si possible. J'ai laissé le numéro et l'adresse dans le tiroir du haut de la commode dans la chambre au sommet de la tour. Je t'en prie, dis-leur que je vais bien.

— Je le ferai. Écoute, j'ai quelque chose de très important à te montrer.

— J'ignore comment tu vas réussir ce tour de force.

Son ton sarcastique éveilla mon désir de la revoir. Tout me manquait chez elle, y compris ses pointes de raillerie.

— C'est important, Cora. Foutrement important. J'ai quelque chose sur quoi tu dois absolument mettre la main, ajoutai-je à voix basse.

— À quel point est-ce important? Tu sais très bien que c'est improbable que je remette un jour les pieds en Irlande, ajouta-t-elle avant que j'aie le temps de répondre.

Je fermai les yeux pour prendre une grande inspiration, puis une autre. Elle ne tentait pas de me dire qu'elle pouvait ne plus avoir aucune raison de revenir un jour en Irlande. Non, elle essayait plutôt de me dire qu'elle risquait d'y laisser sa peau.

— Je... je te retrouverai. Je vais l'apporter pour te le montrer.

Pourtant, je ne savais pas comment m'y prendre pour cacher le *Livre de Kells* et le faire sortir d'Irlande pour l'envoyer au Chili. De plus, je ne voulais pas qu'il permette à quelqu'un de retracer Cora. Si elle pouvait atteindre le Chili en toute sécurité. «Seigneur, faites qu'elle puisse se rendre au Chili en sécurité», pensai-je.

— Nous savons tous les deux que tu ne devrais pas.

Tandis que le silence s'épaississait entre nous, je remarquai le triangle que j'avais tracé dans la poussière sur le bureau, la première fois que ma mère m'avait montré la pièce secrète. Une idée jaillit soudainement dans ma tête et je dessinai un hexagramme à côté du triangle, puis le symbole de Xepa, deux triangles joints par le sommet. L'idée me frappa si fort que j'en eus le souffle coupé.

— Bien sûr ! murmurai-je en ouvrant la bouche pour expliquer à Cora ce que je venais de voir.

— Finn, je dois y aller.

— Il faut placer les triangles de Xepa l'un sur l'autre, mon cœur.

J'étais certain d'avoir raison. Une pièce du casse-tête venait de se mettre en place ; l'engrenage s'était mis en marche. Mais avant d'avoir eu le temps de lui expliquer mon idée, Cora était partie, laissant derrière elle les kilomètres de vide qui nous séparaient.

27
Giovanni

J'avais pu profiter du reste de l'après-midi et de toute la nuit pour reprendre mes esprits après ma rencontre avec le clairvoyant italien. J'avais appris son nom, Raimondo, et j'avais l'intention de lui parler davantage de sa vision concernant les Arrazis et, surtout, lui demander pourquoi il avait jeté un regard si troublé sur ma fille.

Mon cœur se contractait sous le poids de l'inquiétude. Me faudrait-il un jour abandonner tous ces gens pour la protéger ? En me posant cette question, j'étais suffisamment capable d'objectivité pour comprendre que je n'avais aucune idée des choix auxquels mes parents avaient été confrontés. Je ne pouvais pas leur en vouloir, mais la question m'avait empêché de dormir toute la nuit. Raimondo avait dit qu'il avait eu une vision de la mort de toute ma famille, moi y compris, et pourtant, j'avais survécu. Le destin devait aller et venir comme une sorte de fluide, s'il existait vraiment. Je me demandais qui pouvait avoir fait le choix qui avait modifié mon destin.

Avant de pouvoir parler de Claire à Raimondo, je reçus un appel me rappelant que le temps était venu de me rendre à Santiago avec Will, Ehsan et Adrian pour visiter la vendeuse d'une cuisine de rue qui offrait des empanadas avec des grenades en accompagnement.

Mami Tulke ne savait pas exactement pourquoi je faisais partie du groupe qui se rendait en ville et si elle le savait effectivement, elle ne le laissa pas paraître. Son aura était aussi froide que ses épaules quand je lui expliquai qu'il me faudrait partir avec les autres hommes dès qu'ils arriveraient. Elle ne se déroba pas à l'idée de garder ma fille toute la journée et je lui en étais reconnaissant. Comment les parents parvenaient-ils à faire ce qu'ils avaient à faire ? J'étais heureux d'avoir Claire dans ma vie, mais j'avais l'impression qu'un nouveau membre venait soudain de pousser sur mon corps et qu'il me fallait réapprendre à marcher.

Claire s'était glissée dans ma chambre pour dormir par terre pour une deuxième nuit de suite. Chaque fois que je bougeais dans mon lit, elle s'agitait dans son sommeil. Je lui avais envoyé un peu d'énergie euphorique, ce qui l'avait calmé. J'aurais voulu caresser ses cheveux bouclés, mais j'avais peur de la réveiller. Il lui avait fallu se contenter d'énergie positive.

Je m'approchai de la porte dès que j'entendis la voiture s'arrêter brusquement dans le chemin de terre devant la maison. Je saluai Mami Tulke, qui répondit par un « oui, oui », en me tendant une liste de choses à acheter et une liasse de billets.

Je montai dans le VUS. Tout le monde y était, ainsi qu'un passager supplémentaire inattendu, la femme de Will, Maya.

— Je dois acheter quelques trucs qu'on ne trouve pas à La Serena et sortir d'ici. Vous êtes maintenant mon public captif, annonça-t-elle en croisant les bras sur sa poitrine. J'ai l'intention de faire bon usage du temps dont je dispose.

— Est-ce qu'un « désolé » fera l'affaire, Messieurs ? avança Will à la blague. Je ne voudrais pas me confondre en excuses. Et je dois par ailleurs préciser que les opinions de Maya ne correspondent pas nécessairement à ceux de la direction.

— C'est étrange, fit Maya. Je ne me souviens pas de t'avoir promu à un poste de direction.

Nous éclatâmes tous de rire avant de partir.

— Messieurs, fit Maya.

Tous les hommes dans la voiture se rendirent compte qu'ils étaient effectivement captifs et qu'il leur faudrait écouter ce qu'elle avait à dire. Le charisme et la force de la présence de Maya captivaient notre attention. Par respect pour Will, nous nous devions de lui prêter attention, même s'il était encore plus captif que nous et qu'il avait sans doute entendu ses opinions à de nombreuses reprises.

— À l'exception de Giovanni, vous savez tous que je suis franche et juste.

— Surtout franche, fit remarquer Ehsan.

Maya ignora sa raillerie et poursuivit :

— Je veux que vous sachiez que je ne suis pas d'accord avec ce que vous planifiez.

Will se pinça l'arête du nez.

— Maya...

— Non, Will. Je t'aime, mais avant que vous vous lanciez tous sur le sentier de la guerre pour détruire notre mode de vie paisible, j'exige d'être entendue.

D'une main, elle lissa ses cheveux noirs, qu'elle avait tirés derrière sa tête en une boule maintenue en place par un foulard coloré. À mes yeux, Maya ressemblait à un félin noir exotique, un animal terrestre, mais élégant. À sa moue pincée, on devinait qu'il ne fallait pas la prendre à la légère.

— Mon cœur me dit que Giovanni souhaite vraiment nous protéger, nous sauver même, dit-elle en levant une main pour me faire taire quand j'ouvris la bouche. Mais mon cœur me dit également qu'en adoptant une approche guerrière, en optant pour le meurtre et la peur, nous ne réussirons qu'à attirer le meurtre et la peur sur nous. C'est un principe fondamental de la loi de l'attraction.

— C'est pourtant ce qui nous attend, lui promis-je. Ils viennent pour nous, sans invitation. Leur arrivée est inéluctable. Nous n'avons pas créé cette situation, nous nous contentons d'y réagir, de faire le nécessaire pour survivre. Et tu me dis que cette réaction n'est pas positive ?

Je vis à son aura gonflée qu'elle attendait ce débat avec impatience.

— Tous les humains sur cette terre sont des êtres d'énergie. Les pensées sont faites d'énergie créative, elles représentent les racines de notre réalité. Notre monde est précisément comme il est à cause de notre façon de penser.

Je m'efforçai de rester calme.

— Si mes pensées et mes paroles sont créatives, je suis créateur de survie. Je refuse d'être passif face à l'extermination.

Ehsan hocha la tête.

— Il n'est pas difficile de trouver de nombreux, trop nombreux exemples au cours de l'histoire où une « espèce » humaine a tenté d'en exterminer une autre, dit-il en caressant sa barbiche noire. On peut penser au Rwanda, à la Bosnie, au Cambodge, aux Amérindiens, aux Serbes, aux Juifs, aux Romains au Moyen-Orient, les djihadistes pourchassent et tuent les minorités parce qu'ils les considèrent comme des infidèles. C'est à fendre le cœur, c'est impie. Dans de nombreux cas, les populations ont mis fin aux atrocités en répondant aux violences par la violence. Malheureusement, je crois que la guerre est parfois justifiable.

L'aura des gens présents dans la voiture s'était assombrie, à l'image des noires pensées qui nous venaient en tête. Comment en étions-nous arrivés là ? Comment en étions-nous venus à laisser un clan d'humains décider du droit à la vie d'un autre clan ?

Maya reprit la parole et s'adressa à nous d'une voix douce.

— Vous parlez tous de tuer «l'autre». En quoi sommes-nous différents d'eux ?

Will posa une main sur la jambe de Maya.

— Chérie, nous parlons de nous défendre. Ce n'est pas pareil.

— Et si nous pouvions leur parler ? Et si nous…

— Et de quoi voudrais-tu leur parler ? lui demandai-je. «Oh, s'il vous plaît… oh, je vous en prie, ne faites pas cette chose que vous êtes convaincus de devoir faire et pour laquelle vous êtes sans doute récompensés.»

Maya inclina la tête et me fusilla du regard pour mon sarcasme.

— Nous sommes des donneurs d'énergie et notre ennemi mortel est notre contraire absolu. Les Arrazis sont des absorbeurs d'énergie. Cela ne vous étonne pas ? Ne vous êtes-vous jamais demandé pourquoi nous avions été créés

ainsi, deux extrêmes aux antipodes l'une de l'autre ? Pourrait-il y avoir une raison, une volonté divine derrière cette belle symétrie ?
— Comment peut-on voir de la beauté dans le meurtre ? De la beauté dans la disparition de ceux qu'on aime ? De la beauté dans l'anéantissement d'une race humaine tout entière ? m'écriai-je.
Ma patience s'épuisait.
— Il y a de la beauté dans la dualité, répondit simplement Maya. Vous ne voyez pas ?
— Non, objecta Adrian en levant ses mains tatouées dans les airs. Écoute, chérie, je n'ai pas la moindre idée de ce dont tu parles.
— Je dis simplement qu'il doit y avoir une raison plus noble pour expliquer notre existence. Je parle de dualité. De contraires. De relativité. L'ombre et la lumière. Le haut et le bas. Le yin et le yang. Le bien et le mal. Nous célébrons les aspects plus agréables et plus positifs de ces dualités simplement parce qu'ils sont plus… plaisants, mais cela ne veut pas dire pour autant que la lumière est mieux que l'ombre. Ce n'est pas fondamentalement mal de prendre. C'est seulement le contraire relatif de donner. L'un est nécessaire à l'existence de l'autre. Dans ce monde, il est possible de choisir uniquement grâce aux contraires.
» Joseph Campbell a dit qu'on oppose le « vous à moi, cela à autre chose, la vérité au mensonge, que chaque élément a son contraire, mais que la mythologie suggère que derrière cette dualité, il y a une unité qu'elle joue à dissimuler ».

Tour à tour, Maya nous regarda dans les yeux. Elle aurait plongé au plus profond de notre âme si elle en avait été capable.

— Pensez-y, dit-elle. Réfléchissez-y bien avant de vous lancer dans cette guerre que vous préparez. À quel jeu de dissimulation vous prêtez-vous ?

Si la stratégie de Maya était de faire naître la culpabilité en nous, sa stratégie sembla fonctionner sur les autres. Ils restèrent tous silencieux, le regard longuement fixé au loin.

Le concept de dualité donnait matière à réflexion, mais il reposait sur un problème qui m'apparaissait trop existentiel pour avoir une réelle importance. Les Scintillas et les Arrazis s'étaient certainement efforcés depuis qu'ils existaient de trouver la « raison » de leur existence. Et s'il n'y avait pas de raison ? Et si ce n'était qu'une simple question de biologie ? Une question de prédateur et de proie ?

Santiago grouillait d'activité sous le soleil de l'après-midi. L'endroit était plus frénétique encore que lorsque nous étions arrivés de Dublin.

— Les tremblements de terre ont sûrement secoué ces gens, suggéra Will en guidant le VUS à travers la foule rassemblée dans les rues près de la *Plaza de Armas*, au centre de la ville.

— Ha ! s'exclama Adrian un peu trop tard.

En y regardant de plus près, j'avais l'impression qu'il se passait quelque chose.

— Y a-t-il un événement politique aujourd'hui ? Un jour férié religieux ? demandai-je, curieux de découvrir pourquoi il y avait tant de gens dans les rues un jour de semaine.

J'obtins des haussements d'épaules pour seule réponse.

— Le tremblement de terre doit avoir frappé plus fort ici, suggérai-je.

Depuis que le tremblement de terre était survenu, deux jours plus tôt, nous avions été incapables de recevoir des nouvelles au creux de la vallée. Les lignes téléphoniques étaient encore mortes et la couverture cellulaire était intermittente dans le meilleur des cas.

— J'espère qu'il n'y a pas eu trop de morts, murmura Maya. Les tragédies réussissent toujours à remplir les églises.

Je suivis son regard en direction d'une énorme église, la cathédrale métropolitaine, qui était pleine à craquer d'une foule de gens qui se déversait par ses portes avant de descendre l'escalier et de s'étendre dans la rue. Les gens priaient partout. Plusieurs groupes campaient sur la place publique devant la cathédrale. Des vendeurs allaient et venaient dans la foule pour vendre des chapelets qui se balançaient sur leurs bras comme des pendules, ou se promenaient avec leur chariot dans les rues et les avenues. Toute cette commotion était certainement causée par les tremblements de terre. Maya avait raison, les catastrophes naturelles aidaient les gens à se rapprocher et la peur les avait toujours menés vers l'église.

Les opportunistes s'étaient massés sur la place publique, parmi les fidèles. On pouvait acheter tout ce dont on avait besoin, pour un prix : chapelets, nourriture, eau et autres marchandises. C'était une vérité universelle que les vendeurs de partout dans le monde avaient comprise : quand une catastrophe ou un désastre frappait, il fallait vendre des t-shirts.

Will arrêta la voiture sur le bord de la rue, car il était impossible de trouver un stationnement ailleurs. Un homme installé dans son allée fissurée, assis dans une chaise de plage aux bords effilochés près d'une glacière pleine de *cervezas* et d'une radio, nous demanda trente mille *pesos* pour le stationnement.

— Nous allons rester coincés ici éternellement, si nous ne garons pas la voiture, se plaignit Will.

Adrian s'éventa avec sa casquette des Rangers du Texas et nous nous enfonçâmes dans la foule pour trouver notre contact.

— Restez à l'affût d'éventuelles auras blanches, annonçai-je pour mettre mes compagnons en garde en surveillant la foule à la recherche de signes annonçant la présence d'Arrazis, nerveux dans la foule. Je peux maintenant reconnaître leur présence, mais seulement lorsqu'ils sont près...

— Et s'ils sont près... marmonna Ehsan.

— Il sera alors trop tard.

Plus rien n'aurait dû me surprendre, mais Gerda me surprit. Je ne m'attendais pas à trouver une vieille Allemande qui vendait des armes au cœur du Chili. Ehsan m'expliqua qu'il y avait une importante population d'Allemands au Chili, en raison de l'immigration à la fin du dix-neuvième et au début du vingtième siècle. Gerda nous fit entrer par une porte de fortune fabriquée à partir de deux capots de voitures suspendus par des charnières dans un cadre de porte. Will m'expliqua qu'il ne connaissait pas l'histoire de cette femme, mais son âge et le mezuzah suspendu à sa porte-capot me donnèrent un indice.

— Je commençais à croire que vous ne viendriez pas, dit-elle. C'est complètement fou dehors.

Will ne perdit pas un instant.

— Nous devions venir, répondit-il. C'est très important. Nous cherchons des armes.

— Pour quand ? Quel genre d'armes ? Combien ? cracha Gerda, à moitié intéressée, visiblement distraite. Pourquoi ?

Will me regarda et je m'avançai pour lui répondre.

— N'importe quand. N'importe quoi. Tout ce que vous avez. Vous pouvez supposer que nous allons combattre une armée.

Elle haussa ses sourcils blancs.

— J'ai déjà vu des armées, jeune homme. À vous cinq, vous ne formez pas une armée.

— Je suis prêt à parier que vous avez également vu des génocides. Voilà ce qui nous attend.

C'est alors qu'elle nous examina en plissant les yeux, comme si elle semblait nous considérer pour la première fois. Trois hommes blancs, un Afghan et une Noire. Je pouvais très bien lire la question qu'elle se posait sur son visage : comment cette courtepointe d'humains pouvait-elle être la cible d'une éradication ? Que pouvions-nous avoir en commun ? Les mouches bourdonnaient, des avertisseurs retentissaient dehors, le monde s'affairait.

— J'ai fermé boutique, dit-elle en nous chassant brusquement.

— Quoi ?

— Je crois que tu lui casses les pieds, me chuchota Adrian. Nous sommes sérieux, lui dit-il d'une voix calme. Nous avons vraiment besoin de votre aide.

— Allez demander l'aide de Dieu comme tout le monde, dit-elle en pointant les deux clochers de la cathédrale. La fin des temps est proche. Vous m'avez servi de test. Je l'ai réussi. Mes péchés sont derrière moi. J'ai réussi le test et je pourrai prendre ma place, à la droite du Seigneur.

— De quoi parle-t-elle ? me demanda Ehsan à l'oreille.

— Je n'en ai pas la moindre idée, répondis-je, furieux. Pourquoi sommes-nous venus jusqu'ici ?

La femme se planta devant moi en me regardant dans les yeux.

— Votre visite était une réponse à vos prières, ou une réponse à mes prières. Ou les deux.

— Qu'est-ce... fit la voix aiguë d'Adrian, qui déchira l'air lourd de poussière.

— Hé, les gars, appela Maya, de l'autre côté de la porte en capots. Venez voir. Je ne crois pas que cette hystérie ait un lien avec les tremblements de terre.

Nous trouvâmes Maya sur le trottoir, occupée à examiner une rangée de t-shirts bon marché que vendait un vieil homme bourru vêtu d'un chapeau de paille qui comptait plus de trous que de bouts de paille.

J'arrachai un t-shirt de son cintre, ignorant les jurons en espagnol de l'homme. À l'avant du t-shirt, on pouvait lire une citation en espagnol : « *Porque se levantarán falsos Cristos, y falsos profetas se levantarán, y harán grandes señales y prodigios, de tal manera que engañarán... Mathew 24 :24.* »

Sous la citation, il y avait une fille à genoux aux pieds de la statue de saint Pierre, les mains sur le cœur d'un enfant, le visage angélique déchiré par le tourment et la tristesse.

Mon corps devint de glace.

C'était Cora.

Rien ne pouvait expliquer pourquoi son visage était imprimé sur des t-shirts bon marché, vendus à côté de bibles de poche.

— Qu'est-ce que c'est ? demandai-je au vendeur en lui montrant le t-shirt. Que veut dire cette citation ?

Maya me fit la traduction littérale :

— Les faux Christs et les faux prophètes se lèveront pour faire de grands prodiges et des miracles, au point de séduire...

Mais ses paroles ne signifiaient rien pour moi. Ils ne me donnaient pas l'explication dont j'avais besoin. Mon corps se glaça de nouveau quand j'observai la photo en noir et blanc du visage affligé de Cora. Je pivotai sur moi-même pour regarder autour de moi et je vis d'autres photos, toutes des variations du même beau visage dans la même scène surréaliste.

Je titubai dans la rue, abasourdi, tombant sur d'autres versions édulcorées de l'événement mystérieux. Que diable s'était-il passé à Rome ? Cora était-elle en sécurité ? Vivante ?

Je me cachais dans une vallée reculée dans les montagnes en Amérique du Sud, j'attendais que la fille que j'aimais nous revienne et maintenant, son visage était placardé partout où je regardais, avec des citations de la Bible qui laissaient entendre que Cora était la réincarnation de Jésus ou encore la «Fille de l'Homme», arrivée plus tôt que prévu, avec des lettres rouges proclamant qu'elle était l'Antéchrist.

Will et Maya me tendirent la main et leur énergie.

— Je dois savoir ce qui lui est arrivé, m'écriai-je en agitant le t-shirt sous leur nez. C'est la petite-fille de Mami Tulke.

Les autres me regardèrent en écarquillant les yeux, stupéfaits, bouche bée.

— Quoi qu'il lui soit arrivé, dis-je en croisant le regard de Maya, cet événement signifie que nous ne jouons plus un jeu de dissimulation. Nous sommes à découvert.

28
Cora

C'était un énorme acte de foi de ma part de révéler à Edmund que j'avais l'intention de me rendre au Chili. Il avait révélé qu'il disposait de ressources dont je ne disposais pas. J'avais besoin de lui et comme il semblait avoir besoin de moi, cet accord me paraissait juste.

L'aura d'Edmund était aussi claire et cristalline que celle de Faye, la propriétaire de la boutique Say Chi, la première fois que je l'avais vue. J'avais fini par avoir confiance en son aura claire, parce que j'avais associé cette limpidité avec ses idées claires, ses motifs clairs. L'aura d'Edmund était douce, sans la moindre trace d'agressivité. J'avais le sentiment qu'il ne représentait pas une menace.

J'utilisai de nouveau son téléphone pour composer le numéro de la maison de Mami Tulke, mais j'obtins le même signal de ligne coupée. J'avais inspiré profondément avant de faire un autre acte de foi et d'appeler Finn.

Seigneur, en entendant sa voix... Je n'avais jamais pris conscience de l'effet que sa voix avait sur mon cœur. Elle le ferait sans doute toujours chanter. Finn ne parut pas surpris d'apprendre que Dun était avec moi. Je sus alors qu'il l'avait aidé à me suivre. Si Giovanni n'avait pas eu à s'occuper de Claire, il m'aurait lui aussi suivi. Quand j'eus raccroché, je dus ravaler les larmes qui menaçaient de me monter aux yeux, comme à l'aéroport. Je ne savais jamais quand nous nous dirions au revoir pour la dernière fois. Pour toujours.

— Qu'y a-t-il, Cora ? Capitaine Kilt t'a dit quelque chose de bizarre ?

— Il m'a dit qu'il avait découvert quelque chose d'important, mais il ne m'a pas dit ce que c'était. Il veut me l'envoyer, pour que je puisse voir les visions que cet objet contient. Mais ce n'est pas le plus étrange. Avant que je raccroche, il m'a dit de « placer les triangles de Xepa l'un sur l'autre ».

J'ouvris la main pour examiner le symbole de Xepa sur ma bague. Je pouvais m'imaginer ce que Finn avait voulu dire, mais je soufflai sur la fenêtre de la voiture pour l'embuer avant d'y tracer un triangle inversé du bout du doigt. Puis, je traçai l'autre triangle par-dessus.

J'avais vu ce symbole, l'hexagramme, dans des endroits surprenants, comme à l'église, sur les tombes de Dante, de Michel-Ange et de Galilée, ou encore dans les quatre coins du portrait de Jésus et de Marie.

— C'est un truc juif ? me demanda Dun.

— C'est l'hexagramme, précisa Edmund. C'était un symbole important bien avant qu'il ne soit adopté par les Juifs. Il représente l'unification des contraires. Voilà ce que signifie vraiment l'étoile à six pointes. C'est un symbole divin d'unité.

Tout devint soudainement clair.

— Donc, symboliquement, en séparant les deux triangles, on sépare ce qui devrait être uni.

Dun passa les bras de chaque côté de mon siège.

— J'aimerais qu'on m'explique, dit-il en enfouissant son visage dans le cuir du siège, de la même voix qu'il prenait lorsque je l'aidais à faire ses devoirs de mathématiques.

— Si j'ai bien compris, l'objectif de la société Xepa est de se séparer de nous. Un objectif symbolisé par la séparation des contraires. Si c'est bien la raison d'être de la société Xepa, dis-je, à peine capable d'accepter l'idée qui prenait forme dans ma tête, cela veut dire que les Scintillas et les Arrazis devraient être... ensemble ?

C'était la plus grotesque, la plus impossible des théories. Était-ce bien ce que Finn suggérait ? Je le rappelai immédiatement.

— D'accord, un symbole représente l'unité et l'autre, la séparation. Selon toi, que crois-tu que cela veut dire ?

— Je crois que ces symboles veulent dire que nous sommes censés être ensemble.

La peur, l'incrédulité face à l'impossible naquirent, ainsi qu'une vive lueur d'espoir. Étouffée par les émotions, je perdis l'usage de ma voix pendant quelques instants. Mon cœur suivit le rythme du temps qui s'écoulait jusqu'à ce que je retrouve la parole.

— Tu parles des Scintillas et des Arrazis ?

J'entendis Finn soupirer à l'autre bout du fil.

— Tu sais très bien de quoi je parle.

Comme je ne répondais pas, il poursuivit :

— Nous en sommes venus à la même conclusion. Le problème consiste maintenant à... prouver notre théorie.

— Ce sera ta mission. Tout d'abord, tu dois découvrir pourquoi la société Xepa a adopté ce symbole.

— J'y travaille. La fille d'Ultana a hérité des entreprises de sa mère. Son frère en est très contrarié. Je me rapproche de Saoirse. Je tâcherai d'en savoir plus. J'espère qu'elle finira par voir les choses de notre point de vue.

« Il se rapproche », pensai-je.

Je chassai la pointe de jalousie qui naissait en moi.

— Tiens-moi au courant de ce que tu apprendras. Avec un peu de chance, je pourrai rejoindre ma grand-mère. As-tu réussi à leur parler ?

— Non, mais je vais continuer d'essayer d'avoir la ligne.

— Merci, Finn. Je suis inquiète.

— De rien. Chaque fois que je te parle, j'ai peur que...

Sa voix s'était adoucie. J'eus soudainement l'impression qu'il me chuchotait à l'oreille. Je pouvais sentir le souvenir de son souffle sur ma peau.

— C'est la dernière fois que nous nous parlons.

— Oui. Sache que je t'aime. Quoi qu'il arrive.

— C'est le genre de chose qu'on dit quand on sait ce qui nous attend.

— Je vais fouiller pour découvrir si notre théorie se confirme. J'ignore cependant comment nous pourrons mettre notre théorie en pratique.

— Nous avons de l'aide, dis-je en sachant qu'Edmund m'écoutait. Il s'appelle Edmund Nustber.

— L'auteur ? me demanda Finn, surpris.

J'étais surprise d'apprendre qu'il connaissait ce nom.

— En personne, lui répondis-je.

— J'espère qu'il est digne de confiance.

— Eh bien, s'il ne l'est pas, tu connais son nom.

Je raccrochai.

— Qui était-ce ? me demanda Edmund.

— Un Arrazi.

J'espérais qu'Edmund avait perçu la menace implicite. S'il me faisait du mal, s'il me jetait dans la fosse aux lions, je savais qu'il y avait un Arrazi qui était prêt à dévorer son âme pour me venger.

Une vague de sentiments contradictoires déferla sur moi. Mon amour pour Finn. Mon aversion pour ce qu'il était, même si je savais que ce n'était pas sa faute. Pourtant, je le détestais pour ce qu'il avait fait. Je n'arrivais pas à m'imaginer croire un jour qu'il n'avait vraiment pas eu le choix de tuer Mari. Je n'arrivais pas à décider s'il avait agi par compassion ou vilenie. Je savais seulement que mon cœur était déchiré pour la simple raison que Finn était le premier garçon à qui j'avais donné mon cœur avant de le reprendre pour passer à autre chose. Giovanni détenait lui aussi une partie de mon cœur. Je l'aimais pour son esprit et sa loyauté, mais je le soupçonnais de n'être loyal qu'à lui-même. Avec la mort de ma mère, de mon père et de Mari, plusieurs fragments de mon cœur avaient fondu comme des glaçons dans un verre de vin rouge. Ce n'était que lorsque j'avais donné ma lumière aux enfants du Vatican que cette douleur s'était estompée.

Je m'étais alors sentie entière, comme jamais auparavant.

Nous étions des ruines anéanties en vêtements fripés. Nous traversions la campagne italienne en bâillant et en étirant de lourds silences. Nous devions trouver un endroit où nous arrêter pour la nuit. Un panneau le long de la route indiqua que nous étions à Chianti et nous trouvâmes bientôt un groupe de fermes datant de 1497 transformées en hôtel. Edmund alla réserver une chambre pendant que nous attendions dans la voiture. Un lit. Un lit et une douche. Mes besoins étaient assez simples à cet instant. La survie consistait uniquement à réagir aux événements qui se succédaient. À répondre à nos besoins immédiats.

Heureusement, la location de la chambre ne posa aucun problème. Edmund conduisit la voiture jusqu'à l'un des vieux bâtiments de pierre et la gara devant notre porte. Nous entrâmes aussi vite que possible pour nous affaler sur nos lits. Je pouvais entendre Edmund taper au clavier de son ordinateur portable, mais même ce cliquetis s'estompa lentement à mesure que je sombrais dans le sommeil.

Les cris de présentateurs télé enragés me réveillèrent. Edmund et Dun regardaient les nouvelles sur le téléviseur de l'hôtel.

La réalité ne pouvait pas attendre ?

Je roulai sur le côté en enfouissant ma tête sous l'oreiller.

— Hé, la Belle au bois dormant.

Je regardai par la fenêtre. De ses rayons éclatants, le soleil annonçait que la matinée était bien avancée. Edmund se tenait dans l'embrasure de la porte.

— J'ai établi un plan. Il n'est pas complètement infaillible, mais c'est ce que j'ai pu trouver de mieux. Viens nous rejoindre pour que nous puissions en discuter.

Je peignai mes cheveux en bataille de quelques coups d'ongles et je me brossai les dents avant de me rendre dans la pièce principale. Je pris place sur l'ottomane, dos au téléviseur et au bulletin de nouvelles qui proclamait que j'avais accompli un miracle. Plein de délicatesse, Dun baissa le volume du téléviseur, mais son regard revenait sans cesse sur les images derrière moi.

Edmund me tendit une tasse de café amer.

— Mon bras droit, Rodney, fait partie d'une équipe de tournage qui se trouve actuellement à Venise. L'équipe doit prendre un avion pour le Costa Rica. Rodney croit qu'il peut nous aider à monter dans l'un des avions privés affrétés pour l'équipe. Cora, tu devras jouer le rôle d'un membre de l'équipage de l'avion. Dun, tu devras te faire une queue de cheval et jouer le rôle d'un membre de l'équipe de tournage. Cora a été identifiée et son nom est maintenant connu — je poussai un hoquet de surprise et Dun me confirma le tout en haussant un sourcil et en hochant lentement la tête. J'utiliserai les fonds de ma maison de production pour soudoyer une femme faisant partie de l'équipage de l'avion et lui demander ses pièces d'identité, en prétendant qu'elle sera une source anonyme pour l'un de mes documentaires. Cora devra prendre sa place. Nous pourrons ensuite espérer nous rendre au Costa Rica et ensuite au Chili, sans qu'on reconnaisse Cora ou, pire encore, qu'une foule de journalistes nous tende une embuscade à notre arrivée.

Le plan était désastreux, mais il avait plus de chances de réussir que n'importe quel plan que j'aurais pu imaginer.

— J'avais l'intention de me teindre en blond ou de payer des parrains de la mafia italienne pour mettre la main sur de faux papiers. Je préfère votre plan, dis-je à Edmund. Et maintenant, épargnez-moi la voix de publireportage. Que dit-on à la télé ? Que se passe-t-il dehors ?

Edmund et Dun échangèrent un regard en coin.
— Qu'y a-t-il ? fis-je.
Dun posa les pieds sur mes genoux.
— D'accord. Imagine si Jésus, Jimmy Hoffa, Elvis, Amelia Earhart et JFK annonçaient qu'ils sont toujours vivants et qu'ils organisaient une petite fête pour répondre à toutes les questions des journalistes...
— C'est bon, c'est bon, j'ai compris, dis-je en fermant les yeux, comme si cela pouvait m'empêcher d'entendre.
— Ils te veulent à ce point, dit Edmund, le visage cramoisi, tout comme son aura. Oh, mince, j'ai hâte de voir l'audience de mon entrevue. Je te serai à jamais reconnaissant, Cora.
— J'accepte vos remerciements. Et soixante-dix pour cent de tous les revenus publicitaires, des promoteurs et de distribution que vous toucherez.
Dun me regarda en souriant.
— Si je survis à toute cette histoire, dis-je en prenant un ton sérieux. Je n'ai pas l'intention de me retrouver les mains vides pendant que vous êtes propulsés à la célébrité grâce à mon histoire.
— Tu modifies les paramètres de notre entente, dit Edmund avec une moue. Tu n'as pas idée des sommes qui changent de main pour réaliser mon plan. Même Rod est payé.
— Non. Je ne modifie pas notre entente. Il s'agit simplement des petits caractères du contrat, dis-je en souriant avant de me lever pour aller prendre ma douche. Et je veux que tout soit couché sur papier.
Que pouvait-il faire ? Refuser ? Edmund « Fêlé », comme ma belle-mère Janelle avait l'habitude de l'appeler, salivait à

l'idée de me faire passer devant la caméra. Son avenir était assuré, même si je ne survivais pas.

— C'est totalement injuste ! hurla-t-il derrière moi.

— Nous avons besoin l'un de l'autre, Eddie. Ce ne sont que les affaires.

— Il n'y a que mon frère qui m'appelle Eddie ! s'écria-t-il au moment où je fermais la porte de la salle de bain.

En me regardant dans le miroir, je songeai à me couper les cheveux. De toute façon, je n'arrivais plus à reconnaître le visage dans le miroir. J'étais l'ombre d'une fille. J'espérais que l'agente de bord de l'avion privé n'était pas une petite blonde d'un mètre vingt-cinq.

— Elle a intérêt à avoir les cheveux noirs et un derrière dont je pourrais être fière, cette agente, dis-je au reflet dans le miroir en pensant à Mari.

29
Finn

Cora m'appela pour la deuxième fois pendant que j'étais dans ma chambre pour enfiler un pull par-dessus mon t-shirt, en espérant que les frissons qui me parcouraient le corps étaient causés par la pluie et non la faim. Je découvrirais assez rapidement si le frisson qui me glaçait allait s'enfoncer dans ma chair et dans mon sang pour se transformer en vague sentiment sinistre, suivi d'un profond besoin. Ce besoin approchait. Ma dernière victime avait été l'homme que j'avais tué à Newgrange.

L'appel de Cora me donna de l'énergie. Elle avait vu la même chose que moi, en examinant les triangles des symboles et pourtant, elle n'avait pas encore vu la couverture du *Livre de Kells*, ni les pages décorées de spirales à trois branches, ni même l'hexagramme. Elle devait toucher la couverture du livre. Comment pouvais-je la lui faire parvenir ? Je ne voulais pas l'expédier et risquer qu'elle soit perdue ou volée. Je n'osais même pas imaginer tenter de la prendre avec moi et passer les contrôles de sécurité de l'aéroport d'Irlande, ce qui aurait été l'équivalent pour un Américain de tenter de quitter l'aéroport de New York en cachant le texte de la Déclaration d'indépendance des États-Unis volé!

Saoirse m'envoya un texto pour me demander de lui rapporter sa voiture et pour m'inviter à dîner chez elle, en me promettant que je m'y sentirais chez moi. Elle tentait de me convaincre en me parlant d'une « idée » dont elle voulait me parler. J'étais impatient d'entendre ce qu'elle avait à dire, mais j'avais l'impression de mettre le pied sur une pente glissante.

Je repensai au moment où nous nous étions quittés, la veille. J'avais été troublé par ses lèvres qui avaient effleuré mon oreille, mais les paroles qu'elle avait chuchotées avaient allumé un petit feu de victoire en moi. C'était la promesse que j'attendais. Les choses risquaient de devenir très compliquées si Saoirse voulait plus que mon amitié. Le baiser qu'elle m'avait donné chez elle, le jour où elle avait tué sa première victime, m'avait révélé ce qu'elle ressentait vraiment pour moi, malgré le fait qu'elle m'avait déclaré qu'elle ne voulait pas vivre de relation romantique avec moi, le jour où nous avions fait connaissance. Elle avait résisté aux machinations de sa mère pour nous rapprocher l'un de l'autre parce qu'elle ne voulait pas se transformer. Je devais reconnaître qu'il était possible que les sentiments qu'elle éprouvait pour moi aient précipité sa transformation.

Son point de vue sur la séance de tarot était complètement différent du mien, mais cela pouvait jouer à mon avantage. Je ne voulais pas la tromper ou abuser de sa confiance. Une amitié exploratoire était née entre nous et j'espérais que cette amitié pourrait faire de nous de grands alliés.

Les cartes ne pouvaient pas parler de Saoirse et moi, même si je devais avouer que la mort de sa mère représentait une nouvelle occasion pour nous de travailler ensemble. Une chose était sûre, Cora et moi avions mis le doigt sur quelque chose d'important avec les triangles. La carte du deux de coupe avait plus de signification à mes yeux depuis que j'avais découvert le *shatkona* sur les pages du *Livre de Kells*, un symbole qui représentait l'union des contraires et qui m'avait convaincu plus que jamais que Cora et moi étions effectivement des contraires.

Pour la première fois depuis des semaines, je sentis grandir en moi un espoir si étranger qu'il me semblait interdit. Un espoir tendu comme une corde raide au-dessus d'un précipice et au milieu de laquelle je me trouvais, chancelant. Je ne pouvais plus revenir en arrière, je pouvais seulement avancer, mais impossible pour moi de voir ce qui m'attendait de l'autre côté. Mes péchés ne seraient certainement pas pardonnés et Cora ne pourrait plus jamais m'aimer. Le mieux que je pouvais espérer, c'était que, comme sur l'image agrémentant la carte de tarot, nous pourrions peut-être unir nos deux réalités contraires pour en créer une nouvelle. Ensemble, nous trouverions un moyen de mettre un terme à cette histoire sordide et de ramener la paix dans le monde.

La paix entre les Arrazis et les Scintillas était comme une délicate chaîne en or. Il n'appartenait qu'à Saoirse de décider si elle voulait être un maillon vital de cette chaîne.

Si les deux races étaient unies, pouvions-nous arrêter la personne qui ordonnait aux Arrazis de perpétrer ce génocide ? Durant nos dernières conversations hâtives, j'avais oublié de demander à Cora ce qu'elle avait découvert à Rome, si elle avait effectivement découvert quelque chose. J'avais espéré que son voyage lui apporte plus que d'être propulsée soudainement sous les feux de la rampe, dans la plus importante histoire de mémoire récente. Même une tornade de la taille du Nevada, qui avait traversé le sud-ouest du pays quelques heures plus tôt en tuant des centaines de personnes, n'avait réussi à détrôner l'histoire du miracle qu'elle avait accompli. L'augmentation de la fréquence des catastrophes naturelles, le nombre grandissant de morts mystérieuses et maintenant, le miracle de Cora, qui avait « ressuscité » des enfants, ne faisaient qu'aviver la flamme apocalyptique qui brûlait dans le monde.

La maison de Cora, à Santa Cruz, était maintenant entourée d'une légion de journalistes. Je me demandais comment la belle-mère de Cora, Janelle, s'en tirait. Ce n'était qu'une question de temps avant que les journalistes découvrent qui était Dun et qu'ils se mettent à pourchasser sa famille. « Seigneur », pensai-je soudainement. Ce n'était qu'une question de temps avant que quelqu'un remonte dans l'arbre généalogique de Cora et retrouve Mami Tulke.

Mon espoir était comme un ballon qui se dégonflait lentement. Je me demandais comment le monde réagirait en apprenant la vérité au sujet des différentes races humaines. L'humanité n'était pas particulièrement douée quand il était question de réagir à ce qui était différent d'elle. Il fallait toujours que les hommes divisent tout en catégories, apposent des étiquettes, créent des tribus. Il y avait « nous » et « eux ». Les *autres*.

Et le mot « autre » était trop souvent synonyme d'« ennemi ».

Ce fut l'avocate Arrazi qui m'ouvrit la porte de la maison des Lennon.

— Makenzie, se présenta-t-elle en me tendant la main, mais j'ignorais s'il s'agissait de son nom ou de son prénom.

Nous nous serrâmes la main, puis elle me laissa entrer. Saoirse nous rejoignit dans le vestibule. Sa tenue était plus décontractée que celle qu'elle portait plus tôt.

— Makenzie est ici pour réinitialiser les codes de sécurité du bureau de ma mère et pour m'aider à me familiariser avec... Enfin, avec tout. J'ai beaucoup d'informations à absorber, ajouta-t-elle en voûtant légèrement les épaules.

— Je suppose. Je suis désolé, dis-je en posant une main sur son bras.

— Lorcan n'est toujours pas rentré, dit-elle en se tournant pour nous conduire vers la salle à manger, où le repas était déjà servi.

Makenzie disparut dans une autre pièce.

— Je ne sais pas s'il pourra un jour accepter la décision de ma mère, dit Saoirse.

— La décision l'a pris par surprise ? lui demandai-je en attendant que Saoirse soit assise avant de l'imiter.

Si Lorcan était si fâché par cette décision, je craignais qu'il puisse se rebeller contre tous les changements que Saoirse tenterait d'apporter.

— Il n'aurait pas dû être surpris. Ma mère était une féministe achevée.

— Oh ? Et elle était féministe quand elle a tenté d'organiser ta vie amoureuse à ta place au lieu de te laisser choisir par toi-même ?

Saoirse me lança un petit regard de défi.

— Le pion dans cette histoire, c'était toi, pas moi.

Elle prit sa fourchette pour déplacer quelques aliments dans son assiette, mais elle ne mangea pas.

— Ma mère était notoirement contre la dominance patriarcale dans la société. Je suppose que l'idée de laisser un homme, même son fils, prendre en main les affaires de la famille allait contre ses convictions. Je me demande : aurait-elle pris la même décision si elle avait su que je n'étais pas en accord avec ses politiques ? Enfin, dit-elle en chassant ces réflexions du revers de la main, l'entreprise familiale m'appartient maintenant et je peux en faire ce qu'il me plaira.

Sa déclaration alimenta mon désir avide de voir les Arrazis annoncer un cessez-le-feu. Le nom de Lorcan et l'influence qui l'accompagnait auraient une grande incidence sur la suite des choses.

— Et que vas-tu faire, justement ? lui demandai-je d'une voix excitée, mais légèrement chevrotante.

— Je serai à la tête d'un empire bienveillant, évidemment, dit-elle avec un sourire faussement timide, en inclinant la tête. Je te l'ai dit hier, Finn. J'ai choisi de faire les choses autrement que ma mère. J'ai maintenant la chance de faire quelque chose de vraiment important. D'être importante.

Je ne savais pas à quel point Saoirse était ambitieuse, mais je compris lorsqu'elle ajouta :

— J'ai grandi avec l'impression de n'avoir aucune importance aux yeux de ma mère et, par conséquent, que ma vie n'avait aucune importance.

— Ta mère prenait beaucoup de place.

— Oui, c'est vrai, mais plus maintenant.

Saoirse fit une pause lourde de sens, mais peut-être était-ce le fruit de mon imagination.

— Une idée m'a gardée éveillée toute la nuit et tu joues un rôle essentiel dans cette idée, m'expliqua-t-elle. Tu es le seul Arrazi que je connaisse qui entretienne des liens avec les Scintillas. Tu es le lien entre les Arrazis et les Scintillas.

Cette remarque me troubla. Je serrai les dents.

— Je ne sais pas où ils sont.

— Tu essaies de me dire que la fille dont on parle dans les nouvelles partout dans le monde n'est pas une Scintilla ? La Scintilla ? Est-ce qu'il vaut mieux croire que c'est l'œuvre des anges ?

— Je crois aux anges. Et aux démons, répondis-je en lui retournant son sourire malin.

— Ma mère était responsable de la société Xepa, dit-elle. Pourtant, j'ignore toujours de qui ma mère recevait ses ordres. Tout est extrêmement calme depuis sa mort. Je ne reçois plus de visiteurs. Plus d'appels. J'ai peu d'indices pour avancer, mais une fois que j'aurai accès à tout, je découvrirai à qui nous nous mesurons et pourquoi nous devons suivre ces ordres. Nous sommes des Arrazis, après tout.

Cette dernière réflexion me déconcerta. On aurait cru entendre parler Clancy ou Ultana.

— Le soir où nous avons fait connaissance, au repas avec ma famille, ta mère a affirmé qu'on avait promis une « place à la table » aux Arrazis. Je suppose qu'on a fait miroiter un immense pouvoir au nez des Arrazis, quelque chose de très gros. Sinon, elle n'aurait pas menacé ses semblables.

— Elle est partie maintenant, s'exclama Saoirse d'un ton impatient avant de baisser les yeux et de s'adoucir. Nous pouvons tout faire comme nous l'entendons. Je peux laisser croire aux Arrazis que je détiens le même pouvoir que ma mère. Je ne crois pas qu'il serait sage de notre part de changer les choses trop brusquement. Nous devrons d'abord agir comme si rien n'avait changé, pour éviter que les Arrazis ne se retournent contre nous. D'une façon ou d'une autre, la tâche sera pénible, parce que je suis une jeune femme et parce que le monde est toujours rempli d'hommes de Néandertal. J'espère qu'avec le temps, les Arrazis accepteront de nous suivre en temps de paix, comme ils ont suivi ma mère en temps de guerre.

— Nous n'avons pas le temps.

— Mais nous avons le pouvoir. Réfléchis bien, Finn... Les Scintillas et les Arrazis peuvent s'entraider. Nous pouvons nous efforcer de convaincre les Arrazis que ce serait de la folie d'anéantir les Scintillas. Et j'ai pensé à un moyen de contrer toute menace qui pourrait se présenter. Voilà mon idée : nous pourrions nous présenter paisiblement face aux Scintillas et les convaincre de nous laisser prendre leur énergie.

— Certainement pas ! m'exclamai-je en frappant du poing sur la table.

— Écoute-moi, insista-t-elle en se penchant en avant, le regard sincère. Ma mère était une femme très puissante. Des personnes détenant un pouvoir effrayant devaient l'avoir influencée pour la pousser à faire ce qu'elle a fait. Toi, moi et les autres Arrazis n'avons rien pour contrer un tel pouvoir. Nous ne sommes rien face à des personnes possédant autant de pouvoir. Nous devons pouvoir offrir quelque chose de mieux à ces gens.

— Nous sommes des assassins, dis-je.

— Ils le savaient et pourtant, ils nous menaçaient.
— Et si ces personnes ne nous menaçaient pas ? Et si ta mère avait agi seule ? Et si ces gens n'avaient pas vraiment tenu un couteau sous notre gorge ?

Je grimaçai en pensant au couteau qui avait tué sa mère.

— Ta mère peut très bien avoir menti pour nous effrayer tous et nous pousser à faire ce qu'elle attendait de nous.

— Et si tu te trompais ?

— Si je me trompe, qu'arrivera-t-il si nous refusons d'obéir ? Que peuvent bien nous faire ces personnes ? Nous renverserons les rôles pour révéler au monde entier ce qu'ils font. Ou nous les tuerons, suggérai-je en sachant parfaitement que je n'aurais pas hésité un instant à éliminer ceux qui menaçaient Cora.

— Révéler au monde ce qu'ils font ? Allons donc. Regarde ce qui arrive à cette pauvre fille et elle a sauvé des vies ! Imagine ce que la population fera si ces gens venaient à révéler au monde ce que nous sommes. Des tueurs, des assassins. Des voleurs d'âmes. Le monde a trouvé son ange. Que verra-t-il en nous ? La plus grande menace des Arrazis est la vérité et si quelqu'un connaît la vérité, elle représente une menace pour nous.

La pluie s'abattait contre les fenêtres. Nous étions perdus dans nos pensées. Je n'arrêtais pas de penser à ce que Saoirse venait de dire. Elle venait de me donner l'arme parfaite contre les Arrazis. Comment pouvais-je révéler au monde notre existence ?

— Nous avons besoin de sortilèges. Nous devons être puissants et imprévisibles. Nos ennemis doivent être terrifiés par nos pouvoirs et par la possibilité que nous les utilisions. C'est une bonne idée et tu le sais, me dit-elle.

Je la regardai droit dans les yeux pour utiliser mon sortilège à son plein potentiel sur elle. Je n'avais plus d'autres atouts en réserve et il ne me restait plus qu'à espérer que Saoirse et moi puissions réussir à prendre les Arrazis par les rênes pour les empêcher de s'attaquer aux Scintillas.

— Puis-je avoir confiance en toi, Saoirse? lui demandai-je.

Elle tendit le bras pour poser doucement une main sur la mienne.

— Tu peux me faire confiance. Tu dois croire ce que je dis.

Je m'adoucis et, étrangement, je me mis à réfléchir à son idée. Si les Arrazis avaient des sortilèges, nous pourrions devenir des adversaires redoutables pour ceux qui tentaient de nous contrôler. Notre faculté naturelle pouvait servir d'arme, mais nos talents surnaturels pouvaient s'avérer plus que mortels. J'étais déchiré entre mon désir d'éliminer la menace qui planait au-dessus de la tête des Arrazis, sans pour autant représenter un danger pour Cora.

— Nous sommes déjà dangereux, murmurai-je, désespéré de trouver une solution qui ne mettrait pas Cora en danger.

— Pas assez, me dit Saoirse en serrant ma main.

30
Giovanni

Les hommes et Maya me regardèrent, médusés, quand je leur appris qui était la fille dont le visage était imprimé sur les t-shirts.

— Tu es certain que c'est elle ? me demanda enfin Ehsan.

— *Manache* ! Je suis amoureux d'elle. Évidemment que je suis certain !

Je tournais comme un animal en cage, je m'arrachais les cheveux. Mon cerveau avait déjà considéré sous une centaine d'angles différents la raison pour laquelle cet événement était la pire chose qui pouvait nous arriver.

— Comment va-t-elle pouvoir quitter l'Italie ? Comment pourra-t-elle venir jusqu'ici, sans mener le monde entier jusqu'à nous ?

Malgré les avertissements, malgré la promesse de ne jamais tenter de l'appeler, d'attendre simplement qu'elle communique avec nous en cas de danger, je sortis mon téléphone de ma poche pour composer le numéro de téléphone que Finn avait donné à Cora. Je devais tenter le coup. Je priai pour que le téléphone fonctionne.

— Gio.

En chuchotant ainsi mon surnom à l'autre bout du fil, Cora déclencha en moi un soulagement si profond que je faillis éclater en sanglots.

J'enfonçai mon menton dans ma poitrine en tournant le dos aux autres.

— Tu es vivante.

— C'est étonnant, n'est-ce pas ?

— J'ai vu ta photo...

— J'en conclus donc que tu as vu les nouvelles, dit-elle en soupirant. Est-ce que tout le monde va bien, avec ces tremblements de terre ?

— Oui. Tout le monde va bien. Je n'ai pas vu les nouvelles. Tout le monde est devenu fou dans les églises. Ton visage est placardé partout, imprimé sur des t-shirts qu'on vend dans la rue. C'est complètement fou.

— Je sais, dit-elle d'une petite voix.

— Où puis-je te trouver ? Je vais te rejoindre. Je ne veux pas que tu restes seule.

— Je ne suis pas seule.

Mon poing se serra.

— Il est allé te trouver, ou il est avec toi depuis le début ? lui demandai-je.

Je parlais par jalousie mesquine, mais c'était moi qui aurais dû être avec elle, pas Finn. Fidèle à son côté têtu, Cora ne me répondit pas.

— Quelqu'un nous aidera à partir d'ici. Si tout se déroule comme prévu, nous nous rendrons d'abord au Costa Rica, puis nous irons vous rejoindre.

— Quand ?
— Bientôt. Enfin, je l'espère. D'ici quelques jours.
— Je savais que tu n'aurais pas dû aller en Italie, dis-je.

La peur s'était lovée dans mon estomac depuis l'instant où elle avait parlé de s'y rendre.

— Tu n'as rien trouvé et maintenant, regarde ce qui est arrivé.

— Je n'y suis pas allée pour rien, dit-elle. J'ai découvert ce qu'ouvrait ma clé. C'est gros. Encore plus gros que ce que j'ai fait, sur la place Saint-Pierre.

J'éclatai de rire malgré moi.

— Impossible.

— Crois-moi. Je vais t'envoyer une photo par texto et j'espère que tu pourras traduire le texte en italien. Je te l'envoie tout de suite parce que... Principalement parce que j'ai peur... S'il devait m'arriver quelque chose...

Sa voix s'étrangla.

— Je ne veux pas que cette image reste cachée plus longtemps. Je ne veux pas qu'elle meure avec moi.

— Tais-toi, *bella*. Je t'aime.

Le doux son de ses pleurs parvint à mes oreilles et se fraya un chemin jusqu'à mon cœur.

— Je sais, Gio, mais ce n'est pas une bonne idée de m'aimer.

Nous nous dîmes au revoir et le soulagement d'apprendre qu'elle était vivante s'estompa rapidement, laissant place à une inquiétude si profonde que j'aurais donné n'importe quoi pour serrer Cora dans mes bras, pour la protéger. Si... Quand les gens découvriraient où sa famille vivait, je savais que nous aurions beaucoup plus de problèmes à gérer que les Arrazis.

Je pris Adrian à part.

— Cette vieille femme refuse de nous aider, mais il doit bien y avoir quelqu'un prêt à le faire dans cette ville.

Adrian fit une moue de défi.

— Je te l'ai dit, mec, j'ai erré dans ces rues pendant des années, lança-t-il en levant fièrement le menton. Je connais peut-être des gens qui pourraient nous aider, mais je crois que tu es un peu trop propret pour eux, mon frère, dit-il en m'examinant de haut en bas. Tu ressembles à un foutu mannequin pour sous-vêtements. Je ne sais pas s'ils pourront te faire confiance.

— Ils te font confiance, ça devrait suffire. Écoute, je vis dans les rues depuis que j'ai dix ans et j'ai vécu dans plus de villes différentes que tu pourrais les compter sur tes doigts et tes orteils. Je peux me mêler à n'importe quel genre de groupe.

Adrian croyait que notre groupe pourrait rendre ses amis nerveux. Nous élaborâmes donc un plan. Adrian et moi irions trouver ses amis pour découvrir s'ils pouvaient nous vendre des armes, tandis que Will, Maya et Ehsan iraient chercher des denrées. Nous devions ensuite nous retrouver devant l'église à la tombée du jour. Je donnai aux autres la liste de provisions dont Mami Tulke avait besoin, puis Adrian et moi partîmes.

Je composai le numéro de Mami Tulke et j'obtins la ligne. Je lui expliquai que j'avais parlé à Cora, qu'elle était en route et qu'elle serait là dans quelques jours, avec un peu de chance. Mami Tulke ne semblait pas encore savoir ce qui était arrivé à Cora à Rome, mais je voulais qu'elle sache que Cora était toujours vivante. Pour l'instant. Je continuai de consulter mon téléphone de temps à autre pour voir si Cora m'avait envoyé un texto.

Chaque ville, sans exception, avait son quartier louche. L'endroit où l'on espérait ne jamais se retrouver après avoir déambulé dans les rues à la recherche de nourriture, d'un abri ou d'une occasion.

— Honnêtement, dis-je à Adrian en passant par une ouverture dans une clôture en mailles pour traverser un terrain vague jonché d'ordures, j'ai toujours trouvé que les gens de ce genre de quartiers étaient plus aimables et prêts à m'aider.

Adrian ne répondit pas. Il mit ses mains en coupe autour de sa bouche et poussa un sifflement. Son regard était braqué plus haut, sur les appartements où des trous pratiqués dans les parpaings servaient de fenêtres. Il siffla de nouveau, s'arrêta et tendit l'oreille.

Je fis volte-face avant même que la voix retentisse :

— Bougez pas !

J'avais senti l'énergie agressive de l'homme, gonflée d'adrénaline. Son aura était teintée de jaune moutarde, la couleur de la peur.

— Comment as-tu su que j'étais derrière toi ? me demanda-t-il.

Je haussai les épaules en lui envoyant autant d'énergie positive et apaisante que possible. J'étais prêt à l'inonder d'énergie positive, si cela pouvait l'amener à pointer son petit pistolet noir dans une autre direction. Il me lança un regard oblique avant de se tourner vers Adrian, qui souriait comme un imbécile.

— Tu es toujours aussi laid, dit Adrian au jeune homme.

Le type semblait sur le point d'appuyer sur la détente quand il écarquilla les yeux en reconnaissant Adrian.

— Hééééé!

Ils échangèrent une poignée de main qui se transforma en étreinte virile, geste que je n'avais jamais compris. Adrian me présenta. Jose se détendit immédiatement en souriant comme un petit garçon.

« Il a droit à une double dose d'énergie positive », pensai-je en comprenant qu'Adrian avait lui aussi eu l'idée de lui donner un peu d'énergie.

— C'est tellement bon de te voir, Texas! s'exclama Jose en donnant une claque sur la casquette d'Adrian.

Nous traversâmes les taillis en prenant garde de ne pas marcher sur les clôtures tombées par terre ou sur le barbelé qui courait sous nos pieds comme une vague ornée de dents. Je suivis Adrian et Jose en silence en passant sous un drap suspendu dans un cadre de porte, qui faisait office de porte. Il me fallut un moment pour que mes yeux s'ajustent dans la pénombre et je projetai mon aura argentée à la ronde, par précaution. Si quelqu'un nous attaquait, il se sentirait très bien en le faisant. Je constatai cependant que je n'étais que l'une des sources de bonnes vibrations dans cette pièce. D'après le lourd nuage de fumée qui empestait l'endroit, je sus que les occupants se sentaient bien disposés avant même notre arrivée.

Au lieu de nous attaquer ou de nous lancer des regards méfiants, les hommes dans la pièce nous remarquèrent à peine. Ils étaient complètement absorbés par le vacarme du jeu vidéo qui illuminait le téléviseur devant eux. Ces gens avaient décidé de suspendre un drap dans le cadre pour leur servir de porte, mais ils avaient un système de jeu vidéo complet. Chacun ses priorités.

Jose nous offrit une bière, que nous acceptâmes volontiers.

— Où te cachais-tu ? demanda Jose à Adrian. Tu as complètement disparu, *pendejo*.

— Non, répondit Adrian. J'ai simplement trouvé ma famille.

— C'est bien, c'est bien, dit Jose. Ma famille à moi, elle est ici.

Adrian avala bruyamment une gorgée de bière.

— La mienne est dans le pétrin, mec.

J'avais de nombreuses fois eu l'occasion d'être témoin du système de valeurs qui unissait les hommes. Je n'avais jamais pu en faire l'expérience par moi-même parce que depuis la mort de mes parents, je n'avais jamais laissé personne entrer dans mon cercle au point de pouvoir parler d'une «famille». Jusqu'à tout récemment. En voyant l'inquiétude dans le regard de Jose, sa détermination et son désir de lutter, je sus qu'Adrian avait des frères dans cette pièce et que ces frères seraient prêts à l'aider, quoi qu'il arrive.

— Quel genre de pétrin ?

Adrian dansa sur un pied puis sur l'autre avant de me regarder, incertain de ce qu'il devait répondre.

— Le genre de pétrin auquel tu ne voudrais pas être mêlé. Je crois qu'on va nous tendre une embuscade, mec. Nous avons besoin d'armes, juste au cas où, pour nous défendre.

— Vous voulez les acheter ou les emprunter ? lui demanda Jose.

— S'il est possible de les emprunter, ce serait préférable, dis-je.

Jose et Adrian me regardèrent en haussant les sourcils. C'était de mon argent qu'il était question. Je n'avais demandé l'aide d'aucun autre Scintilla. C'était déjà assez difficile de les convaincre que nous avions besoin d'armes.

— Je te donnerai mille dollars, juste pour te dédommager pour le mal qu'on vous donne. Considère cette somme comme un dépôt que tu n'auras pas à me rembourser.

À cet instant, le jeu vidéo s'interrompit. Tous les yeux dans la pièce se posèrent sur moi. J'esquissai un sourire.

— Vous pourrez peut-être vous acheter une porte ?

Tout le monde éclata de rire. Je poussai un soupir de soulagement.

Jose me donna une claque dans le dos.

— Nous serions prêts à aider notre frère ici sans rien demander en retour, mais tu as mon respect pour accepter de mettre cet argent sur la table en geste de bonne foi.

Nous nous penchâmes autour d'une table sur laquelle Jose traça grossièrement une carte pour nous montrer l'endroit où son oncle gardait une planque d'armes dans la vallée de l'Elqui.

— Si vous êtes dans la merde, voilà mon numéro. Appelez-nous si vous avez besoin de renforts.

— Si tout va bien, dis-je en tendant dix billets pliés à Jose, nous retournerons les armes dans la planque.

— Et si les choses tournent mal ?

— Vous en entendrez parler au bulletin de nouvelles.

— C'est grave à ce point, hein ?

Un autre type se mêla à la conversation.

— Assez pour remplacer l'histoire de l'ange qui sauve les gens qui meurent subitement ? demanda-t-il à la blague.

Un autre se laissa tomber à la renverse sur le canapé, une main sur le cœur.

— Mec, je serais prêt à faire le mort pour la voir s'agenouiller devant moi.

— Je parie que je pourrais transformer cet ange en petit démon, blagua un troisième.

Adrian me transmit un peu de son énergie en me donnant une claque dans le dos.

— Prêt à partir ? me demanda-t-il d'une voix rauque.

Je desserrai les poings.

— Prêt, répondis-je en hochant la tête.

Nous échangeâmes quelques poignées de mains viriles avant de quitter l'appartement pour retourner au centre-ville et rejoindre les autres.

— Désolé pour ce qu'ils ont dit, chuchota Adrian. Ce ne sont pas de mauvais bougres, je te l'assure.

— Vraiment ? Tu crois que Cora aurait été en sécurité avec eux ?

Je savais que mon point de vue était biaisé. Je savais ce qu'il voulait dire, mais mon sang bouillait toujours.

— Si c'est ce que quelques jeunes hommes vivant dans le quartier pauvre de Santiago disent à son sujet, je me demande combien d'autres disent ce genre de choses ailleurs dans le monde ?

— Allons, Giovanni, croassa-t-il avec son accent. Plus le héros est grand, plus la cible est facile.

Mon téléphone vibra dans ma poche et je le consultai. C'était le texto de Cora. Je touchai l'image à l'écran et j'attendis patiemment qu'elle télécharge. Quand l'image s'afficha sur l'écran, je me figeai sur place. On voyait une lumière argentée autour d'une femme et d'un garçon qui n'était pas encore un homme. Non… il ne s'agissait pas simplement d'un jeune homme et d'une femme. Il s'agissait de Jésus et de sa mère. Le *giri tondi* peint sur le portrait n'était pas qu'une coïncidence. J'examinai l'aura des gens en arrière-plan, puis je levai les yeux sur la clé que Cora portait à son cou, avant de déchiffrer l'inscription en italien :

Saint Pierre détient la clé qui consigne les méfaits de ceux qui ont l'audace d'imposer leur domination sur les royaumes au-delà des portes de la Terre.

Je croisai le regard curieux d'Adrian. Il n'y avait pas d'autre interprétation possible. La clé avait été fabriquée pour enregistrer les méfaits haineux que Cora avait aperçus en vision quand elle l'avait touchée. Un Scintilla devait avoir possédé le sortilège nécessaire pour créer la clé et seul un autre pouvait détenir le sortilège nécessaire pour en extirper les images qui y étaient emmagasinées… et Michel-Ange le savait.

J'envoyai immédiatement ma traduction à Cora.

— Qu'y a-t-il ? me demanda Adrian.

— Pour cacher quelle vérité l'Église serait-elle prête à faire n'importe quoi ? demandai-je, sans m'adresser vraiment à lui.

Je réfléchissais à voix haute, dans l'espoir de rendre l'explication plus plausible, plus facilement concevable.

— Pour cacher le fait que le sexe avant le mariage est une vertu ? plaisanta-t-il.

— Et si je te disais que l'Église savait ce qu'était Jésus et qu'elle avait créé une histoire de toute pièce pour expliquer ses accomplissements ? lui dis-je en regardant de nouveau l'image, soudain envahi par une certitude aussi inébranlable que le sol sur lequel je marchais. Jésus et sa mère étaient… des Scintillas.

31
Cora

Il s'avère que l'Italie est une très petite botte et il nous fallut à peine trois heures pour atteindre l'aéroport de Venise, où nous abandonnâmes la voiture louée d'Edmund dans le stationnement. Il s'avère également que la ville de Venise a été créée par des fées magiciennes qui ont imaginé une ville de sérénité, d'eau et de lumières dorées.

Nous montâmes à bord d'un bateau-taxi pour nous enfoncer dans l'obscurité, tandis que l'océan roulait doucement dans son sommeil et que la lune nous éclairait comme un phare. Je me penchai à la fenêtre du bateau pour m'émerveiller en pensant à tous les coins du monde que j'avais pu visiter en si peu de temps. Je n'aurais jamais cru, en m'enfuyant pour l'Irlande, que ma soif de liberté serait rassasiée pendant que je fuyais pour rester vivante.

Le capitaine du bateau-taxi me regarda d'un air interrogateur en m'aidant à descendre près de la Piazza San Marco, où l'équipe de tournage terminait sa dernière journée. Nous avions éprouvé beaucoup de difficultés à me faire passer inaperçue et à cacher mes marques visibles. Je portais une casquette «J'aime l'Italie» bon marché qu'Edmund avait achetée dans une boutique pour touristes dans le but de dissimuler mon épaisse chevelure noire et bouclée, facilement reconnaissable. Malgré la chaleur de l'été, je portais une légère écharpe autour de mon cou, pour cacher mon tatouage de trois cercles noirs, ainsi que des moufles en cuir pour cacher mes mains. Dans un effort pour rester anonyme, j'avais réussi à me démarquer plus que jamais. Je corrigerais le tir au plus vite.

Nous marchâmes sur les pavés et prîmes une gondole pour nous rapprocher de notre hôtel. La nuit appartenait aux amoureux, qui se promenaient bras dessus, bras dessous à la lumière des lampadaires et qui s'embrassaient sur les gondoles conduites par des gondoliers chantants. L'eau clapotait doucement contre les portes au rez-de-chaussée des édifices, dont la poignée avait depuis longtemps disparu sous l'eau, à cause de l'eau montante et du sol qui s'affaissait. Je devais être encore ivre de l'amour que j'avais distribué à Rome, parce que je ne désirais qu'une chose : que tous ceux que j'aimais aient pu être avec moi à cet instant, pour voir la beauté et la magie de Venise. Des frissons parcouraient mon dos et mes bras. Était-ce à cause de mon instinct, qui me mettait en garde pour m'avertir que ma fin approchait? Ma mort était-elle imminente au point que je désire soudainement être avec ceux que j'aimais? Au point de vouloir partager la beauté qui m'entourait avec les personnes qui importaient à mes yeux, avant que je meure?

Je remontai mes genoux contre ma poitrine et me frottai les bras de mes mains gantées. Tout le monde devait mourir, pourtant. J'ignorais simplement que la mort me suivrait partout, comme une porte ouverte. J'avais seize ans... J'étais trop jeune... Une minute.

— Quelle date sommes-nous ? demandai-je à Edmund et Dun.

— Nous sommes le 3 août, je crois, répondit Edmund en consultant sa montre. En effet.

— J'ai oublié de faire un vœu, dis-je en m'enfonçant sur le siège en bois. J'ai eu dix-sept ans il y a quelques jours.

Dun s'approcha de moi pour me serrer contre lui.

— Je voudrais un gâteau, geignis-je doucement. Un gâteau au chocolat, avec beaucoup de glaçage.

— Ce sera fait, dit Dun en m'embrassant sur la tempe.

— Je veux un gâteau et une glace.

— Ce sera fait.

— Et un massage des pieds.

— N'en demande pas tant, jeune fille.

Nous gloussâmes tandis que la gondole passait sous un pont qui me rappelait quelque chose et dont j'étais certaine de devoir connaître le nom.

Je poussai un long soupir en levant les yeux vers les étoiles.

⚘—

Edmund réserva une chambre dans un hôtel adjacent à celui qu'occupaient les membres de l'équipe de tournage, pour que nous puissions les accompagner le lendemain et former un gros groupe tapageur où je pourrais passer inaperçue.

— Qu'avez-vous dit aux membres de l'équipe ? demandai-je à Edmund. Ils sont trop nombreux ; nous ne pourrons pas contrôler l'information si on me reconnaît.

Edmund, qui était occupé à sortir ses vêtements de son sac de voyage, s'interrompit pour me lancer un regard exaspéré partiellement caché par ses cheveux retombants.

— Je ne leur ai pas dit qui tu étais, mais ces gens ne sont ni stupides ni aveugles. Heureusement, ils ont l'habitude de côtoyer des célébrités. Il ne nous reste plus qu'à espérer que personne ne te reconnaisse.

Dun s'approcha dans mon dos et posa les mains sur mes épaules.

— Je crois que nous avons dépassé l'avenue des Célébrités et que nous approchons rapidement de la rue du Pire des cas. Le monde entier cherche Cora. Comment savoir si les membres de l'équipe ne profiteront pas de la situation ?

— Nous n'avons pas la moindre garantie !

Je sursautai et Dun serra mes épaules plus fort.

— Désolé, dit Edmund. Je suis fatigué. Une étape à la fois, d'accord ? Notre priorité est de faire sortir Cora d'Italie et de l'éloigner du danger immédiat que représente cette foutue Inquisition des temps modernes. J'ai déjà menti en expliquant aux membres de l'équipe que Cora était une informatrice qui avait eu quelques problèmes et qui devait quitter l'Italie. Avec un peu de chance, ils croiront qu'elle a eu maille à partir avec la mafia et ils se tiendront loin d'elle.

— Si tu poses trop de questions, l'ami, je ferai du chichekebab avec ta langue, fit Dun en prenant une voix de parrain de la mafia.

Edmund apporta ses vêtements dans la salle de bain avec l'intention de prendre une douche.

— Je sais que c'est typiquement féminin comme question, mais est-ce que l'un de vous aurait un rasoir à me prêter ? J'aurais aussi besoin de ciseaux.

— Je vais en chercher, proposa Dun.

Edmund s'arrêta devant la porte de la salle de bain.

— J'y vais, dit-il en soupirant. Moins on te verra en public, mieux ce sera, ajouta-t-il en pointant Dun.

Edmund ferma la porte derrière lui avec un déclic et nous allumâmes la télé pour regarder le bulletin de nouvelles.

Apparemment, on m'avait aperçue en Californie, au Mexique et à Disney World. Ce fut l'unique partie de cette histoire de « miracle » qui me fit sourire. Mais l'apparition d'une vue aérienne de ma maison de Santa Cruz entourée de fourgonnettes d'équipes de reportage me donna des nausées. Pauvre Janelle. Elle avait apparemment décidé d'affronter cette épreuve en s'enfermant dans la maison sans laisser le moindre indice laissant deviner quand elle en sortirait. Les journalistes avaient l'air de chiens de chasse flairant une piste. Ils aboieraient et ils hurleraient jusqu'à ce qu'ils aient réussi à chasser leur proie de sa tanière. Un mandat de perquisition avait déjà été déposé sur le bureau d'un juge.

— Comment osent-ils ? m'écriai-je, fâchée au point d'avoir envie de frapper quelque chose ou quelqu'un. Je n'ai pas commis de crime !

Dun me regarda tristement.

— Ton crime, c'est d'être différente. Un mystère. Le problème avec ces gens, c'est qu'ils croient avoir le droit de te connaître. C'est un privilège de te connaître, ma chère.

— Je t'ai connu au moment où des gens s'en prenaient à toi parce que tu étais différent, dis-je en chassant une mèche de ses longs cheveux noirs derrière son oreille et en me rappelant le petit garçon amérindien avec une tresse qu'une petite brute avait voulu couper. Je t'aime, Dun.

— Ouaip.
— Merci d'être têtu comme une mule et de m'avoir suivie.
— Viens-tu vraiment de me traiter de mule têtue ?

Nous tournâmes notre attention vers le téléviseur. Le Vatican n'avait toujours pas fait de déclaration officielle. Des hordes de visiteurs remplissaient la cité et le monde entier était au bout de son siège, attendant une explication. Qui parmi nous pouvait être capable d'accomplir des miracles ? « Quelle explication pouvait donner le Vatican ? » me demandais-je cyniquement.

« Ah, oui, nous savions qu'il existait des gens comme cette jeune fille, mais nous ne pensions pas que vous étiez en mesure d'accepter la vérité, et nous voulions plus ou moins nous emparer du monopole des miracles, alors nous essayons de tuer tous les gens comme elle. »

Nombreux étaient ceux qui tentaient de rejeter la thèse du « miracle » :

« Personne ne sait si les enfants étaient vraiment morts. Ils pouvaient très bien s'être simplement évanouis... Il ne s'agit peut-être que d'un malentendu, exacerbé par l'hystérie qui entoure les morts qui surviennent subitement partout dans le monde ».

Je savais qu'il serait impossible de convaincre les foules de gens qui ne pouvaient pas voir les auras que les enfants étaient bel et bien morts, que leur cœur s'était arrêté de battre, que leur aura s'était éteinte. Il ne serait jamais possible de prouver que leur aura s'était affaiblie au point de n'être plus qu'une pâle lueur de chaleur de vie profondément enfouie en leur sein avant que je ne ravive cette flamme.

Mais pour chaque voix dissidente, pour chaque opposant, la voix d'une autre personne s'élevait pour affirmer son besoin de croire en moi. Pourquoi ? Je l'ignorais. Il était possible que ces personnes aient décidé de prendre mes accomplissements comme une preuve, après une vie menée dans la foi, dans la foi pure. Les familles des enfants croyaient certainement que j'avais ramené ces enfants à la vie. Tous les enfants avaient affirmé avoir vécu une expérience s'apparentant à la vie après la mort. Ils avaient affirmé avoir vu des lumières, des spirales bleues et dorées qui attiraient, comme un chemin menant au paradis.

— Des spirales... murmurai-je, stupéfaite.

Le verrou de la porte sauta et Edmund lança un petit sac sur mes genoux.

— Les dames d'abord, dit-il en pointant la salle de bain.

— Vous êtes certain ? Cela pourrait être long.

Je m'enfermai dans la salle de bain et inspirai profondément à plusieurs reprises. Je ne devais pas trop y penser, au risque de me dégonfler. Je fixai longuement mon reflet dans le miroir. Si j'avais bien appris une chose au cours des dernières semaines, c'était l'impermanence. Tout est en perpétuel changement. Je pris les ciseaux et inspirai une fois de plus pour m'armer de courage.

Au lieu de la peur, je découvris une nouvelle force grandir en moi, chaque fois que je coupais. Une autre mèche de longs cheveux bouclés tomba de ma tête, mais je ne pleurais pas les cheveux qui s'amoncelaient à mes pieds. J'étais fière.

Un souvenir me vint soudainement en tête, lorsque j'avais affirmé que j'estimais faire partie du camp des filles qui nécessitent peu d'entretien. La vanité n'avait jamais été un vice chez moi. Et maintenant, il était question de survie. Je devais me rendre au Chili et si, en ressemblant à Betty Boop, j'augmentais mes chances de survie, j'étais prête à faire ce qu'il fallait. Mes cheveux finiraient bien par repousser, si je vivais assez longtemps.

En revanche, les marques sur mon corps, qui me donnaient l'impression d'être une punition pour avoir utilisé mon sortilège, étaient bien permanentes. Des preuves laissées par les souvenirs qui s'étaient frayé un chemin sur mon corps, comme les Arrazis se frayaient un chemin dans mon âme. Une intrusion que je détestais. Ces marques étaient comme des insignes que je portais pour montrer les expériences que j'avais vécues. Des cicatrices de guerre.

Il me fallut une éternité pour me couper les cheveux. Je pris une douche, puis je m'amusai avec mes cheveux pendant une minute, étonnée de voir qu'ils poussaient dans toutes les directions sur ma tête. Je me demandai ce que Mari aurait dit en me voyant, en pleurant encore une fois sa disparition. Je ne savais pas quelle serait la réaction des garçons en me voyant et je devais avouer que j'avais épuisé ma capacité de m'en soucier. Sans préambule, j'ouvris la porte et je sortis de la salle de bain.

— Surprise ! s'écria Dun, mais sa voix se cassa à mi-chemin en prononçant le mot, comme un ballon se dégonflant en s'élevant dans les airs avant de tomber par terre, vide.

Edmund ronflait dans le sofa et tressaillit légèrement en entendant le cri de Dun. Un morceau de gâteau au chocolat et un bol de crème glacée partiellement fondue, livrés par le garçon d'étage, se trouvaient sur une table devant le téléviseur. Une unique bougie vacillait dans la pénombre.

— Euh, joyeuse... première journée avec ta nouvelle tête d'enragée ? fit Dun.

C'était parfait. Des larmes me montèrent aux yeux et je m'avançai en titubant dans la chambre pour me pencher et souffler la chandelle.

— Je voudrais... dis-je d'un souffle.

Mais j'avais tant de vœux à formuler. Mes vœux étaient tellement compliqués, et ils ne concernaient pas que moi. Si mes vœux avaient pu se réaliser, le monde aurait été très différent.

— J'aimerais que Mari soit ici, murmurai-je. Elle pourrait me dire comment mettre du ligneur noir et du rouge à lèvres pour s'agencer à ma nouvelle coiffure.

— C'est vrai, dit Dun en s'éclaircissant la gorge.

Je pouvais voir dans ses yeux qu'il avait lui aussi beaucoup de souhaits à formuler.

— Faisons un vœu ensemble, lui dis-je en prenant sa grosse patte de chiot dans ma main.

Nous fîmes tinter notre fourchette et nous mangeâmes le gâteau à la lueur de la bougie, sans parler. Nous ne ressentions pas le besoin de parler. Certains moments prennent plus d'importance en l'absence de mots. Certains moments sont comme de petits moments de perfection au cœur de l'horreur, et nous rappellent ce pour quoi nous nous battons.

Nous nous couchâmes et Dun m'offrit le plus beau cadeau d'anniversaire qu'il aurait pu me donner, surpassant de loin le glaçage au chocolat. Il passa une main dans mes cheveux tondus au moment où je sombrais dans le sommeil, comme si j'étais le plus beau des trésors duveteux au monde, comme pour me rappeler que j'étais toujours et que je resterais toujours… moi.

32
Finn

— Votre bureau est prêt, annonça Makenzie à Saoirse en passant la tête par la porte de la salle à manger.

Ce n'était plus le bureau d'Ultana. C'était maintenant le bureau de Saoirse. Ce changement s'ancra davantage dans la réalité quand Saoirse me fit signe de la suivre dans cette pièce que je n'avais jusqu'alors pu voir qu'en y entrant par effraction.

Dans le couloir, Makenzie posa une main sur l'épaule de Saoirse.

— Ne préféreriez-vous pas prendre d'abord connaissance des dossiers en privé ? lui demanda-t-elle en lui lançant un regard qui semblait vouloir dire que c'était un manquement au protocole que de me faire entrer dans le bureau.

Saoirse haussa les épaules pour se dégager.

— J'ai confiance en Finn. Remettiez-vous en question la loyauté de tous ceux en qui ma mère avait confiance ?

— Votre mère n'avait confiance en personne, souffla Makenzie d'un ton presque condescendant, comme si Saoirse ne comprenait rien.
— Et les autres avaient confiance en ma mère ? lui demanda Saoirse, les joues rouges.
— J'avais confiance en son jugement.
— Et son jugement a été de me nommer comme sa successeure.
— Je suis désolée, Mademoiselle Lennon. Je n'avais pas l'intention de vous offenser. Si vous avez besoin d'autre chose, n'hésitez pas à communiquer avec moi.

Makenzie fit demi-tour sur ses talons hauts, mallette à la main, et nous laissa.

— Je crois qu'on te met déjà à l'épreuve, dis-je. Tu t'en es bien tirée avec elle.

Je faillis poser une paume sur sa joue rouge pour la rassurer. Saoirse était frêle, mais elle était forte. Ce ne devait pas être facile pour elle.

— Allez, entre, dit-elle en posant ses mains délicates sur la spirale à trois branches gravée sur la porte de bois pour l'ouvrir.

Je regardai partout dans la pièce, comme si c'était la première fois que j'y entrais, en prenant la liberté de regarder chaque chose plus attentivement, sans crainte. Les cendres de Dante, que j'avais prises dans le cœur de bois, étaient toujours dans ma chambre, cachées à l'intérieur de ma guitare. J'avais l'intention de les apporter dans la salle secrète et d'écrire des chroniques pour expliquer comment elles avaient abouti là, au bénéfice de futurs descendants. Si futur descendant il y avait.

Le diable de bois regardait toujours le bureau où Saoirse était maintenant assise.

— Le soir de la fête, à la cathédrale Christ Church, tu m'as parlé d'un quartier de Dublin qui s'appelait *L'Enfer* et du diable qui montait la garde...

— J'aurais très bien pu parler de ma mère, plaisanta Saoirse en fouillant une pile de courrier qu'elle avait posée sur le bureau, avant de me regarder, l'air soudain grave. Je n'aurais pas dû dire cela, dit-elle. Tu me demandes s'il s'agit de la statue du diable en question ? me demanda-t-elle en pointant au-dessus de sa tête.

— Oui.

— Ma mère était une collectionneuse et elle tirait une grande fierté de sa capacité d'acquérir des choses que personne d'autre ne pouvait. Plus un artéfact était important, plus elle le désirait. Pourtant, un artéfact lui a toujours échappé, la chose pour laquelle elle aurait été prête à donner toute sa collection. C'était son Saint Graal.

Ma bouche devint pâteuse.

— Ah ?

— Oh, oui. Elle m'en a parlé souvent. Elle croyait vraiment pouvoir retrouver la couverture disparue du *Livre de Kells*.

Le petit rire qui sortit de mes lèvres sonna faux à mes oreilles. J'espérais que mon visage n'était pas devenu rouge.

— Je croyais que des envahisseurs vikings l'avaient volé pour les gemmes qui la décoraient avant de la jeter dans un marécage quelque part ? lui demandai-je d'un ton humoristique, malgré le fait que mon cœur battait follement.

Donc, Ultana voulait le livre. Avait-elle la moindre idée du fait que le clan Mulcarr le possédait ? Si elle le savait, je comprenais mieux l'intérêt qu'elle m'avait porté. Elle pouvait très bien avoir voulu se servir de moi pour mettre la main sur le livre.

— Je ne crois pas que les pierres précieuses l'intéressaient. J'ai entendu dire que ces pierres n'étaient rien à côté de la valeur des secrets que le livre contient.

Je tournai le dos à Saoirse en faisant mine de m'intéresser aux livres sur les étagères, pour qu'elle ne voie pas mon visage.

— Pourquoi chercher à posséder un tel trésor, pour ensuite le cacher dans sa collection privée ?

— Oh, elle ne voulait pas le cacher. Elle voulait le détruire.

Je fis volte-face.

— Quoi ? Mais c'est complètement cinglé !

Il n'y avait rien à tirer de la destruction des pages du manuscrit chargé d'enluminures, sauf s'il représentait une menace pour Ultana. Saoirse ne répondit pas et ne leva même pas les yeux vers moi. Elle était absorbée par son travail. Elle posa une main sur le lecteur d'empreintes digitales. L'ordinateur sur le bureau s'alluma.

— Voyons voir ce que tu cachais, maman.

Il était maintenant hors de question que je quitte cette pièce, sauf si Saoirse me le demandait. Je voulais entendre tout ce qu'elle pouvait me révéler. J'étais flatté par la confiance qu'elle me témoignait, mais j'avais l'impression d'avoir reçu un cadeau enveloppé sous trop de couches d'emballage et qui, une fois déballé, pouvait se révéler ne pas être un cadeau du tout.

Cela faisait près d'une heure que je parcourais un livre pris sur l'une des étagères du bureau d'Ultana pendant que Saoirse s'affairait sur le clavier de l'ordinateur pour découvrir les secrets de sa mère, Saoirse poussa un long soupir. Je levai les yeux pour la regarder. Elle se mordillait la lèvre en fronçant les sourcils.

— Si je ne me trompe pas… dit-elle.

Avant qu'elle n'ait le temps de terminer sa phrase, Lorcan entra en coup de vent et s'avança vers le bureau d'un pas lourd. Il se pencha en avant en pointant Saoirse du doigt et en posant son regard furieux injecté de sang sur elle.

— Quelque chose ne va pas, marmonna-t-il d'un ton froid. Maman me disait des choses qu'elle ne te disait pas. Des choses qu'elle voulait que je garde secrètes, au cas où elle viendrait à disparaître. Elle me disait que ses ennemis avaient le pouvoir de la faire disparaître.

Saoirse appuya sur une touche et l'écran de l'ordinateur s'éteignit.

— De qui parles-tu, Lorcan ?
— Tu aimerais le savoir, hein ? rugit-il.

Je posai une main sur sa poitrine, mais il me repoussa d'une claque.

— Tu ne sais pas parce que tu n'étais pas censée être à ce bureau. Cette place me revenait ! Tu as tout manigancé, petite sœur. J'ignore comment, mais tu as tout manigancé. Tu n'es pas censée être assise ici. Je devrais être à ta place.

Saoirse se leva lentement, posa ses petites mains sur le bureau de bois et se pencha en avant.

— Tu es censé être derrière ce bureau ? Regarde-toi, pauvre ivrogne. La responsabilité de la société Xepa était supposée revenir à un idiot sans la moindre maîtrise de soi ? C'est un peu fort.

Elle parlait d'une voix si calme, d'un ton si mesuré, que j'en eus des frissons. Comme lorsqu'elle s'était adressée à l'homme qui était venu frapper à sa porte pour lui poser des questions à propos de sa mère, Saoirse parlait comme si elle avait été habitée par une bête insensible qui grondait férocement dans sa cage.

— Tu es pathétique. Je sais bien qu'elle te parlait. Elle me parlait, à moi aussi. C'était sa façon de s'assurer de la continuité des affaires, en nous révélant respectivement des secrets. Maintenant, c'est un nouveau départ et nous allons tout de suite arrêter ces sornettes. Je ne te laisserai pas saper mon autorité simplement parce que ton ego est blessé. Respecte les souhaits de ta mère ou tu disparaîtras. Donne-moi une bonne raison et je te ferai disparaître.

— Disparaître ? cracha-t-il.

Je m'interrogeais aussi sur son choix de mot. Les regards amers qu'ils échangeaient me révélaient qu'ils estimaient tous les deux avoir raison et qu'aucun n'était prêt à faire marche arrière. Il n'y avait rien comme la mort d'une personne riche et puissante pour amener les autres membres de la famille à montrer les dents pour s'approprier l'argent et le pouvoir que le défunt laissait derrière. Saoirse et Lorcan étaient tous les deux menaçants, mais contrairement à sa sœur, Lorcan était complètement ivre, ce qui le rendait menaçant et instable.

L'adrénaline monta en moi.

— Écoutez, dis-je. La nouvelle est fraîche. J'ai vu le corps de votre mère hier. Je suis certain que vous êtes tous les deux encore sous le choc.

— Et pourtant, je n'ai pas vu son corps, rétorqua Saoirse en lançant un regard hostile à son frère.

Il tourna la tête dans ma direction, comme s'il avait oublié ma présence. Il pointa de nouveau sa sœur d'un gros doigt tremblant.

— Tu as plus confiance en cet idiot qu'en ta famille ?

Saoirse ne répondit pas. Sa réplique vint de son langage corporel, de son regard, du fait que je me trouvais dans le sanctuaire de l'empire d'Ultana, dont Saoirse était maintenant responsable.

— Il ne se soucie que d'une chose, bafouilla Lorcan en titubant. Il ne se soucie que de sa précieuse Scintilla. Tu savais qu'il a tué son oncle pour la protéger ?

— Hé ! m'écriai-je. Elle sait déjà ce que j'ai été forcé de faire. Je lui fais suffisamment confiance pour le lui dire ! Plus un mot là-dessus. N'en parle plus à personne, lui lançai-je en guise d'avertissement.

Saoirse avait raison, les secrets des morts étaient plus difficiles à garder et il m'était maintenant inutile de garder le silence.

— Tu ne sais pas ce qu'il manigançait dans le dos de ta mère. Ou peut-être le savais-tu, en fait. Il a gardé une Scintilla prisonnière pendant plus de dix ans. Il a pourchassé sa fille avant de l'enlever elle aussi et quand il a enfin réussi à mettre la main sur un troisième Scintilla, il s'est gardé de révéler son secret à Ultana, pour ne pas avoir à partager le pouvoir qu'il détenait et que votre mère voulait. C'était un traître à la société Xepa et un salaud sans pitié.

J'étais tellement soulagé de me vider le cœur que je haletais.

Lorcan détourna la tête et regarda de nouveau Saoirse en lui lançant un petit sourire narquois.

— C'est elle, aux nouvelles. Sa belle Scintilla... Celle qui était à la fête. Il te fait assez confiance pour te l'avoir dit ?

Saoirse me jeta un bref coup d'œil. Elle s'en doutait depuis que nous avions vu le bulletin de nouvelles, mais je ne lui avais rien confirmé. Elle se tourna de nouveau vers son frère.

— S'il a tué son propre oncle pour la protéger, qu'est-ce qui te fait croire qu'il ne serait pas prêt à nous tuer pour la protéger ?

— Seigneur, Lorcan, pourquoi est-il soudainement question de moi et des Scintillas ? lui demandai-je. Tu es vexé parce que ta chère maman ne te faisait pas assez confiance pour te laisser t'occuper de son immense réseau et tu viens ici nous faire la morale sur la confiance ? De toute évidence, tu n'as pas confiance en la capacité de ta sœur à faire exactement ce qu'on attend d'elle.

— Exactement, ajouta Saoirse.

Pourtant, Lorcan l'avait ébranlée. Elle croisa les bras sur sa poitrine, dans un geste protecteur.

— Je ne te fais pas confiance, avoua-t-il brusquement en titubant, les narines dilatées, tel un taureau frappant le sol du pied. Je suis persuadé que tu as trouvé un moyen pour manipuler notre mère et en arriver là. Je vais te faire une promesse, ma chère. Tu vas diriger toutes les affaires de la famille avec moi comme ton partenaire ou...

Ou !

Ce mot lui servait à lancer sa malédiction, sa *geis*. Je pris mon élan et je le frappai directement sur la bouche, pour l'empêcher de prononcer aveuglément sa malédiction.

Lorcan s'écroula par terre et il me lança un regard diabolique en essuyant le sang sur ses lèvres avant de terminer sa phrase :
— Ou tu mourras, petite sœur.

33
Giovanni

— Ce n'est pas parce qu'une personne a peint un tableau représentant des gens entourés de leur aura, derrière Jésus et sa mère avec une aura argentée, que c'est vrai, dit Will quand tout le monde eut regardé mon téléphone. La seule chose que nous pouvons apprendre de ce tableau, c'est que la personne qui l'a peint était un Scintilla ou était au courant de leur existence.

— Et si je te disais que le tableau a été peint par Michel-Ange, tu douterais toujours de sa véracité ? lui demandai-je en pointant le monogramme *giri tondi*.

— Le Michel-Ange ? s'exclama Maya.

— Il n'a pas pu connaître Jésus personnellement, dit Ehsan d'un ton dubitatif.

— Il a repris la piste laissée par Dante Alighieri et il a laissé des indices derrière lui, ainsi qu'une clé que Mami Tulke a volée des mains de la statue de saint Pierre. C'est pour cette raison que Cora s'est rendue en Italie. Et voilà ce qu'elle a découvert.

Après avoir mis la main sur le plan révélant l'emplacement de la cache d'armes, Adrian et moi rejoignîmes les autres. Notre groupe s'était donné rendez-vous près de la cathédrale pour tâcher de recueillir d'autres nouvelles à rapporter dans la vallée de l'Elqui, au cas où les communications seraient toujours coupées. La foule rassemblée dans la *Plaza De Armas* était plus nombreuse et une longue file s'étendait sur plus de deux pâtés de maisons, bien au-delà des palmiers de la place publique, et jusqu'à l'église.

— Pourquoi ces gens font-ils la queue ? m'interrogeai-je à haute voix.

— On administre des baptêmes en toute urgence, répondit Maya. Les gens croient qu'elle est un signe de la fin des temps et que son miracle sert de rappel aux fidèles. Il y a même un type qui célèbre des baptêmes dans la fontaine sous la statue de Simon Bolivar.

— C'est drôle de voir que la foi est une échelle que certains choisissent de grimper à la toute dernière minute, dis-je en m'arrêtant pour examiner un dessin détaillé du visage de Cora que quelqu'un avait tracé à la craie sur le trottoir.

On avait même dessiné l'auréole d'une sainte sur sa tête. Si seulement ils savaient…

Will pointa les gens empressés de se faire initier.

— Eh bien, on dirait qu'il faut bel et bien voir pour croire. Je ne crois pas que ces personnes seraient ici si elles n'avaient pas vu la preuve de l'accomplissement d'un miracle à la télévision.

Adrian poussa un grognement moqueur.

— C'est tout le contraire de la foi, non ?

Nous chargeâmes les denrées dans le VUS. Nous avions prévu de passer la nuit en ville pour éviter de faire la longue route de retour chez Mami Tulke dans la même journée, mais il ne restait plus de chambres. Il ferait presque jour à notre arrivée dans la vallée.

Je ne savais pas comment j'allais annoncer une nouvelle de cette importance à Mami Tulke à notre arrivée, mais je savais qu'il valait mieux qu'elle apprenne la nouvelle par moi, plutôt qu'à la radio ou à la télé. Plus tôt, je lui avais simplement annoncé que j'avais parlé à Cora et qu'elle pourrait certainement bientôt nous rejoindre. Peu importe ce qui nous attendait, nous serions au moins ensemble.

Si Cora survivait.

Je pourrais regarder dans ses yeux expressifs, aussi riches et profonds que des émeraudes sombres. Je pourrais encore sourire en voyant sa mâchoire se serrer quand elle me tenait tête. Avec un peu de chance, je pourrais un jour serrer son corps contre le mien dans un éclat d'étincelles argentées, je pourrais goûter la douce flamme de sa peau.

Je rougis en voyant qu'Ehsan attendait ma réponse à une question que je n'avais pas entendue. Je m'éclaircis la gorge.

— Excuse-moi ?

— Je suggère que nous commencions immédiatement l'entraînement avec les armes, dit-il calmement, de sa voix rauque et pensive.

Maya poussa un grognement de désapprobation.

— Je n'aime pas ça non plus, dit Ehsan, mais l'histoire concernant la petite-fille de Mami Tulke me trouble. Je suis inquiet. Ils connaissent le nom de Cora, maintenant. Ils savent où elle vivait avec son père, en Californie. Si les journalistes et reporters doivent arriver ici dans quelques jours, je crois que nous pouvons dire que nos ennemis vont également arriver dans quelques jours, n'est-ce pas ?

Maya soupira.

— Je ne croyais jamais devoir dire cela, mais il est possible que l'arrivée des médias nous soit utile. Les Arrazis ne pourront pas nous tuer devant les caméras.

— Tu crois ? Les Arrazis peuvent très bien tuer une personne en direct sur CNN et les téléspectateurs croiront que la personne est simplement morte subitement. Personne ne pourra prouver que les Arrazis nous ont tués et après l'avoir fait, ils auront des pouvoirs surnaturels en plus. Le monde entier sera aux premières loges pour assister à un nouveau génocide et il ne le saura même pas.

— Tu es si négatif.

— Je suis réaliste.

Will alluma la radio. Je crois qu'il cherchait plus à nous faire taire qu'à écouter les nouvelles, qui n'étaient plus qu'une répétition en boucle de la même histoire. Personne ne savait où se trouvait la mystérieuse fille aux cheveux noirs. Il semblait peu probable qu'elle retourne en Californie, où des légions de journalistes l'attendaient, prêts à lui sauter dessus avec leurs caméras et la bombarder de questions. Les médias avaient réussi à trouver l'entreprise où son père travaillait. Un représentant de l'entreprise avait affirmé que le père de la mystérieuse fille avait demandé un congé de toute urgence et qu'il n'avait pas donné de nouvelles depuis. Selon un rapport qui avait fait surface, Benito Sandoval faisait partie de l'équipe de scientifiques qui menait une étude sur les morts mystérieuses et le Centre pour le contrôle et la prévention des maladies et d'autres organismes avaient demandé les dossiers de ses expériences.

— Quel gâchis, marmonnai-je, tenaillé jusqu'au plus profond de mon âme par mon besoin d'avoir Cora près de moi.

Le reste de la route se déroula dans le calme. Nous nous enfonçâmes dans la vallée au fond de laquelle se blottissait le village. Nous avions dormi et conduit à tour de rôle, durant toute la nuit. Un concentré d'étoiles m'éclairait quand je descendis du VUS devant la maison de Mami Tulke. J'annonçai à Adrian que nous pourrions nous rendre à la cache d'armes plus tard, après avoir dormi un peu, mais je soupçonnais que le sommeil m'échapperait. Mon cœur arrêta de battre quand, en me retournant, je vis la lueur vacillante bleuâtre du téléviseur à travers la fenêtre du salon de la maison de Mami Tulke.

— C'est mon fils, Eduardo, qui m'a tout dit, m'annonça-t-elle sans détacher ses yeux des images de Cora penchée au-dessus des enfants morts. Il avait enfin réussi à obtenir la ligne.

Je l'aidai à se lever pour la serrer dans mes bras. Elle s'appuya contre moi, mais sa tête ornée de cheveux gris m'arrivait à peine à la poitrine.

— J'ai dû lui annoncer la mort de Mari, dit-elle, la gorge nouée par l'émotion, comme si un poing lui avait serré le cou. D'abord son frère et maintenant sa fille. J'ai dû briser le cœur de mon dernier enfant.

— Je suis désolé, dis-je en lui frottant le dos.

Je la laissai reprendre sa place dans sa chaise usée jusqu'à la corde.

— Eduardo m'a dit de regarder le bulletin de nouvelles. Tu n'as pas l'air surpris.
— J'ai vu. On en parle partout à Santiago.
— On en parle partout dans le monde. Nous l'avons perdue, maintenant. Les vautours se l'arracheront.
— N'oubliez pas que je lui ai parlé et qu'elle va bien pour l'instant. Elle fait tout ce qu'elle peut pour venir ici.

Mami Tulke joignit les mains et se balança sur sa chaise, les yeux fermés, d'où coulèrent des larmes.

— C'est tout ce que je désire, dit-elle en ouvrant les yeux. Je veux que ma petite-fille revienne saine et sauve ici, chez elle.

— C'est ce que nous voulons tous les deux.

— C'est la seule personne au monde que je devais protéger du mal et j'en suis incapable. J'essaie tous les jours, mais mon lien avec Cora est rompu. Ma petite-fille est pourchassée et mon sortilège ne peut rien pour elle.

— Je ferai tout mon possible, qu'il s'agisse de pouvoir naturel ou surnaturel, pour la protéger. Je vous le jure.

Mami Tulke me donna une petite tape sur la joue en hochant la tête. Nous n'avions plus rien à dire au sujet de Cora. Nos cœurs resteraient serrés par l'inquiétude jusqu'à son retour.

— Claire dort encore dans ta chambre, m'annonça Mami Tulke. Elle m'a dit que tu allais lui apprendre comment être consciente de son énergie et de ceux qui l'entourent. Je crois que c'est une sage décision, dit-elle, sans attendre ma réponse et sans m'offrir d'explications.

Je me demandai s'il s'était passé quelque chose en mon absence.

Je sortis mon téléphone de ma poche pour lui montrer la photo que Cora m'avait envoyée.

— Votre clé ouvrait bien quelque chose, lui dis-je avec un sourire d'encouragement.

Le visage de Mami Tulke s'éclaira et elle me regarda, étonnée.

— C'est la plus belle toile que j'aie vue de toute ma vie, chuchota-t-elle. Et la plus effrayante, ajouta-t-elle, le regard perçant.

— Oui. C'est le genre de toile qui pourrait déranger une société tout entière.

Si l'Église savait que Jésus faisait partie d'une autre espèce humaine, qu'il était un Scintilla, elle avait déformé la réalité dans le but de masquer la vérité et utilisé son mensonge pour contrôler des millions de personnes. Comment ces personnes allaient-elles réagir en apprenant la vérité?

Leur cœur s'ouvrirait-il lorsqu'elles apprendraient que des descendants de cette race vivaient toujours parmi eux et qu'ils portaient en eux des traces de sa lumière?

Dans le cas contraire, les donneurs de lumière n'auraient aucun allié dans ce monde. Il n'y aurait même plus besoin des Arrazis pour nous exterminer. Encouragées par les autorités religieuses, qui pouvaient facilement déclarer que nous étions une manifestation du diable, des armées d'humains se lèveraient-elles contre nous? Ces gens nous crucifieraient-ils?

Je consacrai ma matinée à Claire. Elle était ma plus grande joie. Je pouvais avoir avec elle des conversations plus savantes qu'avec la plupart des adultes. Je devais bien le reconnaître, le docteur M. avait visiblement pris soin de stimuler l'intellect considérable de Claire. Je brûlais d'envie de savoir qui était sa mère, mais je supposais que c'était sans importance. Elle n'était pas une Scintilla. Claire arracha une poignée de gazon pour la lancer plus loin.

— Je voulais faire du qi gong hier, mais les autres ne m'ont pas laissée participer.

— Ils t'ont dit pourquoi ? lui demandai-je en sentant le nœud de la surprotection parentale se serrer autour de mon estomac.

— Non. Je crois que c'est parce que je ne suis pas une Scintilla, répondit-elle.

— Et comment distingues-tu ceux qui sont des Scintillas et ceux qui n'en sont pas ? lui demandai-je, amusé.

Ses yeux, bleus comme les miens, mais dont l'iris percé de trois trous noirs révélait son anormalité, se posèrent sur moi avec une certitude absolue.

— Parce que tu m'as demandé de prêter attention à l'énergie des gens et c'est ce que j'ai fait. Vous avez tous une énergie différente des gens normaux. Votre énergie me fait penser à celle d'Abraham.

— Tu es brillante.

Elle pouvait détecter facilement les nuances dans l'énergie des gens avec très peu d'instruction. Elle avait grandi très près d'Abraham, le grand-père Scintilla de Teruko, qui vivait avec elle dans les installations du docteur M. Elle avait appris comment reconnaître cette essence d'aura en sentant sa présence.

— C'est très bien, Claire. Maintenant, nous allons t'apprendre à être moins sensible à l'énergie des autres. L'énergie se comporte un peu comme une main. Tu ne voudrais pas que les gens s'approchent de toi et te touchent sans ta permission, n'est-ce pas ?

— Certainement pas ! s'exclama-t-elle catégoriquement.

Je hochai la tête.

— Notre énergie se comporte exactement ainsi, comme des mains invisibles. Je veux t'apprendre à faire preuve de plus de délicatesse pour ne pas toucher l'énergie des autres et peut-être même comment former une bulle d'énergie pour ne pas laisser l'énergie des autres toucher la tienne.

Pendant deux heures, j'appris à Claire comment créer une bulle de lumière autour de son corps astral. Je pouvais voir quand elle y parvenait. Malgré tout l'espace qu'occupait son aura, elle réussissait très bien à s'ancrer quand je projetais mon énergie vers elle. Je dus également lui rappeler à plusieurs reprises que même si elle aimait la sensation que lui procurait l'énergie d'un Scintilla, elle ne devait pas laisser son aura s'accaparer cette énergie, comme elle avait tendance à le faire.

Quand Claire fut lasse de nos jeux, son aura prit soudain de l'expansion, comme de l'air relâché d'un ballon. Elle se leva d'un bond, prête à déplacer son corps physique et laisser son corps énergétique tranquille un petit moment.

Je fus tout d'abord heureux d'en être témoin, jusqu'au moment où je constatai que, bien que je ne puisse plus la voir après qu'elle eut fait le tour de la maison, son aura était toujours liée à la mienne. Était-ce normal pour un enfant d'être aussi psychiquement attaché à ses parents ? Je savais qu'il pouvait arriver que les parents lient leur aura à celle de leurs enfants sans le savoir, pour joindre leurs énergies, mais l'aura de Claire se serrait autour de la mienne et refusait de lâcher prise.

34
Cora

— J'aime ta façon de penser. Ce furent les premiers mots que j'entendis alors qu'Edmund me secouait pour me réveiller.

— Merci, répondis-je en plissant les yeux pour me protéger de la lumière anormalement vive dans la chambre et en me frottant la tête comme si mes cheveux pouvaient avoir soudainement repoussé durant la nuit.

Je n'avais pas bien dormi, parce que je sentais trop bien ma tête qui frottait contre l'oreiller, comme si j'avais touché un fil sous tension chaque fois que je me tournais. Je me redressai en inclinant la tête à gauche et à droite. J'avais l'impression qu'elle pesait dix kilos de moins que la veille.

En voyant l'énergie d'Edmund s'illuminer frénétiquement, je devinai que je devais me lever et me préparer rapidement.

— L'équipe de tournage part à cinq heures. Un bateau nous emmènera à l'aéroport, où les avions nous attendent.

Nous irons rejoindre la fille qui te fera monter à bord à titre d'agente.

Je pris une douche rapide, parce que je ne savais pas quand j'en aurais de nouveau l'occasion. Edmund se rendit de nouveau dans le hall pour aller chercher du maquillage afin que je puisse recouvrir les marques sur mon front et dans mon cou, ainsi que du ligneur noir pour compléter mon nouveau style.

Avant de quitter l'hôtel, j'envoyai un texto à Finn et à Giovanni pour leur annoncer qu'il leur serait impossible de me joindre pendant la journée et qu'avec un peu de chance, je pourrais rentrer à la « maison ». Comme pour me narguer, une phrase, que j'avais dite à ma mère une fois, me revenait sans cesse en tête.

« Les pourchassés n'ont pas de maison. »

Je n'avais pas besoin de m'inquiéter, je pouvais me mêler parfaitement à l'équipe de tournage.

L'équipe était composée de la bande la plus bigarrée de types hirsutes et tatoués que j'avais vue depuis longtemps. Edmund salua son ami, Rod, pendant que Dun et moi restions plantés là en échangeant des regards stupides. À vrai dire, les membres de l'équipe lançaient plus de regards curieux à Dun qu'à moi. Un dur rappel du fait que je n'étais pas la seule qu'on pouvait voir sur la vidéo. Le monde voulait en savoir plus sur le « beau mec divin » qui m'avait fait quitter la place Saint-Pierre. Les médias aimaient bien souligner que par deux fois, un beau jeune homme m'avait secourue de la scène d'un incident. Après avoir entendu le qualificatif réservé à Dun au bulletin de nouvelles du matin, Dun et moi avions ri et je l'avais menacé de l'appeler « beau mec divin » aussi souvent que possible.

Ce qui me donnait le plus la nausée, c'était de voir Serena Tate, reine des VIP de notre école, affecter un air tragique à la télé en racontant à quel point nous étions proches l'une de l'autre et en disant que ses meilleurs amis lui manquaient.

— C'est méchant de ma part d'espérer qu'un Arrazi la trouve délicieusement irrésistible ? demandai-je à Dun.

J'avais l'impression de perdre toute ma chaleur par ma tête ronde dans la brise matinale fraîche de Venise. Mon corps tremblait, mais c'était plus à cause des nerfs que du froid. Dans le petit terminal pour avions commerciaux, je fis la connaissance d'Angelica. Elle avait un regard souriant, ce qui me plut, et elle me donna un uniforme.

— Tu n'auras pas vraiment à travailler, m'expliqua-t-elle. Tu prendras la place d'une agente qui utilise ce que nous appelons le siège de service. C'est le siège que nous prenons pour échanger des places entre agentes de bord, pour voyager.

— Merci, dis-je, soudainement timide, reconnaissante envers cette étrangère qui avait accepté de m'aider, malgré le fait qu'elle ne me connaissait pas, simplement parce qu'elle avait appris que j'avais besoin d'aide.

Juste au moment où je croyais commencer à perdre foi en l'humanité.

— Je ne sais pas ce que tu fuis, mais j'espère que tu pourras te rendre assez loin pour te sentir en sécurité.

— Il me faudra aller très loin, dis-je en entrant dans une cabine pour me changer.

Je glissai l'insigne autour de mon cou en répétant les renseignements qui y étaient inscrits pour les mémoriser. Je me rappelle que Mari m'avait expliqué un jour comment elle utilisait les pièces d'identité d'une amie pour entrer dans un bar. Le portier l'avait interrogée au sujet de son adresse, de sa date de naissance et lui avait même demandé son signe astrologique. La fille dont j'empruntais l'insigne était du Verseau, comme mon père.

À ma grande surprise, le processus d'embarquement se déroula rapidement et sans problème. Angelica me fit monter avec un petit sourire entendu. J'étais assise avec Edmund et Dun dans une rangée à l'arrière de l'avion. Mon cœur battait si fort qu'il aurait pu alimenter les moteurs de l'avion, jusqu'à ce qu'on quitte enfin le sol et qu'on s'enfonce dans les nuages, loin de l'Italie.

Durant les longues heures de la première étape de notre vol, j'eus amplement le temps de repenser à tout ce qui m'était arrivé en Italie et à rassembler tout ce que j'avais appris comme de minuscules cristaux dans ma main. Dante et Michel-Ange. Le premier avait tenté de révéler la vérité dans ses poèmes et le deuxième avait tenté de révéler et de protéger la vérité, en cachant des indices visuels dans ses œuvres. La clé de Michel-Ange ouvrait la porte qui cachait son œuvre secrète dans laquelle il révélait que Jésus et sa mère étaient des Scintillas. La société Xepa entretenait des relations directes avec le Vatican par l'entremise du cardinal Báthory, qui était justement à la tête de l'office qui était autrefois derrière l'Inquisition. Je savais que l'Église entière ne pouvait être responsable, mais ces détails étaient de mauvais augure. Il y avait beaucoup de pouvoir et d'argent derrière cet office, de même qu'une lourde histoire de méfaits enregistrés dans la clé et racontés dans les livres d'histoire.

La clé avait résolu un mystère et nous avait aidés à comprendre pourquoi l'Église voulait garder notre existence secrète. Pourtant, elle n'avait pas pu expliquer pourquoi les Scintillas étaient surnommés les « clés de lumière vers le paradis ». Je me sentais complètement sans défense et impuissante depuis que tout avait commencé, et en regardant le monde par le hublot, je me demandais quel pouvoir nous pouvions bien posséder pour effrayer ainsi l'Église.

Dante avait caché le chiffre trois de toutes les manières possibles dans son œuvre. La seule œuvre signée de Michel-Ange, *La Pieta*, recelait un *tri giri* caché. L'artiste était connu pour son habitude d'utiliser trois cercles interreliés pour signer ses créations. Sur son tableau caché, Marie et Jésus avaient une aura argentée et on pouvait voir l'aura colorée des gens derrière eux. On y trouvait des spirales à trois branches et une représentation de la clé qui pendait à mon cou, ainsi qu'une inscription énigmatique concernant le pouvoir de la clé d'enregistrer les méfaits de l'Église. On pouvait aussi y voir un hexagramme.

Si l'hexagramme représentait la réconciliation des contraires et si les Arrazis et les Scintillas étaient de toute évidence des contraires, l'insigne de la société Xepa révélait sa raison d'être, la mission de la société, qui était de séparer ces deux espèces d'humains. Je ne pouvais m'empêcher de me demander ce qui pouvait bien être si menaçant dans l'idée de réunir ces deux races.

« Je n'ai pas besoin de vous, petite étincelle. Je veux simplement vous voir mortes, jusqu'à la dernière. Quand la dernière étincelle s'éteindra, quand le dernier Scintilla mourra, la vérité mourra avec vous. » Telles avaient été les paroles d'Ultana. Elle avait affirmé qu'elle était lasse de sa tâche, qui consistait à éliminer notre race. Les Scintillas devaient bien détenir un pouvoir qui représentait une menace pour les Arrazis, pour les pouvoirs en place. Ma mère m'avait dit un jour qu'elle avait tenté de ramener un oiseau à la vie, mais que l'oiseau était resté mort. J'avais réussi à sauver des vies. Les Scintillas avaient-ils tous ce pouvoir ? Était-ce un sortilège ? Possédais-je plus d'un sortilège ?

Edmund ferma bruyamment son ordinateur portable. Il regarda ses notes avec un grand sourire. Il était occupé à lire et à gribouiller des notes et, de temps en temps, il consultait la bible. Ses cheveux se dressaient sur sa tête, ce qui m'avait toujours fait rire quand je le voyais à la télé. Je croyais que c'était simplement sa façon d'attirer l'attention pour la caméra, mais non, il avait l'air tout aussi cinglé en personne.

Edmund voulait visiblement me parler, comme je pouvais le deviner en voyant son aura s'approcher de la mienne, comme pour me toucher l'épaule pour attirer mon attention.

— J'ai trouvé des trucs très intéressants. Très intéressants. Écoute bien... Mathieu, chapitre 5, versets 14 à 16. « Vous êtes la lumière du monde. Une ville située sur une montagne ne peut être cachée ; et on n'allume pas une lampe pour la mettre sous le boisseau, mais on la met sur le chandelier, et elle éclaire tous ceux qui sont dans la maison. Que votre lumière luise ainsi devant les hommes, afin qu'ils voient vos bonnes œuvres, et qu'ils glorifient votre Père qui est dans les cieux. »

J'ouvris la bouche pour répondre, mais Edmund pointa une autre note d'un geste enthousiaste.

— Encore mieux, s'exclama-t-il avant de constater qu'il s'était emporté et qu'il parlait trop fort.

Il baissa la voix.

— Dans les évangiles selon Luc, chapitre 8, verset 46, Jésus dit : «Quelqu'un m'a touché, car j'ai connu qu'une force était sortie de moi.»

— Incroyable.

Edmund me regarda en inclinant la tête et en haussant les sourcils très haut, l'air de vouloir dire qu'il valait mieux y croire.

— C'est très troublant, compte tenu de tout ce que tu m'as raconté.

Il avait raison, c'était très troublant. Je me laissai aller à m'imaginer que Jésus était un Scintilla. Ce n'était pas si difficile de le voir déambuler parmi la foule d'un marché poussiéreux, suivi de gens qui se rassemblaient près de lui pour son énergie et sa réputation. Je pouvais facilement m'imaginer un Arrazi qui le suivait de près, prenant subtilement de son aura. Rien que d'y penser, les poils se dressaient sur mes bras. Qui d'autre qu'un Arrazi aurait pu prendre la force de Jésus-Christ ?

— Il y a autre chose ? lui demandai-je en jetant un coup d'œil à ses notes incompréhensibles.

— Je vais poursuivre mes recherches. Je veux aussi consulter les évangiles non canoniques. Plusieurs de ces évangiles n'ont pas été intégrés à la bible à cause du verbiage jugé hérétique par les responsables qui décidaient des livres qui seraient considérés comme le canon. Je voudrais découvrir si ces évangiles contiennent d'autres allusions qui pourraient appuyer la thèse selon laquelle Jésus était comme...

Edmund leva les yeux par-dessus mon épaule et d'un bref regard, il m'indiqua que quelques personnes attendaient dans l'allée près de nous pour aller aux toilettes. Il me faudrait attendre pour la suite de ses explications. Au fil du voyage, je me sentais de plus en plus à l'aise. C'était sans doute parce que j'avais laissé le Vatican derrière moi, mais aussi parce qu'on nous laissait tranquilles, à l'exception de quelques regards curieux, mais qui pouvaient s'expliquer par le fait que nous ne faisions pas partie de l'équipe de tournage.

Je n'arrêtais pas de penser aux révélations d'Edmund. J'étais loin d'être une experte et de connaître la Bible, mais je me demandais ce que Jésus pouvait bien avoir essayé de nous dire. Que voulait-il dire par «en vérité, je vous le dis, celui qui croit en moi fera aussi les œuvres que je fais»? Pourquoi personne ne s'interrogeait sur le sens véritable de ses paroles? J'étais enthousiaste à l'idée de découvrir des aiguilles de vérité cachées dans la fameuse botte de foin. Bien qu'Edmund ne puisse plus parler ouvertement à cause de la proximité des gens dans l'allée, les poils étaient toujours dressés sur mes bras. Au début, je crus que c'était à cause de mon excitation, mais je finis par constater que tout mon corps était en alerte et dès que je me retournai pour voir ce que mon corps essayait de me dire, je compris qu'il m'avertissait de la présence d'un ennemi.

J'étais à neuf mille mètres d'altitude, prisonnière d'une boîte en métal avec des ailes. Avec un Arrazi.

35
Finn

— Tu serais prêt à lancer une malédiction à ta propre sœur ?
Je frappai Lorcan dans les côtes d'un coup de pied avant même de prendre le temps de me demander s'il pouvait me lancer une *geis* simplement pour se venger. Ce n'était pas la faute de Saoirse si sa mère lui avait fait « cadeau » de la société Xepa. Lorcan s'en était pris à sa sœur parce qu'il ne pouvait pas s'en prendre à sa mère décédée. Il y avait peut-être de nombreux investissements, sources de revenus légaux et entreprises à gérer, mais Ultana possédait également la société Xepa, une entreprise d'extermination. En ce qui me concernait, j'estimais que la décision de placer sa fille à la tête de cette société avait été la première malédiction lancée à Saoirse.

Saoirse n'avait toujours pas bougé de sa place, derrière le bureau. Elle regardait son frère, horrifiée et stupéfaite. Son petit corps tremblait, de peur ou de rage, ou encore des deux. Je vis l'éclat d'une autre émotion traverser le regard de

Saoirse et tordre les traits de son visage délicat, une émotion qui se rapprochait plus de la haine.

— Tu devrais apprendre comment utiliser ton sortilège, dit-elle d'un ton presque moqueur, comme si sa propre mort ne l'inquiétait guère. Comment est-ce possible de quantifier cette « moitié » dont tu parles ? lui demanda-t-elle, ce qui était une question inattendue. Et si je m'occupais de la moitié importante de la société, pour ne te laisser que les tâches ingrates que tu mérites ?

Cette fille me surprenait toujours. J'étais impressionné, mais je craignais qu'elle ait raison. Pouvait-elle mourir subitement dès qu'elle prendrait une décision sans consulter son frère ?

— L'intention, dis-je en réfléchissant à voix haute.

Saoirse me lança un regard.

— Il faudrait savoir quelle était son intention quand il t'a lancé cette *geis*, précisai-je, pour que tu puisses jouer en respectant les règles du jeu.

Un sourire apparut lentement sur le visage de Saoirse.

— Exactement. Tu vois comme nous formons une bonne équipe, Finn ?

Elle se tourna vers son frère, qui se levait en se tenant les côtes d'une main et sa lèvre ensanglantée de l'autre.

— Dis-moi ce que tu attends de moi, Lorcan. Je refuse de mourir simplement parce que tu utilises ton sortilège comme un ivrogne.

— Pas maintenant, dit-il, son teint prenant une teinte grisâtre effrayante.

— Maintenant ! m'écriai-je en chœur avec Saoirse, sachant que les pensées qui l'habitaient à cet instant dictaient les règles de sa *geis*.

J'étais prêt à lui bloquer le passage s'il le fallait.

Lorcan semblait presque regretter ses paroles. C'était facile de proférer des menaces, mais maintenant, il devait réfléchir pour justifier ses paroles et trouver une explication rationnelle.

— Nous devons avoir tous deux accès à l'information. J'aurai accès à l'ordinateur et aux dossiers. Nous prendrons les décisions ensemble, dit-il d'un souffle. Mais ce à quoi je pensais surtout, en ce qui concerne les Scintillas et la société Xepa, c'est que tout devra être absolument transparent. Tu ne pourras pas faire ce que tu veux des Scintillas. Je veux être tenu au courant. Tu ne dirigeras pas cette société seule. Nous la dirigerons ensemble.

« Et merde », pensai-je.

Lorcan Lennon allait devenir le bâton qui s'insérerait dans notre roue du changement.

Visiblement, Saoirse pensait la même chose. Elle m'adressa un regard contrit qui me frustra. Si son frère lui ligotait les mains, comment pouvais-je espérer convaincre les Arrazis d'abandonner leur mission et de cesser de chasser et de tuer les Scintillas restants ?

Lorcan quitta la pièce en silence et laissa la porte ouverte derrière lui. Je ne voulais pas accorder à cet idiot trop de mérite, mais j'avais l'impression qu'en laissant la porte du bureau ouverte, il nous envoyait un message : plus de portes fermées.

J'entendis la porte de sa chambre se fermer bruyamment à l'étage et je me tournai vers Saoirse pour lui poser deux questions. Elle anticipa la première avant même que je la lui pose.

— Je dois y penser, Finn. Je suis toujours dans ton camp, mais je dois réfléchir à la façon dont je pourrai t'aider. Comment pourrais-je même agir à l'insu de mon frère ? Je sais… dit-elle en se mordant la lèvre. Je sais ce que cela signifie pour toi, mais je ne suis pas prête à mourir pour les Scintillas.
— Il doit y avoir un moyen. Tu pourrais convaincre Lorcan de…
Saoirse éclata de rire.
— Tu veux rire ? Cette pomme pourrie est tombée au pied de l'arbre de ma mère. Il est sans pitié. Il ne changera pas.

Si cette malédiction représentait la fin brutale des plans que nous avions élaborés ensemble, si c'était la dernière fois qu'on m'invitait dans le cercle fermé de la société Xepa, je voulais savoir quelque chose.

— Qu'étais-tu sur le point de me dire avant l'arrivée de Lorcan ? J'avais l'impression que tu venais d'apprendre quelque chose d'étonnant.

Elle hocha lentement la tête et je compris qu'elle se demandait si elle devait me révéler ce qu'elle avait appris. Elle contourna le bureau pour s'approcher de moi et glissa ses mains dans les miennes. Elle leva la tête pour me regarder en fronçant ses sourcils roux.

— Des instructions ont été transmises aux Arrazis partout dans le monde.

Elle baissa les yeux et j'attendis qu'elle me dise la suite, l'estomac noué par la peur, en regardant les différentes teintes de roux de ses cheveux comme une feuille d'automne. Elle avait de mauvaises nouvelles à m'annoncer. Je pouvais sentir la terreur qui s'était emparée d'elle. Elle leva de nouveau la tête pour me regarder dans les yeux.

— On a ordonné aux Arrazis de profiter des morts soudaines qui surviennent partout dans le monde pour tuer ouvertement et sans discernement.

Je fis un pas en arrière en titubant.

— Qui a donné cet ordre ?

— Je ne le sais pas encore. J'ai vu un document sur l'ordinateur de ma mère. Elle y disait que ce n'était « qu'un début ».

— Le début de quoi ? Des meurtres en public et de la panique généralisée ?

— Le début de l'époque où les Arrazis pourront sortir de l'ombre de la honte pour gravir les échelons du pouvoir.

— Un ordre envoyé partout dans le monde...

Je réfléchissais à l'énormité d'un tel décret. Le défi auquel je m'attaquais maintenant était beaucoup plus grand que ce à quoi je m'attendais.

— Nous devons découvrir qui a donné cet ordre. Nous devons...

Mais que pouvions-nous vraiment faire ? Mes coups de poing étaient dérisoires sur la poitrine d'un tel géant. La nausée monta en moi.

— Comment pouvons-nous arrêter cela ?

Saoirse posa une petite main sur ma joue en me lançant un regard de compassion et, pire encore, de résignation.

— Je ne crois pas que nous puissions l'arrêter.

Mes parents furent aussi surpris que moi d'apprendre la nouvelle.

— Et moi qui croyais que nous aurions eu des échos de cette affaire, dit mon père en s'adressant à ma mère. Et surtout toi, Ina, étant donné que la famille Mulcarr est si importante.

— Nous avons perdu notre importance quand il est devenu clair que nous n'avions pas l'intention de coopérer avec Ultana. Mon frère peut difficilement confirmer ou infirmer ces plans, dit-elle.

Ce n'était que dans des moments comme celui-ci que je ressentais un peu de remords de l'avoir tué.

— Est-ce trop d'espérer que ce décret n'ait pas encore été publié ? s'interrogea mon père à haute voix.

Je m'efforçai d'avaler une autre bouchée de poulet rôti. Mon corps n'avait pas besoin de nourriture et je me sentais de plus en plus misérable.

— Je crois que les ordres ont déjà été donnés, dis-je. Clancy et les autres Arrazis qui nous ont attaqués à Newgrange ont tué tous les touristes présents dès la première mort subite. Quand Clancy a donné le signal, les Arrazis savaient très bien ce qu'ils devaient faire. C'était horrible.

— Mais c'est une tout autre chose de s'imaginer ce genre d'incident se déroulant partout dans le monde. Le monde s'inquiétera d'une pandémie, et il pourrait très bien y en avoir une, mais au cœur de cette pandémie, des meurtriers silencieux prendront d'autres vies. La panique, voilà ce qu'ils causeront. Une panique généralisée, des émeutes et l'anarchie.

— Et les autres iront à l'église, plaisantai-je, mais en comprenant immédiatement les implications de ce que je venais d'avancer. Mais bien sûr ! m'exclamai-je. Pensez-y : qui profitera de cette situation ?

Ma mère porta une main au crucifix qu'elle portait toujours à son cou.
— Tu ne veux pas dire que... fit-elle en écarquillant les yeux. C'est pour cette raison qu'elle s'est rendue à Rome ?
— Oui. Ultana en avait parlé, en nous donnant d'autres indices. En voyant les dernières nouvelles, vous ne vous demandez pas qui pourrait vouloir que les Arrazis puissent ouvertement tuer ?
— C'est ce qu'Ultana voulait, dit mon père. Elle en avait parlé à cette table, elle disait que les Arrazis seraient enfin acceptés.
— Elle avait parlé d'exaltation, précisa ma mère en buvant une bonne gorgée de vin.
Mon père haussa les épaules.
— C'est possible qu'elle soit au sommet de l'échelle.
— Tu n'as pas entendu ce qu'Ultana a dit dans la tombe à Newgrange, papa. Quand elle a su qu'elle allait mourir, elle m'a semblée particulièrement satisfaite de pouvoir se moquer de Cora en lui parlant des ennemis formidables qui l'attendaient. C'est Ultana qui a parlé de l'Église.

Je me demandais ce que Cora avait découvert à Rome. Elle savait que j'avais trouvé quelque chose et que je voulais lui montrer, mais elle ne m'avait rien dit de ce qu'elle avait trouvé. Je savais seulement qu'elle était en route pour le Chili et j'espérais qu'elle y parviendrait, mais une terreur sourde enveloppa mon esprit. Si les Arrazis avaient reçu l'ordre de tuer ouvertement, Cora ne serait pas en sécurité, quel que soit l'endroit où elle choisirait d'atterrir.

— Comment te sens-tu ? me demanda d'un ton plein d'inquiétude mon père, qui avait probablement remarqué

ma pâleur et mes mains tremblantes quand je soulevais sans enthousiasme ma fourchette.
Je devais tuer.
— J'ai peut-être quelques jours devant moi, avouai-je.
Saoirse et moi avons parlé d'aller tuer ensemble.
Ma mère échangea un regard plein de sous-entendus avec mon père.
— Je n'ai pas confiance en elle, Finn, me dit-elle.
Je laissai tomber ma fourchette.
— Si elle est prête à m'aider, elle est la seule Arrazi qui puisse faire contrepoids à la méchanceté de sa mère. Cependant, son frère pose problème.
— Je sais très bien ce que tu ressens, dit ma mère. Si Saoirse est vraiment bonne, je suis désolée pour elle, mais j'ai aperçu quelque chose dans son regard...
Ma mère s'interrompit pour inspirer profondément et prendre une gorgée de vin.
— Les secrets d'une personne changent, parfois d'un instant à l'autre, en fonction de son interlocuteur ou du secret qu'elle désire le plus cacher dans une situation donnée. J'apprends beaucoup sur mon sortilège depuis que je l'ai acquis. J'ai pu passer un moment avec Saoirse, dans la bibliothèque, quand je suis venue te montrer qu'on parlait de Cora au bulletin de nouvelles. J'ai aperçu un secret passer dans le regard de Saoirse, aussi rapidement qu'un changement de chaîne à la télé. C'est comme si l'image qui s'affichait sur son écran avait subitement changé dès qu'elle avait détourné le regard pour se tourner vers toi. Je n'en suis pas certaine...
— Et qu'as-tu vu ? lui demandai-je.
— J'ai vu que Saoirse Lennon se sent responsable de la mort de sa mère.

36
Giovanni

Une voiture de location se gara devant la maison de Mami Tulke pendant que je réfléchissais aux mystères entourant l'énergie unique de ma fille. Deux femmes d'âge moyen en descendirent, une Blanche et une Noire. Elles avaient toutes deux les cheveux en bataille et l'air fatigué. Leur aura laissait deviner leur épuisement. La Noire portait des dreadlocks grises qui défiaient la gravité. Ces deux femmes venaient sans doute visiter le «ranch», comme on disait. L'aura des deux femmes ne laissait présager aucune menace, mais je pouvais voir que la femme blanche vivait des moments difficiles. Son aura était très mince et s'était teintée de gris presque noir, la couleur du chagrin.

Comme je n'étais certain de rien, je me levai pour les saluer et mieux sentir l'énergie des deux visiteuses. C'est alors que Mami Tulke ouvrit la porte de la maison en poussant un cri. Elle s'approcha des deux femmes, une main sur la bouche, puis elle serra la femme triste très fort dans ses bras. La femme fondit immédiatement en larmes sur l'épaule de Mami Tulke. Il ne s'agissait pas de simples visiteurs venus voir le ranch.

C'était un moment d'une grande intimité et ni la compagne de la femme ni moi ne savions quoi faire. Nous nous regardâmes donc en souriant, en attendant.

— Je devais venir, dit enfin la femme à Mami Tulke. J'étais dans le noir le plus complet. Personne ne m'a expliqué ce qui s'est passé et je n'arrive pas à joindre Cora. Dès que je l'ai vue à la télé, j'ai su que je devais venir ici.

Cora. Mami Tulke me fit signe d'approcher et me présenta à Janelle Sandoval, la belle-mère veuve de Cora. Je compris immédiatement sa peine.

— Voici Faye, expliqua Janelle en nous présentant son amie. Faye a été une bénédiction pour moi. C'est grâce à elle que j'ai pu échapper aux journalistes avant qu'ils n'arrivent chez moi.

— Je connais votre petite-fille, annonça Faye à Mami Tulke, tandis que son aura bleutée ondulait doucement. Elle est venue dans ma librairie en Californie quand elle a commencé à voir l'aura des gens.

Son aura s'immobilisa, comme si elle avait retenu son souffle.

— Je lui ai dit ce que je savais, mais... dit Faye en secouant la tête. Je l'ai abandonnée. Quand j'ai vu Cora à la télé, j'ai immédiatement téléphoné chez elle et j'ai parlé à Janelle.

— Faye m'a proposé d'aller me cacher chez elle, expliqua Janelle, mais j'ai rapidement compris que je devais partir avant que les autorités n'apprennent mon nom et qu'on m'arrête à l'aéroport. Je crois que j'ai eu de la chance d'arriver jusqu'ici.

J'échangeai un regard consterné avec Mami Tulke. Il était possible de retracer l'itinéraire de Janelle. Il valait mieux ne plus se raconter d'histoires. Ce n'était plus qu'une question de temps avant que le monde entier arrive dans la vallée de l'Elqui.

Faye toucha l'épaule de Mami Tulke.

— Il ne s'est pas passé un seul jour sans que je pense à Cora, en me demandant ce qu'il était advenu d'elle. Je lui ai fermé la porte au nez. J'avais peur, mais je suis certaine que ce n'était rien à côté de la peur qui devait être la sienne. Si je peux l'aider, d'une façon ou d'une autre, je veux essayer. Il n'est jamais trop tard pour bien faire, n'est-ce pas? demanda-t-elle en éclatant d'un rire rauque et nerveux.

— Pourquoi était-elle allée vous demander de l'aide? lui demandai-je, curieux d'en savoir plus.

— Je possède une librairie de livres sur la spiritualité, à Santa Cruz. Elle était si douce, complètement déroutée. Elle cherchait des réponses. Elle n'aurait pas pu différencier une aura d'un abaque, mais elle était prête à apprendre. J'ai tout de suite su qu'elle était spéciale. Elle a détecté mon cancer en quelques minutes. Elle a un don, expliqua Faye en joignant les mains. Ce n'est que lorsqu'elle a affirmé que son aura était de couleur argentée que j'ai commencé à soupçonner à quel point elle était spéciale. J'avais commencé à me pencher sur la question, mais des gens sont venus vandaliser ma boutique et m'ont laissé une note menaçante.

Ces deux femmes me fascinaient, mais c'était peut-être seulement à cause des liens qu'elles entretenaient avec Cora avant que je fasse sa connaissance. De plus, un détail m'avait frappé.

— Vous avez dit que vous saviez que les personnes avec une aura argentée étaient spéciales ?

— Comme je l'ai expliqué à Cora, ce n'étaient que des bribes d'informations que j'avais lues ou entendues quelque part. Je n'arrive toujours pas à me souvenir où. Je me souviens seulement d'avoir appris que les personnes avec une aura argentée étaient rares et qu'il existait des gens qui recherchaient les auras argentées comme des trophées de chasse. J'ai mis Cora en garde, en lui expliquant qu'il y avait sûrement des gens qui chercheraient à lui mettre la main dessus.

De sombres sentiments s'abattirent sur moi dès que je pensai à Cora.

— Elle le sait maintenant, je peux vous l'assurer.

— J'espère qu'elle nous rejoindra bientôt, dit Mami Tulke tandis que nous nous dirigions vers la porte avant de la maison, où Claire apparut pour saluer les visiteurs.

Mami Tulke invita les femmes à entrer.

— Vous êtes venues ici pour échapper à la tempête, mais j'ai bien peur que nous nous trouvions à l'épicentre de bien plus que de simples tremblements de terre.

Je m'arrêtai en entendant l'avertisseur d'une voiture dans l'allée. Je fis volte-face. Adrian, assis au volant du VUS, me salua. J'avais presque oublié mes plans avec lui.

Les amis d'Adrian avaient tracé la plus grossière des cartes de toute l'histoire des chasses au trésor. Nous passâmes beaucoup de temps à essayer de déchiffrer les descriptions du tracé d'une colline, pour voir si elles correspondaient à la colline que nous avions aperçue de l'autre côté de la rivière sinueuse. Quand nous eûmes gravi la colline, elle nous sembla complètement différente et nous commençâmes à nous poser des questions. Ce ne fut que lorsque nous trouvâmes une pile de roches en forme de croix que nous sûmes que nous étions sur la bonne voie.

— C'est pour ça qu'ils ont utilisé cet endroit pour marquer la cache d'armes. Quelle ordure oserait troubler ces tombes ? expliqua Adrian.

Ensemble, nous déplaçâmes les pierres pour ensuite nous mettre au travail avec les pelles qu'Adrian avait apportées. Nous creusâmes autour des plus grosses pierres afin de pouvoir les soulever à l'aide d'une longue barre d'acier. Un travail exténuant. Nous nous en voulions de ne pas être venus avec renforts. Nous déplaçâmes la dernière énorme roche, révélant l'ouverture de la caverne.

Je glissai ma tête dans l'ouverture.

— Tu as une torche ? lançai-je.

Adrian courut jusqu'au VUS pour revenir, non pas avec une torche, mais avec un briquet.

— Tiens, mec. C'est tout ce que j'ai.

À la lumière, il devint évident que nous avions bien fait de conclure cette entente. Les Scintillas étaient passablement sans défense. Nos sortilèges allaient des pouvoirs extrasensoriels potentiellement utiles aux talents amusants et colorés, mais dans cette caverne pleine de boîtes, qui étaient sans doute remplies d'armes à feu et de munitions, nous avions tout ce qu'il fallait pour bâtir une armée.

Nous n'étions plus sans défense.

Du fond de ma poche, je pêchai mon téléphone qui vibrait. C'était un texto de Cora, que j'avais miraculeusement reçu dans cette section reculée de la vallée. *Nous sommes arrêtés pour une halte. Je suis inquiète. Je crois qu'il y a l'un d'«eux» dans l'avion.*

Adrian, les armes, le soleil sur ma nuque, les bruits de la nature autour de moi, tout s'estompa. Je répondis à Cora en lui envoyant deux textos, priant pour qu'elle les reçoive. Elle me répondit un peu plus tard par un seul mot : *Bye.*

Dégonflé, je me remis au travail. Il nous fallut deux heures pour compter les armes à feu, couteaux, grenades et boîtes de munitions. Nous rempilâmes les armes dans les boîtes en constatant que nous aurions besoin d'aide pour les transporter jusqu'au ranch. Nous prîmes ce que nous pouvions apporter facilement, en laissant le reste pour notre retour. L'ouvrage m'empêchait de me laisser obséder par mes pensées à propos de Cora et de l'Arrazi qui était peut-être avec elle dans l'avion.

«Faites qu'elle me revienne», pensai-je.

Quand nous eûmes terminé, nous bûmes des boissons gazeuses chaudes et sirupeuses en regardant le soleil disparaître derrière les montages avant de retourner au ranch. Je devais établir les plans de bataille et amorcer l'entraînement.

Adrian me conduisit jusqu'à la maison de Mami Tulke. Avant même d'entrer, je pus voir que la maison bourdonnait d'activité. La voix de Claire parvint à mes oreilles comme un chant d'oiseau. Quelqu'un éclata de rire. Je devinai que c'était Faye, d'après ce que j'avais pu entendre de sa voix riche, plus tôt. J'entendis également une voix d'homme que je ne reconnus pas. Mon cœur se serra. Je me demandais s'il était possible que Cora soit déjà arrivée. Je courus jusqu'à la porte et j'entrai brusquement dans la maison, faisant sursauter tous les occupants, qui me regardèrent, surpris.

Claire était à la table de la cuisine et découpait des formes dans une grosse boule de pâte. Les adultes s'affairaient devant un ordinateur, leur visage éclairé par l'écran bleuté de l'appareil. Un homme du nom de Suey, qui avait une vive aura argentée et dont j'avais fait la connaissance au ranch, me regarda en souriant quand j'entrai. Il était l'expert informatique attitré du ranch.

— On dirait presque une fête, dis-je.

— Une petite victoire, répondit Mami Tulke en donnant une tape dans le dos de l'homme. Janelle a apporté l'ordinateur de Benito. Suey vient de le craquer.

— Tout le monde veut en savoir plus sur les recherches de Benito, dit Janelle. Nous devons découvrir ce qu'il savait.

Le monde voulait le sang de Cora, au propre comme au figuré.

— Sur son ordinateur, Benito gardait les résultats des examens qu'il a réalisés avec les échantillons du sang de Cora qu'il a prélevés à l'hôpital. Si nous apprenons ce qu'il a découvert, nous pourrons peut-être utiliser cette information pour jeter un os à ces vautours. On arrêterait peut-être de mettre l'accent sur Cora pour tâcher de trouver un moyen de sauver tous ces gens qui meurent subitement.

— Et si ces deux solutions n'étaient pas mutuellement exclusives ? m'interrogeai-je.

Tout le monde se tourna vers moi en me lançant des regards inquisiteurs.

— Ce que je veux dire, c'est que... Pardonne-moi, dis-je en adressant un regard contrit à Janelle. La nuit où Benito est mort, il nous a parlé de ses expériences. Il croyait que les cellules de Cora pouvaient ramener les cellules anormales des personnes mortes à leur état normal. Je ne suis pas expert et je ne saurais l'expliquer comme Benito, mais il semblait vouloir dire qu'il existait un lien, qu'un important déséquilibre énergétique causait l'augmentation des catastrophes naturelles et les morts subites. Il semblait dire que les Scintillas étaient l'antidote.

— Et tu le crois ? me demanda Faye, étonnée. Tu crois que les horribles désastres sont causés par un déséquilibre dans les énergies du monde ?

— C'est ce que je crois, affirma fermement Mami Tulke.

— S'il y a effectivement un déséquilibre énergétique dans le monde, dis-je, je crois que c'est parce que les Arrazis nous ont presque éradiqués. À vrai dire, je crois que si nous pouvions éliminer les Arrazis, le monde en serait meilleur.

— Éliminer ? souffla Janelle, bouche bée. Tu parles de tuer des gens ?

— En effet, répondis-je.

— Mais pourquoi ? s'écria Faye.

— Je vais vous expliquer. Je ne sais pas ce que le père de Cora vous a raconté, mais c'est ce dans quoi vous vous êtes embarquées. Je suis désolé si je vous effraie, mais les gens dans cette vallée pourraient très bien être les derniers Scintillas sur terre et nous devons lutter pour notre survie.

Janelle déglutit bruyamment. Son aura devint rouge canneberge, couleur de la détermination et du courage, avec quelques teintes de la couleur de la peur.

— Oui, je savais ce qu'était Cora, dit-elle. À vrai dire, j'ai tout de suite su qu'elle était spéciale dès que j'ai fait sa connaissance. Quand notre relation a commencé à devenir sérieuse, Benito a été honnête avec moi. Il ne voulait pas que nous nous mariions, que je devienne comme une mère pour Cora, sans savoir qu'un jour, elle pourrait être en danger. Je savais que Grace, que Gráinne, avait disparu plusieurs années auparavant, qu'elle avait probablement été enlevée pour ce qu'elle était, et que cela pouvait arriver à Cora, raconta-t-elle, les yeux pleins de larmes. J'ai accepté l'avenir qui m'attendait avec Cora et son père en toute connaissance de cause. Mon mari est peut-être mort, mais mon engagement envers Cora et les vœux que j'ai prononcés avec Benito sont toujours vivants, ajouta-t-elle, la voix cassée, le menton bien haut.

Mami Tulke caressa Janelle dans le dos tout en lui transmettant son énergie et son affection, puis elle la remercia. L'aura de Janelle s'apaisa et le groupe se tourna vers Suey, qui avait continué de taper au clavier pendant que nous parlions.

— Tout ce dont Giovanni a parlé se trouve ici, dans les notes de Benito, expliqua Suey sans détacher le regard de l'écran de l'ordinateur. Benito parle d'une énergie sombre associée aux cellules humaines. Je n'avais jamais vu cela avant.

— Et…? fis-je. Sommes-nous censés faire un don de sang à l'humanité entière?

Suey secoua la tête en fronçant les sourcils.

— Les notes de Benito parlent de l'énergie sombre à l'échelle micro et macro, mais je ne crois pas qu'il voulait parler de l'énergie sombre cosmologique. Je crois plutôt qu'il parlait d'énergie négative, de l'énergie négative collective qui s'est accumulée au point d'avoir une incidence sur notre planète et tous ses habitants. Il n'est pas question de sang, Giovanni. Je ne crois pas que c'est ce dont parlait Benito. J'ai plutôt l'impression qu'il croyait que l'énergie des Scintillas pouvait contrer l'énergie négative et que nous pouvons littéralement sauver le monde de la destruction.

37
Cora

Je n'aurais peut-être pas dû envoyer un texto à Giovanni. Tout le monde était déjà assez inquiet, donc je n'avais pas besoin d'en rajouter. Mais je n'arrivais pas à chasser l'impression qu'un Arrazi était près de moi, dans cet avion. C'était comme un parfum porté par la brise, une impression fugace. Je ne savais pas si c'était vrai ou si c'était le fruit de mon imagination. Qui d'autre que Giovanni pouvait me comprendre ?

Personne ne semblait porter attention à ma présence ni me lancer des regards suspects, mais je n'arrivais plus à me détendre. Nous avions atterri dans un petit aéroport commercial pour faire le plein de carburant. Plusieurs passagers étaient descendus de l'avion pour manger et s'étirer, mais j'avais trop peur de ne pas pouvoir remonter dans l'avion. Nous devions nous approcher autant que possible de ma famille. J'étais prête à faire le reste du voyage à pied si c'était nécessaire.

Tandis que nous étions sur le tarmac, Giovanni répondit à mon texto :

Contracte ton énergie. Ne cherche pas à percevoir le danger, l'Arrazi pourrait détecter ta présence. Ne laisse rien transparaître de ta nature.

Il y eut une pause et j'attendis pour voir si Giovanni m'envoyait un autre message.

Ne laisse rien paraître jusqu'à ton arrivée. Ensuite, je te demanderai à nouveau ton cœur. J'espère que tu pourras me pardonner. La vie est trop précieuse et ne tient qu'à un fil. Je t'aimerai pour tous les moments précieux qu'il me reste à vivre.

Je ne m'étais pas autorisée à penser comme une fille normale, une fille dont le cœur avait été brisé, et l'était peut-être encore. Le message de Giovanni me transperça comme une balle dans la poitrine et je sentis que des larmes menaçaient de me monter aux yeux pendant que je fixais l'écran de mon téléphone en me demandant quoi répondre. Les passagers commençaient à remonter dans l'avion. Je devais être sur mes gardes. Je répondis simplement *Bye*.

J'avais honte de me rendre compte que la vie m'avait déjà prouvé à quel point elle était précieuse et que je ne pensais plus à ce qui la rendait précieuse, contrairement à Giovanni. Combien d'occasions se présenteraient à moi de laisser mon cœur battre, de donner libre cours au fleuve d'émotions qu'il contenait ?

Je sortis mon téléphone et j'entrepris d'écrire un message à Giovanni :

S'il devait m'arriver quelque chose, je veux que tu saches que...

— Excusez-moi, Mademoiselle. Cette place est prise ?

Mes doigts s'immobilisèrent au-dessus de l'écran et je levai les yeux. Ma bouche devint instantanément sèche. Mon cœur battait si fort dans mes tempes que je n'entendais presque plus. L'homme, entouré d'une aura blanche comme la neige, pointait le siège à côté de moi en attendant avec un sourire poli que je lui réponde. Je parvins à peine à m'empêcher de crier. Je laissai tomber mon téléphone par terre et l'homme se pencha en même temps que moi pour le ramasser. Nos mains se touchèrent. J'entendis l'homme pousser un petit cri de surprise avant que la voix grave et rassurante de Dun dise :

— Excuse-moi, mais c'est ma place.

Il se glissa brusquement dans notre allée pour s'interposer. Edmund, qui s'était éloigné pour aller parler à quelqu'un, revint quelques instants plus tard et me vit, moite de sueur et tremblante, assise près du hublot, occupée à regarder dehors et à me faire toute petite. Ce n'était pas le moment de bomber le torse et de jouer la dure. L'étranger ne savait peut-être rien des Scintillas et je pouvais seulement espérer qu'il avait uniquement senti un petit pincement d'énergie succulente et qu'il finirait par l'oublier. Il venait tout juste de tuer quelqu'un, après tout, comme le confirmait son aura blanche.

Mais il y avait un problème. Il était assis dans la rangée devant la nôtre. Il nous faudrait rester silencieux pour tout le reste du voyage jusqu'à Santiago. C'était trop dangereux de parler d'autre chose que de banalités. Le plus difficile, c'était d'entendre les conversations. L'avion était rempli du brouhaha des conversations des passagers, qui discutaient des nouvelles recueillies pendant la halte. Le Vatican avait émis une déclaration. L'Église estimait que «la fille» avait été choisie pour être un instrument de Dieu et que Dieu avait œuvré à travers moi, avait sauvé les enfants devant les portes de l'Église catholique pour envoyer un signe aux fidèles. Edmund agissait comme si on lui avait fait un affront personnel.

— Incroyable! Qu'est-ce que j'avais dit? Je savais qu'ils essaieraient de manipuler l'histoire pour se mettre en valeur, les hypocrites.

— Chut, fis-je.

— Hé, me dit Dun en me donnant un petit coup d'épaule pendant que j'observais les nuages par le hublot. Dors un peu. Je monte la garde.

Je voulus protester, mais mon corps était de plomb, et mes paupières étaient si lourdes que j'arrivais à peine à les garder ouvertes. Ma fatigue était si intense que j'en avais des nausées. Je pouvais voir la tête de l'Arrazi inclinée sur le côté. Je capitulai. Dun me couvrit de son sweat-shirt à capuche et je me laissai aller au gré du sommeil en serrant son bras comme un oreiller.

⚜—

Dun me secoua pour me réveiller après ce qui me parut à peine quelques minutes.

— Nous nous préparons à atterrir. Tu devrais peut-être te rafraîchir, chuchota-t-il en touchant son cou, pour me signifier que je devais recouvrir mes marques avec du maquillage.

— On doit souvent réappliquer ce truc? J'ai eu l'impression de m'enduire de plâtre en me maquillant plus tôt. Je croyais que le maquillage resterait en place pendant des jours.

— Ça dépend, ça varie d'une fille à l'autre, répondit Dun comme s'il avait sérieusement réfléchi à ma question.

— Je ne sais pas vraiment agir en fille.

— Eh bien, pour l'instant, tu veux ressembler autant que possible à Scary Spice. Mets-toi un peu de ligneur.

— De quoi parles-tu ? lui demandai-je en passant la langue sur mes lèvres sèches.

Un goût horrible régnait dans ma bouche, comme si un chat y avait fait ses besoins. J'appliquai maladroitement du fond de teint dans mon cou et sur mon front avec mes doigts.

Dun me tendit une brosse à dents jetable.

— Oui, son goût est aussi horrible que son odeur, me dit-il.

— Tais-toi.

— Ouaip. Je me tais.

Avec toute la patience d'un troupeau de gnous, tous les passagers étaient debout avant même que les portes de l'avion ne s'ouvrent. L'Arrazi devant moi avait dormi pendant la majeure partie du voyage.

« Il est sans doute repu après son repas d'âme humaine », pensai-je avec ironie.

Il devait être descendu de l'avion pour tuer pendant l'escale. Je n'aimais pas les nombreux coups d'œil qu'il me lançait, même s'il souriait poliment. Apparemment, Dun n'aimait pas le voir faire lui non plus, car il lui demanda de se retourner en le fusillant du regard. Je tirai sur la manche de Dun en lui lançant un regard noir. Même si, par chance, l'étranger ne savait rien des Scintillas, il savait qu'il pouvait tuer Dun sans le toucher. Je pouvais le voir dans le regard de défi et le petit sourire narquois qu'il adressa à Dun. Même si j'avais pu me glisser sous un siège, je ne crois pas que j'aurais réussi à me faire plus petite. J'étais tout le contraire de ce que j'aurais voulu être. J'aurais voulu donner un coup de pied dans les dents de l'Arrazi sous une pluie d'applaudissements, comme dans un film de superhéroïne. Quelle superhéroïne je faisais, timidement cachée derrière Dun, qui empêchait le type de me regarder.

Heureusement, les allées se remplirent et nous avançâmes. J'étais la dernière de notre file. Traverser l'avion, respirer. Descendre l'escalier, respirer. Regarder tout autour, respirer. Ma vie était devenue une course d'endurance que je devais accomplir une étape à la fois.

— Ce type était un Arrazi, soufflai-je à Dun quand nous nous fûmes éloignés de la foule. Ne t'attaque pas à ce genre de personnes.

— Quoi ? fit Dun, le visage blême. Pourquoi ne m'as-tu rien dit ?

— Parce qu'il était juste devant nous et parce que je n'ai pas de sortilège de télépathie. Je voulais également éviter la peur et l'adrénaline qui teintent ton aura et transparaissent.

— Je ne sais pas comment tu as réussi à dormir en sa présence.

— Question de survie. Je devais dormir, dis-je en haussant les épaules.

Le passage aux douanes fut une véritable torture. Il me fallut endurer l'examen minutieux du douanier, qui regardait tour à tour mon visage et mon passeport « emprunté ». Je lui transmis des vagues d'énergie apaisante et il finit par timbrer mon passeport pour me permettre d'entrer en

Amérique du Sud. Edmund avait loué une voiture pour que nous puissions nous rendre en toute intimité jusque chez ma grand-mère. J'avais son adresse et nous utilisâmes le GPS du téléphone d'Edmund.

— Les choses se passent mieux que ce à quoi je m'attendais, dit gaiement Edmund.

J'étirai mes bras au-dessus de ma tête et je me touchai les orteils.

— C'est précisément ce qui m'inquiète.

Comme s'il avait reçu un signal, l'homme de l'avion s'approcha.

— Je me demandais si je pouvais vous demander de me déposer en ville ? Je n'arrive pas à avoir un taxi. En passant, désolé pour le malentendu plus tôt, dit-il à Dun, qui semblait maintenant sur ses gardes. Ton visage m'était familier et j'ai cru que nous avions travaillé ensemble durant un autre tournage, poursuivit-il pendant que je montais nonchalamment dans la voiture avec Edmund.

— Désolé, mec. Nous n'avons jamais travaillé ensemble, répondit Dun en ouvrant la portière et en glissant une jambe à l'intérieur.

Edmund démarra la voiture. Nous ne pouvions pas être plus clairs ni moins accueillants.

— Partons, dis-je, mal à l'aise.

Arrazi ou pas, cet homme agissait bizarrement. Même mes sens normaux d'humain le percevaient.

— On ne t'emmène pas, annonça Dun. Désolé, on est pressés.

— Je comprends, dit l'homme, qui tapait sur l'écran de son téléphone.

Soudainement, il prit une photo !

Dun monta dans la voiture au moment où Edmund s'éloignait en faisant crisser les pneus. Par la lunette arrière, nous vîmes l'homme prendre également des photos de la plaque d'immatriculation de la voiture.

— Merde ! s'exclama Edmund en frappant le volant.

— Bon, pas de panique, dis-je en m'efforçant de me calmer. Nous ne savons pas pourquoi cet homme a pris des photos. C'est un Arrazi, mais il ne sait peut-être pas ce que je suis. Il est possible qu'il ait simplement cru m'avoir reconnue après avoir vu des images à la télé.

— Eh bien, je n'ai pas l'intention de couper tous mes beaux cheveux, annonça Dun d'un ton sérieux qui gâcha sa blague.

— Ce que je me demande, dit Edmund, c'est ce qu'il va faire avec ses photos ? Avec qui les partagera-t-il ? Je dois mettre la main sur cette émission.

— Nous ne sommes pas à la télé. Nous parlons de ma vie, de mon horrible vie. Rendons-nous chez Mami Tulke, dis-je en appuyant ma tête contre la vitre pour regarder La Serena défiler, éclaboussée du bleu et du rose de l'aube. Nous déciderons de ce que nous devons faire une fois arrivés.

Chaque instant qui passait me faisait un peu plus regretter d'être venue au Chili. Je ne ferais que causer des problèmes à tout le monde. Il était devenu évident qu'on me retrouverait, quoi que je fasse. Que ce soit un Arrazi ou n'importe qui d'autre.

— Ta grand-mère vit dans un endroit reculé, nous expliqua Dun, loin de toute civilisation, à l'exception des hippies amateurs de mysticisme cosmique qui vivent dans un village non loin. Je dirais plutôt une communauté.

Laissez-moi vous dire qu'ils sont vraiment particuliers. Enfin, c'est un bon endroit pour se cacher. Si nous ne sommes pas suivis, évidemment.

Je poussai un soupir en pensant à l'homme et à son appareil photo, aux nouvelles diffusées partout dans le monde, aux journalistes qui avaient déjà découvert mon identité.

— Nous serons suivis, dis-je.

Ce n'était qu'une question de temps.

38
Finn

En quoi ou pourquoi Saoirse se sentirait-elle responsable de la mort de sa mère ? Ultana s'était elle-même transpercée d'une lame. Quelle culpabilité déplacée troublait Saoirse ?

Je repensai au jour où j'avais retrouvé Cora et les autres, dans le laboratoire de recherche. Après avoir affronté Cora, j'étais parti en colère, oui, mais une seule idée occupait alors mes pensées. Je ne voulais rien d'autre que protéger Cora. Je voulais désespérément éviter que Lorcan entre en contact avec sa mère pour lui dire que le docteur M. gardait trois Scintillas prisonniers, alors j'avais appelé Saoirse pour lui demander d'interférer auprès de sa mère, au cas où Lorcan tenterait de l'appeler. Saoirse avait peut-être menti à sa mère pour m'aider. Je n'avais jamais pensé à le lui demander. J'ignorais comment Ultana avait pu découvrir où Clancy les avait emmenés.

C'était moi l'idiot qui avait appelé mon oncle pour lui demander de me rejoindre aux installations du docteur M.

J'avais commis l'erreur de croire que je pourrais profiter de lui pour aider Cora.

L'avertissement de ma mère me troublait. Je croyais Saoirse sincère et même si mon oncle avait réussi à contourner les effets de mon sortilège, Saoirse avait répondu avec franchise à mes questions depuis le tout début. Si elle devait cesser d'être complètement transparente avec moi, je savais que ce serait l'œuvre de son frère.

Donc, comment Ultana s'était-elle retrouvée dans la tombe de Newgrange, si Clancy se jouait d'elle ? La question me tracassait suffisamment pour me donner envie de fouiller la maison de mon oncle. Je saluai mes parents et partis immédiatement.

La maison de Clancy était trop loin pour que je m'y rende à pied depuis chez nous. C'était plus facile de s'y rendre en voiture. J'espérais y trouver quelque chose qui parlait de ce qui était arrivé ce jour-là, un document ou un indice qui pourrait me donner des réponses.

Dès que j'approchai de sa porte avant, je pus sentir dans l'air le vide laissant deviner que plus personne ne vivait ici. Ma mère n'avait pas encore eu le courage de classer les affaires de Clancy. Une fois son corps récupéré à Newgrange, des agents gouvernementaux vêtus de combinaisons blanches l'avaient emmené pour l'examiner avec les corps des autres victimes. Depuis, personne n'avait visité la maison.

À l'intérieur de la première pièce sombre, à l'avant de la maison, je sentis pour la première fois le vide laissé par son départ. Je ne ressentis pas le chagrin d'avoir perdu l'homme cruel et sans cœur qu'il s'était révélé être, mais l'oncle que j'avais aimé quand j'étais enfant. Clancy m'avait transmis son amour de la musique. Il avait combattu à mes côtés, quand j'avais cherché plus de liberté. Il m'avait confié son pub. D'une façon un peu tordue, je lui étais reconnaissant d'avoir orchestré ma rencontre avec Cora, même si je soupçonnais que, d'une façon ou d'une autre, nos destins auraient fini par se croiser. J'espérais pouvoir un jour comprendre comment nos destins étaient entremêlés.

Je déambulai dans la maison, hanté par diverses visions, puis je me ressaisis pour revenir à la raison de ma présence. Les secrets des morts avaient beau être moins bien gardés, ils n'étaient pas plus faciles à découvrir. Comme son bureau au pub, sa maison était sens dessus dessous. Il y avait des documents partout. Son courrier était empilé sous des magazines ou maintenu en place par des verres au fond taché de brun.

Sa penderie était pleine de vêtements sales. Je repoussai une pile du pied et je vis alors quelque chose qui me frappa comme un coup de poing : le journal de la mère de Cora. La dernière fois que je l'avais vu, c'était le jour où Clancy avait porté Cora hors de notre bibliothèque, tandis que j'étais complètement ivre après avoir absorbé son énergie, étendu par terre, griffant l'air comme un monstre pour l'agripper. Je déglutis. Le simple fait d'y penser accéléra mon pouls et attisa mon besoin grandissant.

Je m'assis sur le bord du lit en repensant aux meilleurs moments de cette soirée. Son parfum, son délicieux parfum d'orange et de vanille, sa chaleur si caractéristique. Ma gorge se serra. Je fermai les yeux et fus transporté ailleurs, un soir que j'avais passé avec elle, en Californie. Nous étions dans ma voiture. Mes mains étaient enfoncées dans ses cheveux bouclés et du bout des doigts, je caressais sa nuque. Mes lèvres s'étaient aventurées sur sa clavicule au parfum de vanille. Je me souvins des petits bruits qu'elle faisait et qui me rendaient fou, je me souvins à quel point j'étais devenu amoureux d'elle.

Elle me manquait, et son absence était aussi douloureuse qu'une ecchymose.

Avec l'excitation d'avoir trouvé le journal vint le malaise de penser au moyen auquel Clancy avait eu recours pour le trouver et attirer Mami Tulke en Irlande pour ensuite l'enlever. La seule bonne chose que je pouvais dire à propos de mon oncle, c'était qu'il avait été avide au point de vouloir garder les Scintillas pour lui seul. S'il avait fait part du contenu du journal à Ultana, les Scintillas seraient probablement tous morts.

Je savais ce que représentait ce journal pour Cora et ma nouvelle résolution consistait à lui apporter deux choses au Chili : le journal de sa mère et la couverture du *Livre de Kells*. Je pris le journal avec moi et l'apportai jusqu'à la pièce à l'avant de la maison. Je tentai d'accéder à l'ordinateur de Clancy, mais il était protégé par un mot de passe. Je débranchai l'ordinateur avec l'intention de le montrer à quelqu'un qui pouvait m'aider à y accéder. Je voulais savoir si Clancy conservait des documents et des courriels qui pouvaient s'avérer utiles.

En soulevant son ordinateur portable, je vis des lettres en dessous.

La plupart des lettres étaient inutiles, à l'exception de quelques factures de services. Il me vint alors à l'esprit que ses factures de téléphone pouvaient être les plus révélatrices, des factures que son pub payait à titre de dépenses professionnelles. Pub dont j'étais maintenant propriétaire. Je posai l'ordinateur portable et le journal sur le siège du passager de ma voiture et quittai l'endroit.

Michael, que nous surnommions Bidouille à l'école, à cause de son habitude de bricoler des appareils électroniques jusqu'à ce qu'ils se brisent, était un expert informatique. Je passai chez lui pour lui offrir deux cents euros s'il pouvait pirater l'ordinateur de mon oncle. Je lui donnai une heure, principalement pour qu'il n'ait pas assez de temps pour fouiller dans l'ordinateur. Bidouille adorait ce genre de défi.

Ensuite, je me rendis directement au pub Mulcarr. Le barman, Rory, avait gardé le pub ouvert depuis la mort de Clancy. Les habitués levèrent leur verre pour me saluer en m'adressant des regards de sympathie quand je traversai le pub pour me rendre dans le bureau. Une pile de courrier s'était accumulée et attendait que je m'en occupe. Je fouillai dans la pile d'enveloppes jusqu'à ce que je trouve la facture de téléphone cellulaire, que j'ouvris.

Je ne fus pas surpris de voir le numéro d'Ultana apparaître sur la facture. Clancy communiquait beaucoup avec elle, évidemment. Clancy avait reçu un appel du domicile des Lennon. Je vérifiai l'historique de mon téléphone. Clancy avait reçu l'appel le jour où Lorcan et moi nous étions rendus au laboratoire du docteur M. Lorcan était avec moi. Ce ne pouvait donc pas être lui qui avait appelé Clancy. Ultana devait l'avoir appelé depuis son bureau. Étrangement, l'appel avait eu lieu quelques instants après que j'eus demandé à Saoirse d'interférer auprès de sa mère.

Les bruits du pub s'estompèrent tandis que j'essayais de me rappeler les événements de cette journée. Giovanni et moi nous disputions pour savoir qui devait entrer dans la tombe au moment où Ultana était arrivée. Comment avait-elle pu savoir que Clancy était dans la tombe avec les Scintillas ? La seule personne présente ce jour-là qui entretenait des liens avec Clancy et Ultana était le chauffeur de cette dernière. Travaillait-il pour les deux camps ? Si c'était le cas, travaillait-il seul, comme une sorte d'agent double, ou travaillait-il pour quelqu'un d'autre ?

Je verrouillai la porte du bureau et déposai de l'argent sur le comptoir pour Rory, en lui promettant de revenir bientôt. Son regard m'indiqua qu'il savait que je mentais. J'étais certain que tout le monde se demandait pourquoi j'avais soudainement disparu du pub jusqu'à présent. Avec un clin d'œil sans conviction, je poussai la porte du pub pour sortir.

Du coin de l'œil, j'aperçus une fourgonnette noire louche garée quelques voitures derrière la mienne. Pendant un instant, je crus que c'était Lorcan, mais il n'y avait personne dans la fourgonnette. Je montai dans ma voiture pour m'engager dans la circulation de l'heure de pointe post-travail en remarquant que la fourgonnette, qui m'avait semblé vide quelques instants auparavant, s'était engagée dans la circulation derrière moi.

J'avais quelques antécédents avec des fourgonnettes noires. Au feu de circulation, j'envoyai un texto à Saoirse :
Où est ton frère ?
Il a dit qu'il allait régler quelques histoires. J'ignore ce qu'il voulait dire.

Le feu passa au vert, mais un autre message arriva au moment où j'avançais :

J'ai de bonnes et de mauvaises nouvelles pour toi. On dîne ensemble ce soir ?

Je pris un virage brusque et la fourgonnette me suivit. Je n'étais pas d'humeur pour ce genre de conneries. Je ralentis pour mieux voir le conducteur dans mon rétroviseur et je le reconnus immédiatement. C'était l'homme qui travaillait pour Ultana et Clancy. J'avais justement pensé à lui un peu plus tôt. J'aurais dû le tuer à Newgrange, au lieu de l'abandonner inconscient, mais j'avais maintenant des questions à lui poser. La première question au haut de ma liste : qui lui avait ordonné de me suivre ?

Je serrai les dents, secoué de tremblements causés par mon besoin de prendre une autre vie. Je ne pouvais continuer de remettre cette nécessité à plus tard si je voulais revoir Cora. Je formai un plan en conduisant. Je ne voulais plus continuer d'éviter ce type. S'il voulait me suivre, il le faisait à ses propres risques.

Quelques minutes plus tard, j'atteignis une section plus tranquille de Dublin, où se trouvaient les installations du docteur M. Je ne savais pas ce que j'y trouverais. Giovanni, Dun et la petite fille, Claire, avaient fui ce bâtiment comme s'il les avait avalés avant de les recracher. Dun était alors armé d'une hache sanglante et j'avais supposé que le sang provenait de cadavres à l'intérieur. Des cadavres qui se trouvaient probablement toujours à l'intérieur.

Je laissai mon pourchasseur me suivre. J'avais un message à envoyer à ceux pour qui il travaillait.

Quand Saoirse m'avait dit que le plus grand risque que couraient les Arrazis était que leur existence soit révélée au grand jour, j'avais soudainement eu une idée pour menacer les Arrazis partout dans le monde. La voix rebelle de Mari résonna dans ma tête : « Bientôt, le monde saura tout des Arrazis. Je parie que vous vous retrouverez tous enfermés quand ce jour arrivera. »

Une épreuve.

Si je ne pouvais convaincre les Arrazis de se ranger à mes côtés, je pouvais les mettre à genoux.

J'avais toujours le passe-partout qu'Ultana nous avait donné, à Lorcan et moi, le jour où nous étions venus ici pour trouver les Scintillas gardés prisonniers. J'étais sur le point de faire quelque chose d'horrible, mais de terriblement génial, qui me permettrait d'obtenir bien plus que de simples réponses du chauffeur. J'étais sur le point de m'armer d'une menace que je pourrais brandir contre les Arrazis. J'avais un plan et une âme vorace que je devais nourrir.

39
Giovanni

Deux émotions qui n'auraient pas dû aller de pair : la peur et la sérénité. Et pourtant, ces deux émotions se mêlaient l'une à l'autre dans un tourbillon d'agitation et d'excitation qui dura toute la journée après avoir échangé des textos avec Cora. Mon estomac se nouait sous l'effet de la peur que je ressentais pour elle. Ce devait être terrifiant d'être enfermée dans un avion avec un Arrazi. S'il ne lui était rien arrivé, elle devait approcher.

Je ressentais une certaine sérénité de lui avoir dit que je l'aimais. Et si cette conversation avait été notre dernière ? Cette pensée me rendait malade, mais au moins, Cora savait que je l'aimais et que j'espérais continuer de l'aimer pour longtemps, bien après la situation actuelle.

Je l'aimerais jusqu'au jour de ma mort.

À l'autre extrémité de la pièce, Claire m'observait avec son étrange regard pénétrant, et je ressentis un pincement de culpabilité. Par nécessité, je lui avais confié beaucoup de responsabilités. Elle avait géré d'énormes changements et la

présence de nouvelles personnes avec une maturité particulière pour son âge. J'étais fier d'elle. Je la rejoignis dans la cuisine pour l'aider à mettre des biscuits au four.
— Je veux en préparer pour tout le monde demain, me dit-elle. Pour me faire des amis.
— C'est gentil, Claire.
Elle haussa ses petites épaules.
— Je ne sais pas si ce sera suffisant.
Interloqué, je la serrai dans mes bras.
— Je suis désolé que tu ressentes leur peur. Je suppose qu'ils ne savent pas comment réagir en présence d'une petite fille aussi jolie et aussi intelligente que toi.

Claire se défit de mon étreinte et inclina la tête en souriant, comme si elle venait de déceler le mensonge d'un politicien.

— Ce n'est pas pour cette raison et tu le sais. Ils ont peur parce qu'ils ne croient pas que je suis normale.
— Ce sont les Scintillas qui ne sont pas normaux. De toute façon, il vaut toujours mieux se démarquer que de se fondre parmi la masse, lui dis-je en me rappelant avoir un jour entendu une mère dire cela à sa fille, sur un coin de rue à Barcelone.

C'était un noble sentiment, qui visait à faire comprendre à l'enfant qu'il n'était pas souhaitable de vouloir être comme tout le monde. J'avais aimé cette phrase, mais je ne m'étais jamais senti ainsi de toute ma vie. J'avais toujours voulu me mêler aux autres, ne pas être différent, même si j'étais le seul qui pouvait voir à quel point j'étais différent des autres. Le fait de se distinguer des autres était synonyme de mort.

Je vivais dans une communauté de gens de mon espèce. J'étais à ma place pour la première fois depuis qu'on m'avait enlevé mes parents. Et maintenant, ma fille était considérée comme l'étrangère et je ne voulais qu'une chose : qu'elle soit acceptée.

Ensemble, nous nettoyâmes le gâchis qu'elle avait fait en préparant ses biscuits, puis je pris le temps d'aider Claire à s'installer dans son nouveau lit par terre, près du mien. C'était à cet endroit qu'elle se sentait le plus en sécurité et c'était parfait ainsi, car de toute façon, la petite maison de Mami Tulke devait accueillir, du moins pour ce soir, Faye et Janelle. Une nouvelle idée germa dans ma tête et je décidai que je devais me renseigner auprès de Mami Tulke dès demain matin. Je savais que nous devions nous installer dans le village, avec les autres Scintillas. Nous devions passer plus de temps avec eux afin qu'ils nous acceptent dans leur famille. Quand le groupe nous aurait acceptés, nous pourrions compter sur leur allégeance.

Je sortis ma liste pour y ajouter le nom et le sortilège de gens dont Adrian m'avait parlé pendant que nous examinions les armes. Demain, je devais également parler aux autres pour aller chercher le reste des armes et commencer l'entraînement. Adrian m'avait dit qu'il demanderait l'aide de volontaires pour monter la garde à chaque extrémité du ravin où coulait la rivière, pour nous avertir de l'arrivée de personnes suspectes. Nous ne pouvions pas bloquer la route publique ni empêcher les gens de passer par la vallée, mais nous pouvions nous préparer à l'arrivée d'un danger.

Après l'arrivée de Janelle et, je l'espérais, celle de Cora, le reste du monde ne mettrait sûrement pas longtemps à venir frapper à notre porte, y compris les Arrazis.

Mami Tulke était d'accord pour que Claire et moi nous installions dans l'une des huttes inoccupées du village, même si j'étais nerveux à l'idée de m'occuper seul de Claire sans les encouragements de Mami Tulke. C'était sans doute ce que ressentaient les pilotes, la première fois qu'ils prenaient les commandes d'un avion sans être accompagnés d'un instructeur.

— C'est bien que vous vous joigniez au reste du groupe, me dit-elle. Il y a un bâtiment rectangulaire avec un petit grenier où Claire pourra dormir.

Elle me rappela également qu'il était important que nous commencions à participer aux diverses tâches du groupe.

— Côte à côte, dit-elle en frappant du poing des boules de pâte qu'elle s'apprêtait à faire cuire.

— Nous avons des biscuits... dis-je, en plaisantant à moitié.

— Tu veux des friandises douces pour accompagner ton amertume ? fit-elle en me donnant le numéro de la hutte et les clés de la voiturette de golf. Emmène Claire. Va voir.

Claire et moi n'avions pas beaucoup d'affaires. Étant donné que le village était connu pour être un endroit d'où observer les étoiles et un centre de spiritualité Nouvel Âge, les huttes étaient aménagées comme des chambres d'hôtel. On y trouvait des lits, des serviettes, des couvertures, tout ce qui était nécessaire pour subvenir aux besoins élémentaires. Claire et moi avions accumulé un bric-à-brac de choses essentielles que nous avions pris en Irlande avant notre départ, puis durant mon voyage récent à Santiago, et reçu de Scintillas serviables qui, malgré leurs doutes à notre sujet, avaient compris que nous possédions peu de choses en dehors des vêtements que nous portions.

Les jumeaux adolescents, Cooper et Gavin, passèrent nous voir par curiosité et s'avérèrent d'agréable compagnie pendant que nous nous installions. Ils étaient amusants et divertissants, empressés de faire la démonstration de leurs talents au style de combat dansant brésilien qu'est la *capoeira*. Ils tournoyaient l'un autour de l'autre en faisant aller leurs jambes dans une parade étourdissante. Claire poussa un cri de joie quand, à la fin de la danse, Cooper versa de l'eau dans sa main pour créer une illusion de deux personnages miniatures faits d'eau qui accomplirent la même démonstration d'art martial dans sa paume. C'était un sortilège impressionnant et Cooper s'était visiblement beaucoup exercé.

Le déménagement fut une excellente manière d'oublier mon anticipation pleine d'espoir de l'arrivée de Cora. J'avais les nerfs à fleur de peau. Je dus déployer d'immenses efforts mentaux pour ne pas m'imaginer un Arrazi qui l'attaquait et la laissait morte dans son siège d'avion ou à l'extérieur de l'aéroport, ou encore qui la suivait jusqu'ici. J'avais déjà caché un pistolet derrière une plante en pot, sur une étagère surélevée dans la hutte.

Qu'ils viennent. Qu'ils viennent tous.

Je m'efforçais de rester calme. Cora pouvait non seulement voir toutes mes émotions dans mon aura, mais elle pouvait également compter sur un avantage que de nombreux Scintillas, qui avaient toujours pu voir les auras, ne possédaient pas... Elle pouvait ressentir toutes les subtilités de son entourage, parce qu'elle avait grandi sans savoir ce qu'elle était. Je doutais qu'un bref mouvement des yeux, qu'une subtile variation dans la voix ou même un souffle puisse échapper à l'œil de Cora. Elle voyait tout et pour cette raison, je me sentais terriblement exposé. Et compris.

Je ne l'avais déçue qu'une seule fois. Chaque jour, je regrettais de ne pas avoir parlé de mon arrangement avec le docteur M. à Cora. En lui cachant ce fait, j'avais brisé la fragile confiance qu'elle m'avait accordée. Pourtant, je croyais qu'elle se détestait plus de ne pas avoir senti mon omission qu'elle me détestait d'avoir omis de le lui dire.

Le lien qui nous unissait était né dès l'instant où nous nous étions rencontrés, à l'aéroport. J'aurais voulu embrasser ses lèvres pleines et luisantes quand nous étions dans l'autobus. Nous avions certainement vécu un moment de passion d'une grande beauté qui avait renforcé le lien qui nous unissait dans les installations du docteur M., quand la magie nous avait enveloppés dans son berceau à l'abri du temps. Au début, nos gestes visaient à berner le docteur M., mais cette illusion s'était écroulée avant même que nous nous embrassions, que nous nous touchions. Nous étions alors devenus deux personnes qui se laissaient aller à l'autre. Elle ressentait de l'amour pour moi ; j'avais pu le voir, le sentir. Oui, elle portait toujours la flamme de l'amour pour Finn, mais à cet instant, elle l'avait déposée.

Ces pensées me donnaient chaud. Je devais respirer, mais l'air à l'extérieur n'était pas plus frais qu'à l'intérieur. Maya m'intercepta sur le sentier qui menait à la porte de ma hutte, avec une plante en pot et un sourire prudent.

— Nous organisons une réunion, ce soir, me dit-elle. Raimondo a demandé un vote au sujet des combats. Il est contre.

— Un vote à la majorité ? lui demandai-je en colère.

À quoi m'attendais-je ? Que Raimondo soit de mon côté simplement parce qu'il était Italien comme moi et qu'il avait connu mes parents ? Que pouvait-il bien avoir vu dans sa vision pour s'opposer à ce que nous nous défendions ?

Maya me tendit la plante.

— C'est généralement ainsi que nous réglons les questions importantes.

— Et qu'arrivera-t-il si je refuse de me plier aux règles ? J'ai vécu seul toute ma vie, Maya. Je ne joue pas selon les règles des autres.

Un homme dont je n'avais pas fait la connaissance s'approcha pour se mêler à la conversation.

— Certains ne croient pas que les problèmes viendront. Ils croient plutôt que tu es le problème, avec tes histoires d'armes et ton étrange…

Il ne termina pas sa phrase, mais j'avais envie de le frapper, parce que je savais qu'il était sur le point de parler de mon étrange enfant.

— Maya, implorai-je. Tu as vu ce qui se passe à Santiago. C'est la folie. La petite-fille de Mami Tulke arrive bientôt et…

L'homme leva les mains au ciel.

— Elle ne devrait peut-être pas venir ici.

— Quoi ?

— Si elle nous fait courir un danger en venant ici, dit-il, elle devrait rester loin de nous, pour notre bien commun.

Je redressai les épaules et serrai les dents.

— Depuis combien de temps sa grand-mère vous protège-t-elle ? Vous seriez prêts à tourner le dos à sa famille ? Même si elle ne venait pas ici, le monde entier sait qui elle est et il finira bien par trouver sa grand-mère, imbécile.

Je peinais à contenir ma colère. Cette conversation était ridicule.

— Ils vous trouveront. Cora arrive, dis-je pour me convaincre plus qu'autre chose. Elle mérite la même protection dont vous avez profité durant tout ce temps que vous avez passé à ne rien faire. Après tout ce qu'elle a vécu, Cora mérite tout... ce qu'il y a de bien et... tout...

J'avais perdu le contrôle. Cela ne me ressemblait pas. Seigneur. Quel réveil brutal attendait ces gens. Maya et l'homme me regardèrent comme si j'avais perdu les pédales. J'entendis à peine le bruit de pas qui s'approchaient.

— Gio ?

40
Cora

Giovanni tourna la tête dès que je l'appelai. J'étais nerveuse et embarrassée, ce que je constatai en entendant ma propre voix tremblante en l'appelant. Il cligna lentement des yeux et je me demandai s'il m'avait reconnue, mais je fus soulevée de terre aussi facilement qu'une feuille par le vent et projetée dans ses bras.

J'entendis les cris de surprise des deux personnes qui se tenaient près de lui et je fus étonnée de voir que c'étaient deux Scintillas. Les bras de Giovanni m'entourèrent à la taille. J'avais été soulevée si haut par son sortilège que mes mains se trouvaient près de sa tête et mes doigts s'enfonçaient dans ses cheveux bouclés pour se souvenir de leur courbe. Je penchai la tête pour pleurer dans ses cheveux. Giovanni s'approcha de l'une des étranges maisons carrées que j'avais aperçues de la route. Je ne savais pas qui étaient les Scintillas qui se trouvaient là quelques moments auparavant et qui avaient maintenant disparu. Je savais seulement que j'étais arrivée. Je me laissai aller au soulagement. Je me laissai aller à la tendresse.

Quand Giovanni me posa lentement par terre, mes mains caressèrent son visage et mes doigts furent mouillés de larmes.

— Je suis arrivée, dis-je pour nous rassurer tous les deux.

L'ombre d'un petit sourire apparut sur ses lèvres quand il caressa mes cheveux courts de sa paume. Je me préparai au pire, mais il ne m'adressa pas la moindre critique. Il se contenta de toucher doucement mes joues et ma mâchoire marquée. Il traça chaque cercle lentement, un par un, éclairant ma peau de son étincelle. Qui peut réussir à respirer quand une personne familière, chérie, tient votre visage dans ses mains en vous regardant comme un trésor perdu ?

Giovanni s'approcha en écartant les lèvres comme s'il attendait une bouchée de gâteau et je ressentis une soudaine envie de mordre ses lèvres, de lancer son désir flottant librement par-dessus bord pour prendre les commandes. Cette flamme de combativité me surprit. Je crois que ce côté de ma personnalité ne se réveillait qu'en présence de Finn, ou encore que Finn me rendait plus féroce. Pour la première fois, je reconnus que ce côté de moi, que j'avais découvert dans la forêt de séquoias avec Finn, était ma propre force. Ma force. Pas le cadeau d'un homme.

Agacée de constater que je n'arrivais pas à différencier mes pensées de Finn de mon expérience avec Giovanni, je l'étreignis au cou et plongeai mon regard dans le sien. La Cora forte, celle qui savait que la vie était précieuse et trop courte, voulait poser ses lèvres sur les siennes. Maintenant.

— Cora ? couina une petite voix.

Giovanni s'éloigna de moi dès que Claire entra dans la pièce.
— J'aime tes cheveux, dit-elle en m'examinant.
— Merci, dis-je en riant. Je suis si heureuse de te revoir.
— C'est un déguisement, n'est-ce pas ?
— Oui, répondis-je en éclatant de rire. Tu es très intelligente. C'est bien un déguisement.
— Je savais que c'était toi.

Je regardai Giovanni, dont les joues étaient rouges, ce qui rendait le bleu de ses yeux encore plus éclatant. Il me disait en silence un million de choses avec ses yeux, des choses qui devraient attendre.

— Elle est vraiment ta fille, dis-je.
— Viens-tu juste d'arriver ? Où sont les autres ? me demanda-t-il.

Je savais qu'il croyait toujours que Finn était avec moi. Pourquoi ne lui avais-je rien dit ?

— Nous sommes arrivés il y a environ une heure.
— Qui d'autre t'a aidée à venir jusqu'ici ?
— Viens avec moi à la maison, je vais te montrer.

Giovanni ne me posa plus d'autres questions sur le chemin vers la maison. Tout était une question, nous y compris. Mon arrivée au Chili me fit l'effet d'un long soupir. Je m'étais rendue jusqu'ici. Dans un monde où le sol se dérobait constamment sous mes pieds, je pouvais seulement avancer un pas à la fois.

— Que faites-vous ? demandai-je à Edmund en garant la voiturette de golf devant la maison.

Il pointait une caméra équipée d'un large microphone sur Giovanni et moi. D'après l'expression sur le visage de Giovanni, il n'aimait pas l'arrivée soudaine d'une personne qui ressemblait à un paparazzi.

— Giovanni, je te présente Edmund Nustber, auteur, personnalité télévisuelle et expert autoproclamé en tout ce qui touche l'étrange.
— Un autre Scintilla ? demanda Edmund avec empressement, ce à quoi Giovanni répondit par un hochement de tête.
L'expression de joie d'Edmund était presque adorable.
— Tu devras t'habituer à la présence des caméras, lui dit Edmund. Je filmerai ici et là, pour monter mon documentaire.
— Depuis quand notre entrevue s'est-elle transformée en documentaire ? lui demandai-je.
— Entrevue ? Que se passe-t-il, Cora ? me demanda Giovanni en touchant mon épaule.
— Edmund nous a aidés à sortir de Rome. C'est grâce à lui si j'ai pu venir jusqu'ici. Nous avons conclu une entente.
— J'aime bien ton idée, à vrai dire, me dit Giovanni, à ma grande surprise. Nous devons prendre le contrôle de la tempête médiatique qui fait rage autour de nous. Tu dois avoir compris que ton histoire est devenue un phénomène mondial.
— Je dirais plutôt qu'il s'agit d'un spectacle. J'aimerais avoir la chance de faire ce qu'on essaie de nous empêcher de faire : dire la vérité.
— Tu peux dire la vérité, mais la question est de savoir qui voudra te croire. Nous n'avons aucune preuve.
— Giovanni, peux-tu me dire comment vous vous êtes rencontrés ? demanda Edmund en prenant sa voix d'interviewer.
— Je croyais être l'un des derniers de mon espèce, répondit Giovanni. Jusqu'à ce que je trouve Cora, ajouta-t-il en prenant ma main pour l'embrasser.

— Ringard, dis-je en roulant des yeux.
— C'est le type de la vidéo de sécurité de l'aéroport de Dublin ! s'exclama Edmund.
Il était sur le point de flipper complètement.
Nous entrâmes dans la maison, où Mami Tulke, Janelle et Faye étaient engagées dans une conversation intense. J'avais été surprise de voir ma belle-mère et Faye chez ma grand-mère. Surprise et heureuse. Dun les écoutait parler. Il semblait intéressé et exténué. En nous voyant entrer, il se leva d'un bond et donna une claque dans le dos de Giovanni avant de le serrer dans ses bras dans une démonstration d'amour fraternel. Giovanni était visiblement surpris et il me lança un regard rempli d'interrogations.
— Ils ne veulent pas que l'humanité croie en sa propre divinité, disait Faye à Mami Tulke. La religion organisée dit à l'humanité qu'elle doit croire que seule la religion peut offrir la divinité, comme des bonbons. L'Église veut que l'humanité lui donne son argent et le pouvoir qui l'accompagne. En retour, elle agit comme interprète de la « voix de Dieu » pour donner l'absolution.
Mami Tulke posa le menton sur ses mains jointes.
— Quand les gens ont peur, ils se tournent vers les gouvernements et les églises pour obtenir de l'aide, ce qui n'est pas une mauvaise chose en soi. Toutefois, ces institutions ne veulent pas reconnaître que les Scintillas existent et encore moins que nous pouvons être un remède contre les morts mystérieuses. Révéler au monde entier que nous avons des pouvoirs surnaturels équivaudrait à partager le bac à sable de Dieu. L'Église ne le permettra pas.
— Je suis entièrement d'accord, dit Edmund, dont la caméra tournait toujours.
— Pourquoi est-ce important ? s'interrogea Giovanni.

Je pris l'un des délicieux empanadas de ma grand-mère pour le déposer dans une assiette. Il n'y avait qu'une réponse possible à la question de Giovanni.

— Notre existence représente une menace pour les systèmes en place, dis-je.

Derrière notre conversation, la télévision, que Mami Tulke avait laissée allumée afin que nous soyons informés quand les journalistes nous auraient retrouvés, continuait d'annoncer les nouvelles dans un flux constant. Tout le monde se tut quand on annonça une nouvelle de dernière heure. Dun monta le volume du téléviseur.

« Une nouvelle révélation surprenante au sujet du miracle du Vatican. Les familles de deux enfants touchés nous ont informés que leur enfant porte maintenant des marques visibles prouvant les pouvoirs de guérison miraculeuse de la jeune femme », annonça le présentateur tandis qu'une image du sternum du petit garçon, Caleb, s'affichait à l'écran. « La marque semble représenter trois spirales. Des experts ont comparé cette photo à celles de l'ancien site mégalithique d'Irlande et en ont conclu que les motifs sont identiques. Nombreux sont ceux à croire qu'il s'agit d'un canular monté par deux familles associées, mais d'autres croient plutôt qu'il s'agit de stigmates laissés par leur guérison surnaturelle. »

Nous échangeâmes des regards. Des stigmates ? L'agence de presse pouvait-elle avoir choisi un mot plus incendiaire ? Les journalistes auraient aussi bien pu me pendre un morceau de viande au cou. Je changeai de sujet.

— Je n'ai pas eu la chance de leur parler, mais j'ai vu deux Scintillas en allant retrouver Giovanni, dis-je à Mami Tulke. Pourquoi ne m'as-tu rien dit ? C'est tellement excitant. Nous sommes maintenant cinq Scintillas.

— Oh, nous sommes beaucoup plus nombreux que cela, dit Giovanni, le regard étincelant.

— Vraiment ? Comme je suis stupide. J'aurais dû le deviner, dis-je. Dans son journal, ma mère disait qu'elle avait découvert le nom de ceux de notre espèce. Elle disait que cela voulait donc dire qu'elle n'était pas seule. Je croyais qu'elle parlait de ceux qui l'avaient précédée. C'est encore plus remarquable que je ne l'avais cru.

J'étais émerveillée. Nous n'étions pas les trois derniers représentants de notre race. Mais mon émerveillement laissa rapidement place à la peur. Je ne voulais pas que le monde trouve ces autres Scintillas.

— Ton *abuela* a sauvé et protégé plus de soixante Scintillas.

— Bientôt soixante et un, fit une voix.

Un jeune Américain me souriait de l'embrasure de la porte.

— Ma femme, Maya, attend un bébé, ajouta-t-il.

Je m'avançai.

— Je vous ai vu, plus tôt, dis-je en tendant la main à Maya, qui la refusa. Pourquoi être si dure avec moi ? lui demandai-je en fronçant les sourcils. Je ne m'attendais pas à trouver des représentants de ma race ici et je suis heureuse d'apprendre que nous ne sommes pas les derniers.

— Je t'en prie, dit-elle en m'implorant de ses yeux bruns. Il ne faut pas te méprendre, ce n'est pas par grossièreté que j'agis ainsi. Je... je tâche de ne pas toucher les autres.

— Ah, fis-je en hochant la tête. Un problème de sortilège. Je comprends parfaitement, dis-je en me demandant quel pouvait être son sortilège. Pour ma part, je tâche d'éviter de toucher les choses, lui expliquai-je en cherchant à la détendre et en lui montrant mes mains, mon cou et mon front. C'est mon sortilège.

Le couple me sourit, mais je vis à leur regard qu'ils se demandaient ce que je voulais dire.

— J'ai un sortilège de psychométrie, expliquai-je, mais il laisse des traces sur mon corps.

— Maya t'a parlé de la réunion, Giovanni, dit Will en lançant un regard oblique à Maya. Tu sais déjà que je suis de ton côté. Je voulais simplement te dire qu'il y en a d'autres qui pensent comme moi. Le vote aura lieu après le dîner.

— Le vote ? demandai-je. Quel vote ? Vous allez élire le maire de Scintillaville ?

Mami Tulke se racla la gorge derrière moi en déposant ses empanadas dans des assiettes.

— Giovanni était arrivé depuis moins de vingt-quatre heures et il parlait déjà de cette «guerre». Il a trouvé des armes et il veut que les Scintillas se préparent à lutter pour leur survie.

Je lançai un bref regard à Giovanni, qui affichait une expression de rebelle. Comme dans presque tout ce qu'il faisait, il était certain d'avoir raison. Je pouvais m'imaginer qu'il devait avoir agi avec beaucoup d'autorité dans cette situation et qu'il pouvait avoir eu du mal à amener la communauté de Scintillas à accepter son idée. Je n'arrivais toujours pas à croire qu'ils étaient si nombreux. J'étais maintenant remplie d'espoir et d'un désir désespéré de les protéger. Je pouvais comprendre les deux côtés du débat sur l'idée de partir en guerre et, ayant déjà réfléchi à la question, j'étais déchirée.

— Très bien, dis-je en évitant de croiser le regard de Giovanni. Nous voterons ce soir.

41
Finn

Meurtre prémédité.
Cette phrase me vint en tête et s'y incrusta, comme une tache de graisse. La culpabilité se comportait comme une flaque d'huile, enduisant mon âme d'une couche de vase collante impossible à nettoyer avec toute l'eau bénite du monde.

Alors qu'auparavant j'appréhendais le moment où il me faudrait tuer, je l'anticipais maintenant. Le chauffeur qui me suivait était enfoncé jusqu'au cou dans le mal entourant Ultana et travaillait selon toute évidence pour plusieurs employeurs, puisque je l'avais également aperçu en compagnie de mon oncle. Ultana et Clancy étaient morts tous les deux, alors c'était facile de deviner pour qui l'homme travaillait. Si Lorcan croyait pouvoir m'espionner pour « régler quelques histoires », il se trompait.

Le passe-partout d'Ultana ouvrit la porte du garage souterrain. J'entrai dans le souterrain et garai la voiture près des portes menant à l'intérieur. Il valait mieux rester hors de vue des passants dans la rue. J'attendis quelques minutes dans la voiture, adossé dans mon siège en fredonnant des chansons de Jonny Lang. Je voulais que mon poursuivant se détende et baisse sa garde.

Après quelques minutes interminables, je sortis du garage pour me faufiler derrière la fourgonnette. L'homme était dans le siège du conducteur, tête basse. Il était probablement occupé à consulter son téléphone. Je fixai mon énergie à son aura avant même qu'il me voie approcher. Je l'utilisai comme cobaye, pour commencer à absorber son énergie de bien plus loin que je ne le croyais possible. En m'approchant de la fenêtre de la fourgonnette, je vis la silhouette affaissée de l'homme et je me demandai pourquoi les Arrazis utilisaient toujours des humains normaux pour faire leur sale boulot. Ils étaient trop faciles à éliminer.

J'ouvris la portière, lui redressai la tête et je fus satisfait de constater que je ne m'étais pas trompé sur son identité. C'était le type à la lèvre marquée d'une cicatrice. Celui qui m'avait enfoncé une aiguille dans le bras, à peine deux rues plus loin, le jour où Clancy avait mis la main sur Cora et sa mère. J'ouvris complètement la portière et le téléphone de l'homme tomba à terre. Je le pris pour vérifier si j'avais vu juste en pensant qu'il travaillait pour Lorcan et effectivement, il avait reçu deux appels de la maison des Lennon. Pas de message texte, par contre. Il devait les avoir supprimés. Après m'être assuré qu'aucune voiture n'approchait, je lançai le téléphone sur le siège vide, soulevai le corps inerte de l'homme et le traînai sur la rampe, jusque dans le garage. Mes cellules exigeaient que je le tue, que j'absorbe la boule d'énergie concentrée de son âme pour satisfaire la mienne. Bientôt...

Il ouvrit les yeux et cligna pour mieux voir. Il tenta de me frapper d'un geste du bras, sans succès. J'absorbai de nouveau son énergie en le traînant sur le sol de béton du garage, en direction d'une porte à l'intérieur. J'utilisai de nouveau le passe-partout pour l'ouvrir et des lumières s'allumèrent.

Mes sens étaient en alerte ; j'étais prêt à apercevoir une scène macabre laissée derrière par Dun et Giovanni en sortant. Je m'attendais à trouver une odeur atroce, des cadavres en décomposition, du verre brisé, n'importe quoi qui m'aurait laissé deviner les combats qui s'étaient déroulés ici et dont on m'avait parlé. Mais il n'y avait rien. En entrant ici, un étranger aurait cru tomber sur un immeuble de bureaux chic, mais vide.

Ultana devait avoir ordonné le nettoyage des dégâts avant de se rendre à la tombe. Je lui en étais reconnaissant, mais j'espérais que les nettoyeurs n'avaient pas retiré tous les équipements qui se trouvaient dans cet édifice, ou encore détruit la salle que j'avais l'intention d'utiliser.

Le type était de plus en plus lourd. Je le traînai dans les corridors. Je passai devant une pièce qui me rappela quelque chose, sans pouvoir dire quoi. Je compris finalement que j'avais vu cette pièce dans une vision. Gráinne m'avait transmis une vision, la vision d'une pièce pleine de lits à roulettes où Cora et les autres étaient attachés. Dans la vision de Gráinne, j'avais également vu quelqu'un conduire Cora à la pointe d'une arme.

Les lits étaient toujours là. À côté, il y avait une salle plus petite, qui devait servir de salle d'observation, remplie d'écrans d'ordinateur. J'allumai l'interrupteur principal et les écrans s'illuminèrent. L'homme resta étendu par terre tandis que je tâchais de trouver l'historique des caméras de surveillance des installations, mais il avait été effacé. L'équipe de nettoyage ne s'était pas contentée de nettoyer les planchers.

Couvert de sueur, exténué, je trouvai enfin la salle à manger où se trouvaient les murs noirs lisses et la longue table. J'appuyai sur le bouton sur lequel je me rappelais avoir vu le docteur M. appuyer et les murs s'activèrent pour afficher mon aura colorée de futur tueur autour de moi. Je souris et mon aura se gonfla en se colorant de serpentins dorés à peine visibles. L'aura de l'homme était faible, terne. Je m'imaginai que c'était ce que Cora devait voir tout le temps, et j'étais aussi époustouflé que la première fois que j'étais venu dans cette pièce.

C'était une bénédiction que les Arrazis ne puissent pas voir la beauté des fleurs qu'ils arrachaient. Il leur aurait été alors beaucoup plus difficile de tuer.

Je posai mon téléphone contre un vase de fleurs sur la table, assis l'homme dans l'une des chaises et utilisai les sangles prises sur l'un des lits à roulettes pour l'attacher droit dans la chaise.

— Je vous ai vu travailler pour deux Arrazis différents qui agissaient l'un contre l'autre, dis-je en me penchant pour le regarder dans les yeux. Je sais qu'ils sont tous les deux morts et pourtant, vous me suivez. Pour qui travaillez-vous ?

— Je travaille seul.

— Je doute que vous me suiviez pour vous divertir. Quelqu'un vous a engagé pour me suivre et je pense savoir de qui il s'agit.

Il me lança un regard perçant de défi, presque mauvais, comme si c'était impossible que je sache pour qui il travaillait. Il secoua la tête en luttant contre les effets de mon pouvoir.

— On me tuera, dit-il en riant et en postillonnant.

L'effet de la peur pouvait être différent d'une personne à l'autre, mais j'étais persuadé que mon premier réflexe n'aurait pas été d'éclater de rire si j'avais été attaché à une chaise devant un Arrazi. Le visage de Mari me vint en mémoire, mais je chassai cette vision.

L'homme combattait contre son propre esprit, qui lui ordonnait de me dire la vérité malgré lui.

— Seigneur Dieu, pardonnez-moi. Je ne sais pas pourquoi je vous dis tout cela! Elle... Elle me tuera et même si elle ne me tue pas, l'homme s'en occupera.

« Elle ? » pensai-je. Ultana était bel et bien morte, non ? Un tourbillon de pensées m'assaillit. Elle avait dit à Cora qu'elle ne pouvait pas mourir. Elle avait affirmé à sa fille qu'elle était immortelle. Et Lorcan n'avait pas laissé Saoirse voir le corps de sa mère...

— Leur nom ?

— Je vous le dirais si je le savais! Ce ne sont que des voix. Des fantômes. Je ne vois jamais ceux qui m'engagent. L'un d'eux est une femme. L'autre est un homme. Je vous le jure. C'est tout ce que je sais!

Pourtant, l'homme et la femme que je l'avais vu servir étaient tous les deux morts. Ce devait être Lorcan qui l'avait appelé de chez lui et je n'étais pas loin de croire qu'Ultana était toujours vivante et que nous étions ses marionnettes, surtout son fils.

L'homme devant moi était affolé, désespéré ; il luttait faiblement pour défaire ses sangles.

— C'est pour ça qu'ils ne me disent rien, n'est-ce pas ? Pour que je ne puisse pas révéler leur identité à des salauds comme vous.

— Vous n'avez pas à vous en faire, lui dis-je d'une voix basse et menaçante. Ils ne vous tueront pas, parce que je vais vous tuer maintenant.

— Tuez-moi, dans ce cas, si c'est ce que vous voulez. C'est la seule chose qui intéresse les Arrazis comme vous. Tuer. Tuer des innocents. J'en sais plus que vous ne le croyez.

— Avec des employeurs comme les vôtres, je n'en doute pas.

Sa condamnation des Arrazis était l'introduction parfaite. Je me tournai vers le téléphone, qui enregistrait toute la scène, puis je m'apprêtai à parler, surpris par les émotions qui montaient en moi. Je m'apprêtais à faire la plus grande confession de ma vie. Je m'adressai à un public invisible, en espérant qu'il me comprenne, oui, mais aussi que ma vidéo accomplisse quelque chose de plus grand. C'était la seule arme que je pouvais espérer utiliser contre les Arrazis réticents à me rejoindre. Un atout dans ma manche.

Je m'éclaircis la gorge avant de commencer.

— J'ai grandi comme vous, en toute normalité. Dans l'amour de ma famille, de mon pays, de Dieu, de la musique. Dans l'amour d'une jolie fille... mon premier amour... ajoutai-je en pensant soudainement au beau visage de Cora.

L'émotion montait en moi, me serrait la poitrine. Je dus prendre mon courage à deux mains pour continuer.

— Il y a de cela quelques mois, ma vie a basculé. J'ai découvert que je faisais partie d'une lignée, d'une race...

Je serrai les poings. C'était plus difficile à expliquer que je ne l'avais cru. Je m'imaginai des millions de personnes assises devant leur écran qui se demandaient de quoi je pouvais bien parler.

— Je fais partie d'une autre race d'humains, une race ancienne, dont l'existence est gardée secrète depuis des siècles.

C'était impossible de parler sans me sentir dépossédé de moi. Je n'étais qu'un tueur. J'étais creux à l'intérieur, j'étais devenu l'ombre du jeune homme que j'étais. Ce jeune homme était peut-être mort au moment où j'avais tué pour la première fois, sur mon bateau.

— Je suis un Arrazi, parvins-je à dire. Ce n'est pas un don. C'est une malédiction. La foi que je porte en mon créateur a volé en éclats parce que je ne comprends pas pourquoi il existe une race d'humains qui... qui doivent tuer d'autres humains pour survivre. Votre énergie vitale est notre moyen de subsistance.

Ma respiration s'accéléra et mon cœur se serra sous l'emprise de la peur et de la culpabilité. Je croyais que ce serait libérateur de révéler la vérité au monde, mais c'était plutôt honteux. Je ne pouvais supporter ce que j'étais sur le point de faire, mais j'avais l'impression que le monde ne pourrait jamais me croire s'il ne me voyait pas faire de ses propres yeux.

— Le mur devant lequel je me trouve fait appel à une technologie de photo Kirlian, qui permet à l'observateur de voir les champs d'énergie entourant chaque être humain.

— Ne faites pas ça, dit l'homme en tremblant. Vous ne savez pas ce que vous faites. Je projetai une vrille d'énergie vers l'homme, ce qui dut s'afficher au mur. L'homme se tut de nouveau.

— La fille que vous pourchassez tous, celle qui a sauvé la vie d'enfants à Rome, fait également partie d'une autre race d'humains, connue sous le nom de Scintillas. Les Scintillas sont à l'opposé des Arrazis en tous points. Ils donnent et nous prenons, dis-je en baissant les yeux.

Je me tournai de nouveau vers mon téléphone.

— Cette fille est l'un des êtres les plus précieux sur cette planète et elle mérite que vous la protégiez, pas que vous la pourchassiez. Voyez-vous, les Scintillas ont presque complètement disparu, anéantis.

Je n'avais pas prévu dire ce que je m'apprêtais à dire ensuite, mais mon instinct m'obligea à continuer de parler :

— J'ai un artéfact précieux en ma possession, un objet qui, selon moi, pourrait répondre à de nombreuses questions au sujet de ces deux espèces humaines. J'ai la couverture disparue du *Livre de Kells*. Je suis convaincu qu'il s'agit d'une pièce du puzzle. Je n'arrêterai pas avant d'avoir découvert tous ses secrets. Cette couverture est un trésor, et bien plus encore si elle a la capacité d'illuminer les hommes pour les libérer de leur folie.

» Certaines personnes en position de pouvoir ne veulent rien d'autre que de trouver tous les Scintillas... pour les éradiquer complètement. De nombreux Arrazis se sont joints à ces personnes pour chasser les Scintillas. Je ne fais pas partie de ces Arrazis. Nos races respectives ont toujours été ennemies, mais je crois que nous ne connaissons pas toute l'histoire. Je tente désespérément d'en savoir plus, avant qu'il ne soit trop tard.

» Le monde est naturellement effrayé, à cause des gens qui meurent subitement. Je n'ai pas la réponse à ce mystère, mais je peux vous dire que les Arrazis du monde entier profitent de la situation. Ils alourdissent le bilan de morts en tuant ouvertement chaque fois que ces morts subites surviennent. Je ne sais pas pourquoi... mais je sais qu'on leur a ordonné de le faire...

J'inspirai profondément pour m'armer de courage avant de poursuivre :

— J'espère que le pouvoir supplémentaire qu'ils attendent de leur alliance avec ceux qui sont aux commandes sera anéanti si le monde entier voit les Arrazis sous leur vrai jour.

J'aurais voulu supplier pour qu'on me comprenne, me mettre à plat ventre pour demander pardon, expliquer encore et encore au public afin qu'il sache quelle torture c'était pour moi d'être un tueur, mais je devais leur montrer l'Arrazi assassin que j'étais. Je me damnais pour damner les Arrazis.

Je projetai mon énergie dans celle de l'homme attaché à la chaise et il rejeta la tête en arrière. Il poussa un gémissement pathétique. Au lieu de le regarder, je me tournai vers le mur. Je fis vite, mon pouls s'accéléra de plus en plus tandis que j'absorbais son énergie vitale, jusqu'à ce que je la voie et que je la sente rompre. Je sentis une délicieuse explosion d'énergie quand son essence entra en moi, puis je vis mon aura prendre de l'expansion et remplir l'écran d'une énorme tache blanche.

42
Giovanni

La tension monta dans la foule de Scintillas pendant le repas, jusqu'à un point tel qu'elle étouffa toute conversation. Nous pouvions sentir l'anticipation dans l'air. Je remarquai que Will et Maya ne mangeaient pas ensemble et je devinai que leur débat s'était poursuivi après leur départ de chez Mami Tulke, pour se terminer par une prise de bec.

Cora supportait les regards avec grâce. On pouvait deviner son étonnement sur son visage, tandis qu'elle acceptait lentement la réalité des nombreux Scintillas que sa grand-mère cachait.

Le clairvoyant italien, Raimondo, fit sonner la cloche pour attirer l'attention de tout le monde.

— Vous savez pourquoi nous sommes réunis ici. Nous avons tous débattu en privé au sujet du plan de Giovanni. Notre communauté de Scintillas devra décider si elle souhaite combattre ses ennemis ou se dresser pacifiquement devant eux pour leur résister. Toutefois, aucune de ces options ne réussira si nous sommes divisés. Montrez dans quel camp vous êtes en vous plaçant de part et d'autre de la salle, en rangée de cinq. Si vous optez pour la diplomatie et la résistance pacifique, venez me rejoindre de ce côté de la salle. Si vous préférez les combats et la dissension, dirigez-vous de l'autre côté de la salle, avec Giovanni.

Je poussai ma chaise pour me lever.

— Avant que vous fassiez un choix basé sur les paroles de Raimondo, sachez que je suis pour que nous nous défendions.

Les gens se levèrent tous en même temps pour se diriger de part et d'autre de la salle, comme les passagers d'un métro à l'heure de pointe. Ce fut d'abord impossible de déterminer quel côté de la salle avait accueilli le plus grand nombre de personnes. J'étais satisfait de trouver trois rangées de cinq personnes à mes côtés, mais je savais qu'il nous faudrait au moins deux fois plus de gens pour avoir la majorité. Mami Tulke se tenait de l'autre côté de la salle, comme je m'y attendais. Maya se tenait la tête haute, mais son menton trembla quand elle regarda Will à mes côtés, de l'autre côté de la salle.

Quelques personnes restaient au centre de la salle, le visage affligé, tâchant de prendre une décision. L'aura de certains révéla leur décision définitive avant même qu'ils choisissent consciemment un camp, en se projetant en direction du côté de la salle où ils finissaient par aller.

Cora faisait partie des indécis.

Je me mordillai l'intérieur de la joue. Comment pouvait-elle hésiter ? Elle avait déjà eu à combattre des Arrazis, à se défendre. Elle avait tué un homme. Peut-être était-ce pour cette raison qu'elle hésitait ? Elle aurait pu tuer Clancy quand elle en avait eu l'occasion, elle aurait dû le tuer, mais elle ne l'avait pas fait. Elle ne voulait pas être un assassin comme les Arrazis et je me souvenais de l'avoir entendue se demander comment cette histoire se terminerait si personne n'était prêt à être celui qui ne répliquerait pas.

J'espérais qu'elle verrait la même chose que moi en regardant autour d'elle, qu'elle verrait qu'il fallait défendre cet héritage précieux, que nous étions peut-être la dernière ligne de défense contre la disparition d'une race entière.

— Avez-vous pensé au reste de l'humanité ? dis-je à voix haute pour me faire entendre. Et si le père de Cora et le docteur M. avaient tous deux raison ?

Je sentis les yeux verts sans fond de Cora se poser sur moi, mais je cherchais plutôt à convaincre les autres. J'espérais seulement raviver la mémoire de Cora. Les gens se turent autour de moi.

— Le père de Cora, un scientifique, croyait que nous sommes censés ramener les énergies du monde en équilibre. Il croyait que le monde et ses habitants vont être détruits si nous ne rétablissons pas l'équilibre et que les morts subites ne sont que l'un des nombreux signes de ce qui nous attend, comme les catastrophes naturelles violentes. Les tremblements de terre que nous avons vécus ne sont pas normaux, pas plus que les volcans, les ouragans et les tornades qui se sont produits au cours des dernières semaines. C'est une question d'énergie, de déséquilibre entre les énergies positives et négatives. Nous ne pourrons jamais sauver le monde si nous sommes morts.

En comptant les personnes rassemblées de chaque côté de la salle, c'était facile de constater que les Scintillas étaient déchirés. À mesure que le nombre d'indécis au centre de la salle diminuait, la pression montait. Finalement, il ne resta que Cora au centre. Des murmures s'élevèrent. Les téléphones, les radios et les télévisions fonctionnaient de nouveau et des journaux avaient été distribués dans la communauté. Tous savaient que Cora était la petite-fille de Mami Tulke, mais ils savaient également que c'était elle qui avait ramené les enfants morts à la vie. La fille que le monde entier recherchait.

Soixante Scintillas la regardaient, attendant sa décision.

— Cette décision devrait être facile à prendre, dit-elle en faisant taire les murmures, mais elle ne l'est pas.

Son aura argentée prit de l'expansion quand elle reprit confiance. Le moment était venu pour elle de se présenter et de prendre sa décision. Tout reposait sur les épaules de Cora. Elle toucha ses lèvres pendant un instant alors qu'elle regardait autour d'elle avec émerveillement.

— La seule chose qui m'aurait fait plus plaisir que de vous voir ainsi, tous ensemble, serait que mes parents soient ici pour vous voir, dit-elle, la lèvre tremblante, mais ils ont été assassinés. Vous avez fait la connaissance de ma cousine, Mari, qui a séjourné ici récemment. Elle... Elle aussi a été tuée par un Arrazi.

» J'ai toujours été pacifique. Je veux la paix, dit-elle en s'adressant aux personnes qui avaient rejoint Raimondo, et je remarquai quelques sourires suffisants sur les visages. Je veux la liberté, moi aussi, mais personne ne va nous donner cette liberté. Comme tous les oppressés qui nous ont précédés dans l'histoire de l'humanité, nous devrons nous battre pour cette liberté. Nous n'avons pas d'alliés. Nous sommes seuls et nos ennemis sont plus nombreux, dit Cora en levant les yeux tandis qu'un souvenir lui surgissait à l'esprit. Mon père m'a dit un jour que j'étais une battante. Après sa mort, je me souviens de m'être dit que si je voulais rester en vie, il faudrait me battre.

L'énergie autour de moi se mettait en mouvement tandis que les gens présents tentaient de deviner de quel côté de la salle Cora se rangerait.

— Dans quel camp es-tu donc? lui demanda un Scintilla impatient.

Cora soupira.

— Avec l'aide de M. Nustber, j'espère révéler la vérité au monde entier et obtenir son appui.

— Cette approche pourrait très bien avoir l'effet contraire que celui recherché! s'écria quelqu'un. Si ça ne fonctionne pas, le monde entier nous pourchassera, comme il te pourchasse.

Cora se tourna vers le dissident.

— Le monde entier vous pourchasse déjà. Une ennemie m'a dit un jour que lorsque le dernier Scintilla serait mort, la vérité mourrait avec nous. Vous ne voyez donc pas? Nos ennemis cherchent à nous dénier le droit d'exister. Je vais révéler la vérité et...

— Révéler la vérité? fit une voix méchante. Pour qui te prends-tu? Jésus?

Cora fit un signe de tête à Edmund, qui alluma un projecteur que je n'avais pas remarqué. L'œuvre secrète de Michel-Ange s'afficha au mur derrière elle.

Un tumulte. Voilà ce que déclencha le tableau. Cora n'avait pas expliqué qui l'avait peint ni comment elle avait réussi à le prendre en photo. Elle laissa simplement les gens absorber l'information. Je n'aimais pas l'énergie que je voyais dans la salle. Même parmi les Scintillas, il y avait des chrétiens conservateurs qui étaient visiblement abasourdis par l'affirmation de Cora, voire en colère.

Je fis un pas en avant, mais Cora me lança un regard qui me cloua sur place. Un regard chargé de douleur, de la douleur de devoir choisir un camp, parce qu'elle devait se défendre encore après toutes les épreuves qu'elle avait endurées. Pour une raison ou une autre, elle ne voulait pas que je l'aide.

— Ce que je vois dans cette salle, c'est que nous formons un microcosme du monde extérieur. Vous regardez ceux de l'autre côté de la salle comme s'ils étaient différents de vous.

Une vrille d'énergie argentée s'éleva de chacune de ses mains tandis qu'elle regardait de part et d'autre de la salle. Son visage était impassible et je me demandai si elle savait ce qu'elle faisait. Son énergie révélait ce qu'elle désirait : que les Scintillas soient réunis, mais je ne croyais pas que c'était possible. Cora devait choisir un camp.

Elle inspira profondément, comme si elle abandonnait. Elle se détendit et la douleur sur son visage s'estompa. Ses traits s'illuminèrent de sérénité. Une lumière argentée cristalline s'éleva au-dessus d'elle. C'était la plus belle chose que j'avais vue de toute ma vie.

Soudainement, l'une des vrilles d'énergie qui s'élevaient de ses mains en direction de chaque côté de la salle me frappa à la poitrine, tandis que l'autre frappa Mami Tulke.

Mon aura gonfla. J'étais rempli d'amour pur. La vrille d'énergie me traversa, puis la personne à côté de moi, et ainsi de suite. Comme des feux d'artifice, l'aura des personnes présentes dans la salle s'illumina et le corps astral de chacune s'unit à celui des autres personnes autour, dans toutes les directions, jusqu'à ce que la salle se transforme en tourbillon d'énergie Scintilla.

Plusieurs personnes fondirent en larmes, bouleversées. D'autres essuyaient des larmes sur leurs joues en riant. Certains, visiblement effrayés, fixaient Cora du coin de l'œil avec suspicion et inquiétude. Pour ma part, je ne m'étais jamais senti lié à… à quelque chose d'aussi gros de toute ma vie. C'était intimidant. Je ne savais pas comment Cora y était parvenue ni ce qu'elle avait fait. Cette magie était nouvelle pour moi.

Cora n'avait pas choisi de traverser les frontières que nous avions tracées pour choisir un camp. Elle cherchait à effacer les frontières. La fille qui autrefois était complètement contre l'idée d'influencer les autres avec son énergie venait tout juste de nous lancer un sort. Les regards effrayés que certains lui jetaient m'inquiétaient. C'était une chose de manipuler les ignorants, mais c'en était une autre de nous gaver de notre propre énergie.

43
Cora

— Je ne sais pas comment j'ai fait, répétai-je, exaspérée de cette discussion avec Giovanni.

C'était la troisième fois qu'il me demandait ce que j'avais fait pour unir l'aura des Scintillas et créer une sorte de bulle d'amour cosmique.

— Je pensais simplement à tous ceux qui nous pourchassent, en me disant que j'aurais voulu que nous cessions de nous entredéchirer pour que nous soyons...

— Quoi ? fit Giovanni.

— Que nous ne formions qu'une seule et même conscience.

Giovanni esquissa un sourire.

— Tu pensais aux ondes dans l'étang ? me demanda-t-il en évoquant la discussion que nous avions eue, dans les installations du docteur M., au sujet de l'unicité.

— La conscience unique, répondis-je. C'est le terme qu'avait employé le docteur M. J'ai eu l'impression de plonger dans un champ de sentiments, de connaissances et d'amour pur.

— Je n'avais jamais rien vu de tel et je serais prêt à en dire autant pour les autres. Tu n'as même pas eu besoin de faire un grand discours à la Aragorn et voilà qu'ils sont tous prêts à te suivre. Enfin, la plupart d'entre eux. Tu me fais peur, Cora.

J'ignorais ce que j'avais fait exactement, mais j'avais réussi à renverser la vapeur et à rassembler la plupart des Scintillas. J'en étais heureuse. Je ne voulais pas choisir. Les gens qui avaient traversé la salle avaient choisi pour nous.

— C'était génial, n'est-ce pas ? Tous sentiments autres que l'amour ont complètement disparu pendant quelques secondes. Tu as remarqué ? lui demandai-je.

Giovanni se contenta de sourire.

— Quoi ?

— Je crois que tu es une déesse, dit-il.

— Et ne l'oublie pas, dis-je en lui marchant sur les orteils.

Nous cheminâmes ensemble jusqu'à sa tente, sur un sentier éclairé par des lampes à énergie solaire et les étoiles. Claire lui avait demandé d'aller aider Mami Tulke à préparer le petit-déjeuner du lendemain, et c'était parfait ainsi. Nous devions établir une stratégie. Ce n'était pas le genre de planification qui pouvait se faire en présence d'un enfant.

— Le vin est excellent ici, dit Giovanni. Tu en veux ?

— Pourquoi pas ? Ma devise, c'est « la vie est courte », dis-je.

Je croyais que ma remarque le ferait sourire, mais il n'en fit rien. Je rougis alors en me demandant s'il croyait que cela voulait dire que j'étais prête à accepter tout ce qu'il proposerait, simplement parce que le ciel était sur le point de me tomber sur la tête.

— Je n'ai jamais établi de plan de bataille, dis-je à la hâte, en tâchant de prendre un air sérieux.

— Nous devons discuter de deux éléments, dit-il en s'asseyant sur le canapé avec un bloc-notes et un stylo. J'ai acquis des armes, mais les gens devront être formés pour les utiliser, et vite.

— Tu as été occupé.

Il haussa les sourcils.

— Nous aurons besoin d'un endroit sûr pour nous exercer au tir et au lancer de couteau. J'ai dressé une liste, toujours incomplète, du sortilège des gens ici.

— Nos sortilèges sont vraiment importants?

— Tu pourrais être surprise, Cora. Maya peut tuer d'un simple toucher. Mon pouvoir de télékinésie s'est déjà révélé utile et il y a une fille du nom de Sage qui a le même sortilège que moi. Sierra peut se métamorphoser par mimétisme. Nous avons l'avantage des sortilèges, parce que rares sont les Arrazis qui ont déjà pris l'énergie d'un Scintilla et qui ont acquis leur sortilège.

— Jusqu'à ce qu'ils se mettent tous à nous vider de notre aura comme des boîtes de jus. Les Arrazis seront ensuite aussi dangereux que nous.

— Avec les armes, les Arrazis n'auront peut-être pas l'occasion d'absorber notre aura, dit-il le plus sérieusement du monde.

— Ton plan n'est pas *bueno*, dis-je. Si nous faisons feu en premier et avons suffisamment de chance pour toucher un

Arrazi, nous aurons l'air de tuer des innocents sans armes aux yeux d'éventuels témoins. Je ne crois pas que nous voulions vivre le reste de notre vie en prison.

Giovanni fronça les sourcils.

— Espérons que le monde ne nous retrouve pas.

— Tu peux oublier ça.

— Demain, nous organiserons une réunion pour discuter du pouvoir des gens de la communauté et de la façon de les utiliser. Ceux dotés de clairvoyance devraient tout faire pour tâcher de voir le danger approcher.

— Giovanni, nous sommes en bien meilleure position que lorsque nous n'étions que toi et moi, dis-je. Et tout sera bien pire si les choses tournent mal, ajoutai-je, le cœur serré. Tous ces gens…

Je me laissai tomber sur le canapé à côté de Giovanni pour regarder par la grande ouverture rectangulaire dans le plafond.

— Peux-tu éteindre un instant ? Je veux voir les étoiles.

La vallée dans laquelle nous nous trouvions était vraiment spéciale. Les étoiles étaient si claires dans le ciel ; elles semblaient si proches.

— On pourrait presque croire que nous flottons dans l'espace, dis-je, hypnotisée par le spectacle.

Quand le vent me dispersa vers les étoiles…

Giovanni posa sa main sur la mienne. Je crus qu'il tenterait un rapprochement, mais son aura était calme. Il leva les yeux vers le ciel, sans bouger. Nous restâmes assis ensemble pour observer les étoiles, en laissant le temps passer en silence.

— Dans les moments calmes comme celui-ci, me dit-il enfin en tournant la tête pour me regarder, assis avec toi, je m'imagine une autre vie. Avec toi, dit-il, le regard illuminé de la lueur des étoiles.

Je me levai sans lâcher sa main, et je le regardai.

— Il vaudrait mieux que tu ne t'imagines pas un avenir avec moi.

Giovanni souleva nos mains entrelacées pour poser mes doigts sur ses lèvres, puis il glissa le bout de chacun de mes doigts dans sa bouche, comme de succulents morceaux de fruit. Savait-il qu'il allumait un feu en moi ? Il soufflait sur les flammes que j'avais éteintes, le jour où j'avais décidé que ma vie amoureuse était frivole face aux dangers qui nous attendaient. Giovanni tira sur ma main pour que je m'assoie sur ses genoux. Un éclair monta dans mes doigts pour s'étendre dans tout mon corps et frapper mon cœur.

Il prit mon visage à deux mains, laissant des frissons sur mes joues, puis il suivit la ligne de ma lèvre inférieure d'un doigt, traçant un tourbillon d'étincelles sur ma peau. Lentement, il m'attira à lui pour poser mes lèvres sur les siennes.

Notre baiser fut douceur et chaleur. Désir et peur. Amour et confusion. Intérieurement, je courus à lui parce que ceci était la vie, puis je pris la fuite, parce que ma vie était un désordre que je ne faisais qu'empirer. Je goûtai ses lèvres. De mes mains, j'explorai ses épaules, sa poitrine, je découvris la force dans ses bras. Je m'accrochai à lui comme à une bouée, parce que c'était précisément ce qu'il était, depuis le jour où nous nous étions rencontrés. Ses baisers m'enflammaient, m'empêchaient de me transformer en bloc de glace. Les caresses que nous échangions étaient autant d'actes de bravoure. Le lien qui nous unissait donnait tout son sens au verbe exister.

C'était un miracle si j'étais parvenue au Chili. Chaque minute de plus était un miracle, compte tenu des pouvoirs qui se dressaient contre nous. Pourquoi me surpris-je donc à penser à Finn à cet instant ?

Mon téléphone trilla dans l'obscurité. Nos fronts se touchaient, nous haletions, nos cœurs battaient. Je ne voulais pas répondre, mais je le devais. Je tâtonnais dans le noir pour trouver mon téléphone sur la table. L'écran s'illumina.

C'était un texto. De Finn.

Finn.

Où es-tu ? m'avait-il écrit.

« Euh... Je suis assise sur les genoux de Giovanni... » pensai-je.

Je roulai pour m'éloigner et m'assis sur ma jambe repliée. Je pouvais sentir le regard intense de Giovanni sur moi.

Je suis arrivée, répondis-je.

Je savais que Finn comprendrait où j'étais et avec qui. Il n'avait jamais eu besoin de mes explications pour comprendre.

Reste en sécurité jusqu'à ce que j'arrive avec ma découverte. Tu es la seule à pouvoir nous révéler ce qu'elle signifie, si elle signifie bien quelque chose. J'ai un bon pressentiment. Ultana voulait cette chose et je l'ai maintenant en ma possession.

— Finn arrive, annonçai-je à haute voix, tandis que mon cœur se mettait à battre follement dans ma poitrine.

Giovanni se redressa d'un bond en passant les mains dans ses cheveux. J'eus soudain envie de m'éloigner de lui, de la contrariété qui émanait de lui.

Il y a autre chose... écrivit Finn.

Il m'envoya un autre texto. Une vidéo.

Je ne voulais pas que tu me voies ainsi, mais c'est le seul moyen que j'ai pu trouver pour prouver l'existence des Arrazis, leurs crimes. Si cette vidéo peut t'aider, utilise-la comme bon te semblera, écrivit-il.

Je lançai la lecture de la vidéo. La voix de Finn emplit la chambre illuminée par les étoiles. Mon cœur se serra en l'entendant. Giovanni s'approcha derrière moi pour regarder l'enregistrement. Nous reconnûmes la salle dans les installations du docteur M.

— Cet homme... fis-je en regardant ce que Finn lui faisait subir.

— Oui. C'est grotesque. Nous sommes témoins de la mort d'un pauvre innocent aux mains de ton ancien petit ami.

— Il n'est pas innocent.

— En effet. Finn est l'un des leurs, qu'il nous ait aidés ou non...

— Je ne parle pas de Finn! dis-je en montrant mon téléphone à Giovanni pour qu'il puisse mieux voir. L'homme sur la chaise, l'homme que Finn a tué, je le reconnais. C'est l'un des hommes qui nous ont attaqués, à la maison de mes parents, la nuit où nous avons déterré l'anneau.

Giovanni se tut et nous continuâmes de regarder Finn prendre la vie de l'homme devant les murs qui révélaient ce dont les Arrazis étaient capables.

— Je n'aime pas le reconnaître, dit Giovanni à la fin de la vidéo, quand notre surprise fut estompée, mais cette vidéo est excellente. Elle pourra condamner les Arrazis à jamais.

— Elle condamne également Finn, dis-je.

Finn se sacrifiait pour révéler l'existence de ceux de sa race. Pour moi.

— Il a tué Mari, Cora. Il est déjà condamné, dit Giovanni en soulevant mon menton pour m'obliger à le regarder. Tu ne crois pas ? Ne me dis pas que nous sommes revenus en arrière, ne me dis pas que ton cœur sera à nouveau déchiré dès qu'il arrivera ici. Ne me dis pas que tu l'aimes encore.

Je pris Giovanni par le poignet pour repousser sa main.

— J'en ai assez de cette histoire ridicule, de ce match où s'affrontent l'équipe Finn et l'équipe Giovanni. Et si nous parlions de l'équipe Cora, hein ? Je vous ai tous les deux aimés et détestés, pour des raisons très différentes. Finn vient tout juste de signer son arrêt de mort avec cette vidéo. Pour nous aider.

— Pour t'aider, toi. Pas nous. Ne vois-tu pas que tu es l'unique raison pour laquelle il nous aide ?

— Eh bien, lui au moins, il est prêt à faire quelque chose sans attendre autre chose en retour.

Giovanni parut affligé par mes paroles.

— Finn ne peut pas nourrir l'espoir que nous soyons ensemble, lui et moi, dis-je en constatant immédiatement que c'était faux.

J'avais vu l'espoir de Finn, à l'aéroport. J'avais entendu l'espoir dans ses paroles, quand nous avions parlé de l'hexagramme et du symbole de Xepa, au téléphone. Je savais que sous son désir de comprendre pourquoi nous étions inexplicablement attirés l'un vers l'autre, se cachait son espoir que la réponse puisse nous ramener ensemble.

C'était moi qui avais abandonné tout espoir.

J'enfonçai mes ongles dans mes paumes et j'agitai les poings. J'avais eu tort d'embrasser Giovanni. Je le voyais comme une bouée, et c'est ce qu'il représentait à mes yeux. Dès l'instant où nous nous étions rencontrés, nous avions été secoués ensemble sur une mer houleuse. Mais si Giovanni était ma bouée, qu'était Finn pour moi ?

Finn était l'eau. La substance qui m'entourait, qui me transportait, et qui était également en moi, qui faisait partie de moi. Une substance dangereuse, qui pouvait me noyer. Le plus troublant, c'était que j'avais l'impression que nous étions faits de la même argile et que je n'arrivais pas à comprendre pourquoi, dans mes moments les plus émouvants avec Giovanni, les vagues de Finn se fracassaient sur moi.

44
Finn

C'était fait. Je n'avais pas la moindre idée de ce que Cora ferait de ma vidéo incriminante. Mon sort reposait entre ses mains. Elle m'avait dit qu'elle était en compagnie d'Edmund Nustber. Plus que quiconque, il représentait la corde qui pouvait servir à pendre ceux de ma race. Si mes gestes avaient pu damer le pion aux ennemis de Cora, cela en avait valu la peine.

Il ne me restait plus qu'une chose à faire : lui apporter le *Livre de Kells*. Je devais faire vite, parce que si elle décidait de publier ma vidéo, les médias, sans oublier la police, seraient à mes trousses.

En route vers le crématorium avec le corps dans le coffre de ma voiture, je n'arrêtais pas de penser à ce que l'homme m'avait dit. Une femme et un homme qu'il ne pouvait identifier l'avaient engagé. Avant, il avait travaillé pour deux personnes qui agissaient comme des alliés, mais qui n'en étaient pas. Qui d'autre pouvait avoir avantage à découvrir ce que ces deux vipères concoctaient ? J'étais pris au beau milieu d'une guerre entre le clan Mulcarr et le clan Lennon, mais... Seigneur... Il y avait bien quelqu'un qui voulait surveiller les agissements d'Ultana et de Clancy, une personne pour qui leurs jeux de guerre avaient pris une tournure très personnelle... Ma mère.

Mon Dieu. Si Ultana était bel et bien morte, quelle autre femme pouvait avoir engagé quelqu'un pour me surveiller ? Ma mère n'aurait jamais supporté l'idée de ne pas être au courant de tout. L'homme avait déjà travaillé pour les deux familles auparavant. C'était possible qu'il ait accepté de travailler à la fois pour Lorcan et ma mère.

J'eus envie de me frapper la tête contre le volant. Qu'était-il advenu de la confiance qu'elle m'avait témoignée récemment, en me révélant mon héritage, mon histoire, dans la pièce secrète ? Pour une fois, elle m'avait traité comme un homme au lieu d'un chiot qu'elle devait tenir en laisse. Si j'avais vu juste et si elle avait effectivement fait appel à l'homme pour me surveiller, je m'étais trompé sur elle et la confiance qu'elle m'accordait.

⚜

M. Killian s'occupa du cadavre avec une si grande efficacité que j'en fus malade de culpabilité. Des pompes funèbres avec service au volant. Lorsque je quittai le crématorium, mon cœur battait comme un tambour dans ma poitrine au rythme de mes remords. Je me rendis chez Bidouille pour récupérer l'ordinateur de mon oncle.

La pluie, annoncée plus tôt par les lourds nuages bas qui planaient dans le ciel, se mit à tomber jusqu'à se transformer en trombes d'eau au moment où j'arrivai dans le quartier où vivait Bidouille. De la fumée s'élevait de la cheminée et je restai assis dans la voiture pour observer la fumée monter en volute, en me demandant si Cora avait vu l'âme des enfants morts s'élever vers le ciel, confirmant le feu qui brûlait dans leur âme.

Le feu des âmes que j'avais prises brûlait en moi.

Je constatai alors que je pouvais sentir distinctement chacune des âmes que j'avais absorbées : l'affabilité et l'empathie du pêcheur, la férocité de l'amour et de la loyauté de Mari, l'arrière-goût immonde de l'âme de l'homme de Newgrange, le type que je venais de filmer dans les installations du docteur M., dont l'âme était teintée d'ambition déloyale. Ces gens faisaient maintenant partie de moi. Mon corps était peut-être devenu une balance qui pouvait osciller d'une essence à l'autre, en fonction des gens que je tuais.

Je supposais que c'était également le cas pour les humains normaux.

Nous étions tous transformés par les âmes que nous laissions entrer en nous.

J'ouvris la portière et marchai jusqu'à la porte de la maison de Bidouille. Je constatai à cet instant qu'elle était ouverte. Je levai les yeux vers les arbres dégoulinants. Je frissonnai dans l'air chargé d'orage en me demandant pourquoi la porte était ouverte.

— Hé-oh ? appelai-je en poussant la porte pour entrer. Bidouille ?

Personne ne répondit. À chacun de mes pas sur les planches, mon inquiétude grandissait. Le feu laissé sans surveillance mourait lentement dans l'âtre en dégageant de la fumée. Il avait besoin d'un coup de tisonnier. Je m'avançai dans le couloir et passai devant des photos de mon ami à toutes les étapes de ses années d'école.

La porte de la chambre de ses parents était ouverte. Ses parents étaient étendus sur le lit comme s'ils s'étaient simplement endormis, mais je savais qu'ils ne dormaient pas. Sa mère avait les bras croisés sur la poitrine. Je courus jusqu'à la chambre de Bidouille et je le trouvai étalé sur son bureau. Ils étaient tous morts. Envolés.

L'ordinateur de Clancy s'était lui aussi envolé.

Si la famille de Bidouille était morte subitement comme d'autres ailleurs dans le monde, l'ordinateur de mon oncle aurait toujours été là. Il n'avait pas simplement disparu ! Je sortis de la chambre et revins jusqu'à la voiture aussi calmement que possible, pour ne pas attirer l'attention, puis je quittai l'endroit. Mes mains tremblaient sur le volant.

J'avais attrapé l'homme qui me poursuivait, mais cela voulait dire que d'autres me surveillaient. Ces morts étaient l'œuvre d'un Arrazi. On m'avait certainement vu venir porter l'ordinateur et pendant qu'un Arrazi me suivait jusqu'aux installations du docteur M., un autre était resté pour attaquer mon ami et sa famille. Qui ? Qui pouvait vouloir tuer pour empêcher des preuves incriminantes d'être révélées au grand jour ?

Ultana, évidemment, mais une femme morte ne pouvait pas donner d'ordres. J'avais eu des doutes, mais j'avais rejeté cette hypothèse. Elle devait être morte. Je l'avais vue mourir. Oui, elle avait dit à Cora qu'elle était immortelle, mais Cora avait ensuite confirmé que la lumière d'Ultana s'était éteinte. Mon estomac se noua à l'idée que nous ayons pu nous tromper. Était-ce possible qu'elle soit toujours vivante ? Tout était possible dans un monde peuplé d'humains surnaturels dotés de pouvoirs magiques. La vie anormalement longue d'Ultana aurait dû être impossible, alors était-ce vraiment aller trop loin que de croire qu'elle pouvait être immortelle ? Pour que cette possibilité soit concevable, Lorcan devait être dans le coup. Lorcan avait ordonné que le corps de sa mère soit incinéré avant l'arrivée de Saoirse. Ultana et son fils pouvaient-ils tenter de nous berner tous ? Si Lorcan et sa mère avaient conspiré pour nous amener à croire qu'elle était morte, je comprenais pourquoi Lorcan avait jeté une *geis* à sa sœur, pour pouvoir tenir Ultana au courant de ce qu'il advenait de la société Xepa.

Mais dans ce cas, pourquoi avoir laissé le contrôle de la société à sa fille ? Si Ultana avait voulu mettre en scène sa mort tout en gardant le contrôle de sa société, pourquoi ne pas la laisser entre les mains de son fils ? J'avais l'impression d'essayer de reconstituer un casse-tête sans avoir toutes les pièces, de constater qu'il n'y avait pas d'image sur les pièces que j'avais. Je tâtonnais dans l'obscurité, à la recherche de réponses.

Que diable se passait-il ?

Saoirse m'appela pour me demander si j'avais l'intention de me joindre à elle pour le dîner.

Elle me dit qu'elle avait de bonnes nouvelles à m'annoncer.

— J'ai consulté quelques Arrazis et plusieurs pourraient être de notre côté. Malheureusement, je ne peux pas organiser une réunion avec ces personnes sans en parler à

Lorcan, dit-elle en poussant un lourd soupir. J'ai peur rien que de t'en parler. J'ai l'impression d'avoir une bombe attachée à ma poitrine. Il suffirait d'un faux pas et... boum.

J'acceptai son invitation. Nous nous étions précédemment entendus pour aller nous « nourrir » après le repas. Je devais lui annoncer que je ne me joindrais pas à elle pour cette activité de la soirée, puisque je m'étais déjà nourri.

— Lorcan ne viendra pas ? demandai-je à Saoirse.

J'avais espéré qu'il soit présent, pour étudier son comportement et tâcher de découvrir quel rôle il pouvait avoir joué dans la mort de Bidouille et de ses parents, et le vol de l'ordinateur de mon oncle.

— Je ne l'ai pas vu depuis ce matin.

Une domestique entra avec le repas sur des plateaux. Saoirse lui donna congé poliment.

— Qu'as-tu fait aujourd'hui ? me demanda-t-elle.

— Je me suis rendu dans les installations où les Scintillas étaient retenus prisonniers, pour les recherches.

Saoirse haussa les sourcils de surprise.

— Mais pourquoi ?

— Ta mère m'a fait miroiter ce que je désire le plus en m'envoyant là-bas. Elle m'avait dit que les scientifiques qui travaillaient dans ces installations cherchaient à fabriquer un moyen pour nous permettre d'obtenir l'énergie dont nous avons besoin sans tuer et je voulais voir si je pouvais trouver des dossiers qui m'auraient indiqué l'évolution des recherches. Cette découverte pouvait tout changer, si elle s'avérait possible. La visite des installations ne s'est pas... passée comme prévu, dis-je en déglutissant. Je m'y suis rendu aujourd'hui pour fouiller un peu et voir si je pouvais trouver des dossiers ou des documents sur la recherche.

— Et tu n'as rien trouvé.
Ce n'était pas une question, mais une affirmation.
— Exact. L'endroit a été complètement nettoyé. Cela doit avoir été fait récemment.
— Oui. J'ai tout fait nettoyer hier. Pour des raisons évidentes. L'endroit était rempli d'information de nature sensible.
— C'est toi qui as ordonné ce nettoyage?
Elle sourit.
— Tu sais ce que je veux dire. Je suis maintenant responsable des renseignements de nature délicate de ma mère. Je n'ai pas la moindre idée des recherches qu'on menait dans ces installations. Si les chercheurs étaient près de trouver quelque chose, ajouta-t-elle, le regard étincelant d'excitation, cette découverte pourrait changer notre vie. J'examinerai les dossiers et je t'informerai de ce que je trouverai.

Saoirse m'évalua d'un regard flatteur.

— D'ailleurs, je constate que tu as l'air en forme.

Son commentaire me rappela celui de Cora, quand nous nous étions croisés durant le bal masqué, dans la crypte. Un regard légèrement accusateur. À vrai dire, Saoirse avait elle aussi l'air en forme.

— Oui. Disons qu'une occasion s'est présentée.

— Pour moi aussi. Je crois que c'est mieux ainsi, dit-elle avec un sourire timide. Je préfère que nous ne nous voyions pas ainsi.

Son ton laissait deviner un message, mais je n'étais pas certain de l'avoir bien saisi.

Son regard persistant, sa façon de toucher ses lèvres en regardant les miennes, sa tendance à se rapprocher imperceptiblement quand j'étais près d'elle me poussa à lui poser la question :

— Et comment voudrais-tu que nous nous voyions ? lui demandai-je.

Le moment était venu pour Saoirse d'admettre qu'elle cherchait à être avec moi.

Sa mère aurait été si contente.

Le regard de Saoirse s'assombrit.

— Finn, j'ai passé ma vie à obéir à la volonté dominante de ma mère, dit-elle en serrant les dents et en me regardant, ou plutôt en regardant ses souvenirs à travers moi. Elle avait l'habitude de nous obliger à tuer de petits animaux quand nous étions enfants. Tu t'imagines ? Elle voulait nous endurcir en préparation de ce que nous allions devenir.

— Nom de Dieu, dis-je en frissonnant.

— Elle nous attachait sur une chaise et elle se plantait devant nous, dos au mur, pour essayer encore et encore de prendre notre énergie sans être projetée en arrière. Cela n'a jamais fonctionné, mais nous ressentions l'effet de ses tentatives, physiquement et émotionnellement. C'était douloureux d'être attaqué par ma propre mère.

— Et comment te sens-tu au sujet de sa mort ? lui demandai-je en espérant obtenir une réponse et comprendre pourquoi ma mère m'avait averti que Saoirse se sentait responsable de la mort d'Ultana.

— Je détestais ma mère. Je crois... je crois que je me sens coupable parce que je voulais qu'elle meure, parce que je suis heureuse qu'elle soit morte. Elle était misérable. Ma vie avec elle était un enfer.

— Seigneur, dis-je en m'approchant pour poser ma main sur la sienne. Je suis désolé. Je ne savais pas.

— Elle m'effrayait. Je n'avais pas d'autre choix que de jouer mon rôle pour lui plaire. Pourtant, je bouillonnais de rage intérieurement, je résistais à sa volonté. Elle voulait que tu sois avec moi... Non... Soyons honnêtes. Elle voulait te mettre la main dessus pour ses propres raisons. Naturellement, je résistais à tous les désirs de ma mère.

Elle fronça les sourcils roux en plissant son petit nez, tandis qu'elle cherchait ses mots, qu'elle luttait pour ne pas me révéler la vérité contre son gré.

— Ma visite chez toi, le premier soir, a été une véritable torture. Pour lutter contre ma mère, j'ai dû lutter contre ma première réaction en te voyant, dit-elle d'une voix chevrotante. Que je sois damnée si j'ose affirmer que je ne t'ai pas trouvé intensément charismatique... Non, ce n'est pas exactement ce que je voulais dire.

Elle semblait si impuissante que je me sentais fondre. Sa voix était douce, son regard, sérieux et aimable.

— Je t'ai embrassé, Finn. Ce geste ne t'a pas révélé tout ce que tu dois savoir, mes sentiments, ce que je vois en toi ?

Elle posa ses lèvres rosées sur les miennes avant que je puisse répondre. La fille devant moi n'était plus celle déchirée par une lutte intérieure, qui se refusait ce qu'elle désirait. Ses confessions avaient été difficiles, mais maintenant qu'elles étaient faites, elle était libre. Je pouvais le voir dans ses baisers intarissables, ses douces mains qui caressaient mon visage, son regard adorateur et enflammé que je croisai en ouvrant les yeux.

Elle effleura mon oreille de ses lèvres.

— Je t'accepte, Finn. Pour qui tu es. Pour ce que tu es. Tu n'auras jamais à te cacher avec moi, à lutter contre ta nature, dit-elle en laissant ses mains descendre sur mes cuisses tout en m'embrassant dans le cou. Arrête... de... lutter.

Je la pris par les bras et, à contrecœur, je dois le reconnaître, je m'éloignai d'elle, de sa douce bouche, de son corps qui se blottissait si bien contre le mien.

— Tu as été honnête avec moi, dis-je. Tu mérites que je sois honnête en retour, dis-je en espérant qu'elle m'écoute. Je ne cesserai jamais de comparer tout le monde à...

Saoirse me lança un regard pour me supplier de ne pas terminer ma phrase, puis elle détourna son visage.

— ... à elle, dis-je enfin.

Les yeux verts de Saoirse s'illuminèrent d'une intense lueur de défi.

— Je l'accepte. C'est vrai. Compare-nous, jusqu'à ce que tu n'en sois plus capable. Compare-nous jusqu'à ce que tu l'oublies. Nous sommes pareils. Nous sommes faits pour être ensemble.

— Si tu parles de la carte de tarot...

Saoirse pressa ma main sur sa poitrine.

— Je parle de mon cœur. Je parle du tien. Je peux le sentir. Ton cœur désire ce qu'il ne peut avoir. Je peux t'offrir ce dont tu n'oses même pas rêver, parce que tu es trop occupé à souhaiter que les choses soient autrement.

« Un jour, c'est le souhait que formule ton cœur quand tu veux que les choses soient différentes de ce qu'elles sont », pensai-je.

— Bon sang, murmurai-je.

Les paroles de Cora m'étaient venues en tête. Elle avait raison. Elles avaient toutes deux raison.

— Je t'offre ce qu'elle ne pourra jamais t'offrir : l'acceptation totale. Je t'offre mon cœur même si je sais que tu ne l'accepteras que d'une main, tout en gardant l'autre tendue vers le passé.

Saoirse m'offrait précisément ce que chaque être humain sur cette terre voulait : être aimé pour ce qu'il ou elle était. Pourquoi mon âme luttait-elle ? Parce qu'elle connaissait la place qui lui revenait.

— Tu me tues, Saoirse, chuchotai-je dans ses cheveux roux et soyeux.

— Non, mon amour, rétorqua-t-elle. Tes souvenirs te tuent. Je peux te faire oublier.

Si les baisers étaient des promesses, j'en avais fait des dizaines à Saoirse Lennon avant de me maudire intérieurement pour avoir été faible et avoir eu tort.

Mon excuse ? J'avais affronté la mort et mon avenir était sombre comme l'enfer. Ce que je n'avais cependant jamais entrevu, c'était la possibilité d'accepter ce que j'étais et tenter de vivre la vie qui m'attendait selon ces paramètres. Saoirse m'offrit un aperçu de quelque chose qui ressemblait à une vie normale. Mais j'aurais eu tort d'accepter cette vie. Je ne voulais pas d'une vie normale sans Cora.

Je m'éloignai de Saoirse et cette distance physique m'éclaircit les idées. Je devais à Saoirse de lui dire ce que j'avais fait.

— Je dois assumer mes actes. Voudrais-tu vraiment d'un homme condamné ? lui demandai-je en la regardant. Je suis condamné, Saoirse, mais le monde ne le sait pas encore.

— De quoi parles-tu ?

— Ce que ta mère voulait, que les Arrazis puissent sortir de l'ombre, l'exaltation, une place à la table des grands... J'ai fait quelque chose pour supprimer cette possibilité à jamais.

— Qu'as-tu fait, Finn ?

Saoirse semblait affligée et je comprenais pourquoi. Je menaçais l'existence de tous les Arrazis, dont elle faisait partie.

— J'ai découvert un moyen de révéler au monde comment nous tuons.

Je sortis mon téléphone de ma poche pour lui montrer ma vidéo dans toute son odieuse gloire.

— Mon Dieu, mais pourquoi ? me demanda-t-elle une fois la vidéo terminée.

Son visage disait tout de la peur, de l'incrédulité, de la trahison qu'elle ressentait. Elle se sentait menacée.

— Si les Arrazis ne mettent pas un terme au génocide des Scintillas, je révélerai au monde entier ce que nous sommes.

Saoirse s'effondra dans sa chaise, blême et sous le choc, puis elle se leva brusquement pour aller au bar et se verser un grand verre de whisky.

— *Uisca Beatha*, murmura-t-elle en irlandais avant d'avaler une grosse gorgée.

L'eau de la vie.

Je pensai immédiatement au symbole alchimique de l'eau de la vie, qui ressemblait de façon saisissante à celui de la société Xepa et à l'hexagramme. Le *shatkona*. Le sceau de Salomon. Peu importe quel était le nom de ce symbole, peu importe quelle était sa signification. Le triangle était partout. Tri. Trois. Partie intégrante du mystère.

Le symbole alchimique de l'eau de la vie était formé de deux triangles pointant dans des directions opposées, comme le symbole de Xepa. Cependant, dans le symbole alchimique, le bout des triangles se touchait.

— Que sais-tu du symbole de la société Xepa ? demandai-je à Saoirse.

— Rien, en fait. Pourquoi ?

— Ce que tu viens de dire m'a rappelé quelque chose et de toute façon, je voulais t'interroger au sujet du symbole. Sur la carte de tarot du deux de coupes, on voit deux personnes verser de l'eau de leur coupe respective dans une même coupe. J'ai mené mon enquête et je crois que l'« eau de la vie » représente l'énergie. Non pas de l'eau ni du sang, mais bien notre énergie vitale.

— Je ne vois pas en quoi cela concerne le symbole de Xepa. Je ne vois pas en quoi c'est important, dit-elle en levant de nouveau son verre.

Elle était en colère contre moi. Je l'avais de toute évidence secouée avec ma déclaration et je me sentais mal de l'avoir fait. Elle m'avait promis d'être mon alliée et pourtant, je lui avais tourné le dos pour effectuer un acte qu'elle n'aurait jamais approuvé. Ce geste, plus que ma déclaration à propos de Cora, avait probablement révélé à Saoirse plus que tout dans quel camp je me trouvais.

— Peut-être est-ce sans importance, avouai-je. Ce ne sont que des symboles, n'est-ce pas ?

Et moi, je n'étais qu'un petit garçon dont l'espoir reposait sur l'importance de ces symboles.

45
Giovanni

Même s'il était sur un autre continent, Finn avait encore réussi à ébranler Cora et à s'immiscer entre nous.

S'il pouvait disparaître, Cora pourrait enfin m'aimer de tout son cœur. Je ressentis un pincement de culpabilité. Il nous avait aidés, il tentait toujours de nous aider et le fait d'avoir un allié parmi les Arrazis pouvait s'avérer essentiel à notre survie. Je ravalai donc ma fierté et regardai Cora partir. Elle m'avait dit que la nuit portait conseil. J'étais certain qu'elle parlait de la vidéo condamnant les Arrazis, mais je ne pouvais m'empêcher de penser qu'elle parlait également de nous.

Le lendemain, elle resta à l'écart pendant la majeure partie de la journée. Sa proximité me tuait. Tard, en fin d'après-midi, elle revint enfin à moi. Elle était restée éveillée toute la nuit pour penser à ce qu'elle pouvait faire de la vidéo.

Cora envoya un texto à Edmund, qui était occupé à installer des caméras dans la salle commune en préparation du documentaire *Une journée dans la vie des Scintillas*. Cora lui dit de rester là où il était, qu'elle devait lui montrer quelque chose. Ensuite, elle demanda à Mami Tulke de nous rejoindre dans la salle commune. Ensemble, nous nous rendîmes à la hutte de Dun.

— Quoi, un autre portrait de Jésus ? blagua Dun quand nous arrivâmes pour lui demander de se joindre à nous pour aller voir Edmund.

Il était resté seul la plupart du temps. Cora pensait qu'il avait probablement besoin de temps seul pour réfléchir, pour pleurer Mari et sa vie d'avant. Tout avait changé pour nous tous.

Edmund trépidait d'anticipation et son aura était teintée de turquoise. Il descendit de l'échelle qu'il utilisait pour fixer une caméra dans un coin du plafond. Mami Tulke était déjà arrivée, avec Claire, Faye et Janelle. Environ une dizaine de Scintillas étaient présents, occupés à bavarder ou à manger.

— Dois-je demander aux autres de sortir ? demandai-je à Cora.

Elle regarda les Scintillas dans la salle en réfléchissant.

— Non. Ils sont eux aussi concernés. Pour ceux qui n'ont jamais vu d'Arrazi en personne, pour ceux qui ne comprennent pas la nature de la menace, ce sera très instructif. Cela pourra même convaincre les derniers dissidents. Plus on est de fous, plus on rit, en ce qui me concerne. En fait, est-ce que quelqu'un pourrait aller voir tous les adultes de la communauté pour les inviter à se joindre à nous dans dix minutes ?

— Je m'en occupe, dis-je.

Je sortis de la salle en courant et je me rendis de hutte en hutte et de tente en tente pour demander à tout le monde d'être présent pour la réunion. Les jumeaux se proposèrent pour aller annoncer la nouvelle aux autres et je revins rapidement auprès de Cora.

À mon retour, elle parlait à Edmund.

— Mon ami Arrazi m'a envoyé quelque chose. Quelque chose qui prouve l'existence des Arrazis, ajouta-t-elle en croisant le regard de tous ceux présents et en déglutissant. Une preuve qui révèle comment ils tuent. Je crois que mon ami voudrait utiliser cette preuve pour désarmer les Arrazis, pour frapper avant qu'ils ne nous attaquent. Ce que je suis sur le point de vous montrer est très cru, mais je crois que nous pourrions l'utiliser pour prendre nos ennemis par surprise. Ce pourrait être suffisant pour les obliger à se cacher.

L'air de la salle se chargea de l'énergie de l'anticipation. Je déposai un baiser sur la tête de Claire avant de l'envoyer avec une mère et un jeune bambin regarder un film dans la salle de récréation adjacente. Je devais la protéger.

Edmund utilisa un câble pour connecter le téléphone de Cora à son ordinateur portable afin que nous puissions tous regarder la vidéo. Dès que la vidéo commença, je remarquai que Cora, restée au fond de la salle, s'était mise à tourner inlassablement en rond sans regarder à l'écran. La vidéo était encore plus saisissante sur un grand écran et quand je me tournai vers Edmund, je vis qu'il semblait à la fois fasciné et épouvanté, mais qu'il tapotait répétitivement sa lèvre d'un doigt, ce qui m'indiqua qu'il réfléchissait comme un journaliste pour trouver un moyen de présenter la vidéo au monde entier. Son aura révélait son ambition, son désir de connaissance et de la partager.

Après avoir vu Finn tuer l'homme, un lourd silence s'abattit sur la salle. Pendant un instant. Puis, dès que les premières paroles de surprise et d'horreur furent prononcées, la salle se remplit du brouhaha de discussions effrayées.

— Cette vidéo n'aidera personne à identifier un Arrazi dans la rue, dit Edmund pour faire taire tout le monde. Il faudrait construire des murs comme celui dans la vidéo partout.

— Exact, dis-je. Nous pouvons voir les auras, mais nous ne pouvons identifier les Arrazis que s'ils ont récemment tué. Mais maintenant, le monde entier saura que cette technologie existe et si le monde entier est au courant de l'existence des Arrazis, cela pourrait les effrayer suffisamment pour qu'ils décident de se faire oublier et d'abandonner leur mission de nous tuer tous.

La vidéo de Finn était géniale, je devais le reconnaître.

Cora déconnecta son téléphone de l'ordinateur et tapa à l'écran.

— Je vous envoie la vidéo par texto, Edmund. Il devrait y en avoir plus d'une copie, au cas où.

— J'ai très hâte de la montrer au monde entier, dit Edmund. C'est époustouflant.

Le regard de Cora s'illumina d'une flamme verte et son aura s'embrasa sous l'effet de son agacement.

— Si vous faites quoi que ce soit sans mon approbation, je ne coopérerai plus, dit-elle calmement pour lancer un puissant avertissement à Edmund.

Edmund s'affaira sur son téléphone pour s'assurer qu'il avait bien reçu le texto.

— Je ne voulais pas dire que... dit-il sans croiser le regard de Cora.

— Pourtant, c'est l'impression que j'ai eue, dit Dun. Cora n'avait pas l'obligation de partager cette vidéo avec nous et pour tout dire, je pourrais très bien passer le reste de ma vie sans voir un autre meurtre. Si vous bâclez la publication de cette vidéo, je vous botterai le cul.

Je me demandai si, en voyant Finn Doyle tuer l'homme, Dun avait pensé à la mort de Mari.

Edmund s'esclaffa, mais nous pouvions deviner sa nervosité dans les couleurs de son aura.

— Nous en sommes donc venus à nous menacer les uns les autres ? Je voulais simplement dire que cette vidéo prouve l'existence de l'une des plus grandes conspirations de l'histoire. Les Arrazis et ceux qui leur donnent des ordres auront peut-être le réflexe de reculer, mais croyez-vous vraiment qu'ils arrêteront ?

Cora me regarda dans les yeux en mordillant sa belle lèvre inférieure. Je pouvais voir qu'elle pensait à la même chose que moi : « Ils n'arrêteront jamais... Ils n'arrêteront jamais de vous pourchasser... »

— J'ai mal aux oreilles, dit Claire en sortant en courant de l'autre salle, les mains sur les oreilles et un masque de douleur peint sur le visage.

— Je peux lui faire un cônage d'oreilles, proposa Faye. Ça aide à guérir les maux d'oreille et la congestion. J'ai vu que nous avons tout ce qu'il faut dans le local médical.

— Proposez-vous vraiment de lui mettre une chandelle allumée dans les oreilles ? s'exclama Dun, ce qui fit rire Faye. Et tu es d'accord ? me demanda-t-il.

— C'est parfaitement sécuritaire, dit Faye. Je te le promets. Je peux t'en faire un, toi aussi.

Dun rejeta la proposition du revers de la main.

— Je suis déjà assez sexy sans feu qui me sort par les oreilles. Je ne sais pas si les dames pourraient me résister si j'étais plus sexy que je ne le suis déjà.

Cora sourit. C'était la première fois que je la voyais sourire sincèrement depuis longtemps. Je tâchai de me rappeler à quand remontait la dernière fois qu'elle avait souri ainsi.

— En revanche, je veux vous voir faire, dit Dun en se levant.

— Est-ce que tu es d'accord, Claire ? lui demandai-je.

Claire hocha la tête et Faye, Dun et Claire partirent ensemble. Faye pouvait peut-être découvrir la source des étranges symptômes de Claire.

Raimondo poussa un grognement et inclina la tête en arrière. Je crus qu'il s'était endormi, car il avait la bouche ouverte.

— Il est trop tard, dit-il soudainement. Pas de maison. Les pourchassés n'ont pas de maison.

Cora écarquilla les yeux, sous le choc.

— Qu'avez-vous...

Raimondo releva la tête. Il poussa un cri.

— Ils nous ont trouvés.

— Que voulez-vous dire ? lui demanda-t-elle, mais Raimondo semblait avoir sombré en transe. Je sais qu'ils nous trouveront, s'exclama-t-elle en levant les mains au ciel. C'est le pire dans toute cette histoire. Oh, pourquoi le monde ne peut-il pas vivre et laisser vivre ? souffla-t-elle à voix basse. Nous ne faisons de mal à personne, nous ne tuons personne. Mais nous avons enfin quelque chose qui pourrait obliger nos ennemis à se soumettre.

Les poils se dressèrent sur mes bras. Je croisai le regard de Cora. Elle plissa des yeux interrogatifs. Il se passait quelque chose. Un bruit sourd retentit soudainement et un groupe de six ou sept personnes entra dans la salle commune. Quatre d'entre elles étaient armées de pistolets. La plupart de ces personnes étaient entourées d'auras normales, mais deux d'entre elles avaient une aura blanche de mort qui remplissait la salle comme un nuage empoisonné.

Mon cœur s'emballa et je me maudis intérieurement de ne pas être allé chercher les armes dans la caverne. Nous aurions pu surpasser nos assaillants en nombre si nous avions été armés, mais il était trop tard. Je priai pour que nos attaquants ne trouvent pas Claire et les autres. Avec un peu de chance, Dun avait vu ou entendu quelque chose.

Mes bras et mes jambes se glacèrent d'effroi. J'ignorais qui étaient ces gens, mais ils nous avaient trouvés. Ils nous avaient tous trouvés. Ils avaient trouvé Cora. C'était visiblement elle qu'ils cherchaient, car plus d'une arme était pointée sur elle.

Un homme vêtu d'un costume soigné entra, un sourire suffisant et furieux sur le visage, le regard fixé sur Cora.

— Sachez, Mademoiselle Sandoval, que nous ne nous soumettons pas. Ni aux hommes ni aux femmes, dit-il en gloussant. Seulement à la volonté de Dieu.

— Oh, d'accord, cardinal Báthory, dit-elle d'un ton sarcastique en insistant sur le nom de l'homme, pour s'assurer que nous savions tous de qui il s'agissait. Et je suppose que c'est la volonté de Dieu que vous veniez ici pour pointer des armes sur des innocents ?

On pouvait deviner tout le dégoût de Cora dans son ton et dans l'expression de son visage.

C'était le cardinal qu'elle avait croisé au Vatican, celui qui portait un anneau de Xepa, celui qui donnait vraisemblablement des ordres à Ultana Lennon. Le cardinal nous évalua d'un regard large et il fit une moue, comme s'il avait avalé de la nourriture avariée.

— Monsieur Nustber, je ne suis pas surpris de vous trouver ici. Dans un nid de rat, il y a toujours plus de rats. À votre place, je serais plus sélective dans mes liens d'amitié, ma chère, ajouta-t-il avec un signe de tête en direction de Cora.

Cora leva le menton et j'eus envie de rentrer sous terre dans l'attente de ce qui pouvait sortir de sa bouche.

— Nous nous demandions justement qui était le plus gros rat, dit-elle d'un ton railleur. Vous arrivez au bon moment pour nous confirmer que c'est vous. Vous nous menacez, mais laissez-moi vous dire que nous avons quelque chose qui devrait renverser les rôles. Le monde entier saura la vérité sur ce que l'Église a fait. Et pour tout vous dire, il est grand temps.

Le cardinal lui lança un regard de condescendance pure.

— Vous êtes trop simple, mon enfant. Ne supposez pas que ma présence ici concerne l'Église catholique.

— Vraiment, cardinal ? cracha-t-elle d'un ton tout aussi condescendant que le sien. Vous voulez essayer de nous faire croire que vous ne menez pas une nouvelle Inquisition ? L'histoire confirme les actions brutales de votre office au sein de l'Église.

— Faux. La Congrégation pour la doctrine de la foi est en place depuis 1542, mais cette date ne représente que le moment où elle a reçu son nom officiel. Notre organisation a porté plusieurs noms au fil des années, mais notre mission existait bien avant cela, avant que le Vatican n'existe, avant même la fondation de Rome ! La hiérarchie de l'Église ignore tout de ma véritable mission et de celle de tous les hommes qui ont occupé ma position : la préservation du secret le mieux gardé de l'histoire. Je fais partie d'une lignée d'hommes courageux qui, pendant des milliers d'années, ont dû porter ce fardeau. Je prends ma tâche très au sérieux et je m'évertue à découvrir et à détruire les machinations de Satan. Plus tôt votre race de mutants diaboliques sera anéantie, mieux le monde se portera.

Le cardinal venait de confirmer l'existence d'une société qui avait perduré au cours de l'histoire pour nous pourchasser, pour garder notre existence secrète. J'ouvris la bouche pour me moquer, mais Mami Tulke me prit de vitesse.

— Vous croyez que nous sommes la création de Satan ? lui demanda Mami Tulke d'un ton plein de mépris. Nous donnons la vie, dit-elle en regardant Cora, contre ceux qui... prennent la vie, ajouta-t-elle en se tournant vers le cardinal. Votre machine est alimentée par la peur. La peur nous divise tous et les gens comme vous exploitent cette peur pour affirmer que les autres ordres, les autres religions et les autres dieux ont tort. Vous représentez la plus grande division de l'humanité. Un poison que vous distribuez de force parmi la population.

— Oseriez-vous suggérer que les foules cessent de venir à l'église pour trouver l'union avec le Saint-Esprit, qui leur offre guérison et salut ? demanda-t-il à Mami Tulke avec un mépris évident.

Cora s'avança pour s'interposer entre le cardinal et sa grand-mère. J'eus un mouvement de réflexe pour la protéger.

— Et si nous étions tous des Esprits saints ? Si Dieu existe, il ou elle nous a créés ainsi.

Le cardinal Báthory et Cora se défièrent du regard pendant que nous observions tous la scène, le cœur galopant.

Elle projeta son aura vers lui, révélant son désir de l'attaquer. Le cardinal bondit brusquement en avant pour arracher le téléphone des mains de Cora. Elle tenta de le reprendre, mais on pointa le canon d'une arme sur son visage et elle recula. Le cardinal regarda la vidéo.

Le visage blême et la mâchoire serrée, l'homme sortit son propre téléphone, prit une photo de l'écran de celui de Cora, puis il composa un numéro.

— Je viens de vous envoyer une photo du jeune Irlandais que vous devez trouver et mettre hors d'état de nuire. Immédiatement. Il menace d'exposer les Arrazis. Oh, et il affirme avoir le livre. Votre vie dépend de votre capacité de l'éliminer, de mettre la main sur la couverture du livre et de me l'apporter. Alertez tous les Arrazis et ordonnez-leur de se rendre au *Rancho Estrella*, un ranch misérable dans la vallée de l'Elqui, au Chili.

» Si vous réussissez, ajouta-t-il d'une voix encore plus froide en examinant les Scintillas, les Arrazis obtiendront tout ce que nous leur avons promis et tout ce qu'ils méritent.

46
Finn

Dès que je rentrai à la maison, je cherchai ma mère, mais elle était en salle d'opération. Il me faudrait attendre pour lui demander si elle avait engagé l'homme pour me suivre. Je devais lui poser la question en personne. C'était le seul moyen de m'assurer d'obtenir la vérité.

À mon réveil, le lendemain, je repensai à mon dîner avec Saoirse. Elle avait réussi à se frayer un chemin dans mon esprit, à me forcer à me remettre en question. C'était une confrontation classique entre mon cœur et ma tête. Ma tête savait qu'il valait mieux rester près de Saoirse pour obtenir des renseignements importants concernant les activités des Arrazis, mais ma relation avec elle était devenue beaucoup plus compliquée. Elle s'était jouée de mon cœur brisé et elle m'avait poussé à me demander s'il m'était possible de vivre avec une femme Arrazi, si je pouvais espérer avoir quelque chose ressemblant à une vie normale, comme mes parents.

Admettre la défaite à mon cœur, c'était comme glisser ma tête sous la guillotine en tenant la corde qui pouvait faire abattre la lame. Je n'aurais jamais la personne que je désirais vraiment. J'aimais bien Saoirse, elle m'attirait, mais cela aurait été injuste, pour elle comme pour moi, d'affirmer que je ressentais de l'amour pour elle. Personne n'avait envoyé la foudre dans mon cœur comme Cora l'avait fait.

Je devais être réaliste. Je devais écouter ma raison et ma plus grande passion. Après le petit-déjeuner, je me rendis dans la chambre secrète de la maison pour poursuivre mes recherches et approfondir ma théorie au sujet de l'eau de la vie comme métaphore de l'énergie. J'avais également apporté une boîte d'expédition, quelques livres pris au hasard dans la bibliothèque de ma mère, et le plus gros livre que j'avais pu trouver. J'avais l'intention de vider l'intérieur du gros livre pour y cacher la couverture du *Livre de Kells*, pour ensuite le cacher parmi les autres et les emballer ensemble pour les expédier.

Je m'imaginai des centaines de fois tenter de faire passer l'artéfact aux douanes avant de monter dans l'avion, mais je compris que pour le faire parvenir au Chili, il me faudrait m'en séparer temporairement pour l'expédier à l'intérieur d'une boîte de livres. Je prenais d'énormes risques, mais si mon plan fonctionnait, je pourrais ensuite prendre l'avion jusqu'au Chili et récupérer la boîte à Santiago pour l'apporter à Cora.

Ce n'était pas pour rien qu'Ultana voulait trouver la couverture manquante du *Livre de Kells* pour la détruire. J'étais persuadé que Cora pouvait découvrir cette raison en touchant le livre. Avec un peu de chance, nous obtiendrions les réponses à nos questions au sujet de nos origines. Ce que je voulais apprendre par-dessus tout, c'était la raison pour laquelle nous avions été créés si diamétralement opposés l'un à l'autre.

À l'aide d'un scalpel et d'autres fournitures médicales que mes parents gardaient à la maison, je découpai soigneusement les pages intérieures du gros livre d'astronomie pour pouvoir y glisser le manuscrit enluminé et éviter qu'il ne soit endommagé durant le transport. Je glissai le livre au milieu de la pile de livres choisis au hasard, puis je les recouvris de papier d'emballage avant de sceller la boîte. J'apposai l'adresse d'un entrepôt d'expédition de Santiago sur la boîte, puis je l'apportai dans le coffre de ma voiture avant de retourner à la pièce secrète et à ma fascination pour l'eau de la vie. Il suffisait de taper ces mots dans un moteur de recherche pour découvrir des exemples intrigants pouvant appuyer ma théorie, dont plusieurs provenant du livre le plus populaire de toute l'histoire.

Apocalypse 22:1 : « Et il me montra un fleuve d'eau de la vie, limpide comme du cristal, qui sortait du trône de Dieu et de l'agneau. »

Apocalypse 21:6 : « À celui qui a soif je donnerai la source de l'eau de la vie, gratuitement. »

Jean 7:37 : « Jésus se tint là et criant, dit : Si quelqu'un a soif, qu'il vienne à moi, et qu'il boive. »

Jean 4:14 : « Mais celui qui boira de l'eau que je lui donnerai n'aura jamais soif, et l'eau que je lui donnerai deviendra en lui une source d'eau qui jaillira jusque dans la vie éternelle. »

Pourquoi Jésus-Christ aurait-il parlé ainsi ? Il n'était pas vendeur d'eau. Il était le sauveur. Qui pouvait affirmer que ces mots étaient une métaphore pour autre chose que l'âme ?

Je travaillais depuis des heures et j'étirai mon cou raide de gauche à droite quand un mouvement sur l'écran d'une des caméras de sécurité attira mon regard. Je vis Mary passer devant la pièce secrète pour aller ouvrir la porte. Je ne pus entendre ce que les visiteurs disaient, mais je vis deux larges silhouettes dans l'embrasure de la porte. Quelque chose dans la posture de Mary me donna des frissons dans le dos. Elle voulut fermer la porte, mais les visiteurs entrèrent de force. Quelques secondes plus tard, Mary s'effondra par terre. Je me levai d'un bond. Les hommes l'avaient terrassée sans même la toucher.

Des Arrazis.

Je bouillonnais d'incrédulité et de rage. Pas dans ma sacrée maison. Je cherchai une arme dans la pièce, mais il n'y avait que des classeurs, un ordinateur et des piles de papiers sur l'histoire de notre famille. Rien pour m'aider à défendre ma maison ou... seigneur, mes parents!

Rapidement, comme s'ils connaissaient la maison, les hommes se rendirent directement au bout du couloir, en direction de l'escalier menant aux chambres. Je ne savais pas où se trouvaient mes parents, ni même s'ils étaient dans la maison. Je n'avais pas prêté attention. La dernière fois que j'avais vu mon père sur les caméras de sécurité, il se dirigeait vers la cuisine. Je ne l'avais pas vu sortir, car j'étais absorbé par mes recherches.

Ma mère apparut sur l'écran de la caméra filmant le palier supérieur. Mon corps se raidit de peur. Je vis la peur dans son regard quand elle aperçut les hommes monter les premières marches de l'escalier vers elle. Au lieu de courir, elle se tourna pour regarder directement la caméra de sécurité et posa un doigt sur ses lèvres en secouant la tête. Je compris qu'elle ne voulait pas que je sorte. Elle ne voulait pas que les assaillants me trouvent ou trouvent cette pièce. Mais c'était contraire à ma nature. Il était impensable que je reste là à ne rien faire pendant que ces hommes attaquaient ma famille.

Ma mère n'avait jamais paru aussi féroce qu'à ce moment, quand elle se planta au sommet des marches pour fusiller du regard les hommes qui avaient osé pénétrer dans sa maison. Bon sang ! Ce n'était pas le moment de faire une bravade. Pourquoi ne s'enfuyait-elle pas ? Avant même que j'aie le temps de poser la main sur la poignée de la porte, l'un des hommes avait dégainé un couteau qu'il plongea dans la poitrine de ma mère en passant pour se diriger vers ma chambre, à l'autre bout du couloir. Ma chambre ?

Je hurlai, mais personne ne m'entendit.

Ces hommes me cherchaient.

J'éteignis les lumières, ouvris doucement la porte et sortis dans le couloir avant de fermer la porte derrière moi. J'étais déchiré ; je ne savais pas où aller en premier. Je devais aller auprès de ma mère, mais j'avais également besoin d'une arme pour nous défendre quand les hommes reviendraient. Ces hommes ne quitteraient pas ma maison vivants.

La première arme qui me vint en tête fut la dague d'Ultana, dans la cuisine. Je courus jusqu'à la cuisine et trouvai mon père attablé, avec les restes de son repas et le journal.

— Deux hommes Arrazi sont dans la maison, papa. Ils ont tué Mary et... ma gorge se noua. Seigneur, ils ont poignardé maman.

Il posa bruyamment sa fourchette dans son assiette et il se leva d'un bond pour aller prendre une boîte à biscuits au-dessus du frigo. « Mais qu'est-ce qu'il... » pensai-je. Mon père se retourna et je vis qu'il avait un pistolet.

— Reste ici, me dit-il.

— Non. Si maman est vivante, elle aura besoin de ton aide pour panser sa blessure, dis-je en prenant la dague à l'endroit où je l'avais cachée. De toute façon, c'est moi qu'ils cherchent. Maman était simplement sur leur chemin quand ils sont allés vers ma chambre. Allons-y.

Mon père ouvrit la marche et quitta la cuisine en éteignant les lumières sur son passage. Il était en mode combat. En arrivant à l'escalier, nous entendîmes ma mère gémir et nous gravîmes les marches en courant. Ma mère était appuyée contre le mur et pressait une main sur sa blessure à la poitrine. Du sang coulait entre ses doigts et elle avait le souffle rauque. Son regard était calme. Je crois que je me serais mieux senti si j'y avais vu de la panique, mais j'y vis plutôt de la résignation.

— Sortez, dit-elle entre ses lèvres sombres. Partez.

— Laisse-moi voir, Ina, chuchota mon père en s'agenouillant à ses côtés.

Dès qu'il retira la main de ma mère, nous sûmes que c'était grave. Ma main se serra sur le manche du couteau et je m'agenouillai pour embrasser ma mère sur le front.

— Is breá liom tú.

Je t'aime.

Qu'y avait-il d'autre à dire ? Plus rien n'avait d'importance. Je tremblais d'horreur et de rage.

Dès que je me levai, l'un des hommes tourna le coin du couloir et nous aperçut. Mon père leva la main et la détonation du coup de feu résonna dans le couloir et fit tinter mes

oreilles. Je sautai sur l'homme pour poser un genou sur sa poitrine ensanglantée et mon couteau sur sa gorge.
— Qui vous envoie ? Pourquoi faites-vous cela ?
— S'ils veulent vous voir mort, vous êtes déjà mort, cracha-t-il.
— Qui ça, «ils» ?
Mais l'homme avait déjà fermé les yeux à jamais.
— Finn ! s'écria mon père au moment où l'autre homme m'agrippa par-derrière en passant un bras sous ma gorge et en pointant son pistolet dans mon dos.
Il se retourna, de sorte que je sois face à mon père pour m'utiliser comme bouclier humain, puis il s'avança vers l'escalier.
Mon père se dressa devant lui pour lui barrer la route.
— Vous ne l'emmènerez pas.
L'homme fit feu sur mon père. Il faisait trop noir pour que je voie où il avait été touché ou si sa blessure était grave, mais il s'effondra sur ma mère, immobile. Je luttai pour me dégager, mais l'homme était trop grand et trop fort, sans parler du canon chaud de son arme pointée sur mes reins.
Pourquoi voulait-on ma mort ?
— Où est-il ? siffla l'homme à mon oreille.
De quoi parlait-il ? Du livre ? Je n'avais rien d'autre de valeur à lui donner.
— Il est caché, dis-je, incertain, désespéré et effrayé. Dans une autre maison sur la propriété.
L'homme me poussa pour que j'avance.
— Emmène-moi.
Je jetai un dernier coup d'œil affolé à mes parents avant qu'il ne me pousse dans l'escalier.

Nous traversâmes d'un pas lourd le bois derrière le manoir avant d'emprunter le chemin de terre que Clancy utilisait pour se déplacer de maison en maison sur son boghei chéri. Je ne savais pas ce que je ferais une fois arrivé. Je pouvais seulement espérer profiter d'une ouverture, d'une chance pour combattre. Au lieu de me diriger vers la maison de Clancy, j'emmenai l'homme à la prison souterraine où Clancy avait gardé la mère de Cora prisonnière pendant plus d'une décennie et où il avait enfermé Cora. Je tâchai d'empêcher mes mains de trembler en composant le code sur le pavé. La porte coulissante s'ouvrit.

Je menai l'homme dans le passage incliné qui s'enfonçait sous terre.

— Où diable sommes-nous ? aboya-t-il.
— Dans un endroit qui sert à cacher des choses.

Je m'arrêtai devant la porte derrière laquelle j'avais aperçu Cora, quand ma mère et moi avions découvert où Clancy l'avait emmenée. La porte était entrouverte et nous entrâmes dans la pièce où se trouvait un lit à baldaquin orné toujours défait. Je devinai que c'était là que la grand-mère de Cora avait dormi. Je fouillai la pièce du regard, espérant trouver quelque chose que j'aurais pu utiliser comme une arme. L'homme était armé d'un pistolet, alors que je n'avais rien. Si j'étais assez rapide, pouvais-je enfermer l'homme dans la pièce avant qu'il n'ait le temps de me tirer dessus ? Je devais appeler une ambulance et la police et revenir auprès de mon père.

S'il était parti, s'il était mort, mort comme ma mère, il ne me restait plus personne au monde.

— Plus vite ! aboya l'homme.

À côté du lit se trouvait une petite table de chevet vide. Si je pouvais l'agripper par un pied, je pouvais peut-être l'utiliser pour le frapper avant qu'il ne me tire dessus, mais j'avais peur que l'homme appuie sur la détente dès qu'il me verrait faire un mouvement en direction de la table. Je m'agenouillai près du lit. Pendant un instant étrange, je me revis en train de prier à côté de mon lit, quand j'étais enfant. Ces prières allaient peut-être remonter le temps et me venir en aide.

Je glissai ma main sous le matelas et le sommier, en feignant de chercher ce pour quoi l'homme était venu. Mes doigts touchèrent un objet dur et, surpris, je le sortis de sa cachette.

— Il ne m'apparaît pas spécial, ce livre, dit l'homme par-dessus mon épaule en voyant le livret grossier qui semblait fait à la main. Pas d'or ni de pierres précieuses.

C'est alors que je sus ce que ces hommes étaient venus chercher.

J'agrippai le pied courbé de la table pour l'abattre aussi fort que je le pus sur l'homme. L'homme s'effondra par terre en tirant au plafond avant de lâcher son arme, qui glissa au sol. Je me ruai par terre pour prendre le pistolet et je le pointai sur l'homme à deux mains. Une vive douleur éclata dans ma poitrine, puis l'homme fut projeté en arrière. Après avoir été désarmé, il avait tenté de prendre mon aura.

Je fis feu.

Les cartouches tombèrent autour de mes pieds sur le plancher sculpté, jusqu'à ce que l'arme s'ouvre et cesse de faire feu, vidée. Je lançai le pistolet sur le lit. L'homme était mort. Son sang coulait pour remplir des dizaines de lunes gravées dans le plancher, ses yeux vides étaient fixés sur le petit puits de lumière au plafond. Mon corps tremblait sous l'effet de l'adrénaline. Je devais retourner à la maison pour voir si mon père allait bien. Je fis demi-tour et j'aperçus l'étrange livre à terre. Je le pris avant de m'enfuir aussi vite que je le pus, même si mes jambes étaient en coton et que mon corps tremblait.

J'entendis la voix désespérée de mon père entre les arbres.

— Papa! m'écriai-je. J'arrive!

Le soulagement m'enveloppa pour un moment de repos dans la tempête de terreur qui m'assaillait depuis que j'avais vu Mary mourir à la porte de notre maison. Ma mère était morte, je le savais. Sa dernière intention n'avait pas été de se protéger, mais de me protéger. Comment avait-elle pu croire que je n'irais pas la défendre? Me prenait-elle pour un lâche? Cette pensée brisa ce qui restait de mon cœur.

Mon père et moi continuâmes de nous appeler l'un l'autre à travers les arbres jusqu'à ce que l'on se rejoigne dans une étreinte émouvante.

— Tu es blessé? lui demandai-je.

— Superficiellement seulement. La balle m'a écorché le bras. Je me suis jeté par terre en espérant que l'homme croie que j'étais mort pour pouvoir vous suivre. Dieu merci, tu vas bien, mon fils, dit-il en pleurant dans mes cheveux et en me serrant contre son épaule large.

Nous revîmes vers la maison.

— Tu dois partir d'ici, lui dis-je. Disparaître pour un bout de temps. Je ne crois pas que c'était la fin.

— Que nous voulaient-ils, Finn? La seule personne que je savais capable d'autant de mal est morte.

— C'est possible, dis-je en lui lançant un regard plein de sous-entendus, mais quand une femme dit qu'elle ne peut pas mourir et qu'elle y croit au point de s'embrocher elle-même sur une lame, je crois qu'il est sage de la croire aussi.

— Tu ne veux pas dire que...

Je hochai la tête.

— C'est exactement ce que je veux dire. J'ai tué un homme qui me suivait. Il m'a dit qu'une femme l'avait engagé par téléphone. J'ai cru que ce pouvait être maman, mais...

Mon père secoua la tête, confus. Il était persuadé que j'en étais venu à une mauvaise conclusion.

— Ta mère ne te faisait pas suivre, mon fils.

— Le type que je viens de tuer, il a aussi parlé d'une femme. C'est pour cette raison que je suis maintenant prêt à croire qu'il s'agit d'Ultana. Crois-tu vraiment que c'est impossible de sa part, papa ? D'ailleurs, Saoirse m'a dit que sa mère était déterminée à mettre la main sur un objet d'une grande valeur, quelque chose...

— Oui, je sais. Les trois Scintillas, dit mon père.

— Non. Un objet qui est dans la famille Mulcarr depuis plusieurs générations.

Mon père inclina la tête, curieux.

— C'est la couverture manquante du *Livre de Kells*.

— Non... fit mon père en portant une main à son cœur.

— Je te l'assure.

— Ina ne m'a jamais rien dit, souffla-t-il tandis que nous passions devant le corps de ma mère.

Je ravalai mes émotions et continuai jusqu'à ma chambre. Mon père s'assit sur le bord de mon lit en tremblant de tout son corps. Je pris une couverture à terre pour la déposer sur ses épaules.

— Je dois ramasser mes affaires rapidement et partir d'ici. Il faut que je me rendre au Chili avec le livre. Le sortilège de Cora lui permet de tirer des visions des objets simplement en les touchant. Je dois lui apporter le livre avant qu'il ne soit trop tard.

— Ils sont venus ici pour trouver le livre ? me demanda mon père d'une voix pâteuse. Comment... Comment ont-ils su que nous l'avions ? Même moi, je ne le savais pas...

Je me figeai sur place. La seule fois où j'avais parlé du livre, c'était dans ma vidéo. Comment avait-on pu mettre la main sur cette vidéo ? À moins que...

À moins qu'ils aient trouvé Cora.

Je devinais que c'était l'œuvre d'une femme que nous croyions tous morte. Personne ne surveille un ennemi qui est censé pourrir en enfer.

47
Cora

Nous étions dans le pétrin.
De tous les points de vue.

Nous étions entourés par des Arrazis, plusieurs armes étaient pointées sur nous et nos assaillants venaient d'ordonner qu'on assassine Finn. Il avait enregistré sa vidéo pour essayer de nous aider, et l'homme devant moi voulait le voir mort pour l'avoir enregistrée. D'ennemi en ennemi, j'avais fini par découvrir qui se trouvait au sommet de la pyramide, la personne qui contrôlait tout : les Arrazis, la société Xepa et même l'Inquisition de l'Église catholique. J'avais gravi tous ces échelons du mal et je me retrouvais maintenant ici, sans avoir rien accompli.

J'en avais plus qu'assez.

— Theodore, viens ici, aboya le cardinal Báthory.

Un maigre jeune homme au visage de rongeur s'approcha précipitamment. Son aura était mince et serrait son corps de près, mais je reconnus qu'il s'agissait d'un Arrazi.

— Theodore, je veux que tu identifies tous les Scintillas dans cette pièce. Allez avec lui, ajouta-t-il en inclinant la tête vers un homme à sa droite. Vous savez quoi faire.

Theodore hésita.

— Mais, Monsieur, je ne saurais dire. Je n'ai jamais vu d'êtres à l'aura argentée avant...

— Renifle-les comme le chien que tu es ! rugit le cardinal Báthory. Commence par elle, dit-il en me pointant du doigt. J'ai l'impression que tu constateras qu'elle est très différente de tous ceux dont tu as goûté l'âme. Mais maîtrise-toi. Je ne veux pas qu'elle meure tout de suite.

Au lieu d'attendre que ce garçon aux allures de souris s'approche de moi, je m'approchai de lui.

— Il t'appelle son chien, mais cet homme a besoin de toi pour faire son sale boulot. Son très sale boulot, sifflai-je. Mais sans toi, il n'est rien d'autre qu'un homme.

— Silence !

Theodore me craignait. Je pouvais le voir dans son regard, dans son souffle court. À ses yeux, j'étais une bête sauvage et il ne savait pas de quoi j'étais capable. Je me jurai de ne pas révéler ma peur, de ne pas grimacer quand il goûterait mon aura. Ma poitrine s'ouvrit. Theodore absorba mon aura en pantelant. Son aura prit de l'expansion et se teinta de blanc, comme tous les Arrazis lorsqu'ils tuaient ou lorsqu'ils prenaient l'aura d'un Scintilla.

— C'est bon, hein ? soufflai-je en serrant les dents.

« J'espère qu'il s'arrêtera à temps » pensai-je.

Ma vision se troubla et je commençai à me sentir étourdie. L'attaque cessa subitement. Theodore avait maintenant un sortilège. Il haletait ; il en voulait visiblement encore. L'homme à ses côtés sortit un objet carré et plat de sa poche, ainsi qu'un autre objet. Un cachet ? Je tressaillis lorsqu'il me prit par la nuque pour appuyer fermement le cachet sur mon front, à l'endroit où s'était gravée la marque de ma mère.

— Que faites-vous ?

Theodore s'approcha de Mami Tulke.

— Arrêtez, dis-je. Arrêtez. Je peux vous montrer tous les Scintillas dans cette pièce. Vous n'avez pas à prendre leur énergie.

Theodore ne m'écouta pas. Évidemment. Il en voulait encore.

— C'est une Scintilla, dit-il en se tenant devant ma grand-mère.

L'homme apposa son cachet sur le front de ma grand-mère. Je vis qu'il représentait deux triangles rouges qui se joignaient au sommet. Le symbole de Xepa. C'était inhumain : ils marquaient les Scintillas d'une lettre rouge maudite. Nous étions les autres, marqués pour leur différence.

Theodore s'approcha de Janelle et je poussai un cri quand il soutira son aura, tandis qu'elle se tordait de douleur.

— Elle n'est pas Scintilla, dit-il en passant à Edmund.

— Je ne suis pas un Scintilla. Vous le savez ! dit-il en lançant un regard implorant au cardinal, qui, d'un signe de tête, donna tout de même l'autorisation à Theodore de prendre son aura.

Edmund redressa les épaules avec bravoure, mais dès que l'attaque commença, il ne put s'empêcher de porter une main à sa poitrine en criant.

— Je vous en prie, supplia-t-il.

Il se redressa quand l'attaque cessa.

— Je suis un Scintilla, dit Giovanni en carrant les épaules et en lançant un regard intimidant à Theodore.

Theodore hocha la tête et l'autre homme dressa le bras pour apposer son cachet sur le front de Giovanni, mais celui-ci le repoussa. Giovanni se plia immédiatement en serrant ses bras contre sa poitrine. L'homme au cachet était aussi un Arrazi et il n'éprouva pas le moindre scrupule à forcer Giovanni à s'agenouiller avant d'apposer la marque rouge sur son front pâle.

Le cardinal Báthory semblait satisfait des opérations et le tri se poursuivit. Un Scintilla dont j'avais fait la connaissance plus tôt, Will, se dressa devant les Arrazis, les narines gonflées de colère.

— Fouillez les lieux, ordonna le cardinal Báthory quand tous ceux dans la salle furent identifiés.

Son regard étincelait presque de l'éclat du trésor qu'il avait découvert.

Will tendit les bras.

— Il n'y a personne d'autre !

Évidemment, il s'inquiétait pour Maya, qui avait sans doute refusé de se présenter parce qu'elle s'opposait aux plans de guerre, même si ceux qui optaient pour la résistance pacifique avaient été nombreux à venir dans la salle commune. Leur curiosité leur avait valu une marque rouge et la douleur de l'attaque d'un Arrazi, pour lui permettre d'obtenir ses dons surnaturels.

Quelques Scintillas n'étaient pas présents. Adrian avait été responsable de surveiller la route menant dans la vallée de l'Elqui. Ehsan se trouvait à l'extrémité ouest de la vallée et Adrian, sur la route à l'est, à quelques kilomètres du ranch.

Le cardinal Báthory fit taire Will d'un geste nonchalant de la main.

— S'il n'y a plus d'autres Scintillas, inutile de paniquer.

Deux hommes Arrazis et un homme armé sortirent. Nous tendîmes l'oreille pour entendre des cris ou des bruits de lutte. Mon cœur se serra quand j'entendis le premier cri. Mami Tulke semblait dévastée, le visage blême. Les Arrazis avaient trouvé le trésor que ma grand-mère avait gardé caché dans cette vallée pendant toutes ces années. Le cardinal joignit les mains devant lui.

— Et maintenant que nous avons trié toute cette racaille, j'aimerais que vous me rendiez ce que vous avez volé au Vatican, dit-il en s'adressant à Mami Tulke, qui le fusilla du regard en plantant ses mains sur ses hanches rondes en signe de défi. Inutile de feindre l'innocence, Madame. Nous avons la vidéo du vol. Nous n'avons simplement pas pu vous retrouver, jusqu'à ce que votre petite-fille se trouve dans les bulletins de nouvelles du monde entier. Quand nous avons réussi à trouver sa famille, nous avons pu vous identifier. Pourtant, j'aurais dû me douter, dit-il en me regardant par-dessus son épaule, quand vous êtes venue poser des questions à la basilique Saint-Pierre au sujet de la main volée de saint Pierre. Cette nouvelle avait été rapidement oubliée, mais vous meniez votre enquête comme si l'incident s'était produit la veille.

— Oui, j'ai pris la main, dit Mami Tulke. Les morceaux sont dans une jarre, à la maison.

— Ce n'est pas la main que je veux, dit le cardinal d'un ton condescendant. Et vous le savez. Le marbre est abondant en Italie ; on en trouve à tous les coins de rue. Vous avez trouvé ce que nous avions cherché pendant des siècles. Michelangelo Buonarotti a laissé des indices partout au Vatican. À mon avis, on avait donné beaucoup trop de liberté à cet artiste de pacotille, qui pouvait aller partout où il le désirait au Vatican. Récemment, nous avons découvert qu'il avait fait fabriquer une clé très dispendieuse et très rare. Le fabricant de la clé était un homme qui a été accusé de nécromancie et emprisonné. Nous avons plus tard su ce que nous cherchions : une clé qu'on disait ornée de rubis formant un symbole de sablier, enchantée pour constituer une menace à l'autorité de l'Église.

Le cardinal s'approcha de Mami Tulke et se pencha pour la regarder dans les yeux.

— Où est la clé ?

Je retroussai ma manche pour lui montrer ma marque.

— Qu'est-ce que ça veut dire ?

— C'est votre clé.

— Quel est votre sortilège ?

— La psychométrie.

Je vis qu'il ne comprenait pas le sens de ce mot. Je roulai des yeux.

— Je peux capter la mémoire des objets, expliquai-je.

Le regard du cardinal s'éclaira.

— Et qu'avez-vous vu dans la clé ?

— Tous les péchés de l'église.

— Et savez-vous ce que cette clé ouvre ? me demanda-t-il d'un ton qui m'amena à me demander s'il le savait lui-même.

— La clé n'ouvrait rien, mentis-je. Elle servait simplement à enregistrer tout ce que vous avez fait pour persécuter les gens et corrompre ce qui est censé représenter un Dieu bienveillant. Michel-Ange avait le sens de l'humour, vous ne trouvez pas ?

— Où est la clé maintenant ?

— À sa place. En Italie. Au fond d'un canal à Venise. Pourquoi n'allez-vous pas la chercher, comme le poisson de fond que vous êtes ?

Le cardinal écarquilla les yeux, comme s'il voulait me frapper. J'avais caché la clé dans le jardin de Mami Tulke, à la base d'un arbre, comme je l'avais trouvé, en Californie. La clé n'avait plus d'importance, mais je ne voulais pas que le cardinal le sache. Ce qui avait vraiment de l'importance, c'était le tableau que la clé avait servi à cacher. Le cardinal Báthory avait mon téléphone dans sa poche. Ce n'était qu'une question de temps avant qu'il ne le fouille et qu'il découvre mes photos et mes textos où l'on pouvait voir l'œuvre de Michel-Ange représentant Jésus et Marie. Quelle importance cette œuvre avait-elle pour lui ? Sa haine viscérale des Scintillas serait-elle atténuée lorsqu'il découvrirait que Jésus avait été l'un des nôtres ? Évidemment, le cardinal était peut-être déjà au courant. Il ne fallait pas oublier que Jésus avait été assassiné.

— Vous deux, dit le cardinal Báthory en pointant deux hommes, restez ici et assurez-vous que personne ne sorte. Theodore et moi allons emmener la jeune femme dans une salle tranquille où nous pourrons peut-être la convaincre d'être plus coopérative.

— Je vous ai dit tout ce que je savais.

Giovanni bondit en avant et fut attaqué par l'énergie de Theodore. Mon cœur se serra en le voyant s'efforcer de rester debout. Malgré la dévastation que subissait son aura, il parvint à bredouiller une question.

— Et quelle garantie ai-je que vous ne la tuerez pas ?

Cardinal Báthory leva le menton en esquissant un sourire grimaçant.

— Vous n'avez aucune garantie, mon garçon.

Edmund passa une main dans ses cheveux en bataille.

— Vous pensez vraiment que nous serons prêts à croire que vous nous laisserez en vie après ?

— L'espoir de Cora que je vous laisse en vie la rendra très coopérative, dit le cardinal en me prenant au menton. C'est bien de s'accrocher à l'espoir, quand notre monde s'écroule, non ?

On me poussa à l'extérieur, dans l'obscurité.

48
Giovanni

Impuissant, je regardai les hommes emmener Cora à l'extérieur. Où l'emmenaient-ils ? Que lui feraient-ils pour lui soutirer des renseignements ? J'avais l'impression que des poings de glace m'avaient martelé la poitrine. Je devais trouver un moyen d'aider Cora.

Cora avait enfin eu la réponse à ses questions. J'ignorais s'il agissait seul ou non, mais nous savions maintenant qu'un représentant de l'Église était responsable de la mission qui visait à nous éradiquer tous. J'avais l'affreux pressentiment que ce n'était qu'une question de temps avant qu'il ne réussisse. Je devais aider Cora avant qu'il ne soit trop tard, mais des hommes armés nous surveillaient, en plus d'un autre homme qui montait la garde près de la porte. Les Scintillas restaient assis, immobiles, le visage inquiet, la tête marquée de rouge.

La marque de la mort.

Une heure s'écoula dans un silence écrasant. Puis une autre. À un certain moment, un homme armé poussa Maya par les portes, avec quelques autres Scintillas qui étaient restés cachés. Toujours aucun signe de Dun, de Faye ou de Claire. Je pouvais seulement espérer qu'ils restent cachés.

Will courut vers Maya pour la serrer dans ses bras. Le temps continua de s'écouler lentement, et mon inquiétude continua de grandir, jusqu'à ce que mon corps tout entier soit tendu. Je m'imaginais où Cora pouvait être, où Claire pouvait être. Je m'imaginais comment nous sortir de cette situation, je m'imaginais survivre. Que pouvais-je faire d'autre ? Nos assaillants ne pourraient me drainer de mon espoir qu'en me vidant de mon âme.

Les gens dans la salle échangeaient des regards lourds de sens. J'observai les deux télépathes que je connaissais échanger des petits signes de tête de temps à autre, en me demandant ce qu'ils disaient. Si seulement j'avais pu faire comme eux. J'aurais envoyé un signal à tous les Scintillas pour leur ordonner d'utiliser leur sortilège d'une façon ou d'une autre pour nous débarrasser de nos ravisseurs.

Je m'approchai lentement de Will et Maya.

Will et moi échangions des regards, mais nous n'avions aucun moyen de communiquer, à l'exception de la détresse et du désespoir dans nos yeux. Will faisait mine de se lever, mais Maya l'obligeait chaque fois à se rasseoir, une main sur son ventre. Chaque fois qu'un garde tournait le dos, je m'approchais d'un pas en ignorant le regard glacial et le mouvement presque imperceptible de sa tête. Chaque fois que je m'approchais furtivement, sa main se serrait davantage.

Maya croyait que je m'approchais de Will, mais je m'approchais d'elle.

Je bougeai de nouveau et l'Arrazi me lança un regard suspicieux. Il fit mine de s'approcher de moi, mais son téléphone sonna et il s'arrêta. Un long silence tendu s'étira tandis qu'il écoutait.

— Si, fit-il en déglutissant.

Il glissa son téléphone dans sa poche et regarda dans la pièce comme s'il avait surveillé un enclos de bétail. Les têtes s'inclinaient au passage de son regard scrutateur.

Un vieillard assis à l'extrémité du banc sommeillait contre le mur. Le garde Arrazi poussa un soupir résolu et s'approcha de l'homme endormi d'un pas mesuré. Stupéfaits et horrifiés, nous le regardâmes tous vider l'homme de son énergie vitale. Ce geste me consterna, mais intérieurement, j'étais ravi de savoir que nous étions punis pour le refus de coopérer de Cora, ce qui signifiait qu'elle était toujours en vie.

Parmi les cris et les mouvements de tête de ceux qui s'étaient détournés pour ne pas voir le meurtre, je parcourus le dernier mètre qui me séparait de Maya, en priant pour qu'on ne remarque pas que je m'étais déplacé.

— Adrian et Ehsan sont dehors, chuchota Will à mon oreille. Ils nous aideront s'ils le peuvent.

— Si, chuchotai-je.

Nous n'avions plus de téléphone, car nous avions été fouillés pendant l'opération de marquage.

— Entre-temps, nous devons nous débrouiller seuls. Plusieurs Scintillas dotés de pouvoirs puissants se trouvent dans cette salle, mais aucun pouvoir n'est aussi mortel que celui de Maya, chuchotai-je à Maya. Tu veux protéger ton enfant à naître ? ajoutai-je en baissant les yeux vers sa main.

Maya me jeta un bref regard noir perçant.

— Tu as vu ce qui vient de se passer. Ils nous tueront avant même que ton enfant ne vienne au monde.

Will me donna un rude coup de coude. Je n'aimais pas le dire et je minais sa confiance, mais c'était peut-être la seule chose qui pouvait pousser Maya à faire le nécessaire. Elle devait oublier son sentiment de culpabilité et son pacifisme pour utiliser son sortilège.

Nous devions convaincre Maya de retirer ses douces mains de son ventre et de son mari pour les poser sur nos ennemis.

49
Finn

Seize heures.

C'était mon estimation du temps qu'il me faudrait pour me rendre de Dublin jusqu'au Chili, si j'arrivais à monter dans l'avion. J'achetai mon billet et je courus pour dire au revoir à mon père, qui, la dernière fois que je l'avais vu, traînait le cadavre dans les marches et s'apprêtait à «s'occuper du corps». Je le trouvai dans sa chambre, où il avait étendu le corps de ma mère sur le lit. Il n'était pas prêt à lui faire ses adieux. Moi non plus d'ailleurs, mais je le devais.

En voyant ma mère, je ravalai mes sanglots en prenant soudainement conscience du fait que la vie me poussait en avant. Pourquoi, en ces derniers moments avec elle, chaque trait négatif de sa personnalité qui m'irritait se transformait-il soudainement en trait positif? Ma mère était une reine et j'embrassai doucement ses doigts avant de poser légèrement les miens sur sa joue.

Puis, je courus. Je pris la fuite.

Je n'avais pas le temps d'expédier la boîte de livres. Je devais prendre le risque de passer aux douanes avec la couverture du *Livre de Kells*. Mon premier obstacle. J'emballai la couverture dans mon bagage à main, avec le journal de Gráinne et l'étrange journal fait à la main que j'avais trouvé dans le souterrain de Clancy. Je supposais qu'il avait également appartenu à la mère de Cora, mais je n'avais pas eu le temps d'y fouiller. Je le regarderais dans l'avion. Si je n'arrivais pas à monter dans l'avion, il me faudrait attendre le départ suivant, le lendemain, dans douze heures. Douze heures de plus à m'inquiéter pour Cora et à penser à ceux qui avaient pu mettre la main sur ma vidéo et avoir ordonné aux hommes de venir chez moi. Je ne pouvais pas communiquer avec elle par téléphone. J'avais parlé du *Livre de Kells* dans ma vidéo, que je lui avais envoyée par texto. Si c'était ainsi qu'on m'avait retrouvé, j'espérais que mes attaquants croiraient que j'étais maintenant mort.

C'était très difficile de ne pas appeler Saoirse, mais si j'avais vu juste et si Lorcan était effectivement de mèche avec sa mère pour mettre sa mort en scène, je devais éviter d'informer Saoirse de mes activités. J'étais navré pour Saoirse, prisonnière de sa famille maléfique. Je me l'imaginai, minuscule et battant l'air des mains, dans les griffes énormes de son frère et de sa mère.

Si je pouvais y faire quelque chose, Ultana n'arriverait pas à m'attraper ni à mettre la main sur la couverture qu'elle convoitait tant. J'accélérai sur la route menant à l'aéroport international de Dublin et je pus arriver suffisamment en avance pour passer le contrôle de sécurité et attraper mon vol.

Si je courais.

Si je ne me faisais pas arrêter au contrôle de sécurité. La sécurité était étonnamment relâchée et j'entendis quelqu'un dire que c'était ainsi depuis que les gens mouraient subitement et que les désastres naturels survenaient partout dans le monde. Le nombre de voyageurs avait chuté. Le monde était devenu plus effrayant. Et quand le monde devenait plus effrayant, les gens avaient tendance à se barricader à l'intérieur et à rester avec ceux qu'ils aimaient.

Des larmes me montèrent aux yeux en pensant à ma mère, assassinée. Avais-je le droit de la pleurer, alors que j'étais moi-même un assassin ? J'avais pris la vie d'une personne ; je l'avais arrachée à ceux qu'elle aimait. C'était exactement ce qui était arrivé à ma mère. L'enfer attendait-il les gens comme nous, à notre mort ? Je me posais la question. Comment Dieu pouvait-il nous persécuter pour avoir fait ce pour quoi nous avions été créés ?

Derrière mon angoisse et toutes les questions qui m'assaillaient se trouvait une vérité toute simple : elle était ma mère. Je l'aimais. Je ne la verrais plus jamais et j'ignorais même si je pourrais un jour revoir mon père. J'étais si seul. Même lorsque j'étais à la dérive, sur mon bateau, je savais qu'il y avait dans le monde des personnes qui s'inquiétaient de savoir si j'étais toujours vivant. La solitude, la véritable solitude, survenait au moment où l'on savait que si on devait disparaître pour toujours, notre disparition aurait autant d'importance que la disparition d'une étoile dans le ciel.

Je me rangeai dans la file de gens pour attendre de déposer mon sac sur le convoyeur du contrôle de sécurité. Le rythme de mon cœur s'accéléra à mesure que j'approchais du contrôle de sécurité et du scanner. Je pus passer sans problème, mais mon sac se trouvait quelque part dans la machine, examiné par un homme à lunettes, aux paupières lourdes et vêtu d'une chemise bleue tachée. Je pus voir le contour des livres à l'écran quand il se pencha légèrement en avant pour les examiner. Il ouvrit la bouche pour parler et je fis la seule chose qui me vint à l'esprit : je projetai une pointe d'énergie vers l'homme. Assez pour le faire sursauter et lui serrer la gorge. Un collègue lui demanda s'il allait bien, regarda la file de gens derrière moi et fit avancer le convoyeur tandis que son ami cherchait toujours son souffle.

Je pris mon sac sur le convoyeur et courus jusqu'à la porte, où je découvris que l'embarquement avait déjà commencé. Le préposé balaya mon billet et je me laissai choir dans mon siège en première classe à peine quelques minutes avant que les portes se ferment.

Une pensée me vint à l'esprit : les Arrazis devaient prévoir leur vol comme les fumeurs. J'étais heureux d'avoir satisfait mon besoin, sinon mon vol déjà tendu aurait été encore pire. Une fois que nous eûmes quitté le tarmac et que je fus libre de me lever, je sortis le livre fait à la main de mon sac. C'était un journal fabriqué grossièrement à partir de deux bouts de bois inégaux qui semblaient provenir d'une même planche brisée en deux. Des bouts de papier étaient simplement coincés à l'intérieur et le tout était maintenu en place par un ruban de soie noire.

Dans le journal, je trouvai de tout : gribouillages, croquis, notes aléatoires sur le quotidien de Gráinne. Je supposai donc qu'il s'agissait de son journal. Elle était l'unique captive et avait passé douze années seules avant que Clancy n'enferme Cora dans sa prison. De plus, Gráinne avait eu l'habitude de garder un journal. Je serais heureux de rapporter ses deux journaux à sa fille. Si elle était toujours vivante.

De nombreuses pages du journal étaient vierges. Je feuilletai les pages et remarquai des inscriptions dans les dernières pages. Des écritures semblables à celles qui auraient pu se trouver dans un registre de rendez-vous remplissaient de nombreuses pages. Sur l'une des pages, je pus lire «Date estimée», ce qui m'attrista. Je ne pouvais m'imaginer ce qu'avait pu vivre la mère de Cora, qu'on avait arrachée à sa famille pour l'enfermer sous terre pendant des années, où elle avait perdu le fil du passage du temps et où elle avait été attaquée par un Arrazi encore et encore et... oh, mon Dieu... par d'autres personnes ? Qui s'étaient partagé Gráinne comme une friandise ?

Les écritures mentionnaient plusieurs visites d'un nombre restreint de personnes. Je compris alors que les quelques Arrazis avec qui Clancy avait «partagé» Gráinne devaient avoir obtenu leur sortilège. Les mêmes Arrazis s'étaient nourris de son aura souvent, parfois brutalement, comme le révélait l'une des notes :

> Clancy a emmené une femme Arrazi aujourd'hui. Mon âme a fait un soubresaut en entendant la douceur d'une voix féminine, que je n'avais pas entendue depuis longtemps. Mais la femme était aussi impitoyable que le pire des hommes qui viennent me voir. C'est une femme sans

cœur, qui parvient à voir une femme en captivité sans être émue ni être poussée à l'aider, sans se voir dans le miroir de ma souffrance. *Je ne suis pas une autre femme à ses yeux. Je suis l'«autre», un être inférieur, la subsistance pour une race supérieure. Elle est revenue, cette femme brutale qui mord sans se contrôler, comme un bébé serpent. Sa voix est douce, mais elle déchire mon âme comme si sa faim était alimentée par la colère. Peut-être est-ce le cas. La faim n'est qu'un manque qu'on doit combler.*

Les notes concernant cette femme m'intriguaient. S'agissait-il d'Ultana ? Pourtant, c'était insensé. Clancy ne voulait pas qu'Ultana sache ce qu'il possédait. Il y avait bien la femme Arrazi qui l'accompagnait à Newgrange, celle que j'avais assommée. Clancy prenait évidemment des risques en mettant d'autres Arrazis au courant de son secret. Ce faisant, il avait permis à ces Arrazis d'acquérir leur sortilège, c'était vrai, mais était-il certain de pouvoir leur faire confiance ? Qui pouvait prendre l'aura d'un rare Scintilla enfermé dans le secret, sans en informer la toute-puissante Ultana Lennon ?

Si mon corps implorait le sommeil, mon esprit filait à vive allure. Je m'assoupis à quelques reprises, mais je me réveillai plus d'une fois, pris de panique, tiré de mes rêves de ma mère qui regardait sa robe tachée de sang, avec un masque impossible sur le visage, comme celui qu'elle devait porter devant ses patients, pour ne pas les effrayer. Était-ce par habitude ? Avait-elle agi ainsi pour me protéger ? Dans un autre rêve, elle avait la même expression calme, mais elle avait le corps d'Ultana, dans la tombe, avec le manche de la dague qui lui sortait du ventre. Elle se levait, elle arrachait l'arme de son abdomen et sortait de la tombe.

L'agente de bord m'apporta un verre de whisky que je vidai d'un coup pour enfin sombrer dans un sommeil plus profond.

⸻

Comme je fus l'un des premiers à descendre de l'avion, je ne pus voir qui était à bord avec moi, mais je sentis un souffle surnaturel dans mon dos, la brise fétide de l'énergie d'un Arrazi. Comme je ne voulais pas regarder par-dessus mon épaule et croiser le regard de personnes que je pouvais connaître, je m'esquivai dans une boutique d'articles de fantaisie pour regarder les passagers passer. Je crus reconnaître deux Arrazis dans la foule. Saoirse m'avait dit qu'ils étaient des Arrazis, au bal organisé par la société Xepa, mais comme tout le monde portait un masque, je ne pouvais en être certain. La façon de l'homme de conduire la femme en la tenant par le coude me parut étrange. « Zut », pensai-je. Quelles étaient les probabilités que des Arrazis ressentent soudainement le besoin de monter dans un avion en direction de l'Amérique du Sud ? Combien d'autres Arrazis provenant d'ailleurs pouvaient bien converger vers cet endroit ?

Cela n'augurait rien de bon.

Je serrai mon sac contre moi, jointures blanches, pour passer la douane et aller louer une voiture. Le fait d'avoir en ma possession la couverture du manuscrit enluminé le plus connu de l'histoire l'emportait sur le plaisir de posséder un trésor inestimable de l'histoire de l'Irlande. C'était suffisant pour rendre n'importe qui nerveux. Mais il n'y avait pas que cela. Ce livre représentait notre histoire, celle des Arrazis et des Scintillas. Pour quelle autre raison la famille de ma mère l'aurait-elle gardé pendant des centaines d'années ? Pour quelle autre raison Ultana l'aurait-elle convoité à ce point ? Les hommes qui étaient venus chez moi avaient tué pour mettre la main dessus. Si seulement je pouvais remettre la couverture dorée à Cora et découvrir si j'avais raison.

Je regardai derrière moi et j'aperçus le couple d'Arrazis louer une voiture. Si Ultana était effectivement morte, qui d'autre pouvait avoir ordonné aux Arrazis de se rendre au Chili ? De toute façon, si Ultana était toujours vivante et si son fils l'aidait, je supposai qu'ils devaient tirer les ficelles dans l'ombre.

Je sortis l'adresse de Mami Tulke. Tandis que je parcourais les collines de la vallée de l'Elqui, la radio vociférait dans la voiture. À la BBC, on affirmait que les recherches pour retrouver la « guérisseuse miraculeuse » se poursuivaient et qu'on la soupçonnait de s'être rendue en Amérique du Sud. Les journalistes savaient que la belle-mère de Cora, Janelle Sandoval, avait pris un avion pour Santiago à peine deux jours plus tôt. Le monde entier arrivait, y compris les journalistes et les Arrazis. Mes doigts se serrèrent sur le volant.

Je sursautai en entendant mon téléphone vibrer. J'avais reçu un texto de Saoirse :

Salut. C'est tranquille par ici. Que fais-tu ? Mon frère agit bizarrement et j'ai reçu un courriel qui s'adressait à ma mère, d'un destinataire anonyme, qui lui recommandait de se rendre à Santiago, au Chili. Je n'ai pas la moindre idée de ce que cela veut dire...

Je venais de recevoir une confirmation. Les Arrazis arrivaient.

Je ne pouvais pas répondre à Saoirse. Pas parce que je voulais que Saoirse s'inquiète, mais parce que je n'avais pas confiance en son frère. Je ne savais pas ce que je devais croire ni en qui je pouvais avoir confiance. Je pouvais seulement écouter mon instinct et le suivre jusqu'à Cora.

Je m'arrêtai à un éventaire routier pour acheter quelque chose à manger d'un homme d'origine moyen-orientale assis sur sa voiture avec une affiche sur laquelle on pouvait lire : Dernière station-service avant 80 km. Eau froide, nourriture. Plus je m'approchais, plus il me regardait avec méfiance. Plus je m'approchais, plus son aura me semblait alléchante. Je ralentis le pas.

Cet homme était un Scintilla.

Quelle était la probabilité que je tombe sur un Scintilla ? Cora pensait qu'elle, sa grand-mère et Giovanni étaient peut-être les derniers de leur espèce. L'homme me remit mes achats et ma monnaie avec un regard fuyant et en me souhaitant une bonne journée d'un ton indifférent. Savait-il ce que j'étais ? Était-ce pour cette raison qu'il craignait de me regarder ?

— Est-ce que ça va ? lui demandai-je, ce qui le fit sursauter. Il me regarda, sa surprise visible sur ses traits sombres. Vous semblez nerveux, dis-je.

Il scruta mon visage de ses yeux noisette.

— On n'est jamais trop prudent, répondit-il enfin.

Je crus apercevoir l'ombre de deux hommes courir vers moi, mais étrangement, lorsque je tournai la tête, je ne vis rien.

— Oui. C'est vrai que le monde est rempli de cinglés, dis-je en faisant un pas en arrière. Pourtant, nous ne sommes pas tous à craindre, mon frère, ajoutai-je d'un ton lourd de sous-entendus, en espérant qu'il capte mon message. J'avais l'impression qu'il était important que cet homme le sache. Il ne me répondit pas et je fis demi-tour pour retourner à ma voiture, en sentant son regard dans mon dos. Au moment de partir, je le vis parler dans un émetteur-récepteur. Envoyait-il un avertissement ? Je me plus à penser que s'il y avait d'autres Scintillas dans la vallée, ce qui aurait constitué une belle surprise, ils s'étaient dotés d'un système d'avertissement en cas d'arrivée d'Arrazis.

Les étoiles qui brillaient dans cet endroit n'avaient rien à envier au ciel nocturne de la mer d'Irlande. Je détachai mon regard du ciel pour examiner la carte sur mon téléphone et poursuivre ma route pour trouver Cora. Plus j'approchais, plus j'éprouvais de la difficulté à garder mon calme. Mon corps vibrait de peur et d'agitation, mon souffle était court et mon cœur battait de façon irrégulière. Mon téléphone indiquait que j'approchais, à peine trois cents mètres avant de tourner. Une maison en pisé apparut devant les phares de la voiture.

Une lumière était allumée dans la maison, mais quand je frappai à la porte, personne ne vint ouvrir. Je frappai de nouveau, plus fort cette fois. Où était passé tout le monde ? Après avoir passé dix minutes assis dans la voiture, je remarquai dans la cour un panneau en bois sur lequel était inscrit « Rancho Estrella » avec une flèche pointant vers l'est. Quelques minutes plus tard, j'arrivai à destination. Je garai la voiture près de l'un des nombreux étranges bâtiments polygonaux. D'autres bâtiments, semblables à des tentes éclairées de l'intérieur comme des igloos lumineux, étaient parsemés dans le ranch. L'endroit semblait abandonné et me donnait des frissons dans le dos. Je marchai jusqu'à un grand bâtiment éclairé lui aussi de l'intérieur, où je voyais des ombres aller et venir. Je frappai à la porte. Mami Tulke ouvrit et m'examina par la porte entrebâillée.

— Ce n'est pas un bon moment pour les amis en visite, dit-elle en écarquillant les yeux.

J'inclinai la tête de côté.

— Et est-ce un bon moment pour les ennemis en visite? lui demandai-je en esquissant un sourire taquin.

Ses narines se gonflèrent légèrement.

— Je dirais que le moment est parfaitement choisi, dit-elle avant de me fermer la porte au nez.

Quelqu'un m'agrippa par la chemise pour me tirer sur le côté du bâtiment. Dun posa un doigt sur ses lèvres, mais j'entendis des paroles dans ma tête, aussi clairement que s'il avait parlé : « Aide-nous. Je t'en prie, aide-nous. »

Je secouai la tête. Dun n'avait pas parlé, mais une personne à l'intérieur du bâtiment avait communiqué avec moi par télépathie.

Il se passait quelque chose de grave, comme je le craignais. Et Cora? Où était-elle?

Nous entendîmes la porte s'ouvrir. Dun m'attira sur le côté et nous jetâmes un coup d'œil en direction de la porte. Le canon d'une arme apparut, puis la tête d'un homme. Il regarda dans notre direction, s'immobilisa, et nous reculâmes immédiatement. Nous avait-il aperçus? Des bruits de pas s'approchèrent lentement et dès que l'homme tourna le coin du bâtiment, son arme pointée directement sur Dun et moi, je fis ce qui me vint naturellement.

J'absorbai son âme pour l'avaler comme un bout de cartilage.

50
Cora

La mort était comme une falaise d'où on me lançait encore et encore, seulement pour me ramener au sommet juste avant que je touche le fond.

La nuit avait laissé place au jour, puis la nuit était revenue. Des heures d'interrogatoire, d'attaques atroces et répétées tandis que Theodore absorbait mon énergie, sous les cris du cardinal, jusqu'à ce que, frustré, il prenne son téléphone pour ordonner qu'on tue un premier Scintilla. C'est à cet instant que je me mis à réfléchir au prix de ma défiance. Je craignais ma mort, mais je craignais davantage de causer la mort d'autrui.

Le cardinal Báthory avait l'intention de couper les fleurs de mon espoir jusqu'à ce qu'il n'en reste plus.

— Je ne sais pas ce que vous attendez de moi, soufflai-je en tendant une main implorante vers Theodore, qui était impuissant et complètement soumis à son patron.

Ce fut le cardinal qui me répondit.

— Je veux savoir ce que vous cherchiez dans la cité du Vatican. Qu'est-ce qui vous a amenée au Vatican ? Après des siècles passés à cacher l'existence des Scintillas aux yeux du monde entier, une adolescente quelconque passe près de ruiner tous nos efforts. Comment est-ce arrivé ?

— Ouais, je suis tellement quelconque que le monde entier me cherche, parce que j'ai ramené des enfants morts à la vie.

Le cardinal prit son élan pour me gifler au visage.

— C'est Dieu Tout-Puissant qui a ramené ces enfants à la vie !

Ma tête recula et mon champ de vision se remplit de points lumineux sous l'impact. La rage couvait en moi et ma colère se répandit comme une traînée de lave. Je m'imaginai être une Arrazi, pour pouvoir le tuer.

— J'aime beaucoup voir comment vous persécutez ceux dotés de pouvoirs extraordinaires. Cette chasse a toujours été le modus operandi de votre organisation, n'est-ce pas ? Vous cherchez à écraser ceux qui possèdent des pouvoirs magiques, pour garder les foules ignorantes de leurs propres pouvoirs. Vous oubliez les paroles de Jésus. « Celui qui croit en moi fera aussi les œuvres que je fais, et il en fera de plus grandes » ?

Son visage se crispa en un nœud d'incrédulité.

— Vous oseriez vous comparer à notre Seigneur et sauveur, Jésus-Christ ? cracha-t-il.

— En effet, grondai-je d'une voix grave et sérieuse, en m'approchant volontairement de lui, pour le pousser à me frapper encore une fois.

Je préférais encaisser ses coups que les attaques de Theodore l'Arazzi, qui observait notre échange, bouche bée.

— N'est-ce pas ce que vous craignez que la clé révèle ? lui demandai-je à voix basse, presque inaudible.

Je cherchais à gagner du temps, dans l'espoir que quelqu'un réussisse à se rendre à la cache d'armes, pour que nous puissions combattre le feu par le feu. Peut-être que Dun, Adrian ou Ehsan y parviendrait ? Chaque heure qui passait réduisait mon espoir que cela se produise et je m'inquiétais de plus en plus pour les Scintillas qui étaient retenus prisonniers depuis si longtemps. Le cardinal sortit une fois de plus son téléphone de sa poche et souleva un doigt pour téléphoner.

— C'est bon ! dis-je en grimaçant, en apercevant un sourire narquois apparaître sur son visage. Ça suffit, pauvre type. J'ai menti. J'ai caché la clé. Je sais ce qu'elle ouvre. Je vais vous montrer où elle est maintenant, ajoutai-je en me mordillant la lèvre.

Le cardinal baissa la main.

— C'est votre dernière chance, Mademoiselle Sandoval. Si cette clé n'est pas entre mes mains très bientôt, toutes les personnes dans ce ranch le paieront de leur vie.

— Oui, d'accord.

Les pics neigeux des Andes miroitaient sous l'éclat de la lune lorsque nous quittâmes la hutte pour monter dans une voiture. Je donnai les indications pour nous rendre à la caverne. Je ne pensais pas que le cardinal était au courant de ce que la clé pouvait ouvrir, mais je croyais qu'il savait effectivement que Jésus avait été un Scintilla. Pour quelle autre raison sa société aurait-elle déployé tous ces efforts pour cacher la vérité pendant aussi longtemps ? Si la vérité devait éclater au grand jour, le système entier de l'Église s'écroulerait. L'Église n'était pas prête à laisser des guérisseurs miraculeux aller librement, se donner aux autres pour les aider, quand elle affirmait être la seule à avoir accès aux portes menant au salut.

Je supposais que le cardinal Báthory voulait la clé à ce point uniquement pour s'assurer qu'elle ne cachait pas quelques preuves qui pouvaient revenir le hanter après la disparition des Scintillas. Il existait bien des preuves, mais un grand nombre d'entre elles disparaîtraient avec moi.

J'allais mourir. C'était l'évidence même.

Comme les autres.

Je savais que nous allions payer de notre vie, que j'accepte ou non de remettre la clé au cardinal. Il avait déjà ordonné aux Arrazis de venir ici. C'était comme s'il avait invité des loups dans un congrès de moutons. Le cardinal avait affirmé que c'était l'espoir qui m'avait poussée à coopérer. À cet instant, mon espoir était devenu un problème et j'étais devenue dangereuse. Le cardinal Báthory avait cependant omis de réfléchir au fait qu'en l'absence soudaine d'optimisme, j'étais libre d'avoir recours à des émotions plus agressives. Quand tout espoir était perdu, le désespoir insouciant prenait sa place.

J'allais peut-être mourir, mais j'avais l'intention de mourir en me battant.

Quelques minutes plus tard, nous nous garâmes à la base de la colline où, d'après mes souvenirs, la caverne se trouvait. Giovanni et moi avions marqué l'endroit en fixant le bout de tissu écossais que Finn m'avait donné à une branche près de la route. Le bout de tissu flottait au vent quand nous descendîmes de la voiture. Mon corps était lourd après toutes les attaques de Theodore, mais mon cœur s'était tout de même mis à battre plus rapidement tandis que je réfléchissais à ce que j'allais faire une fois arrivée à la caverne. Si je pouvais mettre la main sur une arme à feu, la première balle serait destinée à Theodore. Si je pouvais me débarrasser d'abord de l'Arrazi, il ne resterait plus que le cardinal Báthory et moi. Un humain contre une Scintilla en colère.

Les dés étaient jetés.

Je gravis les derniers mètres en titubant en direction de l'entrée de la caverne.

— Vous devez déplacer les grosses pierres, dis-je d'une voix rauque. Je suis trop faible pour le faire.

Le cardinal et Theodore échangèrent un regard suspicieux avant de s'installer contre les grosses pierres pour les pousser. Je contractais convulsivement mes doigts sur mes cuisses, comme un coureur sur la ligne de départ. Je me tenais le plus près possible de l'ouverture, afin qu'au moment où les hommes auraient déplacé les pierres, je puisse entrer en courant dans la caverne pour m'emparer de la première arme à portée de main. J'espérais tomber sur un pistolet. J'espérais réagir assez vite.

La vitesse et la précision, sans oublier la chance. Voilà de quoi j'avais besoin. Rapidement, les pierres furent déplacées et la caverne s'ouvrit comme un énorme œil dont l'ouverture sombre formait une fente semblable à une pupille qui m'observait. Me défiait. Dès que je crus l'œil suffisamment ouvert pour me laisser passer, je me glissai par la fente entre les rochers et je m'avançai d'un pas hésitant dans l'obscurité. Mes doigts se fermèrent sur de la terre sèche. Les deux hommes se mirent à hurler en soufflant et en poussant davantage les pierres pour entrer.

La silhouette des deux hommes dans l'ouverture bloquait le ciel derrière eux. Je m'avançai tant bien que mal en direction du fond de la caverne tandis que le cardinal criait à Theodore de me tuer.

— C'est une caverne. Projette ton énergie et tue-la.

Je continuai de ramper jusqu'à ce que mes mains trouvent enfin une boîte. Je cherchai à tâtons et sentis le pistolet chargé que je savais être sur la boîte. Je m'emparai de l'arme en roulant pour la pointer aveuglément en direction des silhouettes. Je n'arrivais pas à distinguer les deux hommes.

Une lueur éclaira le visage du cardinal, qui utilisait son téléphone pour éclairer la caverne. Il m'éclaira également, fesses par terre, tenant à deux mains le pistolet. Je reculai le chien pour le relâcher, comme Giovanni me l'avait montré. À l'instant même où je sentis l'énergie glaciale de Theodore aspirer mon âme, je fis feu.

51
Giovanni

Immédiatement après avoir tenté de convaincre Maya d'utiliser son sortilège pour tuer l'un de nos ravisseurs, de préférence un Arrazi, nous entendîmes tous quelqu'un frapper à la porte. L'Arrazi et les hommes armés discutèrent quelques instants pour décider de ce qu'ils devaient faire.

Mami Tulke se leva soudainement en disant à voix basse qu'il valait mieux qu'elle ouvre pour chasser calmement les visiteurs innocents. À la personne à la porte, elle s'adressa clairement en parlant assez fort pour que nos ravisseurs entendent qu'elle ne tentait pas de transmettre un message subtilement ou de demander de l'aide. Nous nous demandions tous qui pouvait se trouver dehors et espérions que ces visiteurs pourraient nous aider.

Je remarquai alors que le télépathe, Alejandro, était assis avec les yeux fermés, comme s'il méditait. Pouvais-je espérer qu'il utilisait son sortilège pour envoyer un message ? C'était précisément le genre de contre-attaque dont nous avions besoin.

Après que Mami Tulke eut fermé la porte, l'un des hommes armés, un non-Arrazi, visiblement méfiant, poussa Mami Tulke pour ouvrir la porte et sortit. Nous entendîmes alors un bruit sourd, comme si quelqu'un avait laissé tomber un sac de pommes de terre. Puis, plus rien. Les bruits de la nuit et l'air frais s'engouffraient par la porte restée ouverte.

— Qui était à la porte, vieille femme ? demanda l'Arrazi.

— Un agriculteur, qui vit plus loin. Un quidam. Vous m'avez entendu le renvoyer, répondit Mami Tulke d'un geste de la main.

Comme l'homme armé ne revenait pas, les autres hommes dans la pièce avec nous se mirent à échanger des regards inquiets, d'abord entre eux, puis avec les Scintillas.

— Je m'en occupe, dit l'Arrazi avec un air de fanfaron à peine contenu. Si quelqu'un bouge, tirez-lui dessus.

— Tu es certain ?

— Tout à fait, dit-il en balayant la salle du regard. Mais commencez par les non-Scintillas. Le cardinal a des plans pour les autres.

« Des plans ? » pensai-je.

L'Arrazi mit un pied dehors.

— Hé ! hurla-t-il.

Dès qu'il eut poussé son cri, il fut projeté en arrière et alla heurter le mur assez fort pour perdre conscience. L'autre homme pointa son arme en direction de la porte. Je fus assez rapide pour soulever l'arme grâce à mon sortilège et lui arracher des mains. L'arme traversa la pièce pour venir dans ma main tendue au moment où Dun entrait, suivi de... Finn.

— C'est un autre Arrazi ! s'écria quelqu'un.

— C'est le tueur de la vidéo !

— C'est un ami, dit Dun en regardant Finn et en posant une main sur son épaule.

Finn fouilla frénétiquement la pièce du regard, à la recherche de Cora. Je ravalai une exaspération que je connaissais trop bien en revoyant le lien qui les unissait.

Il semblait abasourdi et je me demandai s'il savait, sans même avoir porté attention au sceau que nos assaillants avaient apposé sur notre front pour nous identifier, que presque toutes les personnes présentes dans la pièce étaient des Scintillas. Il me confirma mon soupçon en s'approchant de moi en courant.

— Cette salle est remplie d'énergie, dit-il, pantelant. Je ne savais pas qu'il restait tant de Scintillas. Où est Cora ?

— Elle n'est pas ici. Ils l'ont emmenée, mec. Nous ne savons pas où.

— J'ai ma petite idée, dit Dun. Juste avant l'arrivée de Finn, il y a quelques minutes, nous avons entendu un coup de feu provenant des collines.

Son regard éloquent me fit comprendre que le coup de feu avait probablement eu lieu près de la caverne de la cache d'armes. Pourquoi ? Mon estomac se noua. Seigneur, cette fille...

— J'espère que c'est elle qui les a attirés jusque là-bas.

J'étais bouleversé à l'idée qu'ils aient pu l'emmener sur une colline pour l'abattre.

— Un seul coup de feu ? Tu en es certain ?

— C'est tout ce que j'ai entendu, mais les choses se sont corsées ici, alors...

— Et que faisons-nous de lui ? demanda Will en pointant l'Arrazi inconscient étendu par terre. Nous le ligotons ?

— Cela ne vous sera d'aucune aide, répondit Finn. Dès qu'il reviendra à lui, il pourra vous tuer même s'il a les mains ligotées dans le dos et les yeux bandés.

— Dans ce cas, nous savons ce qu'il nous reste à faire, dit Will d'une voix assurée en regardant Finn avec un regard légèrement suspicieux. Va chercher Cora, dit-il en m'adressant un signe de tête. Nous nous occupons de l'Arrazi.

Will et Maya échangèrent un regard et je sus alors avec certitude qu'elle avait changé d'opinion sur l'utilisation de son sortilège.

— Où est ma fille ? demandai-je à Dun.

— Je lui ai dit de se cacher avec Janelle et Faye, dans la remise à l'autre extrémité du jardin. Elles devraient y être en sécurité pour un moment, répondit Dun. C'est Claire qui nous a annoncé que quelque chose d'anormal se passait. Elle n'arrêtait pas de dire que quelque chose n'allait pas en secouant la tête. Je suis sorti et j'ai vu les hommes arriver. Ta fille a hérité de dons.

Edmund interrompit notre conversation.

— Tu es le garçon de la vidéo, fit-il en posant les mains sur ses hanches pour examiner Finn du regard comme un directeur de distribution évaluant un acteur.

Finn plissa les yeux avec curiosité avant de les écarquiller en reconnaissant Edmund.

— Vous êtes le type à l'arrière de tous ces bouquins.

Edmund esquissa un grand sourire.

— Je suis terriblement heureux de te voir, mais pourquoi es-tu venu jusqu'ici ?

— Il n'y a qu'une réponse à cette question, mec, répondit Finn.

— Nous avons tous vu la vidéo que tu as envoyée à Cora. C'est pour ça que tout le monde te lance des regards craintifs. Je suppose que l'homme de la vidéo méritait de mourir. Je crois que c'était intelligent de ta part et que c'était le seul moyen de me permettre de révéler au monde entier ce que les Arrazis font. Avec la permission de Cora, je réalise un documentaire sur tout ce qui arrive, expliqua Edmund en passant une main dans ses cheveux ébouriffés. Il y a du bon et du mauvais dans chacun d'entre nous, mon garçon. Même en toi. Je le crois vraiment. Tu ne serais pas ici pour nous aider si ce n'était pas le cas.

— Merci, dit Finn en haussant les épaules.

Will et deux autres Scintillas s'affairèrent à traîner l'Arrazi à l'extérieur pendant que Dun, Finn et moi courions jusqu'à la voiture de location de Finn. Edmund hurla de l'attendre et il sauta dans la voiture à la dernière seconde avec sa caméra.

— Tu me regardes comme si j'étais agaçant, dit-il sur la défensive, mais j'ai filmé tout ce qui s'est passé dans cette salle. Si nous en sortons vivants, j'aurai des preuves sérieusement incriminantes contre le cardinal.

« Un coup de feu. Un coup de feu. » Deux hommes et un coup de feu. « Une fille. »

Mes genoux s'entrechoquaient tandis que je montrais à Finn le chemin vers la caverne. J'avais laissé le pistolet de l'Arrazi à Will, pour qu'il puisse défendre le groupe si d'autres Arrazis arrivaient. Je me retrouvais dans une position incroyable : j'étais heureux que Finn soit avec nous. C'était un allier mortel, bien que son utilité était réduite contre d'autres Arrazis. Ce petit chien, Theodore, était avec Cora et le cardinal.

— Nous courons peut-être pour rien, dit Dun en se massant le front du pouce et de l'index. Ce coup de feu aurait pu être tiré par n'importe qui. Et si Cora était revenue au village ? Nous pourrions être en train de nous éloigner d'elle.

Finn poussa un grognement de frustration et accéléra.

— C'est là, fis-je en pointant l'endroit où le bout de tissu écossais battait au vent, accroché à une branche. Derrière la voiture, dis-je en sentant mon cœur se serrer.

Finn descendit de la voiture et sortit un sac contenant trois livres du coffre.

— Pourquoi apportes-tu ces livres ? Ce n'est vraiment pas le moment de...

Finn me lança un regard noir pour me faire taire. Ce devait être le livre dont il avait parlé dans sa vidéo, l'objet qu'il voulait apporter à Cora pour qu'elle le touche. Mais pourquoi était-ce si urgent ? Nous devions sauver Cora avant qu'elle puisse utiliser son pouvoir pour accéder aux visions emmagasinées dans le livre.

En tâchant d'être aussi silencieux que possible, je menai le groupe sur le sentier inégal et ombragé. À mes oreilles, nous faisions autant de bruit que les quatre cavaliers de l'Apocalypse gravissant la colline. Comme nous n'osions pas utiliser de lampe, nous gravîmes la pente tant bien que mal, jusqu'à ce que le monticule de la caverne, qui me fit penser aux monticules de Newgrange, apparaisse devant nous. Une faible lueur bougeait dans la caverne, comme si quelqu'un y utilisait un téléphone, une petite lampe de poche ou un briquet pour s'éclairer. Nous nous approchâmes de l'ouverture et je vis le contour sombre d'un corps étendu par terre. Une personne de petite taille. Estomaqué, je m'approchai rapidement. Finn s'approcha lui aussi en rampant de la forme immobile. Mon téléphone vibra dans ma poche et tout le monde arrêta de bouger, de respirer, en espérant que la personne dans la grotte n'avait rien entendu.

Finn n'avait pas détaché son regard du corps étendu par terre. Il s'immobilisa complètement et il semblait projeter son énergie vers le corps pour le sentir. Il secoua la tête, mais j'ignorais s'il voulait dire qu'il lui était impossible de sentir l'énergie vitale du corps, ou qu'il ne s'agissait pas de Cora. Je fis un pas hésitant en direction de la caverne en regardant le corps. Le nuage qui cachait la lune s'éloigna et, à l'éclat de lune, je pus voir que le visage du cadavre n'était pas celui de Cora.

L'Arrazi, Theodore, était mort. Je sentis une vague de fierté monter en moi. Ce devait être l'œuvre de Cora.

Je détachai mon regard du corps pour lire le texto que je venais de recevoir. C'était Ehsan, que nous avions posté comme vigie au marché, à quatre-vingts kilomètres vers l'ouest.

Les Arrazis arrivent!

52
Cora

Une vive douleur envahit mes oreilles dès que j'eus fait feu dans la caverne.

Secouée, je me levai sans détourner le canon de mon arme du cardinal Báthory. Une lueur bleu-jaune illuminait son visage. Il avait sorti un téléphone pour éclairer la caverne, mon téléphone. Je pouvais voir l'étonnement sur son visage, mais ce n'était pas à cause de la mort de son animal de compagnie Arrazi. C'était à cause de ce qu'il voyait à l'écran. Il ne semblait pas s'inquiéter de l'arme pointée sur lui.

— Qu'est-ce que c'est ? demanda-t-il en me montrant la photo du tableau.

— C'était ce que votre précieuse clé cachait.

— Ce tableau ne signifie rien, dit-il. Il s'agit simplement de l'interprétation d'un artiste de Jésus et de la Sainte Vierge. Cela ne prouve rien au monde, qui ne sait d'ailleurs rien de vous.

Pourtant, la voix tremblante du cardinal révélait qu'il craignait effectivement que le tableau signifiât bien quelque chose. Quelque chose d'important.

— Oh, le monde me connaît bien, lui rappelai-je. Je suis la nouvelle de l'heure. Vous n'avez pas entendu parler de moi ? Nous savons tous les deux que ce tableau signifie bien quelque chose, ce qui explique pourquoi vous semblez sur le point de souiller votre pantalon. Imaginez-vous un instant ce qui pourrait arriver si le monde voyait ce tableau, si le monde voyait l'Arrazi devant le mur Kirlian dans la vidéo. Imaginez si le monde voyait un Scintilla devant ce mur. Des preuves. Voilà de quoi il s'agit. Votre secret est dévoilé.

Je vis son visage se drainer lentement du peu de couleur qu'il lui restait, jusqu'à ce que les poches bleues sous ses yeux ressortent.

— Qu'y a-t-il, cardinal ? Vous craignez soudainement que votre place au paradis ne soit plus complètement assurée ?

Le cardinal haussa pompeusement le menton.

— À titre de préfet, je suis lié par serment à mon office. Je suis lié aux obligations qui m'ont été confiées par une longue lignée de gardiens dévoués à la Société. Je suis lié par la parole de Dieu.

Il frappa d'un poing dans sa paume, geste qui me fit penser à une petite brute qui avait un jour terrorisé des nations entières avec ses discours enflammés. Une petite brute qui s'était elle aussi lancée dans le commerce du génocide.

— Faites-moi plaisir, comptez le nombre de races, de religions et de peuples que votre office a persécutés. Pouvez-vous le faire sur les doigts d'une seule main ? Votre serment vise à homogénéiser le monde entier et je doute que Dieu ait voulu créer un monde si varié pour qu'un seul groupe cherche à condamner ses créations à la mort. Vous tuez les Scintillas et aucune raison divine ne vous pousse à le faire, dis-je en redressant mon arme. Remarquez, je ne suis qu'une jeune adolescente quelconque. Je ne sais rien, après tout.

Un tumulte de bruits de pas nous fit sursauter. Je reculai en titubant jusqu'à ce que mon dos heurte la paroi de la caverne. Je pointai mon arme sur les nouveaux arrivants. Le cardinal se tourna pour illuminer les intrus et toutes les cellules de mon corps poussèrent un soupir de surprise, puis de soulagement.

Finn et Giovanni me regardaient avec méfiance. Si les yeux d'Edmund n'avaient pas été cachés derrière sa caméra, j'étais persuadé que j'y aurais vu la même expression de doute.

— Pourquoi me regardez-vous comme si j'étais un bambin armé d'un pistolet ? Vous avez pourtant vu le paillasson qui portait autrefois le nom de Theodore à l'entrée de la caverne, non ?

— Baisse ton arme, mon cœur, me dit Finn. Tu trembles comme une feuille. Tout va bien maintenant.

— Tu n'as pas à le tuer pour moi. Je peux me défendre. Je peux défendre les Scintillas.

Je ne savais pas d'où je tirais cette mauvaise humeur, mais maintenant que Finn me l'avait malheureusement fait remarquer, je constatais que je tremblais violemment. J'inspirai profondément pour me calmer et m'armer de courage. J'étais prête à éliminer la petite brute en costume italien. Le sommet de la pyramide devait tomber.

— Tu vas en avoir l'occasion, dit Giovanni. Ehsan m'a dit que les Arrazis arrivaient.

— C'est ce qui m'inquiète, dit Finn. Ils arrivent plus tôt que je ne l'avais cru, mais j'ai remarqué deux Arrazis dans mon avion et Saoirse Lennon m'a confirmé que...

Le cardinal éclata de rire, interrompant Finn. Il ouvrit la bouche pour parler et je bondis en avant, animée par le désir profond de remplir sa bouche ouverte d'acier noir. Finn et Giovanni m'arrêtèrent en tendant un bras pour m'empêcher de m'approcher.

— Que faites-vous ? m'écriai-je, frustrée. J'ai un pistolet ! Cet homme... n'est rien d'autre... qu'un humain...

« Un humain », pensai-je. Ce mot me fit faillir. Je voulais tuer cet ignoble humain ignare et j'avais craché ce mot comme si je l'avais considéré comme un être inférieur. Qu'étais-je devenue ?

— Giovanni, peux-tu prendre le pistolet et le garder pointé sur cet homme pour quelques minutes ? demanda Finn. Cora, j'ai apporté quelque chose que tu dois absolument voir et je ne crois pas que ça puisse attendre. Cet objet pourrait répondre à toutes nos questions sur notre race et la tienne. S'il existe un moyen d'arrêter cette folie, je veux le connaître. Si les Arrazis arrivent, nous n'avons plus de temps.

— Et que faisons-nous du cardinal Báthory ? lui demandai-je. C'est de lui qu'Ultana recevait ses ordres. Il contrôle les Arrazis et il les utilise pour tuer des innocents.

Finn examina le cardinal Báthory de la tête aux pieds.

— Je crois qu'il mérite de mourir comme tous ceux qu'il a condamnés à mourir. Votre âme n'appartiendra pas à Dieu, dit Finn en s'approchant du cardinal et en le regardant droit dans les yeux. Votre âme infecte m'appartiendra.

53
Cora

La caméra d'Edmund éclairait la caverne comme s'il y avait invité le soleil. Je clignai des yeux dans la lumière éblouissante. À contrecœur, je tendis le pistolet à Giovanni, qu'il pointa sur le cardinal en marmonnant quelques mots en italien. Le cardinal écarquilla les yeux.

Finn me tendit trois livres. Je reconnus immédiatement l'un d'eux et mon cœur s'emballa. C'était le journal de ma mère.

— L'autre journal appartenait également à ta mère. C'est le plus gros livre que je veux que tu ouvres. C'est la couverture manquante du Livre de Kells, expliqua-t-il, tandis que le cardinal s'approchait à petits pas, le regard vorace.

— Vous, souffla le cardinal en pointant Finn. Vous êtes censé être mort.

Giovanni fit taire le cardinal en lui donnant un coup de pied dans le ventre, l'envoyant valser à reculons.

Je soulevai la couverture du gros livre et trouvai une couverture ornée de pierres précieuses cachée à l'intérieur, dans une ouverture découpée dans les pages. Le jour où Giovanni et moi avions cherché le journal de ma mère, au Trinity College, je me souvenais d'avoir vu des affiches annonçant une exposition intitulée « Livre de Kells : de l'obscurité à la lumière ». Nous n'avions pas visité l'exposition et je savais peu de choses sur ce livre célèbre. Pourtant, grâce aux souvenirs que ma mère m'avait transmis, je savais que j'étais alors à la bonne place. Comme c'était étrange de savoir qu'elle avait caché son journal à l'endroit où était conservée la pièce manquante du casse-tête de notre histoire. Savait-elle ?

Les pierreries réfléchissaient la lumière comme des yeux colorés venus d'un autre monde. Toutes les couleurs du monde étaient présentes dans les pierres, chacune des couleurs possibles de l'âme humaine. Étonnamment, la couverture dorée était estampée d'une spirale à trois branches. Sans hésiter, je posai la main sur la couverture.

Je fus projetée en arrière dans le temps, dans un tourbillon si puissant que mon estomac se souleva. Je poussai peut-être un cri. À bout de souffle, j'étais devenue le vent. Le livre ne recelait pas une vision, mais il me projeta plutôt dans le temps, à travers les souvenirs et les époques, jusqu'à une vérité plus profonde. Je traversai les siècles, bien avant la naissance des pays et de nombreuses religions, avant même la naissance de Jésus-Christ, puis je m'immobilisai brusquement. Je reconnus immédiatement l'endroit où je me trouvais.

Brú na Bóinne.

J'étais dans la tombe de Newgrange ; j'observais une personne, qui n'était ni une femme ni un homme, mais plutôt un être androgyne de lumière pure, qui marchait, mains tendues, en direction des gravures dans la pierre.

Illumination

La spirale à trois branches.

Dans la lueur vacillante des torches, la personne posa les deux mains sur la pierre. Des tourbillons d'énergie blanche surgirent de ses mains pour pénétrer la pierre et illuminer les spirales labyrinthiques avec un flux de lumière liquide. De lumière blanche. C'était une lumière pure, lumineuse et belle. La lumière ne m'effrayait pas.

L'être de lumière se tourna et regarda dans ma direction, peut-être pour me regarder directement, ou à travers moi, comme un souvenir. Je poussai un petit cri de surprise en reconnaissant l'être. Je ne reconnus pas les traits de son visage, mais plutôt son énergie, son esprit. Je compris que dans l'être devant moi se trouvaient deux moitiés d'un tout. Finn et moi étions dans ce corps de lumière. À un point précis de l'histoire, nous avions formé un tout.

Ensemble, nos âmes formaient un tout.

Nous étions ensemble et vivants, de la façon la plus profonde que nous pouvions l'être. Je pleurai devant la beauté inexplicable de ce qui se passait devant moi. L'être de lumière regarda la pierre, puis se tourna de nouveau vers moi, comme s'il voulait que je comprenne que la pierre contenait maintenant une information vitale. Mais j'avais déjà essayé de l'extraire. La vérité avait été arrachée à la pierre.

Une vive douleur me déchira quand je vis l'être de lumière, qui était jusqu'alors entier, se séparer en son centre pour former deux êtres. Je sentis la déchirure jusque dans mon âme, dans mes cellules. Des milliers de voix poussèrent un atroce cri de douleur, si fort que je voulus me couvrir les oreilles.

C'était la pire tragédie à voir. Une séparation plus destructive qu'une blessure, plus douloureuse que la disparition d'un être cher.

Plus dommageable que la mort.

Maintenant, deux êtres irrémédiablement transformés se dressaient devant moi. Incomplets. L'un d'eux était un être de lumière argentée et l'autre, de lumière blanche pure. Ils échangèrent un regard triste et tournèrent le dos pour s'éloigner. Je sus qu'ils se réincarneraient de nombreuses fois, dans différents corps, dans différentes formes et qu'ils revivraient cette séparation spirituelle au fil de leurs nombreuses vies. Que c'était ce qui leur était arrivé. Que c'était ce qui nous était arrivé, ce que nous vivrions encore et encore, pour trouver un moyen de passer de l'obscurité à la lumière.

Les êtres de lumière s'éloignèrent, comme des étoiles s'évanouissant au loin, jusqu'au moment où ils disparurent.

— Attendez! m'écriai-je en courant, le regard brouillé par les larmes, mais ils étaient partis.

Je les avais de nouveau perdus de vue.

« Attendez... »

La pierre à côté de moi émit une vibration d'énergie, caressant mon aura, attirant mon attention. La lumière s'accrochait toujours à ses fissures courbes, s'élevait en volutes, comme après la frappe d'un éclair. L'être de lumière avait inscrit ses pensées et souvenirs dans la pierre, laissant derrière des visions que j'étais la seule à pouvoir extraire. Je le sus en passant ma main au-dessus des spirales gravées. Je pouvais dévoiler le secret.

Mais bien sûr! Tout m'avait menée à cet instant. Je sentais l'écoulement du temps, je le comprenais. Je savais comment il pouvait se lover sur lui-même pour ramener des âmes à la surface, encore et encore, jusqu'à ce qu'elles accomplissent leur mission. Ma tâche devait être accomplie à cet instant.

Je ne devais pas chercher à l'extérieur, mais à l'intérieur. Je n'avais pas cherché une clé physique ni ce qu'elle pouvait déverrouiller, pour révéler la vérité. Je pouvais connaître la vérité d'un simple toucher. Je pouvais découvrir l'histoire des objets.

C'était moi, la clé de lumière.

Je posai les mains sur la pierre et une voix retentit, douce et lourde de vérité, comme le tintement d'une cloche, la pluie sur les arbres, le hurlement du vent. Ma gorge se noua sous l'émotion. La voix retentit autour de moi et en moi, comme si elle faisait partie de moi.

Nous avons oublié notre unité dans les contrées sauvages de la terre.

En ce monde de dualité, un pôle ne saurait exister sans pôle opposé. Nous avons été les premiers pleurs du bébé et le dernier souffle du vieillard. Le bien et le mal, la douleur et le plaisir, la peur et le contentement, l'engagement et la perte, la confiance et le scepticisme, les profondeurs du désespoir et les sommets de l'extase. Nous avons connu la guerre et la paix, nous avons vécu la haine et l'amour.

Au fil du temps, l'équilibre s'est rompu pour laisser place à la grande noirceur vorace.

Nous sommes venus pour guérir le monde, pour remettre l'équilibre en place, afin que les esprits de la terre puissent s'élever à l'unisson, prendre conscience et baigner dans la lumière. Notre plus grande tâche s'est révélée être notre plus grand échec. Nous avons été corrompus. Divisés. Nous en sommes venus à croire en notre division et nous avons oublié notre unité, tout comme l'humanité a oublié la sienne.

Unissez-vous. Voilà votre destin. Échouez encore une fois et vous aurez failli à votre tâche envers le monde et ses habitants.

Une autre image m'apparut, celle de deux êtres face à face. Un rai de lumière émergeait du centre de l'un des deux êtres, qui unissait ainsi volontairement son énergie à celle de l'autre. L'union de leur aura était une vision d'une beauté immense. Leur énergie jaillissait de leur corps en deux spirales de lumière, pour se joindre et former une troisième spirale, une troisième source d'énergie, avant d'exploser dans une énorme boule de lumière incandescente, éblouissante comme le soleil.

Je fus tirée de cette vision d'extase, endolorie et les yeux pleins de larmes. Je craignais l'inconnu et pourtant... je savais.

Tout le monde était silencieux. Mes oreilles résonnaient dans le silence étonné qui était tombé. Étais-je la seule à avoir eu cette vision ? Pourquoi étaient-ils si troublés ?

— Qu'y a-t-il ?

— On aurait dit que tu étais en transe. Tu as projeté une voix, expliqua Edmund derrière sa caméra, en s'essuyant la joue de son avant-bras. C'était la plus belle chose que j'aie entendue de toute ma vie.

Je m'assis sur l'une des caisses de munitions en serrant mes genoux contre ma poitrine. Je savais ce qui devait être fait. Je l'avais vu. La réalité était si impossible à croire que j'en doutais toujours, même après en avoir été témoin, même après avoir été submergée par sa beauté et sa vérité. C'était la fin de la vie telle que je la connaissais.

— Qu'est-ce que ça voulait dire ? s'interrogea Edmund. Enfin, nous avons tous entendu, mais...
— Les Scintillas et les Arrazis n'auraient jamais dû être des ennemis. Nous... Autrefois, nous étions unis. Nous sommes censés être unis.

Giovanni poussa un petit sifflement.

— Cora, qu'est-ce que ça veut dire ? me demanda doucement Finn, le regard illuminé par un optimisme que je ne partageais pas.

Il avait peut-être entendu la même voix que moi, mais il n'avait pas vu ce que j'avais vu.

— Il faut nous unir. Je crois... c'est difficile à expliquer. Je crois que je suis censée me donner librement à un Arrazi. J'étais persuadée que cela signifiait ma mort. Peut-être même notre mort. Je n'en étais pas certaine. J'avais été éblouie par la lumière.

— Cette union doit être égale et consensuelle, faite ouvertement et en toute confiance. En dévouement à un but supérieur. Tu tends la main et je donne. Nous nous rejoignons à mi-chemin. Tout ce que je peux dire, c'est que ma vision était d'une beauté terrifiante.

Des larmes me montèrent aux yeux. J'étais presque hystérique. J'avais l'impression d'avoir été témoin de ma propre transformation profonde. Je ressentais une certaine paix de connaître la vérité, mais il me fallait maintenant oser faire le saut. Il y avait tout un monde entre ma connaissance et l'acte que je devais effectuer.

— Tu veux savoir pourquoi je crois que c'est vrai ? me demanda Finn, attirant l'attention de tout le monde. Souviens-toi, Cora. Tu t'es donnée à moi par deux fois. La première fois, tu ne savais même pas que tu le faisais et la deuxième, c'était pour me sauver la vie. Chaque fois, c'était ta décision d'agir ainsi. Tu as agi de ta propre volonté. Tu as agi... par amour, ajouta-t-il d'une voix douce en me transperçant de son regard chaleureux.

Je réfléchis quelques instants à ses paroles ; je compris qu'il avait raison.

— Ce don ne t'a occasionné aucune douleur, ne t'a pas affaiblie.

Je me souvins de ces moments avec lui, des moments qui me parurent soudainement magiques sous cet éclairage nouveau. Il avait raison. Je n'avais jamais éprouvé de douleur en donnant à un Arrazi. Je n'avais pas éprouvé de douleur en donnant à Giovanni pour le ramener à la vie. J'avais vécu un grand moment de béatitude en donnant aux enfants morts.

La douleur survenait quand on prenait mon énergie. Quand on prenait contre mon gré.

— Les Arrazis et les Scintillas ne doivent jamais s'unir ! s'exclama le cardinal en s'emportant, d'un ton révélateur.

— C'est ce que vous ne voulez pas voir arriver, lui dis-je. Je me trompe ? Vous préférez nous installer de part et d'autre de votre échiquier, comme des ennemis. Vous voulez nous voir combattre à mort pour que la vision ne se réalise jamais ? Ce n'est pas un jeu !

Le cardinal recula.

— *Coniunction*, dit Finn, ébahi. J'ai vu une carte de tarot et...

Giovanni leva la tête au ciel avant de lancer un regard exaspéré à Finn.

— C'est une blague ? Des cartes de tarot ? Cette conversation me met en colère.

— Continue, lui dit Edmund. Je veux entendre ce que tu as à dire.

— Le deux de coupe. La carte que j'ai vue représentait un homme et une femme qui versaient de l'eau de leur récipient dans un récipient commun. La carte est censée représenter...

— La réconciliation des contraires, termina Edmund en hochant la tête.

— Oui. Et chaque fois que j'ai fait une recherche sur la réconciliation des contraires, les résultats de ma recherche portaient sur l'alchimie. En alchimie, la métamorphose nécessaire pour atteindre la véritable illumination passe par la reconnaissance de la dualité et l'union des forces opposées pour les combiner. J'ai l'impression qu'il n'existe pas de plus grands contraires que les Arrazis et les Scintillas.

— C'est une théorie qui t'arrange bien, puisque tu seras celui qui profitera de la lumière de Cora, quand tu l'auras absorbée, dit Giovanni, visiblement dégoûté.

— Tu as eu une bonne intuition, dis-je à Finn. Pour le moment, nous sommes une dualité ayant pris une forme humaine. Mais nous n'avons pas toujours été ainsi. J'ai vu des êtres de lumière... je nous ai vus. Nous étions autrefois des êtres plus évolués, des incarnations du corps et de l'esprit, du yin et du yang, venus sur cette terre pour prouver qu'il était possible d'unifier la dualité et de faire évoluer l'humanité, mais nous avons été corrompus. Arrazis, Scintillas, nous nous valons tous.

En prononçant ces paroles, je croisai le regard dubitatif de Giovanni et j'éprouvai moi-même de la difficulté à y croire. Tout ce que nous avions vécu...

— Nous devons tous deux intervenir si nous voulons mettre un terme à cette folie. Le trois provient de l'union de deux êtres, dis-je en regardant Finn. La réconciliation des contraires. Nous sommes censés ramener l'équilibre entre la lumière et l'obscurité et prouver au monde entier que nous sommes tous unis. Mon père avait raison. Nous pouvons guérir le déséquilibre qui ronge la planète. Nous devions aider le monde à comprendre que chacun d'entre nous est composé de contraires et qu'il est possible de trouver un équilibre entre ces deux contraires disparates.

— N'écoutez pas ses blasphèmes, cracha le cardinal Báthory. Comme Ève, elle cherche à vous empoisonner tous.

Je me levai pour le pointer du doigt.

— Taisez-vous. Arrêtez de nous servir cette cochonnerie éculée.

Je lui tournai le dos, lasse d'entendre ses histoires dogmatiques et hypocrites. Un plus grand défi que le cardinal m'attendait. Jusqu'à maintenant, ma vie avait été une quête pour trouver la vérité, la raison qui expliquait pourquoi nous étions ainsi. Mais ce n'était rien devant l'immense tâche qui nous attendait maintenant, celle de convaincre deux races opposées, deux ennemis, de la vérité incroyable.

Nous devions être prêts à joindre nos énergies, nous unir et mourir pour sauver le monde.

54
Finn

Tout le monde sortit de la caverne le temps que je m'occupe du petit homme bigot devant moi.

Plus j'y pensais, plus j'arrivais à tracer des lignes pour unir les points autour du cardinal. Le soir où Saoirse avait commencé à se transformer en Arrazi, Ultana revenait d'un voyage à Rome. La fête organisée par la société Xepa avait eu lieu dans la cathédrale Christ Church. On nous avait fait entrer dans la cathédrale par un tunnel secret où un prêtre avait remis un carton d'invitation à Ultana. Ultana avait même affirmé que l'Église était mêlée à toute cette histoire. En fait, elle l'avait affirmé avec son dernier souffle.

« Tant qu'il y aura un Dieu sur l'autel, vous serez toujours pourchassés », avait-elle dit.

Durant le bal masqué, je m'étais demandé comment elle avait pu obtenir tant de privilèges de l'Église. Si ce cardinal était le supérieur d'Ultana, cela prouvait que des haut placés au sein de l'Église étaient mêlés à cette histoire.

— Ordure d'Arrazi, cracha-t-il.

Il s'agenouilla et se mit à psalmodier des prières en latin. Sa parade me mit suffisamment en colère pour que je lui lance une pointe d'énergie avec la même force que si j'avais lancé une ancre dans la mer noire.

— Sans moi, vous ne pourrez pas les arrêter, souffla-t-il. Vos amis Arrazis continueront d'obéir à mon dernier ordre. Ils tueront tous les Scintillas, jusqu'au dernier.

J'arrêtai d'absorber son aura assez longtemps pour réfléchir à ce qu'il venait de m'annoncer.

— Et quand les Scintillas seront tous morts, votre race s'éteindra aussi. Je suis le seul à pouvoir tout arrêter.

Que tentait-il de me dire ? Il exploitait les Arrazis et il avait ensuite l'intention de s'en débarrasser ? En avait-il toujours eu l'intention ? Je l'obligeai à se relever. J'avais d'autres plans pour lui.

— Finn, fit la voix frénétique de Cora, me faisant sursauter. Ehsan a envoyé un autre message. Il dit qu'une file de voitures s'approche sur l'autoroute et vient dans notre direction. Nous avons moins d'une heure. Nous devons partir !

Elle regarda le cardinal, qui cherchait à reprendre son souffle, une main sur la poitrine.

— Que faisons-nous de lui ? me demanda-t-elle.

— J'ai d'autres projets pour lui, répondis-je en espérant qu'Edmund avait enregistré notre petite conversation qui avait eu lieu quelques instants plus tôt.

La caméra de ce type était comme une extension de son corps. Si le cardinal était le seul homme que les Arrazis étaient prêts à écouter, il pouvait s'avérer plus utile de le garder avec nous.

— Si vous transmettez aux Arrazis d'autres ordres que ce que je vous dirai, l'expérience terriblement douloureuse que vous venez de vivre sera amplifiée, jusqu'à ce que vous ne sentiez plus rien, lui dis-je.

Giovanni entra dans la caverne en courant.

— Les armes... dit-il d'une voix désespérée en regardant autour de lui.

Je ne pouvais pas lui en vouloir. Les Scintillas n'avait aucun moyen de se défendre contre les attaques d'un Arrazi. À en juger par la quantité de boîtes d'armes et de munitions empilées dans la caverne, nous ne pouvions pas les transporter assez rapidement avant l'arrivée des Arrazis. La seule arme dont nous disposions était le pistolet que Cora avait utilisé.

Cora inclina la tête pour réfléchir.

— D'accord, dit-elle à Giovanni. Dun et Edmund, allez avertir les autres. Prenez la voiture du cardinal. Nous allons prendre quelques armes et retourner au ranch aussi vite que possible.

Giovanni arrêta Dun au moment où il s'apprêtait à sortir de la caverne.

— D'ici à ce que nous arrivions, les Scintillas n'auront rien d'autre que leur sortilège pour se protéger. Dis-leur de travailler ensemble et d'utiliser leurs sortilèges.

— Et si nous prenions la fuite ? lui demanda Dun. Je suis tenté.

— Ils nous pourchasseront. Ils ont reçu un ordre. Nous devons combattre ou nous passerons le reste de notre vie à fuir. Oh, Dun, ajouta Giovanni d'une voix plus sérieuse. Dis à Claire de rester cachée. Quoi qu'il arrive.

— Une partie de moi croit que c'est une mauvaise idée d'utiliser des armes, dit Cora. C'est terriblement agressif et menaçant, compte tenu de ce que nous devons faire.

Giovanni poussa un grognement.

— Tu n'as pas entendu ce que j'ai dit tout à l'heure ? dit Cora. Nous devons nous joindre aux Arrazis. Nous devons les convaincre de...

Giovanni avait déjà commencé à tirer le couvercle d'une boîte pour l'ouvrir.

— De quoi devons-nous les convaincre, Cora ? De mourir ? Les seules personnes qui sont prêtes à mourir pour sauver le monde sont des personnages de film. La plupart des gens se préoccupent de ce qui les concerne personnellement ; ils ne cherchent qu'à sauver leur peau et celle de ceux qu'ils aiment. Comment crois-tu pouvoir convaincre les Scintillas d'abandonner leur instinct de survie ? C'est complètement fou. Tu sais qui sera d'accord avec ton plan ? Les Arrazis. Nous nous offrirons à eux comme des agneaux et ils feront la file pour dévorer notre âme.

J'écoutai en silence leur débat, mais je devais reconnaître que je comprenais le point de vue de Giovanni. Pourtant, je tenais à réfuter ses arguments personnellement.

— Je suis prêt à mourir pour mettre fin à cette folie, dis-je, mais je ne suis pas prêt à prendre ta vie, Cora. Je ne peux pas. Je ne peux pas te tuer.

Cora poussa un soupir d'exaspération.

— Je sais ce que j'ai vu, dit-elle d'une voix triste et faible. Si je ne peux pas vous convaincre, Giovanni et toi, comment puis-je espérer convaincre tous les autres ? C'est pour cette raison que nous avons été créés. Nous cherchons une raison depuis tout ce temps et maintenant que nous la connaissons, vous voulez abandonner ?

Je serrai la main de Cora en ignorant le regard perçant de Giovanni.

— Je veux abandonner toute idée qui impliquerait ta mort.

Le regard vert pétillant de Cora, plein de tristesse, de désespoir, mais aussi de détermination féroce, me transperça. Elle était sur le point de pleurer. Elle agrippa ma chemise et j'étais certain qu'elle pouvait sentir mon cœur battre à travers le tissu.

— Tu crois que je veux mourir ?

Sa question désespérée resta en suspens dans l'air de la caverne, pesant lourdement sur nos épaules.

— Nous devons le faire, sinon tout le monde mourra. Qu'est-ce que vous ne comprenez pas ? Mon père n'avait peut-être pas tout compris, mais il était absolument sur la bonne voie. Notre monde tombe en ruines et les choses ne feront qu'empirer. Les humains s'entredéchirent et détruisent la planète. Mais, Finn, tu dois me croire. Nous pouvons tout régler.

— Nous devons simplement être prêts à mourir ensemble, chuchotai-je.

J'étais prêt à faire n'importe quoi pour elle. J'étais prêt à mourir. Mais elle me demandait d'absorber sa belle aura. Cora me suppliait de la tuer. Et si son plan ne fonctionnait pas ?

Cora posa son front contre ma poitrine et Giovanni se détourna pour s'occuper des armes.

— Nous devrons être les premiers. J'espère que les autres... suivront notre exemple, dit-elle en regardant Giovanni. Nous devons nous unir. Nous servirons d'exemple. Pour que cela fonctionne, nous devons nous unir.

Un petit rire sardonique s'échappa de ses lèvres.

— Tu me fais assez confiance pour mourir avec moi ? me demanda-t-elle.

55
Giovanni

Je donnerais n'importe quoi pour voir ce que Cora avait vu.

Nous avions tous entendu les mots qui avaient jailli de Cora, comme si elle avait été habitée par un fantôme. Le message que nous avions entendu était beau. Prophétique. Et je souhaitais de tout mon cœur qu'elle se trompe. Cora était persuadée. Ses paroles étaient lourdes de conviction, sa voix assurée et le regard qu'elle posait sur Finn, résolu. Cela me troublait, en partie parce que je savais ce que c'était que de la serrer contre ma poitrine, de la voir me regarder, parce que ce n'était pas moi qu'elle regardait maintenant.

Je desserrai les poings et posai quelques pistolets dans une boîte remplie de fusils, en me demandant dans quelle boîte j'avais vu des couteaux et si je devais en apporter. Finn et moi nous installâmes à chacune des extrémités de la boîte pour la soulever et en apprécier le poids. Ce serait difficile d'apporter la boîte au pied de la colline et jusqu'à la voiture, mais nous y arriverions.

— Nous devons faire vite, dis-je.

Le cardinal était adossé à la paroi de la caverne, maintenu en place par l'énergie de Finn. Tout le monde sursauta en entendant ce qui ressemblait à une explosion lointaine, mais quelques secondes plus tard, le sol trembla sous nos pieds et la caverne fut secouée comme une boule de neige en verre. Des graviers et de la poussière nous tombèrent sur la tête. Le tremblement nous fit tituber et je vis Cora tendre le bras pour s'agripper à une grosse boîte de munitions avant de tomber à la renverse.

Le tremblement de terre avait été encore pire que le précédent. J'avais eu l'impression que la terre entière avait été déchirée en deux.

— Sortez! m'écriai-je, sachant que le pire qui pouvait nous arriver était de rester prisonniers de la caverne.

Nous courûmes tous en direction de l'ouverture de la caverne. Cora sortit en premier et je la suivis. Je me retournai et je vis l'une des grosses pierres rouler vers Finn, qui avait poussé le cardinal Báthory hors de la caverne. La grosse pierre roulait lentement vers lui et allait l'écraser. Poussé par l'instinct, je sentis mon sortilège se manifester dans mon corps, jusque dans ma main. J'envoyai la grosse pierre sur une autre trajectoire. Finn, qui regardait la pierre rouler vers lui, la vit soudainement changer de direction. Nos regards se croisèrent, pleins de gratitude, dans un fracas de pierres et de grondements, puis un autre bruit retentit... des cris?

Je fis volte-face. L'absence de Cora me parut plus surprenante encore que la terre qui s'était ouverte autour de nous. J'eus une vision soudaine de Claire et je frissonnai en me l'imaginant blottie dans une remise avec Faye et Janelle. Je savais que les femmes feraient tout leur possible pour la protéger et l'apaiser. Mais la reverrais-je un jour ? J'aurais dû être avec elle. J'éprouvais ce même désir de protection à l'égard de Cora et je n'avais pas la moindre idée d'où elle pouvait être, mais les cris de détresse étaient les siens et je devais la retrouver.

Il faisait trop noir pour voir. Nous étions entourés d'ombres et de sons, dans un tourbillon de vacarme et de bruits. Et au cœur de ce tourbillon se trouvait la fille que j'aimais. Aussi vite qu'elles avaient commencé, les secousses cessèrent et la voix de Cora se fit entendre. Elle était plus bas sur la colline et nous courûmes en direction de ses cris. Je faillis tomber dans une crevasse dans la terre, qui commençait par une petite ouverture et qui s'élargissait en un énorme ravin. Finn m'agrippa par le bras juste à temps et nous comprîmes en même temps que les cris provenaient du ravin. Cora y était tombée.

— Aidez-moi ! hurla-t-elle d'une voix effrayée qui la faisait paraître plus jeune. Je... je suis ici.

Finn et moi utilisâmes notre téléphone pour éclairer le gouffre et nous fûmes abasourdis par la vision qui nous attendait.

Le tremblement de terre avait lacéré la terre et un étroit gouffre s'ouvrait devant nous. Cora devait être au moins cinq mètres plus bas, peut-être plus, coincée entre les parois de terre. Elle s'accrochait de chaque côté de l'ouverture et elle nous regardait avec des yeux terrifiés, le visage couvert d'éraflures et de terre.

— Reste avec elle, me dit Finn, je vais à la voiture, voir si je pourrais trouver une corde ou des branches suffisamment longues. Merde, s'exclama-t-il en regardant tout autour. Báthory a disparu.

— Nous le retrouverons, jurai-je, sans trop y croire. Pas la peine de chercher des branches, il n'y a pas d'arbres par ici, seulement des broussailles, lui dis-je pour qu'il ne perde pas de temps. Vas-y.

Je baissai les yeux vers Cora.

— Nous allons te sortir de là, je te le promets.

— C'est si profond, Gio...

Mon cœur se déchira en l'entendant se démener pour grimper et retomber.

— Je sais, *bella*. Je sais. Finn essaie de trouver une corde.

Sans la lumière du téléphone de Finn, j'arrivais à peine à voir Cora bouger. Elle n'était plus qu'une voix qui s'adressait directement à mon âme.

— J'ai peur.

— N'aie pas peur. Je suis ici. Je ne t'abandonnerai jamais, Cora.

J'entendis Finn revenir quelques minutes plus tard et s'agenouiller à côté de moi, les mains vides.

— Rien, dit-il, affolé.

Nous passâmes au moins une minute en silence à réfléchir et trouver une solution.

— Que se passe-t-il ? Dites-moi ? fit Cora d'une voix tremblante.

Finn se pencha en avant en agrippant le bord du gouffre.

— Reste calme, mon cœur. Nous cherchons un moyen de te sortir de là.

— Quel moyen ? Il n'y en a pas. Je suis tombée trop profondément.

Silence.

Finn frappa sur le sol.

— Nom de Dieu ! hurla-t-il en me lançant un regard tourmenté. Je prendrais sa place sans la moindre hésitation.

Comme si un oiseau était passé au-dessus de nous pour lâcher une brique sur ma tête et me révéler la solution, je sus soudainement ce que je devais faire. Je pouvais la sortir de là. Je pouvais la sauver.

— Cora, je veux que tu mettes tes mains le long de ton corps. Ne bouge pas.

— Pourquoi ? Je ne comprends...

Mais elle avait compris. Elle avait compris et c'est pour cette raison qu'elle n'avait pas terminé sa question.

— Non, Gio ! Tu ne peux pas. Tu oublies la malédiction de Lorcan. Si tu m'aides, tu mourras !

— Il doit y avoir un autre moyen, dit Finn en comprenant la décision que je prenais et qui ne me laissait aucun choix.

— Je ne te laisserai pas faire, dit Cora en sanglots.

— Tu ne peux pas m'en empêcher, dis-je, le menton tremblant.

— Tu es aussi têtu qu'un âne ! Va avec Finn. Vous pouvez vous unir, dit-elle d'une voix cassée entre ses sanglots. Unissez-vous. Je vous en prie. Faites-le pour moi.

— D'une façon ou d'une autre, je mourrai, Cora. Tu l'as dit toi-même. Et je préfère mourir en donnant ma vie pour la tienne.

Je n'attendis pas les réponses, les discussions, les regrets, ni les peurs. Je projetai toute ma force et toute l'énergie qui m'habitait pour soulever son corps. C'était difficile. Je pouvais sentir mon énergie s'échapper de mon corps ; je donnais tout ce que j'avais. Lentement. Soigneusement. J'épuisai toutes mes énergies pour extraire Cora du gouffre et quand son visage apparut, elle cherchait son souffle et elle... Non, elle ne cherchait pas son souffle... Elle pleurait. Elle secouait la tête. Elle m'implorait de ses yeux verts. Elle flottait, suspendue dans l'air. Elle mordillait sa belle lèvre inférieure tandis que des larmes coulaient sur ses joues en laissant des traînées propres sur sa peau sale.

Finn serra ses bras autour de sa taille et l'attira par terre où nous nous étions agenouillés. Dès que ses genoux touchèrent terre, je me sentis soudainement faible et exténué. Mon corps tomba à la renverse et je sentis mon dos heurter le sol brusquement en faisant claquer mes dents.

— Giovanni, geignit Cora en se penchant sur moi. Pourquoi ne m'as-tu pas écoutée? dit-elle en pleurant sur mes lèvres.

Quelle douceur. Ses pleurs étaient si doux, tout comme sa bouche et son esprit unique, qu'elle tenta de me donner, en vain. Son énergie était faible, dispersée, elle tournoyait autour d'elle, inefficace.

— Tu m'as dit un jour que personne ne faisait rien pour rien. Tu n'avais pas à mourir pour moi. Pourquoi?

Sa question était ponctuée de son angoisse. Un cri guttural lancé dans l'univers par une personne qui avait trop perdu.

Il me fallut toutes mes forces pour lever une main vers son visage et poser mes doigts sur sa nuque. Mes dernières forces me serviraient à comprendre que c'était mon dernier baiser. Que le temps s'arrêtait. Que je devais dire adieu.

— L'amour n'est pas rien. L'amour est tout, dis-je en trouvant les cieux derrière son regard étoilé.

56
Cora

Malgré le fait que Giovanni semblait avoir sombré dans l'inconscience, je savais que son corps était toujours chaud et je ne voulais pas l'abandonner. Je ne voulais pas le laisser sur la colline, laisser son corps devenir froid. Je ne voulais pas dire à sa fille qu'il ne reviendrait jamais pour jouer son rôle de père.

Comment pourrais-je vivre ma vie sans lui ? Giovanni m'avait appris ce que j'étais. À ses côtés, j'avais appris à me connaître plus profondément. Je sanglotai dans le creux de son cou en lui faisant des excuses des milliers de fois en chuchotant, pour tout l'amour que je ne lui avais jamais vraiment donné.

Je ne lui avais jamais rendu ce qu'il m'avait donné.

— Je suis désolé, entendis-je Finn murmurer derrière moi.

Il posa une main dans mon dos. Une caresse qui servait également de rappel. Le temps filait. Le temps était un ennemi presque aussi impitoyable que les Arrazis. « Ils arrivent, chuchotait le temps. Fais vite. »

Je voulus me lever, mais je titubai, engourdie par le choc et la douleur en regardant le visage paisible de Giovanni, ses yeux fermés à jamais. Finn me soutint. Il me conduisit en silence jusqu'au pied de la colline, avançant avec précaution pour éviter que la terre nous avale. La terre rôdait encore comme une bête vorace. Nous le sûmes en sentant la réplique plus faible en arrivant près de la voiture.

— Espérons que le tremblement de terre a ralenti les Arrazis, dit Finn en m'ouvrant la portière.

Mon esprit n'était pas totalement avec mon corps. J'étais déchirée, détachée, comme le jour où j'étais à l'hôpital, quand j'avais l'impression que mes membres flottaient autour de ma tête et de ma poitrine, si lourdes.

Évidemment que j'étais déchirée. Une partie de moi était restée sur la colline.

— Je sais que rien de ce que je pourrais te dire n'apaisera ta douleur, dit Finn, tandis que les phares de la voiture fendaient l'obscurité devant nous. Je n'ai pas trouvé le temps de te le dire, d'en parler à qui que ce soit, mais les Arrazis sont venus chez moi. Ils ont assassiné ma mère.

Mon esprit revint dans mon corps subitement, comme un élastique reprenant sa forme. Je pris conscience de ma douleur et de celle de Finn.

— Oh, mon Dieu, Finn. Je suis désolée. Pourquoi ? Qu'est-il arrivé ?

Il secoua la tête, comme pour me dire qu'aucune explication ne pouvait suffire.

— Au moins, la mort de Giovanni a servi à quelque chose, dit-il en inclinant la tête, pleine de regret. Ma mère est morte pour rien. Les Arrazis me cherchaient. Ils cherchaient le livre. Ce que Giovanni a fait, dit Finn en me lançant un regard sérieux, c'était le geste le plus brave et le plus noble que j'aie vu de toute ma vie. Il t'aimait, ajouta-t-il en serrant les dents.

Ma poitrine se contracta de douleur.

— Oui.

La route suivait la rivière sinueuse. Nous laissâmes le silence s'installer, puis Finn parla de nouveau.

— J'espère qu'Edmund montrera la vidéo où tu touches la couverture du livre aux autres Scintillas. Il sera peut-être aussi difficile de les convaincre que les Arrazis, dit Finn en me ramenant au moment présent et en me préparant à ce qui m'attendait.

— Je crois que certains se laisseront convaincre par la vidéo. D'autres pas. Ce sera pareil avec ceux de ton espèce.

Dès que j'eus prononcé ces paroles, je les regrettai. Finn n'était pas différent de moi. Je ne pouvais plus voir les choses séparément, « eux » contre « nous ». Nous étions censés représenter les deux côtés d'une même pièce. Des êtres unis.

— Excuse-moi, dis-je.

Aucune crevasse n'aurait été suffisamment profonde pour contenir toute la culpabilité dans mon cœur. Un homme était mort pour moi et je demandais à un autre homme d'en faire autant. Peut-être. Je ne savais pas ce que nous serions ensuite. Mais je n'avais pas décidé de notre sort. Notre tâche nous avait été confiée des milliers d'années plus tôt et nous manquions de temps pour l'accomplir.

La main de Finn effleura la mienne pendant une fraction de seconde, puis il la posa doucement.

— Nous les convaincrons ensemble.

À notre arrivée, Edmund nous attendait. Il chercha Giovanni du regard, mais je ne pouvais pas lui faire l'annonce. Pas encore. Il braqua sa caméra sur moi.

— J'ai une question à te poser.

— Pas maintenant, Edmund, répondis-je en levant la main. Ce n'est pas le moment. Est-ce que tout le monde va bien ?

— Pour la plupart, oui. Je t'en prie, Cora, je ne crois pas qu'il y aura un bon moment, dit-il d'une voix désespérée. Ce pourrait être ta dernière chance de t'adresser au monde comme tu le souhaitais. Je peux raconter ton histoire et leur montrer les preuves, mais le monde veut t'entendre. Je suis déjà contrarié d'avoir attendu si longtemps.

Je poussai un soupir. Je devais honorer la promesse que je lui avais faite et c'était effectivement important. Je voulais que le monde m'entende lui révéler la vérité.

— Allez-y, lui dis-je en l'invitant à commencer l'enregistrement d'un geste impatient. Faites vite.

— D'accord, dit Edmund en passant en mode journaliste. Tout d'abord, la grande question. Le monde entier t'a vue sauver des enfants des griffes de la mort. L'Église a affirmé que c'était un acte de Dieu, qui avait agi à travers toi. Crois-tu être un instrument de Dieu ?

— Si nous avons tous été créés à l'image de Dieu, je dirais que je suis le reflet de Dieu. Comme vous. Comme nous tous.

Edmund parut ému par ma réponse. Il détourna le visage de sa caméra pour pousser un petit soupir, puis il se ressaisit rapidement avant de poursuivre.

— Les gens au pouvoir utilisent souvent le secret pour arriver à leurs fins. L'existence des gens de ton espèce, les donneurs de lumière, les Scintillas, de même que celle des preneurs, les Arrazis, est entourée de mystère dans une vaste conspiration qui perdure depuis au moins des milliers d'années. Que voudrais-tu dire à ceux qui veulent toujours nier la réalité, qui souhaitent nier la réalité de ce que nous révélons au monde entier ?

— Je leur dirais de se demander s'ils n'ont jamais remarqué qu'ils se sentaient vivifiés ou vidés, en fonction des personnes qu'ils côtoyaient. Si vous l'avez déjà remarqué, vous avez déjà fait l'expérience des pouvoirs des Scintillas et des Arrazis. Mais surtout, ce que je veux dire aux cyniques, c'est... Je m'en tiens à ma vérité, dis-je en redressant les épaules et en poussant un soupir.

Il n'y avait rien de plus simple à dire, rien à ajouter. Dès que je fus certaine de ma nature, de ma raison d'être, la cacophonie du monde autour de moi s'estompa. J'avais l'intention de sauver le monde, de donner ma lumière pour que l'obscurité batte en retraite, comme une ombre sous les rayons du soleil.

Finn, Edmund et moi marchâmes en direction du ranch. Les gens ne s'étaient pas tous rassemblés dans la grande salle, comme je m'y attendais. Une ambiance chaotique régnait sur le *Rancho Estrella* et les Scintillas allaient et venaient dans tous les sens, incertains de ce qu'ils devaient faire.

— Savent-ils que les Arrazis arrivent ? demanda Finn en s'adressant à Edmund.

— Oui. Ehsan a envoyé un texto à Adrian et à Will. Adrian et Will ont tenté d'établir une stratégie pour exploiter leurs pouvoirs. Personne n'aimait l'idée de rester assis tous ensemble dans la salle commune, comme des animaux en cage. Nous aurions vraiment eu besoin du tempérament de chef de Giovanni.

— Il ne peut plus nous aider. Il est mort, annonçai-je avec peine, entre le barrage de mes dents serrées, en me demandant comment j'allais l'expliquer à Claire. Et le cardinal a disparu.

Edmund prit un air contrit, puis il suivit du regard deux Scintillas qui s'enfonçaient dans les broussailles, sac à dos sur les épaules. Ils s'enfuyaient. Je devais agir.

— Je mènerai maintenant. Avez-vous expliqué aux Scintillas ce qu'ils devaient faire ? lui demandai-je. Savent-ils qu'ils doivent s'unir aux Arrazis ?

Edmund gloussa.

— Je ne me suis pas contenté de leur dire. Je leur ai montré la vidéo de ton épisode, quand tu as touché le livre. Ensuite, j'ai fait ce que tout bon orateur aurait fait : j'ai récité des évangiles. Des évangiles non canoniques, soit, mais ne coupons pas les cheveux d'évangélistes en quatre.

Edmund s'éclaircit la gorge.

— Il leur dit : « Que celui qui a des oreilles entende. Il y a de la lumière à l'intérieur d'un homme de lumière et il illumine le monde entier. S'il n'illumine pas, il est ténèbres. »

— Qui a dit ça ? lui demandai-je. C'est si beau.

— Jésus. Qui d'autre ? Quand j'ai vu que les Scintillas avaient besoin d'en entendre plus, je leur ai lu ce petit passage de l'évangile selon Thomas. C'est Jésus qui parle encore : « Si de deux vous faites un, que vous fassiez le dedans comme le dehors, le dehors comme le dedans, le dessus comme le dessous, en sorte que vous fassiez de l'homme et de la femme un seul être, si bien que l'homme ne soit pas homme et que la femme ne soit pas femme, si vous faites des yeux au lieu d'un œil, une main au lieu d'une main, un pied au lieu d'un pied, une image au lieu d'une image, alors vous entrerez dans le Royaume. » Incroyable, non ? fit Edmund en haussant les sourcils, une fois qu'il eut terminé.

J'étais sans voix. C'était une description presque parfaite de ma vision de l'union de l'être qui avait inscrit la vérité dans les spirales.

— Merci, Edmund. C'est le destin qui vous a mis sur ma route en Italie et j'en serai à jamais reconnaissante.

Edmund se pencha en avant pour m'embrasser sur la joue.

— Ce fut la plus grande aventure de ma vie et un privilège, dit-il. Et maintenant, allons sauver le monde.

Nous partîmes tous ensemble. Je devais trouver Will et lui demander quel était le plan. Il était de la plus grande importance de convaincre les Arrazis, mais jamais nous n'y parviendrions s'ils nous tuaient avant même que nous ayons le temps de parler. C'est alors que je vis Will et Maya surgir au coin du bâtiment. Nos regards se croisèrent. Ils avaient leur sac à dos. Ils s'approchèrent d'un pas rapide, observant Finn avec méfiance avant d'échanger un regard.

— Où allez-vous ? leur demandai-je, surprise par le ton accusateur de ma voix.

Je pris Finn par la main pour leur montrer qu'ils n'avaient aucune raison de le craindre.

À ma grande surprise, Maya se pencha vers moi, mains dans le dos, pour m'embrasser sur la joue.

— J'ai toujours su que la réponse se trouvait dans la dualité, me dit Maya en regardant Will. Je leur ai dit, l'autre jour, dans la voiture. N'est-ce pas, Will ? Le rôle des Scintillas est beaucoup plus important que je ne l'avais cru, ajouta-t-elle, ses yeux bruns assombris par la solennité.

— Dis-lui le reste, insista Will.

— Nous ne pouvons pas le faire. L'idée de deux ennemis qui s'unissent... on dirait la paix suprême, non ? Mais ça ressemble également à un pacte de suicide. Will est ma douce moitié, pas un Arrazi que je ne connais pas et qui veut me tuer. Nous attendons un enfant. Nous devons nous enfuir, tâcher de trouver un autre endroit où vivre et donner à notre enfant une chance de vivre. Nous vous souhaitons bonne chance et... beaucoup de lumière.

— Vous me dites que vous croyez ce que j'ai vu, que vous croyez que nous pouvons sauver le monde qui s'enfonce dans le chaos, le monde dans lequel votre bébé naîtra bientôt, mais que vous choisissez de prendre la fuite ? Même si vous refusez de vous unir à nos ennemis, vous pourriez au moins rester avec nous pour nous aider, non ?

J'avais envie de pleurer. Si Will et Maya prenaient la fuite, combien d'autres en feraient autant ?

Au plus profond de mon cœur, je ne pouvais pas en vouloir à Maya. Si j'avais été enceinte, aurais-je accepté de me livrer à un Arrazi ?

— Excuse-moi, dis-je en tendant la main pour prendre la sienne, qu'elle éloigna rapidement, hors de portée. Je n'ai pas le droit de juger votre choix. Je vous souhaite bonne chance.

— Merci, dit Will. Adrian est dans la grande salle, il t'expliquera notre plan. La plupart des Scintillas voudront voir avant de croire. Personne ne sait vraiment ce que représente l'union avec un Arrazi, mais ça ressemble à la mort.

— C'est probable. Je ne mentirai pas.

Will écarquilla les yeux, peut-être à cause de ce que j'avais dit, ou à cause de quelque chose qu'il avait aperçu derrière moi.

Plus vite que si on avait lancé une lame, l'énergie d'un Arrazi me frappa dans le dos, directement entre les deux épaules, où je portais la marque du couteau.

57
Finn

Cora arqua le dos en cherchant son air et, d'après sa façon de se tordre, elle devait chercher un moyen d'apaiser sa douleur. Je fis volte-face pour vérifier. Elle était bien attaquée par un Arrazi. Je lâchai sa main pour m'interposer devant elle. Son regard vert tourmenté croisa le mien et, pendant un instant sordide, j'aperçus une lueur d'interrogation dans son regard. Croyait-elle vraiment que je l'attaquais ? Dès que je me dressai devant elle, l'assaut déchirant contre son âme me frappa en pleine poitrine et, quelques secondes plus tard, l'attaquant poussa un cri guttural de surprise en étant projeté en arrière avant de heurter le sol sous la force de l'impact de sa propre énergie qui s'était réfléchie sur la mienne.

À l'exception de la scène d'horreur que j'avais vécue à ma maison, c'était le moment le plus terrifiant de ma vie. Une demi-douzaine d'Arrazis s'approchaient sur la route principale en direction du ranch et d'autres voitures arrivaient. Chaque faisceau des phares des voitures, chaque crissement de pneu dans le gravier sonnait comme un glas. Il m'était impossible de déterminer combien ils étaient. Il y avait sans doute plus d'Arrazis que de Scintillas, qui étaient déjà accablés par la nature. Les Arrazis arrivaient. Leur chef, le cardinal, avait disparu et nous étions complètement pris au dépourvu.

L'homme que j'avais projeté à terre ne resta pas étendu très longtemps. Il se leva d'un bond prodigieux, surnaturel, avant d'adresser un regard sinistre à un autre Arrazi.

— Voilà mon sortilège, lui dit-il.

Comme si quelqu'un avait hurlé que le buffet était ouvert, les Arrazis se mirent à attaquer voracement, pour obtenir ce que seule l'énergie des Scintillas pouvait leur procurer : des pouvoirs surnaturels. Dès qu'ils auraient obtenu leurs pouvoirs, ils se mettraient à tuer, sans l'ombre d'un doute.

D'autres ondes d'énergie Arrazi passèrent près de nous, beaucoup plus que je ne pouvais repousser, malgré mes efforts. Je me tins devant Cora en hurlant à nos assaillants d'arrêter. J'en repoussai quelques-uns, mais j'avais été touché à plusieurs reprises et je faiblissais. Je titubai à la renverse, heurtant Cora.

Will et Maya geignaient derrière nous. Je regardai par-dessus mon épaule et je les vis accroupis. Will s'était jeté sur sa femme, tentant en vain de la protéger. Je m'inquiétais des effets que pouvait avoir l'attaque sur son enfant à naître.

— Aidez-nous ! parvins-je à hurler.

Un éclair orangé jaillit en silence d'entre deux huttes en dôme pour aller frapper l'Arrazi, dont les cheveux et les vêtements s'embrasèrent. Il se mit à hurler en agitant les bras. Je déglutis pour ravaler la bile qui me monta dans la bouche en le regardant brûler. L'attaque cessa tandis que les Arrazis se mettaient à couvert en regardant entre les huttes d'où l'éclair avait surgi.

— C'est l'un des jumeaux, expliqua Cora dans mon dos. Gavin et Cooper. Giovanni a dit qu'ils avaient des pouvoirs élémentaires. L'un contrôle le feu et l'autre, l'eau.

— Ces jumeaux viennent de nous sauver la peau, dis-je à Cora, en aidant Maya et Will à se relever.

Nous contournâmes la salle commune et Cora s'arrêta pour frapper à l'une des fenêtres.

— Ils nous encerclent! s'écria quelqu'un dans le ranch.

Will et Maya échangèrent un regard pétrifié. Leurs espoirs de prendre la fuite venaient de s'envoler, sauf si nous pouvions leur trouver une ouverture.

— Nous devons avertir les gens à l'intérieur! dit Cora à voix haute pour se faire entendre malgré les cris.

Derrière nous, nous pouvions voir le rougeoiement de silhouettes en feu et des ombres noires. Un visage apparut à la fenêtre.

— Tu t'appelles Samantha, n'est-ce pas? dit Cora à la jeune femme, d'une voix étonnamment calme. Dis aux autres que les Arrazis sont ici.

La jeune fille hocha la tête. Ses larges yeux en demi-lune étaient remplis d'effroi, mais également de résignation.

— Tout le monde doit utiliser ses pouvoirs pour tâcher de rester en vie jusqu'à ce que je puisse affronter les Arrazis et les convaincre d'arrêter de nous attaquer.

Un gros homme s'approcha de la fenêtre, à côté de Samantha.

— Elle arrive! dit-il avec un lourd accent italien. Je l'avais prédit. Une femme très puissante est parmi nous.

— C'est Ultana, murmurai-je à l'oreille de Cora.

Elle me lança un regard incrédule. Il s'était passé tant de choses que je n'avais pas eu l'occasion de le lui dire.

— Je ne crois pas qu'elle soit morte. Je crois que son fils, Lorcan, l'a aidée à berner tout le monde.

— Je l'ai vue! rugit l'homme. Où est Giovanni? Je dois lui parler.

Cora ne répondit pas. Son cœur devait se serrer chaque fois que quelqu'un posait cette question.

— Est-ce que quelqu'un sait où est ma grand-mère? lança Cora à une autre personne derrière l'homme au regard fou, un jeune homme qui avait l'allure d'un bagarreur, avec des tatouages sur les bras et dans le cou.

— Je m'appelle Adrian, dit le jeune homme. Elle est ici. Que lui veux-tu?

— Adrian, dit Cora. Je te connais. Giovanni m'a parlé de toi. Les deux jumeaux sont dehors avec nous; ils forment notre unique ligne de défense pour l'instant. Tout le monde doit nous aider. Vous ne pouvez pas rester cachés là-dedans et attendre de vous faire massacrer.

Adrian leva le menton pour s'armer de courage avant de tourner la tête.

— Oh! L'heure est venue! hurla-t-il par-dessus son épaule. Il y a une raison à nos pouvoirs; c'est le temps de les utiliser! Nous sommes des cibles faciles si nous restons ici! Sortez par-derrière!

Nous entendîmes le vacarme des pas qui se précipitaient en direction de la porte, à quelques mètres de nous. Je n'avais pas besoin de voir l'aura des gens pour savoir qu'ils étaient effrayés. Des ondes de peur frappèrent mon aura de plein fouet. L'aura caractéristique des Scintillas était comme du miel et l'essaim d'abeilles nous avait trouvés.

— Je dois parler à Mami Tulke, dit Cora.

Adrian s'éloigna de la fenêtre au pas de course. Mami Tulke se fraya un chemin dans la foule et jusqu'à la porte arrière. Bientôt, un groupe de Scintillas s'était formé autour de nous, attendant nos instructions.

— Je dois parler aux Arrazis et les convaincre de se joindre à nous, dit Cora. Tu dois me protéger assez longtemps pour que...

— Tu ne pourras pas leur parler, dit Mami Tulke. Tu oublies que tu es la seule personne que je suis incapable de protéger.

Cora laissa sa tête frapper le mur de pierre derrière elle.

— C'est vrai...

— Sydney et moi leur parlerons, dit Samantha en montrant une grande jeune femme aux yeux gris perçants. Je peux essayer d'utiliser mes pouvoirs de télépathie pour apaiser les Arrazis et les convaincre d'arrêter de nous attaquer, afin que Sydney puisse prendre l'apparence de Cora. Mais nous ne pourrons le faire que pendant quelques minutes.

— Je peux protéger une seule d'entre vous, nous rappela gravement Mami Tulke.

— Protégez Sydney, dit bravement Samantha. Elle devra s'adresser aux Arrazis.

Pour la première fois, une trace de peur avait transparu dans la voix de Samantha. Elle avait beaucoup d'assurance, pour une personne aussi jeune.

— Y a-t-il d'autres Scintillas dotés de pouvoirs de télékinésie ? demanda Cora, ce à quoi Adrian répondit par un hochement de tête. Bon, d'accord. Dis-leur de se positionner près des piles de débris du tremblement de terre et d'utiliser leur sortilège pour les projeter sur les Arrazis qui pourraient nous menacer. Combien de Scintillas ont pris la fuite ? demanda-t-elle à Mami Tulke à voix basse.

— Au moins la moitié.

D'après le ton de la voix de Mami Tulke, il m'était impossible de deviner ce qu'elle pensait de cette réalité, mais je pouvais facilement deviner ce que Cora en pensait. Son corps tout entier parut s'affaisser un instant, pendant qu'elle réfléchissait aux répercussions.

— Nous étions déjà en nombre inférieur de toute façon, dit-elle enfin. Cela ne fait qu'empirer les choses. Environ trente Scintillas contre Dieu sait combien d'Arrazis qui peuvent absorber l'énergie de plusieurs personnes en même temps et les tuer. Nous devons mettre un terme à cette folie. Pour de bon.

— Tu as trouvé un moyen, lui rappelai-je. Nous pouvons y arriver.

À ces mots, un groupe d'Arrazis surgit de l'ombre entre les arbres en chargeant l'air de leur envie vorace de dévorer l'énergie des Scintillas. Tout le monde autour de moi se serra la poitrine en se penchant, comme s'ils avaient fait une révérence à un roi. Je m'avançai pour les défendre. Soudainement, de gros morceaux de béton et de verre fendirent l'air pour aller frapper les Arrazis et en projeter plusieurs au sol. Les Scintillas résistaient et, de toute évidence, les Arrazis ne s'y attendaient pas.

Une Arrazi couverte de sang étendue à terre se tourna vers l'endroit d'où les projectiles étaient arrivés et, quelques secondes plus tard, quelqu'un à ma droite s'effondra. Un Scintilla était mort. Les Arrazis qui le pouvaient se relevèrent, mais avant d'avoir le temps d'attaquer, un mur d'eau jaillit au-dessus des arbres pour les projeter de nouveau au sol.

— C'est Cooper, chuchota une fille tandis qu'un adolescent émergeait des arbres, bras tendus en avant.

Son visage crispé par l'effort, il forma une sphère d'eau autour des Arrazis dans le but de les noyer. Son plan fonctionnait, mais pour une raison ou une autre, son pouvoir faiblit et la sphère d'eau s'écroula dans une gerbe d'eau.

— Un Arrazi absorbe son énergie! dit Cora. Son aura émerge de son corps et s'écoule vers la gauche, là-bas.

Je courus pour m'interposer devant le jeune garçon qui luttait pour rester debout. Il était si jeune et il me lança un regard terrifié de ses yeux bleus, jusqu'à ce qu'il comprenne que je n'avais pas l'intention de l'attaquer, mais plutôt de bloquer l'attaque de l'Arrazi, dont je pouvais maintenant voir le visage, quelques mètres plus loin.

— Traître, cracha l'homme. Tu penses pouvoir nous arrêter?

— Oui. Je vous arrêterai tous, un idiot d'Arrazi à l'a fois.

L'homme s'approcha calmement de moi, sans se préoccuper des Scintillas qui couraient dans tous les sens et des cris qui retentissaient à gauche et à droite. Trois Arrazis trempés et légèrement blessés rampèrent dans la boue avant de se lever en me lançant des regards haineux, moi l'Arrazi qui tentait de défendre les Scintillas. L'homme dégaina un couteau qui brilla sous l'éclat des lampes solaires de la salle commune, tandis que les autres Arrazis m'encerclaient. Heureusement, Cooper n'était plus là. Il avait dû prendre la fuite quand l'occasion s'était présentée et j'étais content qu'il l'ait fait. Il était trop jeune pour mourir. À bien y penser, j'étais moi aussi trop jeune pour mourir et je n'avais aucun moyen de me défendre contre un couteau.

L'homme brandit son couteau au-dessus de son épaule, dans le but de me le lancer d'une distance d'à peine quelques mètres.

— Non ! hurla Cora.

Je grimaçai. Elle aurait dû s'enfuir, se cacher. Elle ne devait pas voir cette scène. Non seulement elle ne prenait pas la fuite, mais elle courait vers moi. Elle fut attaquée si brutalement qu'elle fut projetée à terre dans la boue. Elle se recroquevilla.

Un fort bruit fendit l'air et l'homme au couteau s'écroula. Je m'accroupis en entendant d'autres coups de feu. Deux Arrazis furent touchés et tombèrent. Les deux autres détalèrent. Qui, parmi les Scintillas, avait une arme à feu ? Nous avions dû nous enfuir de la caverne quand le tremblement de terre avait frappé et nous avions laissé les armes derrière. Je rampai jusqu'à Cora, qui était trop faible pour parler, et je la soulevai dans mes bras. Mami Tulke accourut à nous et je la sentis transmettre son énergie Scintilla à Cora pour l'aider à reprendre des forces. Je fouillai l'obscurité des yeux, pour trouver le tireur, et je vis quelqu'un arriver en courant des petites maisons rectangulaires. Je n'en croyais pas mes yeux.

C'était Giovanni.

58
Giovanni

Vivant.

C'était un mystère. J'ignorais comment j'avais réussi à revenir à moi sur la colline paisible, près du trou qui avait englouti Cora. Je lui avais sauvé la vie ; j'avais épuisé toutes mes forces pour l'extirper doucement du gouffre. Je m'étais évanoui et la dernière chose dont je me souvenais avant de perdre connaissance était le poids de ses pleurs sur ma poitrine et ses douces paroles.

En ouvrant les yeux et en voyant les étoiles, j'avais pensé : «Quelle ironie… le paradis n'est pas un endroit ni une destination. Le paradis est vraiment au-dessus de nos têtes et la terre y flotte, tout simplement…»

Je ne sais pas combien de temps je restai étendu à scruter le ciel des yeux ; je sais seulement que je pris soudainement conscience de la gravité et du sol dans mon dos, du chant des criquets, de la caresse de la brise sur mon visage. Des sensations terrestres. J'étais vivant.

Je ne savais pas pourquoi je n'étais pas mort, mais dès l'instant où je compris que j'étais miraculeusement vivant, je sus où je devais aller. Je courus jusqu'au *Rancho Estrella* en m'accroupissant derrière les arbres chaque fois qu'une voiture passait. Les voitures étaient trop nombreuses et chaque fois, le froid glacial de la peur me tenaillait en me poussant à poursuivre malgré mon épuisement.

Quand j'arrivai au ranch, les bruits des combats s'élevaient de partout. Des Scintillas morts étaient étendus à terre près de l'entrée, parmi les débris du tremblement de terre. Mon cœur se serra douloureusement, mais je n'avais pas le temps de les pleurer. Les Arrazis se déplaçaient en meutes comme des chiens entre les bâtiments en les fouillant. Je dus rester hors de leur vue, car j'étais persuadé qu'ils pouvaient sentir ma présence et mon énergie, compte tenu de la façon qu'ils avaient de tourner la tête dans ma direction comme des chiens quand je passais trop près. Je me glissai dans ma maison pour aller chercher le pistolet que j'y avais caché sur une tablette avant de courir sauver mon peuple.

Courir pour lutter.

C'est alors que je vis Cora projetée dans la boue par l'attaque d'un Arrazi et je fis feu.

Ma main vibrait toujours des secousses du coup de feu. Je m'agenouillai près de Cora pour caresser sa joue en lui donnant de l'énergie, même si je pouvais voir qu'elle n'en avait pas besoin, grâce à l'intervention de Mami Tulke. Je voulais simplement qu'elle sente mon énergie, ma présence.

Elle ouvrit les yeux avant de les écarquiller, puis elle se dégagea de l'étreinte de Finn pour me serrer dans ses bras.

— Comment...

— Je ne sais pas, je ne sais vraiment pas, dis-je en pleurant et en riant.

Par-dessus son épaule, je vis Finn me sourire et sa joie cimenta une amitié que je n'avais jamais crue possible.

Quand Cora me lâcha, Finn me serra également dans ses bras.

— Merci, mec. Je suis fichtrement content de te voir.

Au bruit de gens qui prenaient la fuite non loin de nous, nous nous levâmes d'un bond.

— Où est la remise ? demandai-je à Mami Tulke.

Je devais trouver Claire pour m'assurer qu'elle allait bien. J'avais vu les Arrazis fouiller systématiquement les bâtiments pour y tuer tous ceux qu'ils y trouvaient. Claire et les femmes étaient sans défense face aux Arrazis. Mami Tulke pointa dans la direction de la remise et nous courûmes tous en direction du jardin.

Nous aperçûmes un autre petit groupe d'Arrazis qui rôdait et nous nous accroupîmes derrière un tas de compost odorant en espérant qu'ils ne nous aient pas aperçus. La remise ne se trouvait plus qu'à quelques mètres et la porte était fermée. Je priai pour que ce soit un bon signe.

Un bruissement se fit entendre au-dessus de nos têtes et je tendis le cou pour voir ce que c'était. J'aperçus brièvement un Arrazi, qui avait de toute évidence obtenu son sortilège, passer dans le ciel avant d'atterrir entre nous et la remise. Je pointai mon pistolet pour faire feu, mais Cora me força à baisser l'arme.

— Et si la balle pénétrait dans la remise ? dit-elle.

— Keaton ? lança Finn en reconnaissant le grand gaillard qui me barrait la route.

Finn se leva pour parler à l'Arrazi, mais en un clin d'œil, l'homme se téléporta de nouveau pour apparaître devant Finn et lui donner un coup de poing au ventre. D'autres Arrazis contournèrent le tas de compost pour nous encercler. Une vive douleur me déchira. Ils étaient trop nombreux. Je fis feu sur l'un des Arrazis à ma droite, mais je ratai ma cible. Je fis de nouveau feu et le pistolet émit un déclic. L'arme était vide. Je la lançai par terre. Une jeune Scintilla, Hanna, prit l'arme en tombant près de moi. Je ne compris pas pourquoi, sauf si elle avait des munitions et un moyen d'arrêter les Arrazis. Je tentai de me souvenir quel était son sortilège.

Parmi les gémissements des Scintillas autour de moi et les supplications de Finn, j'entendis une autre voix : le cri perçant d'un enfant.

— Laissez mon papa tranquille !

J'en tremblai jusque dans mon âme. Comment avaient-elles pu la laisser sortir de la remise ? Des étoiles ponctuèrent ma vision tandis que j'observais ma petite fille surgir de la remise pour se lancer vers la scène meurtrière qui se déroulait devant elle. Elle s'arrêta devant l'homme qui ruait Finn de coups de pied dans les côtes. Finn roula sur le sol en serrant ses bras contre son corps et tenta de se relever.

Claire serra les poings en levant les yeux vers l'homme. L'Arrazi cessa son attaque sur notre aura quand il tourna son attention vers l'enfant effrontée.

— Qu'avons-nous là ? entendis-je lancer l'un des Arrazis. Une enfant égarée ? Nous pourrions peut-être la garder ?

— Oh, mon Dieu... gémit Cora. Ils ne peuvent pas la garder. Elle n'est pas une Scintilla ! hurla-t-elle en espérant les amener à comprendre que Claire n'était pas une Scintilla et qu'elle n'avait aucune valeur.

Claire n'était pas spéciale. Les Arrazis devaient bien l'avoir senti.

Je déployai mes dernières forces pour m'avancer vers elle d'un pas titubant, frappé par son aura gonflée et son regard féroce. L'Arrazi projeta son énergie comme un tentacule, d'un geste presque malicieux, comme un chat voulant rappeler à sa proie qu'il a des griffes. Mais, avant même que l'énergie de l'Arrazi ne touche Claire, son aura s'enroula inexplicablement autour de l'homme, comme une pince, et le serra pour le drainer de son énergie vitale.

Je vis l'énergie de l'Arrazi quitter son corps qui s'écroula, inerte, et tandis que mon esprit tâchait de rejeter l'énormité de ce que je voyais, l'aura de Claire explosa en se teintant de blanc.

59
Finn

— Ce devrait être impossible, souffla Mami Tulke, son visage ridé figé par la surprise. Ce n'est qu'une enfant.

Les Arrazis firent quelques pas en arrière en lançant des regards méfiants à Claire avant de détaler entre les bâtiments. Ils reviendraient, sans l'ombre d'un doute.

— Est-ce le sortilège de Scintilla de Claire ? demandai-je.

Cela semblait être la seule explication possible, même si la plupart d'entre nous obtiennent leur sortilège au début de l'âge adulte.

Les Scintillas secouèrent la tête, incapables de répondre à ma question.

— Finn, son aura est d'un blanc pur, marmonna Cora en me serrant le coude, incapable de détacher son regard de Claire. Son aura est si grande. Je n'ai jamais vu une aura aussi gonflée. Claire est une Arrazi.

« Impossible », pensai-je.

— Les Arrazis ne subissent leur transformation que beaucoup plus tard. Et elle n'a pas été projetée en arrière, dis-je. Même si Claire est effectivement une Arrazi, nous ne sommes pas censés pouvoir attaquer un autre Arrazi, dis-je en me souvenant du jour où Clancy m'avait poussé à l'attaquer. J'ai déjà essayé. C'est ainsi que j'ai réussi à bloquer les attaques des Arrazis.

Claire se tenait seule dans le jardin. Elle regardait son père, le menton tremblant. Son père Scintilla, à en croire un scientifique irlandais fou, dont elle venait de sauver la vie. Cora tendit une main vers Giovanni, qui la chassa d'un haussement d'épaules. Quand elle comprit que Giovanni était paralysé de surprise ou même d'aversion, elle effectua un geste d'une grande beauté et d'une immense bravoure. Elle courut parmi les plants de courges qui lui montaient jusqu'aux genoux jusqu'à l'endroit où Claire se tenait, figée sur place, pour la prendre dans ses bras. Claire serra ses jambes autour de la taille de Cora et ses bras autour de son cou.

Une minuscule meurtrière.

Je m'étonnais de voir Cora réconforter Claire en la berçant doucement tandis qu'elle pleurait, le visage blotti dans son cou. On pouvait facilement deviner le grand cœur de Cora dans ses gestes. Les murs qui divisaient les races s'écroulaient en elle.

Mami Tulke prit le visage de Giovanni entre ses mains pour le forcer à la regarder.

— Ressaisis-toi. Ne rejette pas ton propre sang.

— Je l'ai vue tuer, dit le gros italien, Raimondo. Je vous avais dit qu'elle était parmi nous.

— Mais comment peut-elle être ma fille ? Sa mère était peut-être une Arrazi... Elle est le fruit d'une expérience du docteur M... souffla Giovanni d'une voix cassée. Elle est une version mutante des Arrazis.

— Je ne veux pas l'entendre, lança Mami Tulke d'un air renfrogné. Il suffit de la regarder. Tu dois écouter ton cœur. Rejette la fumée noire du préjugé qui trouble ta vision et tu verras la vérité. Tu es sa famille. Rejoins-la.

J'imagine que Giovanni dut faire un énorme saut dans le vide pour trouver le courage de faire un pas en avant. Les Arrazis étaient ses ennemis. La lutte faisait toujours rage dans le village et les Arrazis pourchassaient et tuaient sans distinction. Ce n'était qu'une question de temps avant qu'ils nous attaquent de nouveau. Un grand groupe de Scintillas nous rejoignit dans le jardin, la mine défaite et visiblement épuisés par les combats. Ils murmurèrent des commentaires craintifs au sujet de Claire, dont certains peu flatteurs. Tout le monde peut devenir un génie prophétique avec le recul.

Leurs chuchotements révélaient également que l'espoir de voir les Scintillas survivre à la nuit s'estompait. Le destin qui devait unir les deux races semblait plus impossible que jamais à réaliser.

Giovanni tendit une main vers Claire, mais comme la petite fille ne semblait pas prête à lâcher Cora, il les serra toutes deux dans ses bras, en coinçant Claire entre eux. Ils restèrent là, entrelacés, vision d'une famille qui me déchira jusqu'au plus profond de mon être.

— Doyle ! hurla une voix familière.

La nuit et des vêtements sombres masquaient le visage de la personne qui m'appelait, mais je reconnaissais sa voix. C'était Lorcan Lennon. Cora et Giovanni sursautèrent et je vis leur visage s'assombrir quand ils purent voir les traits de Lorcan qui s'approchait, le visage éclairé par la lumière fixée à l'un des bâtiments.

— Seigneur! s'écria-t-il. Vous restez tous plantés là comme des satanées bouées. Vous voulez vraiment qu'ils vous trouvent?

Il avait raison, le groupe de Scintillas émettait une onde d'énergie incroyablement puissante, mais pourquoi tâchait-il de me faire croire qu'il s'en souciait? Le visage de Giovanni se tordit dans un rictus de ressentiment et il voulut se jeter sur Lorcan, mais Cora l'arrêta en l'empoignant par la chemise.

— Tu m'as jeté une malédiction! s'écria Giovanni en pointant Lorcan du doigt.

— Et pourtant, tu me sembles bien vivant, non? répondit Lorcan. À moins que l'occasion de sauver ta belle demoiselle ne se soit pas encore présentée?

— Il m'a effectivement sauvé la vie, dit Cora en regardant Giovanni. Et il... J'ai cru qu'il était mort. Mais...

Personne n'avait eu le temps de demander à Giovanni s'il savait ce qui s'était passé.

Lorcan posa un doigt sur sa poitrine, comme s'il était satisfait d'entendre la nouvelle.

— Donc, ça a fonctionné, dit-il.

— Qu'est-ce qui a fonctionné? lui demandai-je.

Les regards louches que Lorcan lançait continuellement par-dessus son épaule me donnaient la chair de poule. Il se passait quelque chose d'anormal et Lorcan attendait visiblement l'arrivée de quelqu'un d'autre.

— J'ai retiré la malédiction, idiot, répondit Lorcan en se tournant vers moi.

— Et pourquoi ? lui demanda Cora.

— On croirait que tu voudrais le voir mort en posant une telle question, répondit Lorcan d'un air confus. Tu étais présent ce jour-là, Doyle, dit-il avec un haussement d'épaules. Est-ce possible de voir ces êtres à l'aura argentée et ne pas être touché ? J'ai été... Ça m'a transformé..

Je me souvins de l'expression sur son visage, le jour où nous avions vu le mur Kirlian, dans les installations du docteur M. Lorcan m'avait paru ému, tout comme moi.

— Mais tu as lancé ta malédiction après avoir vu l'aura de Gráinne sur le mur.

— Je l'ai fait uniquement parce que je savais qu'elle surveillerait mes moindres gestes. J'ai ensuite dû découvrir comment retirer ma malédiction. Je n'avais pas le manuel d'instructions.

— Lorcan, je ne sais pas ce que tu cherches à accomplir. Tu essaies...

— J'essaie secrètement de vous aider, souffla-t-il en se retournant. Partez tous d'ici, bon sang, dit-il avec un geste de ses mains, comme s'il chassait des mouches. Elle arrive. Si vous êtes toujours là quand elle arrivera, vous êtes tous morts.

L'avertissement improbable de Lorcan eut l'effet d'une bombe. Si Ultana était effectivement en route, j'étais persuadé que sa présence serait mortelle pour les Scintillas. J'accompagnai le groupe de Scintillas et nous nous dispersâmes du jardin en direction des arbres qui nous séparaient de la rivière. Cooper murmurait déjà qu'il séparerait les eaux de la rivière pour nous laisser passer. À l'orée du jardin, un groupe d'Arrazis surgit des arbres pour nous barrer la route. Nous nous dirigeâmes vers l'est, mais un autre groupe d'Arrazi se forma devant nous. Même chose à l'ouest. Nous fîmes un quart de tour pour voir l'arrivée d'un autre groupe d'Arrazis derrière Lorcan.

Le groupe dégageait une onde d'énergie menaçante comme un couteau sur la gorge. Je reconnus l'avocate de la famille Lennon, Makenzie, parmi eux. Au centre du groupe se dressait une silhouette identique au jour où je l'avais vue pour la première fois. Elle retira le capuchon de son visage blême. Une tresse de cheveux rouge comme le feu tombait tel un serpent sur son épaule.

Je fus soulagé par son arrivée, mais je me serais senti mieux si nous n'avions pas été entourés d'une vingtaine d'autres Arrazis. Les stratagèmes de Lorcan me troublaient. Je devais parler à Saoirse, mais je n'étais pas prêt à laisser Cora sans protection, même si elle tenait dans ses bras l'Arrazi la plus meurtrière que je connaissais, à l'exception d'Ultana Lennon. Où était-elle d'ailleurs ?

Il s'avéra que je n'eus pas besoin de m'approcher de Saoirse. Elle leva une main pour ordonner aux Arrazis à ses côtés d'arrêter et elle s'avança d'un pas décidé. Elle m'adressa un sourire semblable à une fleur fanée.

— Je constate que nous sommes en retard.

Je l'agrippai par le bras pour déposer un baiser sur sa joue.

— Mieux vaut tard que jamais. Je suis heureux de te voir ici.

Je fis un pas en arrière. Ses yeux verts s'attardèrent sur le groupe de Scintillas derrière moi avant de se poser sur moi.

— Les Arrazis qui t'accompagnent sont avec nous ? J'ai quelque chose d'incroyable à te dire. Nous avons trouvé un moyen de mettre un terme à cette histoire. Les Arrazis doivent cesser leur attaque et nous écouter. Je suis surpris de voir qu'ils ne nous attaquent pas.

— Ils attendent l'ordre.

— Pourquoi chuchotez-vous ? demanda Lorcan en s'approchant soudainement.

Je repoussai Lorcan.

— Laisse-nous tranquilles. Tu as peut-être réussi à t'immiscer dans les affaires de ta sœur en la maudissant, mais tu n'as pas ta place dans mes affaires.

— Et de quoi crois-tu que je te parlais quelques minutes plus tôt ? fit-il. Je vous ai avertis, je vous avais dit qu'elle arrivait.

Saoirse lança un bref regard à son frère.

— Elle... Mais je croyais que tu parlais de ta mère.

Saoirse et Lorcan me regardèrent comme si j'étais fou.

Lorcan lança les mains en l'air.

— Tu as perdu la tête ? De quoi diable parles-tu ? Ma mère est morte, idiot.

— Dans ce cas, pourquoi me faisais-tu suivre ? Qui étaient les Arrazis qui sont venus chez moi, qui ont tué ma mère... lui demandai-je, la poitrine comprimée par la colère. Les Arrazis ont parlé d'une femme qui cherchait la couverture du *Livre de Kells*.

Je venais à peine de prononcer ces mots que je compris mon erreur. Je me tournai vers Saoirse, tandis qu'une boule d'effroi se formait dans mon ventre.

— Non... ce n'est pas toi ?

— Ne sois pas si surpris, gémit Lorcan. Je suis certain qu'elle est responsable de la mort de ma mère et de sa prise de contrôle de la société Xepa. Pourquoi crois-tu que je lui ai lancé une *geis* ? J'essayais de surveiller ses faits et gestes. Ma sœur n'est qu'une vipère manipulatrice.

« Sais-tu ce qui fait la particularité des bébés crotales, Finn ? Les bébés... sont les plus... dangereux... Ils ne savent pas contrôler leur venin. Fais attention aux bébés. »

Mari. Elle avait tenté de me mettre en garde.

Saoirse continuait d'agir comme si Lorcan n'avait pas été présent.

— C'est toi qui as battu Mari et qui m'as donné un coup sur la tête au moment même où je tenais Ultana à la gorge ? Seigneur. Ma mère a vu ton secret dans tes yeux. Elle m'a dit que tu te sentais responsable de la mort de ta mère et...

— Et nous sommes maintenant tous les deux orphelins de mère.

Je me jetai sur Saoirse, la projetant au sol.

— Dis-moi la vérité ! rugis-je.

Elle m'agrippa par la nuque et me servit un chapelet de mots qui ressemblaient à une incantation de séduction.

— Ma mère s'est tuée elle-même, mais c'est moi qui lui ai fait croire qu'elle était immortelle, et non simplement que sa vie anormalement longue était attribuable à son sortilège. J'espérais qu'un jour, elle finirait par agir par arrogance et stupidité. Et c'est ce qu'elle a fait. L'homme qui travaillait pour moi était dans la tombe, comme tu le sais, Finn. Il m'a dit ce qui s'est passé. Ma mère s'est transpercée avec sa dague parce qu'elle croyait qu'elle ne pouvait pas mourir, dit Saoirse en gloussant. Elle était un monstre. Tu le sais très bien. Elle était méchante et elle méritait de mourir, et je m'en suis occupée. Tu ne veux pas me faire de mal, Finn. Tu veux faire partie de mon équipe, tu veux travailler avec moi. Je ne suis pas ton ennemie. Les Scintillas sont nos ennemis.

Mon esprit se troubla; j'étais confus. Toutes mes pensées s'enfonçaient dans la vase qui m'occupait maintenant l'esprit. Les mots de Saoirse me semblaient vrais. Pourquoi combattais-je Saoirse?

— Ne l'écoute pas, mec!

Quel idiot ce Lorcan. Pourquoi tentait-il de me protéger de Saoirse?

— C'est exact, Finn, murmura-t-elle.

Il n'existait plus rien d'autre que son mince corps sous le mien, dans un nuage vert. Je n'arrivais pas à détacher mon regard de ses lèvres.

— Nous sommes faits pour être ensemble, chantonna-t-elle. Viens avec moi. Finissons-en de notre ennemi et nous pourrons être ensemble, comme il se doit. Les Arrazis contrôleront le monde et nous les dirigerons ensemble. Je te l'ai déjà dit, nous sommes faits pour nous unir.

Elle me fit rouler sur le dos et pressa ses lèvres sur les miennes, comme pour sceller l'enveloppe de notre pacte.

— Viens avec moi, dit-elle en me tendant la main.

Je pris sa main et ensemble, nous nous tournâmes vers les Scintillas.

60

Giovanni

Que diable Finn faisait-il à se rouler dans l'herbe avec la fille Arrazi rousse ?

Ils se levèrent enfin, main dans la main, pour se tourner vers nous.

— On dirait qu'elle lui a lancé un sort, n'est-ce pas ? dis-je à Cora.

Son visage était sans expression, mais son regard était fixé sur nous et son aura s'étendait autour de lui comme du gaz neurotoxique.

Cora, cette chère Cora stupide, têtue et impétueuse, posa Claire près de moi, brisa les rangs des Scintillas et s'approcha des Arrazis.

— Que t'a-t-elle fait ? demanda-t-elle en agrippant la chemise de Finn pour le secouer.

— C'est son pouvoir d'illusion télépathique, hurla Samantha, à côté de moi. C'est son sortilège, comme le mien. Je sais reconnaître ses effets.

Même dans l'obscurité, nous pûmes voir le regard noir que la fille rousse lança à Samantha et le regard de défi qu'elle adressa à Cora. Cora regarda la fille rousse en inclinant la tête.

— Tu as ton sortilège et tu l'as amené à croire ce que tu veux ?

— Oui. C'est un cadeau de ta douce mère, répondit la fille. L'oncle de Finn a eu la gentillesse de la partager avec moi. À de nombreuses reprises.

Elle semblait si imbue d'elle-même, si suffisante, que cela ne surprit personne de voir Cora lui assener une claque au visage. Saoirse tourna la tête de côté, avant de fixer lentement son regard sur Cora et projeter son énergie assez fort sur celle de Cora pour qu'elle tombe à genoux. Saoirse en profita alors pour frapper Cora au visage d'un genou. Cora s'écroula dans les feuilles.

Finn n'avait qu'à s'interposer entre elles. Il pouvait arrêter l'attaque de Saoirse, mais il se contentait de rester là, comme un zombie.

Claire luttait pour se défaire de mon étreinte.

— Lâche-moi, dit-elle de sa petite voix. Je peux aider Cora.

— Non, je...

Comment pouvais-je donner à mon enfant la permission de tuer ? J'arrivais à peine à accepter le fait qu'elle en était capable. Mais quelqu'un devait le faire. Je devais le faire. Je posai Claire près de Dun et je courus vers Cora en criant à Finn de se secouer et de se souvenir de la vérité. Au moment où j'arrivais près de Cora, Finn se mit à absorber mon aura atrocement vite. Je m'effondrai dans l'herbe à côté de Cora.

Ma main toucha la sienne. Je tournai ma tête sur le côté pour regarder Cora, mais son regard était fixé sur nos assaillants.

— C'est notre conviction d'être séparés les uns des autres qui cause toute la douleur sur terre, souffla-t-elle. Je t'en prie, Saoirse, tu dois m'écouter...

Tandis que je réfléchissais aux paroles de Cora en luttant pour rester conscient, j'entendis un bruit étrange : celui d'un minuscule cri guerrier s'approchant de nous, un cri que j'aurais dû reconnaître. Soudainement, un tourbillon de boucles blondes nous enjamba d'un bond pour se jeter sur Finn et Saoirse, qui furent projetés en arrière. Ils allèrent heurter la clôture entourant le jardin. Un groupe de Scintillas s'approcha de nous et nous entoura. Je perdis Cora de vue. Les Scintillas m'aidèrent à m'asseoir en me transmettant leur lumière argentée sacrée pour me redonner de l'énergie.

Comme plus tôt, les Arrazis qui nous entouraient échangèrent des regards effrayés en voyant ma fille. Ils firent quelques pas en arrière pour s'éloigner de son aura en furie, qui s'étendait autour d'elle dans un cercle énorme et qui éperonnait tous les Arrazis pour leur servir la pointe mordante de la douleur qu'ils nous faisaient subir.

— On se croirait sur un champ de bataille où s'affrontent deux ennemis, dit Cora en reprenant ses forces et en retrouvant l'usage de la voix, qui me semblait légèrement tremblante. Nous n'avons pas toujours été des ennemis, dit-elle en lançant un regard triste à Saoirse et Finn, puis au reste des meurtriers qui nous encerclaient.

— Que veux-tu dire ? souffla Saoirse en se relevant et en s'agrippant à la clôture. Nous sommes des ennemis naturels !

Finn reprenait lentement ses sens et je vis dans son regard une lueur de compréhension qui ne s'y trouvait pas quelques minutes plus tôt. Il lança un regard confus à Saoirse avant de s'avancer en titubant dans notre direction en tendant les mains.

— Je suis désolé. Je n'étais plus maître de mes gestes, dit-il en suppliant Cora du regard.

— Je sais. Elle a utilisé son sortilège sur toi.

Finn fit volte-face.

— Ton sortilège ? C'est donc toi qui as absorbé l'aura de la mère de Cora. C'était toi, la fille brutale dont elle parlait dans son journal. Tout ce temps, tu avais déjà subi ta transformation en Arrazi et tu as utilisé ton sortilège pour me faire croire, pour faire croire à ta famille et à tout le monde que tu n'étais pas encore transformée. Nom de Dieu... Cette nuit-là, tu t'es affamée volontairement pour m'amener à croire que c'était la première fois que tu tuais.

— Oui, répondit Saoirse sans le regarder.

Elle concentrait son attention sur Claire, la seule qui avait pu inspirer la peur dans le cœur des Arrazis. Cora parlait à voix haute pour que tout le monde l'entende, mais son regard restait fixé sur Saoirse, qui contrôlait visiblement le groupe d'Arrazis, jusqu'à ce que Claire devienne une grave menace.

Finn continuait de railler Saoirse.

— Donc, si mon oncle Clancy a partagé la mère de Cora avec toi, vous deviez être de mèche. Que lui avais-tu promis ?

— Tout, répondit Saoirse d'une voix creuse. Il m'a donné le pouvoir dont j'avais besoin pour enfin combattre ma mère. Je lui ai promis que nous nous débarrasserions d'elle. Je lui promis que nous régnerions sur nos ennemis et que nous pourrions enfin sortir de l'ombre de l'humanité. C'est la seule chose sur laquelle ma mère et moi nous entendions. Finn, ne vois-tu pas que c'est le pouvoir qui nous est offert sur un plateau d'argent ?

— Et qui vous offre ce pouvoir ? lui demanda Cora. Le cardinal Báthory ?

— Saoirse, il utilise les Arrazis pour arriver à ses fins et il a l'intention de...

— Tuez-les ! ordonna le cardinal Báthory, qui émergea de derrière une rangée d'Arrazis, en les utilisant comme bouclier. Vous avez vu un aperçu de ce qui vous a été promis. Remplissez votre devoir envers moi et j'honorerai ma promesse.

— Mais, monseigneur, la fille... dit la femme qui était arrivée en compagnie de Saoirse.

— Oui, Makenzie, la fille, répondit le cardinal Báthory, qui se méprenait sur la fille dont elle parlait. Cora Sandoval doit mourir en premier.

Une feuille tomba d'un arbre et s'immobilisa mystérieusement, suspendue dans les airs.

Je regardai Finn et Cora tour à tour. Ils semblaient figés sur place comme la feuille, comme si le temps s'était arrêté, comme si le monde entier avait retenu son souffle. Je voulus bouger, mais j'en étais incapable. Personne ne bougeait. On aurait dit que plus rien au monde ne bougeait, sauf Makenzie, qui s'avançait vers Cora. Elle sourit en plongeant son aura blanche dans le corps de Cora pour tirer sur la ficelle d'argent qui s'y trouvait.

Cora ne sourcilla pas.

Makenzie avait utilisé son sortilège pour arrêter le cours du temps, ou pour nous figer sur place, je n'étais pas certain... J'ordonnai à mon corps de bouger ; je tentai de crier. J'étais prisonnier dans ma tête j'avais l'impression d'être derrière un épais mur de verre insonorisé où personne ne pouvait m'entendre hurler. Makenzie assassinait Cora et je pouvais seulement la regarder faire, figé d'horreur.

Quand la dernière goutte de l'âme de Cora s'échappa de sa poitrine comme une perle iridescente, elle s'effondra et son corps sembla onduler avant de se transformer en celui d'une belle fille aux cheveux longs qui lui tombaient sur les épaules et dont les yeux gris-vert étaient maintenant fixés à jamais sur les étoiles.

Le regard triomphant de Makenzie s'estompa quand elle comprit...

Elle n'avait pas tué Cora.

C'était Sydney. Elle avait changé de place avec Cora, d'une façon ou d'une autre. Sydney avait donné sa vie pour sauver celle de Cora.

La feuille tomba au sol.

Comme si quelqu'un avait appuyé sur un énorme bouton, l'effet du sortilège de Makenzie s'évanouit. Des cris retentirent tout autour et les attaquants foncèrent. Dun serra la main autour de la gorge de Makenzie. Elle tenta d'absorber son aura grâce à sa puissante énergie blanche, mais sa projection énergétique fut déviée, comme si un champ de force avait entouré Dun. Un bouclier. Je cherchai Cora du regard et je vis Mami Tulke, fixant intensément Dun du regard, pour le protéger de l'attaque de Makenzie pendant qu'il la tuait à mains nues. Il lança son corps inerte à terre.

— Pourquoi n'attaquez-vous pas ? ragea le cardinal Báthory. Faites ce que je vous ai...

Sa voix mourut quand une personne à l'aura blanche pointa une arme sur sa tempe. Hanna nous lança un clin d'œil. Elle avait utilisé son sortilège pour transformer sa propre aura et se mêler aux Arrazis. Brillant. Elle s'était approchée pour pointer mon pistolet vide sur la tempe de l'homme qui dirigeait cette guerre. J'aurais aimé que l'arme soit chargée et je me jurai de mettre une balle dans la tête du cardinal avant la fin de la journée.

Cora s'avança de derrière les arbres. Je retins mon souffle. Cora et Sydney avaient changé de place quand les Scintillas nous avaient entourés, quelques moments après que Finn et Saoirse nous avaient attaqués. Elle embrassa Claire sur la joue et lui chuchota à l'oreille. Claire hocha la tête et son aura blanche prit de l'expansion pour repousser les Arrazis. Même moi, je pouvais sentir le pouvoir effrayant de Claire. Nous pouvions tous le sentir.

Cora s'approcha du corps de Sydney et s'agenouilla près d'elle. Elle posa une main sur le cœur de Sydney et traça des cercles.

— Je suis désolée que tu aies été blessée, dit-elle en pleurant. Tu es si brave.

Comme dans la vidéo du Vatican que plusieurs avaient vue, Cora ferma les yeux et projeta un rayon d'énergie dans le corps de Sydney, jusqu'à ce qu'elle soit complètement entourée de lumière argentée et qu'elle batte de ses longs cils noirs.

Cora hocha la tête, satisfaite, adressa un sourire béat à Sydney, puis elle se leva pour regarder Saoirse en inclinant la tête. Pourquoi regardait-elle Saoirse ainsi? Elle croyait peut-être pouvoir toucher son cœur, la convaincre.

Personnellement, j'en doutais sérieusement. C'est alors que Cora fit quelque chose d'incroyable. Elle donna son don le plus précieux à son ennemie : sa lumière argentée. Saoirse écarquilla les yeux, qui se remplirent de larmes. Comme elle l'avait fait dans la salle commune, le jour du vote, Cora avait allumé en Saoirse Lennon une étincelle qui se transmettait maintenant d'un Arrazi à l'autre. Elle leur faisait don de son essence.

Certains se mirent à trembler. D'autres pleurèrent ouvertement.

— Arrête ! Ne permets pas à nos ennemis d'obtenir leurs pouvoirs ! hurlai-je à Cora. Ils seront plus dangereux que jamais !

— Nous ne sommes pas censés être des ennemis, dit Cora à voix haute. Nous n'avons pas été créés pour être des prédateurs et des proies. Nous sommes nés de la même essence, mais nous avons été séparés il y a de cela des milliers d'années.

Je pouvais entendre dans sa voix qu'elle tentait de maîtriser ses émotions. C'était le moment qu'elle attendait pour tâcher de convaincre tout le monde de ce qui devait être fait.

— Les Arrazis ont oublié ce qu'ils désirent vraiment. Vous vous méprenez en pensant que votre faim découle de votre besoin d'absorber l'esprit d'un Scintilla. En vérité, la faim que vous ressentez n'est que la manifestation de votre désir désespéré de vous sentir entiers. Vous n'avez pas été créés pour nous tuer. Vous avez été créés pour vous unir à nous. Pour que nous ne formions qu'un seul être uni.

Les Arrazis se mirent à chuchoter entre eux, jusqu'à ce qu'une voix, celle de Saoirse, s'élève pour poser la grande question.

— Tu cherches à convaincre les puissants de s'unir avec les impuissants. Pourquoi ferions-nous cela ?

— Parce que nous sommes plus puissants ensemble. Nous avions une seule tâche à accomplir. Nous étions l'incarnation de l'équilibre, de la réconciliation des contraires. Nos énergies sont censées s'unir pour créer une troisième forme d'énergie qui pourra guérir le monde et sauver l'humanité. La plus grande chose que nous puissions accomplir, c'est de nous unir.

— Je sais que vous vous détestez vous-même, que vous détestez ce que vous êtes forcés de faire, dit Finn en s'adressant à la foule d'Arrazis. Vous pouvez maintenant choisir. Ce besoin lourd à porter et que vous estimez inévitable ne l'est pas. Croyez-nous. La vérité est restée cachée pendant longtemps, mais la voici. Nous sommes la vérité.

— Finn, dit doucement Cora. Allons-y. Quelqu'un devra faire le premier pas.

61
Cora

Ma mère m'avait déjà dit que l'amour était le lien le plus fort qui nous rattachait à ce monde. Que l'amour était la clé. Je ne l'avais pas crue alors. Mon cœur était contaminé par la haine et la peur.

M'avancer vers Finn, à la fois craintive et déterminée, pour lui permettre de prendre — non, pas de prendre —, pour lui offrir mon âme, n'était pas ce dont j'avais toujours rêvé. Enfin, je crois ? À une certaine époque, une époque lointaine, dans une autre vie, je me souvenais d'avoir désiré m'offrir à Finn. J'avais senti en moi le désir d'aimer et de me lier à lui dès l'instant où nous nous étions vus. J'avais senti que nous étions faits pour être ensemble. Comme des aimants. Je n'arrivais pas à l'expliquer alors. Comment aurions-nous pu deviner la vérité colossale qui se cachait derrière nous, la raison pour laquelle nous avions toujours été attirés l'un par l'autre ? Ce qui pouvait avoir semblé à première vue n'être qu'un amour irréfléchi entre deux adolescents allait en réalité beaucoup plus loin. C'était le destin, notre raison d'être.

Nous étions faits pour être ensemble, dans le sens le plus littéral et le plus beau du terme.

Nous effectuions un acte de foi. De foi... Je ne voulais pas que ce mot soit offensant, malgré tout ce que le cardinal Báthory avait fait. Mais le cardinal n'était qu'un homme, écrasé par le poids de son cœur infecté. N'était-ce pas la foi qui m'avait poussée à agir, la foi qui m'avait amenée à croire que je pouvais jouer un rôle dans quelque chose d'aussi important que la guérison de notre planète, que l'évolution de l'humanité, que son salut ? N'était-ce pas la foi qui m'avait amenée à croire que mes parents seraient fiers de moi ?

Un hélicoptère surgit au-dessus des collines pour tournoyer au-dessus de nous tandis qu'une fourgonnette de reportage arrivait dans l'allée. Parfait. Des paparazzis s'étaient invités à mon apocalypse personnelle.

Finn ne voulait pas le faire. Pas vraiment. C'était risqué et nous ne savions pas ce qu'il adviendrait de nous. Ne resterait-il de nous qu'un tas de cendres, ou nous combinerions-nous pour nous transformer en un étrange être angélique ? Mais, comme moi, Finn ne pouvait pas nier que nous n'étions que des pions sur un énorme échiquier. Nous étions destinés à nous unir, même si nous avions peur de découvrir que notre union ne mènerait qu'à ma mort et n'aurait servi qu'à assouvir son appétit d'Arrazi.

Les Arrazis et les Scintillas nous regardaient avec impatience. Je regardai les visages autour de moi, et surtout le visage de ceux que j'aimais. Je les aimais suffisamment pour aller au bout de mon destin. J'aurais simplement aimé avoir plus de temps pour leur dire au revoir. Mon regard se posa sur Giovanni qui tenait Claire dans ses bras. Un petit cri s'échappa de ma bouche. Le regard étincelant de larmes, Giovanni hocha la tête pour me dire de le faire.

Nous n'avions pas le temps de faire nos adieux. Nous étions tous au bord du précipice. Comment pouvions-nous espérer voir les autres assumer leur destinée et prendre leur envol si nous n'étions pas prêts à sauter dans le vide en premier ? Pourtant, la foi qui m'animait et mon désir de voir ma vision se réaliser ne signifiaient pas pour autant que j'étais heureuse de sauter dans le vide. Je ne voulais pas être une martyre, une prophétesse, une salvatrice.

Je n'étais qu'une fille...

Je me demandais comment les autres pouvaient se sentir d'avoir affronté volontairement la mort pour le bien de l'humanité. Je n'étais pas une sainte. À vrai dire, une partie de moi protestait contre l'idée de mourir pour des gens qui pouvaient ensuite nier mon sacrifice après ma mort. Je fis un pas hésitant, puis un autre vers le garçon qui avait mon âme dans ses mains depuis l'instant où nous nous étions rencontrés. Ma peur, ma peine et mon ressentiment pouvaient-ils annuler mon sacrifice ? Allais-je mourir pour rien, comme mon père, ma mère, Mari et d'innombrables autres ? Mon intention avait-elle une valeur ?

Si elle avait une valeur, j'avais l'intention de mourir pour qu'ils ne soient pas morts en vain.

Une fille et un garçon pouvaient-ils unir leur âme pour sauver le monde ?

Devant moi, le regard ambré de Finn s'éclaira et je sentis sa flamme me consumer de l'intérieur. S'il avait peur, il le cachait, probablement pour me rassurer. L'amour dans son regard avait l'effet d'un aimant qui m'attirait à lui. Je pouvais presque m'imaginer que nous étions revenus plusieurs mois en arrière, en Californie, et que je m'avançais, avec le bourgeon de l'amour naissant dans mon cœur, vers un garçon. Seulement un garçon, et non mon ennemi.

Mon âme sœur.

Finn fit un pas en avant. Des tourbillons de poussière s'élevèrent autour de nous, chargés de souvenirs. Nous avions vécu des aventures sur trois continents, mais j'avais l'impression que notre histoire était encore plus chargée que ce dont nous avions conscience. Je me demandai combien de fois nous avions vécu ce drame, combien de vies.

— J'ai si peur, murmurai-je à quelques pas de lui.

— Je sais, *críona*. Mon cœur. J'ai peur, moi aussi, dit-il le regard vitreux en esquissant un petit sourire en coin. Nos peurs ne sont peut-être pas réelles.

— Évidemment qu'elles le sont !

Je tremblais jusqu'au plus profond de mon être. Mes lèvres tremblaient. Cela semblait bien réel.

— Offre-moi ton âme comme tu l'as déjà fait auparavant, mon cœur. Je suis là pour te recevoir, pour t'attraper. Je ne désire rien d'autre que te donner mon amour et recevoir le tien.

Nous joignîmes les mains avant de retenir notre souffle, aussi gros que le vent qui balayait les Andes.

— Tu aimes. J'aime, dit un Finn resplendissant de toute la douceur et du calme que j'avais toujours sentis en lui, laissant transparaître celui qu'il était vraiment. Cet amour est là, maintenant. Tu as seulement peur de perdre cet amour ou quelque chose qui t'attend dans l'avenir. Mais pour l'instant, ici et maintenant, la seule chose qui importe réellement, c'est l'amour. Soyons cet amour.

Nos cœurs vibraient à l'unisson dans notre poitrine. Je pouvais sentir sa présence, sentir sa douceur et la profondeur de son engagement à tout faire pour moi. Ironiquement, il ne pouvait pas me sauver, mais ensemble, nous pouvions sauver le monde. Mon cœur était la pierre que je lançais dans les profondeurs des océans de la terre. L'amour, pur et simple, nous enveloppa.

— D'accord, dis-je en serrant ses mains et en plongeant mon regard dans les profondeurs insondables du sien, avant de jeter un dernier coup d'œil aux cieux parfaitement chaotiques au-dessus de nous.

« Le monde oublierait-il même que j'avais existé, quand le vent disperserait mes cendres dans le ciel étoilé ? »

— Tes yeux me rappellent mon chez-moi, chuchota Finn quand je baissai les yeux vers lui, avant de déposer doucement un baiser sur mes lèvres. Tu es mon chez-moi.

— Bon, dis-je en hochant la tête.

J'ouvris consciemment mon cœur et je sentis mon énergie argentée se déverser en Finn.

— Que la lumière soit.

Épilogue

Edmund Nustber, auteur à succès et personnalité télévisuelle
Tiré du documentaire primé La conspiration de la clé de lumière

De nombreux journalistes rêvent de faire un reportage sur les lignes de front, à la guerre. Pas dans la quête du sensationnel, mais pour découvrir le sens de la guerre, si elle a effectivement un sens, ce qui est rarement le cas, et pour lui rendre justice. Je n'ai jamais rêvé de faire un reportage sur la guerre, parce que je suis de ceux qui ne croient pas que la paix puisse être instaurée à coups de poing. Mais peu de temps après avoir fait la connaissance de Cora Sandoval, je me suis retrouvé au beau milieu d'un conflit surnaturel qui faisait rage depuis des milliers d'années et qui, à l'insu du monde entier, menaçait notre existence même.

Durant le point culminant du combat final entre les Scintillas et les Arrazis, j'ai risqué la mort pour faire la chronique de leur histoire et de leur vérité, une vérité qu'il fallait voir et, surtout, sentir, pour en comprendre toute la portée. Les derniers instants de ces deux peuples anciens ont été enregistrés par votre humble serviteur et vous pouvez maintenant être témoins des ramifications cosmiques de leurs actions.

J'ai vécu le moment le plus transcendant et le plus stupéfiant de toute ma vie.

Deux âmes courageuses, à l'opposé l'une de l'autre et différentes jusqu'au plus profond de leur être, ont mis leurs peurs de côté au cœur des combats. À la croisée des chemins entre le mysticisme, la foi et la science s'est échafaudée une théorie selon laquelle en joignant leur énergie, ces deux personnes pouvaient guérir le monde. Guidés par leur foi, ils se sont avancés l'un vers l'autre pour devenir la représentation physique du principe d'unification des contraires.

Pendant de nombreuses secondes tendues, rien ne se passait. Ils restaient là, immobiles, les mains jointes, se regardant avec amour. Puis, à ma grande surprise, une boule de lumière apparut entre eux, une boule ondulante comme un spectre fantomatique qui prenait de l'ampleur à chacune de leurs respirations. Leur énergie prit de l'expansion pour se transformer en deux spirales de lumière qui s'unirent pour en former une troisième, qui explosa ensuite pour former une immense boule de lumière blanche incandescente chargée d'amour au-dessus de nos têtes, radieuse comme le soleil.

La boule de lumière blanche argentée s'étendit au-dessus de nous, et nous pûmes bientôt voir qu'elle formait une énorme spirale. On a plus tard confirmé que le phénomène était visible à des centaines de kilomètres à la ronde. Comme une énorme explosion, la vague d'énergie souffla sur nous tous pour nous transmettre une grande... Je... Désolé, je suis encore ému d'en parler. C'est presque impossible à décrire... C'était simplement une sensation renversante d'amour profond.

C'était une manifestation de l'amour.

Pour paraphraser l'auteur Dylan Thomas, ces deux êtres luttaient contre la fin de la lumière.

Leur spirale de lumière fut la première, mais de nombreuses autres spirales jaillirent autour de nous, tandis que d'autres âmes courageuses les imitaient dans le jardin couvert de rosée du ranch où nous nous trouvions, au Chili. Même ceux qui ne semblaient chercher que le pouvoir, la guerre et l'annihilation de leurs ennemis se laissèrent aller à leur voix intérieure pour devenir ce qu'ils pouvaient être, agir pour le bien de tous et acquérir le pouvoir qu'ils désiraient vraiment.

Ils l'ont fait pour nous. Et leurs actions ont apporté d'énormes changements dans le monde. L'accomplissement d'une promesse faite de nombreuses vies auparavant, enfin remplie dans l'espoir que l'humanité et la terre sur laquelle nous vivons tous puissent en bénéficier.

Au cours des semaines qui ont suivi la première diffusion de mon documentaire, ces événements célestes se sont produits partout dans le monde. En Norvège comme au Mexique. Ces événements ont profondément transformé la terre et ses habitants.

C'était le don de ces êtres à l'humanité.

Je vous laisse sur une citation de Dante Alighieri :

« [...] et ces âmes heureuses devinrent des cercles à pôles fixes, en flamboyant fort, comme font les comètes. Et comme des roues en harmonie d'horloge tournent de façon que qui les contemple voie la première tranquille, et la dernière qui vole. »

Remerciements

Le mot « trilogie » peut sembler si faible en comparaison à l'immensité de la tâche que j'ai entreprise pour l'écriture de cette série, qui s'est révélée être l'un des défis les plus gratifiants que j'aie pu relever de toute ma vie. Encore maintenant, je me demande comment j'ai réussi à communiquer la vision qui m'habitait. L'auteur a rarement l'impression d'avoir vraiment réussi à saisir le bel oiseau fugace qu'est l'idée pour l'emprisonner dans ses mots.

Je remercie Sydney et Cooper d'avoir cru en moi et de m'avoir soutenue dans mes hauts et mes bas. Vous êtes les seuls à m'avoir accompagnée sur la ligne de front dans toute mon aventure et j'ai de la chance d'avoir deux âmes exceptionnelles à mes côtés.

Jason, je te remercie d'apporter autant de lumière et d'amour à mon quotidien. Mon monde est plus lumineux grâce à toi. Je ne pourrais pas espérer avoir un meilleur compagnon de vie.

À ma tribu, Lucy, Mary Claire et Monica (Jo), merci d'avoir toujours aimé et accepté la tordue légendaire que je suis. Les tordus de ce monde ont enfin trouvé leur chez-soi.

Vous m'avez appuyée pour que je poursuive mon chemin sur la voie que j'ai choisie et c'était ce qui importait le plus à mes yeux.

Je remercie du fond du cœur mon agent, Michael Bourret, et mon éditrice perspicace, Karen Grove. La foi dont vous avez fait preuve pour mes histoires m'a gardée à flots durant mes moments les plus difficiles et je vous suis reconnaissante, encore plus que vous ne le croyez.

Merci à Entangled Publishing de m'avoir permis de réaliser mon rêve. Les gens dévoués d'Entangled Publishing m'ont été d'une aide immense et je tiens spécialement à remercier Heather Riccio, Debbie Suzuki et Stacy Abrams. Un énorme merci à Kelly York pour avoir conçu la couverture de deux de mes livres et pour avoir touché dans le mille pour celui-ci.

Même si j'ai dédié ce livre à ma mère, une autre dédicace s'impose. Durant la rédaction du premier jet d'*Illumination*, l'une de mes héroïnes, en littérature comme dans la vie, est décédée. La D^{re} Maya Angelou était une femme adorable, impertinente et brillante, et ce fut un immense bonheur de l'entendre en personne. *Je sais pourquoi chante l'oiseau en cage* a été l'un des premiers livres à me donner envie d'écrire. Je voulais m'adresser directement au cœur des gens, comme elle le faisait. Maya Angelou, tu étais un phare en ce monde et tu continueras de l'être, par tes mots et ta vie.

Enfin, merci aux lecteurs et aux admirateurs de la série. L'amour que vous portez à cet univers et à ses personnages m'a transportée et m'a motivée. Je vous suis reconnaissante. Merci de m'avoir offert ce cadeau.